FRIEDRICH TORBERG

GESAMMELTE WERKE

IN EINZELAUSGABEN
Band XII

IN DIESEM SINNE ...

FRIEDRICH TORBERG

In diesem Sinne ...

Briefe an Freunde und Zeitgenossen
Mit einem Vorwort von Hans Weigel

LANGEN MÜLLER

Herausgegeben von David Axmann,
Marietta Torberg und Hans Weigel

Umschlaggestaltung: Peter Schimmel, München
Satz: Fotosatz Weihrauch, Würzburg
Druck und Binden: Welsermühl, Wels OÖ
Printed in Germany 1981
ISBN: 3-7844-1900-3

»Trotz aller Eitelkeit, die ihm zu eigen war und die er durch eine kokette Selbstironie zu tarnen suchte: in seinen Briefen nahm er niemals auf die Nachwelt Bedacht, immer nur auf den Partner. Jeder einzelne Brief, auch der nebensächlichste an den unwichtigsten Empfänger, stellte für ihn eine Herausforderung dar, der er sich nicht minder gewachsen zeigen wollte als literarischen Herausforderungen welcher Art immer.«

Friedrich Torberg in »Blaugrau karierte Berufung zum Dichter – Ein Nachruf zu Lebzeiten« (1968)

Beruf: Zeitgenosse

»Er wäre auch ein bedeutender Schriftsteller«, schrieb ich, als ich für eine Monatsschrift eine Serie von Wiener Porträts zu verfassen hatte, »er wäre auch ein bedeutender Schriftsteller, wenn er nicht eine Zeile publiziert hätte. Er schreibt nicht nur erzählende Prosa, Lyrik, Essayistisches, Kritisches, Satirisches, Parodistisches und Polemisches, sondern auch Briefe. Der Verdacht, daß seine Briefe ihm mindestens ebenso wichtig sind wie alle anderen schriftlichen Arbeiten, ist wohlbegründet. ...«

Das Korrespondieren war für Friedrich Torberg keine Marotte, keine Zwangsneurose, keine Schrulle, keine Manie; es war ein konstituierender Bestandteil seiner Natur, ein elementarer Drang, sich zu äußern, sich in Beziehung zu anderen zu erleben.

Er wollte sein Leben lang Stellung nehmen, und dazu bot ihm der Brief und das Beantworten von Briefen ebenso erwünschte Gelegenheit wie die Publikation von Texten.

Wer nicht im Briefwechsel mit ihm stand, kannte den ganzen Friedrich Torberg nicht. Doch zum Glück kannten ihn viele; denn es war sehr schwierig, mit ihm nicht zu korrespondieren. Man schrieb etwas, man sagte etwas, und schon hatte man einen Brief, der eine Antwort erforderte. Und man antwortete – man antwortete, wie man glaubte, ein für allemal; aber alsbald bekam man auf die Antwort wieder eine Antwort, die eine Antwort erforderte. Man könnte diese Aktivität mit allen anderen Aktivitäten Friedrich Torbergs auf einen gemeinsamen Nenner bringen: er war von Beruf Zeitgenosse. Es war ihm wichtig, sich zu allem, was geschah und was nicht geschah, zu äußern, und das nicht so sehr, weil er sich, sondern weil er seinen Standpunkt wichtig nahm.

Kraft seiner Intelligenz, seines Wissens und seines perfekten Gedächtnisses, vor allem aber im Namen der selbstgewählten kategorischen Imperative fühlte er sich gedrängt und berufen, für seine Meinung zu kämpfen, indem er sie leidenschaftlich äußerte.

Aber er war, wenn auch eifrig, kein Eiferer, kein Prediger, kein Monologist. Er war ein Diskutierender, Argumentierender, er war im Gespräch. Er säte und erntete Widerspruch, und dies von allen Seiten, und diese polemische Vielschichtigkeit war ihm genehm, denn er reklamierte die Position der Mitte für sich, wie er an einer Schlüsselstelle in einem Brief an Heinz Politzer schrieb.

Und diese Mitte ist nicht nur als Position der Weltanschauung und Gesinnung zu verstehen, sondern auch ganz buchstäblich: Torberg befand sich so gern dort, wo Menschen um ihn waren, er wollte ansprechen und angesprochen werden, er war so gern, so ausführlich in Gesellschaft von Menschen; dies erklärt nicht nur seinen fanatischen Hang für das Wiener Kaffeehaus, sondern den ganzen Stil seines Schreibens und Lebens, zum Beispiel auch seine Aktivitäten im Sport (die so gar nicht zu ihm zu passen scheinen), seine Begabung für die Freundschaft.

Das Wort »Kommunikation« hätte ihm gewiß nicht gepaßt, und er schriebe mir einen langen groben Brief, wenn er wüßte, daß ich's im Zusammenhang mit ihm gebraucht hätte; also hüte ich mich vor »Kommunikation«, aber »Kontakt« darf ich wohl verwenden. Er war süchtig nach Kontakten, und so zog es ihn, der er zunächst zum Romancier bestimmt schien, in die journalistische Sphäre. Er brauchte ein, er brauchte mehr als ein Sprachrohr, um aus allen diesen Rohren zu schießen, und er hat eine bedeutende Portion seiner Lebenszeit als Herausgeber dem Journalismus ... geopfert? ... an ihn verschwendet? Nein. Er hat zwar gewiß darunter gelitten, daß er vor lauter »Forum« kaum zu anderer Arbeit kam, aber er hat es gleichzeitig genossen, daß er darunter gelitten hat.

Zu Wort kommen und zum Wort kommen war ihm alles.

Seine späten, seine spektakulären Tante-Jolesch-Erfolge lagen auf dieser Kontaktlinie. Als sich für ihn der »Untergang des Abendlands« eingestellt hatte, wollte er seine versinkende Welt am Leben erhalten, indem er sie durch Anekdoten verewigte. Und hier drängt sich mir der Begriff der Mitte auf, diesmal der Mitte Europas.

Dieser Mitte vor ihrem Untergang hat Friedrich Torberg sich verschrieben, an ihr und an seiner damaligen Umgebung und seiner Herkunft hat er sein Denken und Schreiben zeitlebens orientiert. Er sah sich und seine Mitte bedroht, von Anfang an durch zwei Systeme rechts und links bedroht und er kämpfte, gläubig und verzweifelt, um diese Mitte und gegen ihre Feinde. Er hat sich immer wieder als ein Letzter verstanden, fast wie ein lebendes Denkmal einer untergegangenen Welt.

Er war gewiß der Inbegriff des zentraleuropäischen Juden, aber er war als solcher ebenso gewiß ein überzeugter, unbeirrbarer Österreicher (dabei nahm er in seinen Österreich-Begriff Vergangenes, Verjährtes mit hinein, vor allem Prag, mit dem ihn vieles verband). Im Namen dieser zweifachen (oder zweieinhalbfachen) Zugehörigkeit trat er an, um darzustellen und zu verteidigen, im Kampf für alles, was gewesen war und nicht auferstehen konnte.

*

Es war längst klar, daß Friedrich Torbergs Briefe nicht nur an ihre Empfänger gerichtet, sondern als menschliche und politische Dokumente, als Zeugnisse der Zeiten den Nachgeborenen zugänglich zu machen waren, dies umsomehr, als er nie mit koketter Einbeziehung der Öffentlichkeit oder der Nachwelt Briefe schrieb, sondern stets ad personam und ad rem.

Viele Briefe an und von Friedrich Torberg sind verloren gegangen, sozusagen alle aus der Zeit vor der Emigration.

Viele andere sind aber auch unauffindbar, weil er sie, im Respekt vor dem Adressaten, mit der Hand geschrieben und keine Anschrift anfertigen lassen hatte. (Schon dies ein Erweis des Ignorierens späterer Öffentlichkeit.)

Doch die Fülle des Bewahrten ist in jeder Hinsicht so bedeutend, daß hier nur eine erste Auswahl vorgelegt wird, von keinem anderen Gesichtspunkt aus als von dem: daß der Briefschreiber und Briefempfänger Torberg in der ganzen Breite seiner Interessen und Kontakte ein erstes Mal gezeigt werden soll.

Allzu private und kaum allgemein verständliche Anspielungen wurden gestrichen. Weglassungen sind durch drei Punkte angedeutet. Die unerläßlichen Voraussetzungen für das Verständnis werden durch Anmerkungen nachgeliefert.

Wir haben uns nicht für die chronologische, sondern für die alphabetische Reihenfolge entschieden. Hierbei erwies das Alphabet sich als grandioser Dramaturg. Denn so kann im Anfang Torbergs fast schon klassische Auseinandersetzung mit Hermann Broch über das Erzählen stehen. Und wenn »Neumann« auf »Mann« folgt, geht die Geschichte so gut gesteigert weiter, wie man es besser nicht hätte erfinden können.

Thomas Mann ist, überhaupt, ein Leitmotiv in Torbergs und nicht nur seiner, Auseinandersetzung mit seiner Zeit, immer wieder Säulenheiliger und Ärgernis in Idealkonkurrenz ...

... aber ich will (und kann) nicht auf den Inhalt der Briefe Friedrich Torbergs eingehen. Er spricht für sich. Und spricht für ihn.

Maria Enzersdorf, Frühjahr 1981

Hans Weigel

Hermann Broch

8440 Yucca Trail
Hollywood, Calif. 5. Feb. 1943

Verehrter Meister Broch,

nehmen Sie vielen Dank für Ihren Brief vom 12. v.M. sowie *keine* Entschuldigungen für die »verspätete Antwort« – denn die Verspätung ist beabsichtigt. Ich möchte keinesfalls den undankbaren und gefühllosen Eindruck erwecken, als wollte ich Sie jetzt in eine Korrespondenz verwickeln, und ich betrachte Ihren Brief – wie jeden etwa folgenden – durchaus als eine einmalige und unvermutet ausgeschüttete Dividende einstiger Peripatetik auf der Strecke Herrenhof-Landstraße oder Gössl-Toplitzsee. Bitte nehmen Sie das so zur Kenntnis und lesen Sie nicht mehr heraus als drinnen ist; allerdings, wenn möglich, auch nicht weniger – denn gar so wenig und gar so bescheiden ist es nicht. Es hat, um es kurz und nebelhaft zu sagen und im Vertrauen darauf daß Sie mich »schon verstehen« werden – es hat irgendetwas mit geistiger Treue zu tun: ein Begriff, von dem ich nicht weiß, ob er eine platonische Existenz besitzt, der aber für mich eine immer größere Rolle zu spielen beginnt je länger ich hier bin und je unrettbarer ich alles, was mit »Geist« und was mit »Treue« zu tun hat, in einen scheußlichen Wust von Zelluloid, Druckerschwärze und Thousand Island Dressing versinken sehe. Daß ich da auf keinen einzigen der sehr wenigen Strohhalme verzichten will, dürfen Sie mir nicht übelnehmen.

Genau so wenig, wie ich es etwa Ihnen übelnehmen dürfte, daß Sie das »Geschichtel-Erzählen« nicht nur aufgegeben haben, sondern es obendrein als »Geschichtel-Erzählen« bezeichnen. Es macht mich nur traurig. Denn erstens waren mir die Geschichteln, die Sie erzählt haben, besonders lieb und wert, zweitens hat die Tatsache, daß gerade Sie Geschichteln erzählen, für mich immer etwas legitim Ermutigendes gehabt – so daß mich drittens und folglich die Tatsache, daß Sie's aufgeben, besonders deprimieren muß. Ich werde es ja wohl nie so weit bringen, und der Punkt, von dem aus zwischen Dostojewski und Courths-Mahler kein Unterschied ist, wird mir ewig unerreichbar bleiben. Es sind zwei Jugenderinnerungen, die mich in diesem Zusammenhang so heftig überfallen daß ich Sie Ihnen mitteilen muß. Die eine betrifft den seligen Gustl Grüner* und das Kopfschütteln, mit dem er ein onkelhaft vernichtendes Gespräch über meinen ersten Roman abschloß: »Wie kann sich ein intelligenter Mensch hinsetzen und dichten?«

Die andre betrifft einen Freund, dem ich (es war etwas später) meinen damals schon sehr intensiven Katzenjammer in bezug auf eben solches »Dichten« vortrug, und daß es mich nicht befriedige, und daß ich doch nicht nur »schöne« sondern auch »nützliche« Bücher schreiben möchte; sein mürrischer Ratschlag lautete: »Schreib ein Telefonbuch«. Die Spannweite zwischen diesen beiden Polen ist Ihnen klar, und sicherlich merken Sie auch, daß der Grünersche Standpunkt immer noch der sozusagen respektvollere war, indem er mir wenigstens zubilligte ein intelligenter Mensch zu sein (während der andre mich gänzlich in die Schranken von Engelhorns Romanbibliothek verwies). Bitte verstehen Sie es als ein Ergebnis jener offenbar miß-leiteten und verkümmerten Intelligenz, wenn ich weiterhin der Meinung bleibe, daß die »Schlafwandler« oder die »Unbekannte Größe«, daß ein James Joyce-Essay oder eine Novelle ebenso wesentliche Beiträge zur Pest-Bekämpfung darstellen wie das direkte Experimentieren mit psychoseuchischen Bakterien.

Wie gerne ich die bisherigen Ergebnisse Ihrer Forschungsarbeit kennenlernen würde, kann ich Ihnen gar nicht sagen, und ich empfinde es als eine (halten zu Gnaden) poetische Schamhaftigkeit Ihrerseits, wenn Sie zur Erwähnung einer »handfesten Theorie« sogleich einschränkend bemerken, daß jede Theorie stimmen müsse, weil die Historie aus Umlügungen bestünde. Ich weiß nicht recht, wohin Sie damit tendieren, ob zur »Sinngebung des Sinnlosen« des von mir naiv verehrten und von Ihnen vermutlich (und vermut-

* passionierter Wiener Kaffeehaus-Stammgast; vgl. F.T. »Die Tante Jolesch«, S. 186 ff.

lich mit Recht) als Universal-Dilettanten empfundenen Theodor Lessing – oder Gott behüte zur Dialektik, von der ich immer mehr glaube, daß sie halt doch auf keine bessere Formel gebracht werden kann als: »Dialektik ist, wenn man unrecht hat« …

Noch etwas hat mich ein bißchen beunruhigt: Ihre Vermutung, daß ich hier »an der richtigen Stelle« wäre. Ich kann und mag mir nicht vorstellen, daß Sie damit die Filmindustrie meinen, – das war aber die einzige »Stelle«, die ich hier jemals hatte. Es ist schon lang vorbei, und von gelegentlichem Herumhuren (wie etwa drüben mit Zeitungen) abgesehn, versuche ich mir die geistige Treue zu halten und schreib mir das Meinige. Eine Novelle wird demnächst sogar auf deutsch erscheinen, in einer einmaligen Subskriptionsausgabe siebener deutscher Bücher (die beiden Franks, Döblin, Alfred Neumann, Thomas Mann und Werfel sind die restlichen sechs). Die nächstgrößre Arbeit ist ein Roman, der noch heuer fertigwerden könnte und gleichfalls ein duftiges Sommer-Capriccio zum Thema hat, nämlich die Geschichte eines jüdischen Nazi-Spitzels, und über allem wuchtet etwas eher Monströses, was knapp vor Kriegsausbruch als ein Wiener Untergangsroman fertiggestellt und verkauft war, aber nicht mehr erschienen ist und, wenn jemals, das erste Drittel eines Romans vom Untergang Europas abgeben wird (mit Prag als zweiter und Paris als dritter Station).

Der Draft* hat mich zwar erfaßt aber sogleich wieder ausgespien, weil meine freiwillige Mitwirkung bei der tschechischen Legion in Frankreich meinem vom Sport ramponierten Herzen nicht gut bekam. Über das Alter bin ich noch nicht hinaus – aber das soll Sie nicht daran irremachen, daß ich jener »jungen Generation«, als deren frühreifen Vertreter Sie mich so freundlich behandelt haben, längst nicht mehr angehöre, und wenns nach mir gegangen wäre, hätt' ich überhaupt nie.

Wenn ich keinen direkt gegenteiligen Bescheid von Ihnen

---

* amerikanisch: Einberufungsbefehl

bekomme, so werde ich – es ist nur fair, Sie zu warnen – daraus schließen, daß mein Brief Sie nicht allzu sehr gestört hat und daß ich Ihnen wieder einmal schreiben darf. Bis dahin die aufrichtigsten Wünsche Ihres

herzlich ergebenen
F.T.

One Evelyn Place
Princeton, N.J. 10.4.43

Lieber F.T.,

volle zwei Monate habe ich nun schon Ihren Brief, volle zwei Monate freue ich mich mit ihm, und kann mich trotzdem nicht zur Antwort entschließen. Daran ist nicht nur mein (allerdings fürchterlicher) Zeitmangel schuldtragend, sondern noch weit mehr die Pflicht auf Ihre Polemik einzugehen: Ihnen ist etwas wertvoll, nämlich die geistige Haltung der Dichtung, Sie sind daran, selber einen Roman zu schreiben, und vom Standpunkt des »Geschichtel-Erzählens« aus bin ich beauftragt, Ihnen dies alles zu vermiesen; auch wenn mir dies nicht gelingt – und es wird mir nicht gelingen, denn man überzeugt immer nur den Überzeugten –, ist Vermiesen stets ein mieses Geschäft. Also habe ich wenigstens vorauszuschicken, daß das, was in Ihnen vorgeht, mir nicht ganz unbekannt ist: unablässig spüre ich in mir die Verführung zum Geschichtel-Erzählen; ein jeder Windhauch, ein jeder Ton auf der Straße oder im Haus kann sie intensivst aufleben lassen, und vor allem die Mannigfaltigkeit des Menschlichen ringsum drängt immer wieder und wieder zur Festhaltung, auf daß es nicht ins Vergessen falle. Nichts ist mir also verständlicher, daß Sie solcher Verführung erliegen; es ist mir im innersten bejahbar, und ich brauche kaum hinzuzufügen, daß ich in dieser Seelenschichte mich auf Ihren Roman freue.

Warum also das Schimpfwort »Verführung«? warum das Schimpfwort »Geschichtel-Erzählen«?

Einen Teil der Antwort kann ich mir ersparen, weil Sie ja selber meinen Joyce-Aufsatz anführen: ich habe darin klarzulegen versucht, wie der Künstler, gebunden an die Logik seiner Darstellungsmittel (– in der auch das Prinzip aller »Kunstentwicklung« liegt –) weiter und weiter ins Esoterische getrieben wird und schließlich – aus lauterster künstlerischer Ehrlichkeit – eine nur ihm allein noch verständliche, subjektivistische Sprache spricht. »Finigans Wake«, fünf Jahre nach meiner These erschienen, gibt den Beweis für sie. Ich möchte jetzt noch hinzufügen, daß jede »reife« Kunst abstrakt wird, daß sie sich bemüht, nicht mehr das Lächeln des Herrn Schulze, nicht mehr das Sonnenlicht über Pötzleinsdorf, sondern »das« Lächeln schlechthin, »das« Sonnenlicht schlechthin zu zeigen (– betrachten Sie hiezu Joycens Geistesbruder Picasso, aber auch sogar Strawinski –), daß in diesem Abstraktismus die Größe und die Unverständlichkeit eines jeden Altersstiles liegt (das große Glück eines jeden Künstlertums) und daß in diesem Sinne das Werk Joyce's, aber auch das Picassos und Strawinskis alle Merkmale des Altersstiles trägt; nur ist es nicht mehr der persönliche Altersstil des Künstlers selber, sondern der des Zeitalters schlechthin –, es ist der größte und schärfste Einschnitt in der Kunstgeschichte seit der Antike.

Und es kann ja auch gar nicht anders sein. Auf der einen Seite erfährt die Wissenschaft, auf der andern (der praktischen) Seite erfährt das soziale und politische Leben eine völlige Umstülpung –, kann man da von der Kunst etwas anderes erwarten? Idiotisch und kindisch ist es aber, zu meinen, daß sich jene theoretischen und praktischen Umstülpungen in der Kunst zu «spiegeln»hätten: nein, die Kunst vollzieht ihre – allerdings parallele – Revolution nach ihren eigenen Gesetzen, und diese sind lediglich an der Kunstentwicklung und an der Entwicklung ihrer Technik, resp. an deren Trägern (Joyce, Strawinski, Picasso) abzulesen. »Stofflich« gibt die Revolution der Epoche nichts her.

Oder richtiger: auch das Stoffliche ergibt sich aus der Eigenentwicklung der Kunst, soweit sie eben, trotz ihrer Autonomie, eine Funktion der Epoche ist. D.h., daß wir in unserer Zeit eine der unbedingtesten Radikalisierungen aller Werte zu sehen haben (Prinzip der Wertzersplitterung), daß jedwede Halbheit zu fallen hat – in diesem Sinne ist Hitler das Instrument des großen Reinemachens –, daß jeder Wert bis zur letzten (und eben abstraktesten) Nacktheit ausgezogen wird, gerade dies gilt auch für die Kunst: das Geschwafel von der Darstellung des »Lebens« durch die Kunst ist auf einmal in der Kunst selber seines Sinns entkleidet worden (sic Picasso), denn zur Darstellung des »Lebens« braucht man keine Kunst mehr, weil diese Aufgabe viel eindringlicher, korrekter und sauberer von der Wissenschaft übernommen worden ist; die Kunst ist dorthin verwiesen worden, wo ihr eigentlichster Stoff ruht, auf jenen Stoff, um den sich *alle* Kunst seit jeher bemüht hat, nämlich auf den *Tod an sich*, den großen pacemaker aller metaphysischen Erkenntnis.

Auch dies läßt sich beweisen. Denn Zeiten des Kulturbruches sind mythenträchtig. Und von hier aus ist das unbewußte Tasten nach dem Mythenstoff zu verstehen, Joyce's Ulysses, Mann's Josephmythos. Denn der Mythos ist immer noch die engste Annäherung des Menschen an die Todeserkenntnis gewesen. Nur daß noch kein Mythos unmittelbar aus der Revolutionsepoche selber entsprungen ist; der Mythos folgt ihr nach –, er ist eine Funktion des Gedächtnisses, ja, sogar des Generationengedächtnisses.

Drei unabweisliche, dennoch unerfüllbare Forderungen haben sich also ergeben: erstens die völlige Radikalität der Mittel und ihrer Abstraktheit, resp. Abstrahierungskraft, zweitens die radikale Annäherung an die Todeserkenntnis, drittens die Radikalität des Mythos. Und diese drei Forderungen zusammenfassend, darf ich – wiederum zum Beweise – sie durch eine vierte ergänzen, nämlich der nach dem »Totalitätsgewicht« des Kunstwerkes: bloß wenn das Kunstwerk in sich die Welttotalität produziert (nicht als naturalistischer Weltabklatsch, sondern kraft seiner eigenen Welt-Autonomie), nur dann verdient es den Namen eines Kunstwerkes –, und wie soll die Totalität aussehen, welche das Kunstwerk heute dem des Weltengrauens entgegensetzen will, wie soll diese Gewichtsgleichheit hergestellt werden?! Das Kunstwerk, das hiezu einstens imstande sein wird, das erste, das wieder seinen Namen verdient, wird ein Mythos sein, der es wieder mit dem Gilgamesch wird aufnehmen können.

Dies sind keine ausgeklügelten, sondern in harter und oftmals tief quälender Arbeit – das brauche ich Ihnen nicht eigens zu beschreiben – *erlebte* Erkenntnisse. Als ich meinen Bergroman schrieb, bemerkte ich den Hang zum Mythos, entdeckte ihn sozusagen sukzessive und entdeckte damit auch die Unzulänglichkeit meines Beginnens, so daß ich das Buch einfach stehen ließ, umsomehr als mir die Bemäntelung der Unzulänglichkeit durch die Romanform schlechterdings unerträglich geworden war. Statt dessen ging ich an den Vergil, u.z. mit der Absicht absolutester Ehrlichkeit und der Vermeidung eines jeglichen »Faltenwurfes« (– ich sprach Ihnen einmal davon auf dem Schwarzenbergplatz –), und ich glaube auch, daß ich diese Ehrlichkeit durchgehalten habe; zumindest führte sie zu einer neuen Entdeckung, nämlich zu der meines unbewußten Bemühens um die größtmögliche Annäherung an die Todeserkenntnis. Daß mir dies, trotz aller Radikalität, nicht geglückt ist, versteht sich von selbst, weil eben niemand hinter den Tod schauen kann, aber es sind mir dennoch einige Erkenntnisse aufgegangen, z.B. über die Gültigkeit der alten und offenbar ewigen Todessymbole, denn die haben sich kraft bloßer Konzentration auf das Sterbensphänomen allesamt von selber eingestellt. Aber niemand kann seine Generation überspringen, und so bleibt der Vergil – den deshalb zu verkleinern eine blöde und unehrliche Bescheidenheit wäre – eine Ausklangs- und Enderscheinung der alten Epoche, vielleicht (– gleich Joyce, neben den ich mich in gebührenden Abstand und dies mit ehrlicher Bescheidenheit stelle) in die Zukunft weisend, das gelobte Land schauend, aber über die bloße Ahnung nicht hinauskommend. Im übrigen war auch Vergil bloß ein Vorausahner, kaum ein Prophet.

Verstehen Sie also, wenn ich diese heutige Literatur als

bloßes Geschichtel-Erzählen bezeichne? und daß ich mich hiezu sogar legitimiert fühle? Und wenn ich auch als Produzent unweigerlich meiner Generation verhaftet bin, ich habe kraft der Intensivität und Radikalität, mit der ich mich in diese Arbeit geworfen habe, doch ein Zeitgefühl gewonnen, welches mir erlaubt, mich als Konsumenten einigermaßen der neuen Generation zuzurechnen: ich kann das, was da so produziert wird, sozusagen mit einem etwa zwanzigjährigen Rückblick, vielleicht sogar mit einem fünfzigjährigen Rückblick betrachten (Rückblick aus dem Jahre 2000), und ich sehe lauter Spielhagens und Heyses; es ist gräßlich langweilig –, und fast möchte ich da nicht einmal Balzac ausnehmen. Und es kann ja auch gar nicht anders sein. Denn ein Literaturbetrieb, der ohne Rücksicht auf das Weltgrauen einfach in seinen alten Bahnen weiterwurschtelt, weil der Mensch schreiben und nebenbei Bücher verkaufen will, resp. hiezu das Weltgrauen, wenn selbst mit noch so guter demokratischer Gesinnung lediglich als »Stoff« benützt, der Betrieb *muß* zum Kitsch führen. Ich habe jetzt ein paar Jahrgänge der Neuen Rundschau, 1934–38, durchgeschaut; viel Sinniges und Minniges, das den »Stillen im Lande« wohltun soll, manches Gescheite über Kunst, die als »ewiger Wert« nicht vom Nazitum berührt gedacht wird, viel Historisches, sodaß der Bürger sich an der Überwindung aller »bösen Zeiten« aufrichten möge, und alles miteinander, darunter viel Zartes und Naturhaftes, ist auf das »eigentlich Menschliche« gerichtet, sodaß der Hitler nicht genannt zu werden braucht: die Herren Hesse, Penzoldt, Hauptmann, Flake usw. betreiben dieses Geschäft in durchaus guter Qualität und sind trotzdem ein Dreck, nämlich *weil* sie es betreiben. Glauben Sie, daß es hierzulande oder irgendwo sonst auch nur im geringsten anders bestellt ist? daß die Qualität besser ist, besser sein kann? Nein. Literaturbetrieb bleibt Literaturbetrieb.

Auch hiefür habe ich einen Beweis, nämlich das Publikum, d.h. die soziale Stellung der Kunst und im besondern der Literatur. Ich bin weit davon entfernt, das Publikum zu verachten; als Publikum ist die Menschheit immer noch am wenigsten verächtlich, da sie in dieser Funktion von ihren sonstigen Schweinereien abgelenkt und wahrhaft objektbezogen ist. Aber das Publikum hängt im Vakuum, weil die Produktion ihrer eigenen Aufgabe wesensgemäß nicht genügen kann, kurzum, weil — radikal gesprochen – der Mythos noch nicht geboren ist. Also verlangt das Publikum von der Kunst die Befriedigung der außerkünstlerischen Triebe, verlangt optimistische Hinwegtäuschung über das Weltgrauen, sei es mit Heroismus, sei es mit Mystizismus, oder eben bloße Unterhaltung, um in Gleichgültigkeit, Hartherzigkeit und im leeren Phrasentum bleiben zu können. Kurzum, es ergibt sich das Bestsellertum des Kitsches. Und wenn es um die politische »Erweckung« des Publikums durch die Kunst gehen soll – eine Erweckung, an die ich übrigens nicht glaube, da sie von Faktoren *neben* der Kunst ausgeübt wird –, so sind diese Erweckungsprodukte erst recht Kitsch; bloß Bücher in der Qualität einer »Onkel Toms Hütte« haben politischen Einfluß gehabt.

Was also soll geschehen? Nun, »nichts war noch nie«, sagt ein ungarisches Sprichwort, und die nächste Generation (zu der Sie doch bereits einigermaßen gehören) oder die übernächste wird es schon schaffen, und auf einmal wird der große Mythos dieser Zeitenwende geboren sein. Ich glaube allerdings, daß dies kein geschriebener, sondern ein gefilmter Mythos sein wird: die Zeit ist einerseits visuell, andererseits kollektiv geworden (– über die Gründe brauche ich in diesem Zusammenhang nicht zu sprechen –), und beiden Bedingungen genügt der Film vollständig; er ist ein Produkt einer industrialisierten Kollektivität, und er ist visuell. Und ebenso meine ich, daß der Film die einzige Kunstform ist, aus der sich einstens politische Willensbildung wird ergeben können. Dies habe ich gemeint, als ich Ihnen schrieb, daß Sie im Industrieort Hollywood auf dem richtigen Platz seien.

Die Konsequenzen, die ich für mich aus diesem Sachverhalt gezogen habe, sind einfach: auf dem Weg des Vergil kann ich nicht weitergehen, weil ich einerseits nur noch weiter ins Subjektive und Unverständliche geraten würde (auch wenn es mir gelänge, damit noch weitere Realitätsebenen aufzudecken), und weil ich mit alldem trotzdem kaum ins gelobte Land der neuen Kunstform, der neuen Kunstrealität dringen würde. Außerdem halte ich es für das Wichtigste, jetzt an der Pestbekämpfung mitzuwirken. Denn Hitler ist zwar ein Instrument der neuen Zeit, aber er ist sie nicht, und damit die Zeit wieder menschlich werde (ohne welche Qualität es auch keine Kunst gibt; d.h. es gibt sie nur im Zuge des Humanisierungs- nicht des Vertierungsprozesses) muß erst einmal die Pest ausgetrieben sein. Daß ich hiezu das Mittel meiner Arbeit an der politischen Psychologie und der Massenwahnuntersuchung gefunden habe, betrachte ich als ein großes Glück, verdoppelt durch die Universitätsstellung, die mir – pourvu que cela dure – diese Arbeit ermöglicht. Und ansonsten warte ich zu: hie und da mache ich ein Gedicht, das ich verstecke, und irgendwo denke ich daran, einmal wieder ein Stück zu schreiben, gewissermaßen als eine Zwischenform zwischen Roman und Film, da ich ja zu diesem – auch innerlich – keinen Zugang habe.

Sobald ich einmal ein Vergil-Exemplar frei habe (augenblicklich wird das Unübersetzbare übersetzt, weil es ja doch zur Publikation kommen soll, u.z. womöglich zweisprachig) schicke ich es Ihnen; ich würde mich freuen, wenn Sie es läsen. Und ebenso bekommen Sie bald etwas über den Massenwahn. Vorderhand genüge diese langatmige confessio, die Sie freilich selber heraufbeschworen haben. Halten Sie sie also nicht für meschugge und lassen Sie sich trotzdem Ihren Roman nicht von ihr vermiesen.

In Herzlichkeit Ihr . . .

19. IV.

Nachdem ich den Brief durchgelesen hatte, habe ich ihn nun nochmals 8 Tage liegen lassen. Er ist nämlich kein Brief mehr: er ist mir im Schreiben durchgegangen wie ein Pferd, das in den Stall will, und der Stall wäre ein ausgewachsener Aufsatz. Aber da er nun weder ein Pferd, noch ein Aufsatz ist, sondern bloß ein im Galopp geschriebener Brief, über

Stock und Stein dahin, ist er voller Gedankensprünge. Ich kann mich aber nicht entschließen, ihn darob nochmals zu schreiben. Nehmen Sie ihn also, wie er ist, unbeschadet der Flüchtigkeiten und Gedankensprünge: ich gleiche sie mit einem »eh schon wissen« aus. Wäre er für Publizität bestimmt, so wäre ich – meine ich – wohl imstande, eine logische Einheit herzustellen. Er ist aber nicht für Publizität, sondern in Herzlichkeit für Sie bestimmt. Und so Schlußgrüße!

21.8.43

Lieber Fritz Torberg,

es fällt einem natürlich recht schwer, gegen das unerlaubte Geschichtel-Erzählen weiter zu polemisieren, wenn der Gegner mit unlauteren Mitteln arbeitet; da kann man bloß sagen: »Ja, mit Gewalt«.

Denn Ihr Geschichtel* ist ganz ausgezeichnet. Indes, so außerordentlich die künstlerische Leistung ist, zu der Sie da vorgedrungen sind, und so sehr man auch die psychologische Intuition bewundern muß, mit der Sie das sadistisch-homosexuelle Moment der Folterungen (wahrscheinlich erstmalig) erfaßt haben, ich brauche doch nicht ohnweiters nachzugeben und darf diese Qualitäten ungeachtet ihrer Stärke beiseite schieben, weil mir eine andere, nämlich die ethische, wesentlich wichtiger ist: daß Sie die stillschweigende Übereinkunft der Juden zur non-resistance hervorgehoben haben, diese unheimlichste ihrer ungeschriebenen Gesetzestraditionen, der sich alle Juden, von wo immer sie herstammen, gleichgültig ob mutig oder feig, zu fügen haben und fügen, das kann Ihnen gar nicht hoch genug angerechnet werden; hier liegt das spezifisch Unheidnische des jüdischen Schicksals, und von hier aus weist es in die Zukunft. Mir geht es besonders nahe, da ich ja jetzt konstant mit diesen Problemen mich zu befassen habe.

---

* »Mein ist die Rache«

Ich möchte die Erzählung in möglichst viel Händen sehen. Aber die Buchhandlungen hier wissen natürlich nichts von einer Pacific-Press: ich selbst brauche zwei Exemplare für Freunde, einer hievon Erich Kahler, der Ihnen zu Ihrer Leistung einen Glückwunsch schickt –, möchten Sie also den Verlag veranlassen, sie mir c.o.d. direkt zuzuschicken? Und sagen Sie mir die Verlagsadresse für Nachbestellungen.

Inzwischen seien Sie bedankt –, bedankt für Ihre Leistung, für die Zusendung und für die Widmung,

in Herzlichkeit Ihr

HB.

Noch eine Bitte: Sie kennen doch sicherlich weit mehr Leute, als Ihnen lieb ist, und sicherlich werden sich unter diesen nur die allerwenigsten für den »Vergil« interessieren, aber möglich ist es trotzdem, daß sie ihn subskribieren – möchten Sie mir einmal gelegentlich eine Adressenliste senden? mit dem »Vergil« wird es nämlich jetzt, da die Übersetzung nach dreijähriger Arbeit fertiggestellt ist, endlich ernst; Kurt Wolff will zuerst eine Subskriptionsausgabe in beiden Sprachen herausbringen.

30. August 1943

Lieber, verehrter Meister Broch,

Ihr Brief hat mich *sehr* glücklich gemacht, weil er wirklich ganz genau so war, wie ich mir insgeheim gewünscht habe, daß Sie reagieren sollen. Sie müssen nämlich wissen, daß ich jetzt genau *doppelt* so großen Wert auf Ihr Urteil lege, als früher schon und seit jeher: indem es jetzt nicht bloß das Urteil eines von mir geschätzten Geschichtel-Erzählers ist (damit müssen Sie sich abfinden), sondern obendrein das eines von mir geschätzten Anti-Geschichtelerzählers. Daß *Sie* diesem zweifachen Anspruch gerecht geworden sind, stellt *mir* das schönste Zeugnis aus ... und Sie sind sich hoffentlich klar darüber, daß diese etwas schnoddrige Wendung einer tiefen Verlegenheit entspringt. Ich danke Ihnen sehr und von Herzen, er war wirklich eine *große* Freude dieser Brief, und er wird es bleiben. Und wenn ich Sie gar noch ein bissel provoziert hätt' ...

Immer Ihr
Torberg

Adressen für den Vergil (auf den ich mich geradezu bösartig freue) wird Frau Geiringer mitbringen.

Bitte seien Sie so lieb und sagen Sie Dr. Kahler meinen aufrichtigen Dank!

Redhill Farm
Ottsville, Bucks County, Pa. 16. August 1945

Meister Broch –

ich habe Ihnen für Ihre lieben Zeilen aus justament Princeton zu danken, nämlich justament nicht Cape Cod, aber Sie sind ja jetzt schon ein großer, starker Bub und müssen am besten wissen, was Ihnen gut tut. *Ich* hätte Sie ganz gerne für eine Weile der Mutter Natur überantwortet, i sag's wie's is.

Inzwischen hat mich meine greise Haushälterin aus New York verständigt, daß der Vergil eingetroffen ist, und ob sie ihn mir nachschicken soll. Das war eine schwierige Frage, und sie wurde, je länger ich sie bedachte, desto schwieriger. Schließlich fuhr ich selbst nach New York, um den Vergil in Augenschein zu nehmen. That did it. Die Frage kristallisierte sich zu der klaren Alternative: ob ich hier draußen arbeiten oder den Vergil lesen soll. Ich entschied mich *gegen* den Vergil, also *für* ihn. Darf ich dazu noch bemerken, daß es mir erfahrungsgemäß *überhaupt* nicht gut tut, in den wirren Perioden eigener Schaffensversuche Broch zu lesen. Ich habe einmal, wenn ich so sagen darf, einen für meine Verhältnisse sehr beleibten Roman geschrieben, einige 800 Seiten (die Sie dann Ihrerseits, nachdem sie unter dem Titel »Die Mannschaft« erschienen waren, in einem einzigen Tag durch und durchlasen, dergestalt, daß Ihnen nicht einmal der eine Sprach-Plutzer auf Seite 425 rechts unten entging), – und während einiger Monate der insgesamt drei Jahre, die ich zur Abfassung brauchte, las ich Die Schlafwandler. Das Manuskript hatte zum Schluß mindestens 3000 Druckseiten und mußte nach Gewicht gekürzt werden, es entfielen etwa 20 dkg Psychologie, mehr als 1/2 kg Handlung, ungefähr ebenso viel Atmosphäre, und dann eben etwas, was ich nicht anders nennen kann als zehn Deka Broch: *alles,* was ich in jenen Monaten geschrieben hatte, war von Ihnen. Jedenfalls war es nicht von mir, und ich erinnere mich noch sehr genau meiner Verwirrung, als ich es wieder las. Zum Beispiel verhielt sich eine von mir geschilderte Ausfahrt eines Zugs aus einer Bahnhofshalle zu der im II. Schlafwandler-Band enthaltenen Ausfahrt eines Schiffs aus dem Hafen aber schon *ganz* genau so wie Anecine zu Bayer's Real Aspirine. Es würde mich freuen, wenn dieses mein Geständnis Sie überräsche: denn das wäre der beste Beweis, daß es mir gelungen ist, Sie aus mir auszumerzen. Ich möchte mich indessen Ihren sinistren Einmerzungs-Tendenzen kein zweites Mal preisgeben. Und da ja nicht nur Sie jetzt den ersten Roman seit vielen Jahren veröffentlicht haben, sondern da es (wenngleich aus andern, weit weniger gewichtigen Ursachen und zu weit weniger gewichtigem Behuf) auch bei mir seit vielen Jahren zum ersten Mal der Fall ist, daß ich mich an das Erzählen eines größeren Geschichtels mache: so wäre es wirklich der pure Iebermut, hier eine Koinzidenz von Lesen und Schreiben eintreten zu lassen.

Nun könnten Sie ja, und nicht ohne Fug, die freundliche Erkundigung an mich richten, warum ich dann nicht lieber mit dem *Schreiben* warte? Darauf wüßte ich wenig Stichhältiges zu antworten – denn daß mir in dieser Reihenfolge dann vielleicht die Lust zum Schreiben vergehen könnte, ist ja schon in der von mir gewählten impliziert und somit dem

Zugriff Ihres »No wenn schon« entzogen. Vielleicht lassen Sie es mir als Rechtfertigung hingehen, daß ich an diesem Roman, den ich jetzt fertigschreiben will, bereits seit vier Jahren arbeite – daß ich bereits seit zwei Jahren einen Vertrag mit einem schwedischen Verleger für ihn habe – und daß dieser schwedische Verleger mir kürzlich einen Brief geschrieben hat, der auf mich tatsächlich so wirkte wie das ferne, beinerne Klappern der Roulette-Kugel auf den Spieler – also alle üblen Instinkte in mir wachrief. Es war, glauben Sie mir, ein sehr merkwürdiger Brief, einer der eklatantesten Fälle von so Tun als ob nichts geschehen wäre, die mir begegnet sind, – es war, als nähme das plötzlich wiedererscheinende »Prager Tagblatt« seinen Fortsetzungsroman genau dort auf, wo es ihn beim Einmarsch Hitlers abbrechen mußte, ganz einfach und kommentarlos, nicht einmal ein petit gesetztes Résumé von »Was bisher geschah« wird vorangeschickt, nichts, Titel, 37. Fortsetzung, Nein, sagte Direktor Robitschek. Es hat sogar eine gewisse Größe. (Das sag schon wieder *ich.*)

Was es mit dieser oben von mir gebrauchten Vokabel »fertigschreiben« für eine Bewandtnis hat, wissen Sie ja. Ich kann Sie also nur noch bitten, mir zu glauben, daß der wartende Vergil für mich *mindestens* ein ebensolcher Ansporn ist wie der wartende Verleger, – ich danke Ihnen auch noch aufrichtig für Widmung und Exemplar, und wenn ich hoffe, mich sehr bald zur Prüfung bei Ihnen melden zu können, so ist das eine doppelte und egoistische Hoffnung.

Inzwischen ist mir langsam klar geworden, was es mit diesem inzwischen ausgebrochenen Wiedschiehdeh oder Wehdschehdeh* für eine umfassendere Bedeutung hat, anfangs wußte ich das gar nicht, und antwortete auf die jauchzenden Fragen des mich bewirtenden farmfolks »Did you hear that Japan has surrendered isn't that wonderful?« mit einem höflich zurückhaltenden »It sure is and how do you say stagel in English because that's how green it is laying upon me«. Jetzt dämmert mir also, daß sozusagen Frieden ist,

---

* = VJ – day = Victory-over-Japan-day

whatever that means, oder jedenfalls der Krieg aus. Es ist aber auch zu merkwürdig, daß ein von Deutschland gegen Polen begonnener Krieg plötzlich von Amerika gegen Japan gewonnen wird, und von der einstigen Premierenbesetzung ist nur noch England da.

Bitte können Sie oder einer der umliegenden Physiker mir die Atom-Bombe erklären? Ich versteh sie ganz und gar *nicht* und bin nur ziemlich sicher, daß sie so wenig versittlichenden Einfluß auf das Weltbild ausüben wird wie schon zuvor das Giftgas, das Flugzeug, das Dynamit und überhaupt so weiter bis zu jener Zeitungsüberschrift, an die wir uns alle noch erinnern: Gunpowder Invention Shakes World. Future Wars Impossible. »Don't Know How I Did It«, Says Rev. Schwarz. – Und wenn's *eh* wurscht ist: kann ich doch *gleich* Geschichteln erzählen?

Einen schönen Sommer, wo immer er sei – viele Grüße ringsum – Ihnen, nochmals, herzlichen Dank und alles Gute –

immer Ihr F.T.

150 West 55th Street
New York 19, N.Y. 26.XII.47

Meister Broch,

in der Beilage zwei Ausschnitte, betreffend das Leben des deutschen Schriftstellers Thomas Mann, erzählt von ihm selbst.*

---

* In der »Frankfurter Presse« war eine Unterredung mit dem Schriftsteller Manfred Hausmann über einen im Jahre 1933 geschriebenen Brief Thomas Manns an den damaligen Innenminister Frick veröffentlicht worden. Thomas Mann antwortete auf den Artikel, der dieser Unterredung zugrunde lag, mit einer Veröffentlichung in der »Neuen Zeitung« vom 7. Juli 1947. Vgl. F.T. »Blamage des Geistes« (1933) in »P P P – Pamphlete, Parodien, Post Scripta«, S. 44 ff.

Ich bitte um Retournierung und schließe mit einem herzlichen Prosit Neujahr**

von Ihrem Postboten***
Habertitzel Alois

** beides auf der zweiten Silbe zu betonen
*** von *Deinem* Postboten?

One Evelyn Place
Princeton, N.J. 3.1.48

Herrn Alois Habertitzel
k.k. Briefträger
Dortamts

Leider hast Du die Glanzzeiten des k.k. Postbüchels nicht miterlebt, sonst würdest Du einsehen, daß das frdl. hieramts abgegebene Exemplar, für dessen Inhalt Du freilich nicht verantwortlich bist, eine Enttäuschung sein mußte. Ich retourniere es daher leichten Herzens, allerdings auch mit Dank.

Kurzum: der Mann wollte sein Eigentum zurückhaben (u.a. zurückgelassene Manuskripte!) und er hat eine Paßverlängerung gebraucht. Das war legitim. Freilich hätte er wissen können, daß nichts, aber schon gar nichts vermocht hätte, ihm das zu verschaffen. Aber wenn man noch zur Generation der Dichterfürsten gehört – auch Beer-Hofmann war einer der ihren – so glaubt man eben an »literarischen Ruhm« und kann sich nicht vorstellen, daß der den Nazis Powidl sein mußte, ja daß sie damit sogar nicht ganz so Unrecht hatten. Also blieb man auch im Exil noch der Praezeptor Germaniae und hielt den Nazis, d.h. dem Innenministerium (doch nicht, was auch ein Unterschied ist, dem Frick) redselig-naive Vorträge. Solche Naivität ist leider peinlich, ist aber m.E. kein Inkriminationsfall. Umsoweniger als in dem Epistel nicht ein Ton von einer Bitte um Wiederaufnahme ins heimatliche Reich zu finden ist. Im Gegenteil, es ist deutlich das Gegenteil gesagt, trotz der soldatischen Schriftstellerei und dem Wägelchen. Nur daß dieses Gegenteil, nämlich diese Art der Absage an die Nazis, besser geschwiegen als gesagt gewesen wäre. Immerhin, es hat der Bonner Brief manches davon wieder gut gemacht.

Ich muß schon sagen, daß Th. M. viel ärgere Schnitzer in seinem Leben begangen hat. Der Brief war überflüssig und blöd, hätte also besser ungeschrieben bleiben sollen, aber ebenso wäre es besser gewesen, wenn der Hausmann ihn nicht mit so viel Tamtam ausgegraben hätte. Im Grund hat er sich damit nämlich auch nur blamiert. Welche »Pflicht« hat er damit erfüllt? weit und breit ist keine solche zu sehen. Nur daß der völlig unschuldige Golo sich auch ein Teil Blamage geholt hat.

Aber es mag sein, daß ich mit alldem unrecht habe, und die Sache nicht richtig durchschaue. In diesem Fall fällt auch ein Stück Blamage auf mich. Und wenn ich mich nach dem k.k. Postbüchel und seinen Schönheiten zurücksehne, so mag das schon ein Postbote der begonnenen Senilität sein; sie reiten ja so schnell, die Boten.

Doch wie dem auch sei, Dir und Gattin, ein Prosit Neujahr und viel Gutes im 49-er Jahr.

Herzlichst
H.B.

12.I.48

Der Du mein Vorstand bist und mein Höherer nicht nur in Dingen des k.k. Postbüchels; der Du ein Weiser bist vor dem Herrn und ein Nachsichtiger vor dem Mann; und der Du solcherart die verruchte Lockung zum ausführlichen Antwortschreiben auf mich ausübst:

ich werde, oh Broch, dieser Lockung nach Kräften zu widerstehen trachten und es wird mir leider nicht gelingen. Leider: weil die Zeitnot mich bitterlich am Schlafittchen hat und weil ich infolgedessen – sonst hätte ich Dir ja schon längst geantwortet – keinesfalls so ausführlich werden kann, wie ich's Dir und dem Anlaß schuldig wäre; und weil ich den Anlaß zweitens und jedesmal von neuem nur mit dem größten Unbehagen wahrnehmen kann, – sonst hätte ich dieser Wahrnehmung ja schon längst Ausdruck gegeben. Denn eines mußt Du mir glauben und mußt Du mich vorausschikken lassen: daß ich den Thomas Mann zwar nicht mit ganzem Herzen liebe, aber mit allen andern Organen, deren Zusammenwirken den Schriftsteller macht, zutiefst und beinahe schaudernd verehre als den Meister vom Stuhl, als den souveränen Beherrscher des organischen Zusammenwirkens, als den Vollender dessen, was noch in unsern Tagen der deutsche Roman und die deutsche Novelle gewesen sein wird; und daß ich viel darum gäbe, wenn ich's bei dieser Verehrung bewenden lassen könnte und wenn er nicht immer wieder aus dem Rahmen, den sie bis in den kleinsten Winkel ausfüllt, hinausträte und mir direkt ins Gekröse, dort wo es am empfindlichsten ist, nämlich dort, wo die Samen der geistigen Sauberkeit wohnen. Daher denn auch die zusätzliche Pein angesichts der beneidenswerten Unempfindlichkeit, auf die all diese Übertretungen fast allenthalben anderwärts stoßen, angesichts der großzügigen Bereitschaft, jede einzelne von ihnen immer wieder als einen bloßen Schnitzer zu bewerten, als Entgleisung, als Ausnahme vom regulären Verhalten, – obschon ihre Gesamtheit sich längst zu einem regelrechten Bild zusammengefügt hat, das in seiner Art nicht minder vollkommen ist als das seiner künstlerischen Meisterschaft. Zugegeben, daß weder das eine noch das andre ein *gänzlich* vollkommenes Bild ist, aber sie haben ihre Entsprechungen auch hier, und was dem einen der Bonner Brief ist, sind dem andern die Vertauschten Köpfe. Nun, er ist ja schließlich nur ein Mensch.

Und er ist sich in seinem dunklen Drange allemal des Weges bewußt, den er für den rechten hält. Er hat noch keinen

Schritt getan, den er nicht hätte rechtfertigen können, noch keinen unbedachten, noch keinen unberechneten Schritt. Er weiß immer ganz genau, was er macht, das müssen wir ihm schon konzedieren.

»Kurzum« (so schreibst Du), »der Mann wollte sein Eigentum zurückhaben und er hat eine Paßverlängerung gebraucht. Das war legitim.« Wäre es das nur gewesen. Und wäre nur irgendetwas, was diesen Mann betrifft, »kurzum«. Es ist aber alles sehr lang, und das Ende, mittlerweile zu einem dicken ausgewachsen, kommt oft erst jahrelang später nach. Um dieses Ende geht es, – nicht darum, ob er damals wirklich eine Paßverlängerung gebraucht hat oder ob z.B. die Tschechoslowakei, die ihm kurz darauf tatsächlich die Staatsbürgerschaft ehrenhalber zuerkannte, nicht vielleicht schon damals hiezu bereit gewesen wäre (wie vermutlich manche andern Staaten auch); und nicht darum, ob er damals schon wissen konnte, wie aussichtslos das Verlangen nach Rückerstattung seines Eigentums war. Wir wollen uns die Retrospektivität, zu der wir 1948 in der Lage sind, nicht in bezug auf den Thomas Mann des Jahres 1934 zunutzemachen. Das wäre fast (wenn auch nur fast) so billig wie die Vorwürfe des Meinungswechsels, die von böswilligen Kennern seiner Vergangenheit so häufig wider ihn erhoben werden. Als ob ein Mensch sich entwickeln könnte, ohne seine Meinung zu ändern – und er ist eben nur ein Mensch, in seinem schon erwähnten dunklen Drang sowohl, wie mit seinem noch nicht erwähnten Widerspruch.

Allerdings könnte er dann auch zugeben, daß er seine Meinung geändert und gewisser Widersprüche sich schuldig gemacht hat, statt schulmeisterlich und präzeptorisch so zu tun, als widersprächen sich immer nur die andern und er selbst hätte es schon damals ganz anders gemeint; statt also, beispielshalber, 1947 einen Brief aus dem Jahre 1934 als »eine Vorstudie zu dem Brief an den Dekan der Universität Bonn« vom Jahre 1936 zu bezeichnen und somit genau jene Retrospektivität sich zunutze zu machen, auf die wir aus Fairness, und zwar aus Fairness gegen ihn, verzichten. Ist das angängig? Und wo führt das noch hin? Wird er – und die Erbötigkeit, mit der er sich zum Vorspann kommunistischer Demagogie gebrauchen läßt, die Eilfertigkeit, mit der er den verschmiertesten Kommunistenblättchen Beiträge und Glückwünsche zur Verfügung stellt, läßt diese Vermutung recht naheliegend erscheinen – wird er nicht eines Tags vor einem zu etwaiger Weltmacht gelangten Stalin sich wieder auf jene Stellen des 1934er-Briefs berufen, die er alsdann sozialistisch wird gemeint haben wollen? Wo ist das Ende anzusetzen? Quem ad finem ist der 1934er-Brief eigentlich geschrieben worden? Und wird seine Legitimität, die ja schon aus dem Blickpunkt des Jahres 1934 nur schwer zu akzeptieren war, vom Blickpunkt – und zwar vom Thomas Mannschen Blickpunkt – des Jahres 1947 aus nicht vollkommen hinfällig?

Aber selbst wenn wir sie nach wie vor akzeptieren und ihm nicht einmal die Ahnungslosigkeit seines Dichterfürstentums übelnehmen, obgleich ein ahnungsloser Präzeptor kein schöner Anblick ist und obgleich er selbst durchaus als ahnungsvoller Engel angesehn sein will: so bleibt noch immer zu fragen, ob er da wirklich nichts weiter getan hat als »dem Innenministerium (doch nicht, was auch ein Unterschied ist, dem Frick) redselig-naive Vorträge« zu halten. – In und zur Parenthese: wenn man »Hitler« sagen durfte und Nazideutschland meinen, dann darf man wohl auch »Frick« sagen, wo man das Nazi-Innenministerium meint.

Ich muß Dir gestehen, daß ich von jenem gar nicht redselig-naiven, sondern klippen und klaren Telegramm Thomas Manns an die »Reichskulturkammer«, in welchem er die von Söhnchen Klaus, dem Besitzer des DKW-Wägelchens, herausgegebene Zeitschrift »Die Sammlung« desavouierte, seine angekündigte Mitarbeiterschaft zurückzog und die Streichung seines Namens von der Liste der dieserhalb in Deutschland mit Verkaufsverbot bedrohten Autoren erbat – ich muß Dir gestehen, daß ich von diesem Telegramm, veröffentlicht im »Börsenblatt für den deutschen Buchhandel« vom 14. Oktober 1933, ganz einfach als von Thomas Manns Telegramm an Goebbels zu sprechen liebe, pars pro toto, et, si Thomas licet componere Josepho: utriusque pars. Parenthese geschlossen.

Über die Redseligkeit ist nicht zu reden. Sie liegt vor. Aber Naivität? Ist es naiv, vor dem Ministerium eines Staates, dessen soldatischeste Dolche den Spruch vom »Mark der Ehre« eingraviert tragen, auf die »soldatisch-ehrenhafte Aufgabe des Schriftstellers« zu pochen? Sich vor den Totschlägern der Republik und den Todfeinden der Demokratie darauf zu berufen, daß man »die Republik nicht herbeigesehnt« und daß man »gegen die Demokratisierung des deutschen Geistes gekämpft« hatte? Gibt man solch einem Adressaten, wenn man denn schon mit ihm korrespondieren muß, auch noch zu bedenken, daß sein Verhalten in der Frage einer Eigentums-Rückgabe »dem Ansehen Deutschlands als Kultur- und Rechtsstaat nicht förderlich« wäre – was doch wohl den Schluß zuläßt, daß man Deutschland, dieses Deutschland, nicht nur für einen Kultur- und Rechtsstaat hält, sondern daß man fromme Besorgnisse um das internationale Ansehen dieses Deutschlands hegt? Wenn das »Naivität« ist, dann muß mir erst jemand – am besten Thomas Mann selbst – erklären, was eigentlich »captatio benevolentiae« ist.

Ja selbst der einen, mit vielversprechender Eindeutigkeit und mit schlechthin atemberaubendem Anlauf beginnenden Stelle, in der er aus seiner (freilich »angeborenen und naturnotwendigen«, also weniger durch geistige Sauberkeit als durch force majeure gegebenen) »Abneigung gegen das nationalsozialistische Staats- und Weltbild kein Hehl« macht, folgt auf dem Fuß das koschere Chaserfüssel*, daß er das »umso weniger« tut, als er ja »die Geringschätzung kennt und würdigt, die der siegreiche Nationalsozialismus der Speichelleckerei und dem eifrig sich empfehlenden Überläufertum entgegenbringt«. Sowas gibt's eben bei ihm nicht, das sagt er ganz offen, von Mann zu Frick, der eine ist siegreich und der andre würdigt, da wird kein Speichel geleckt und da emp-

---

* d.h. ... folgt auf dem Fuß das Bestreben absichtlich den falschen Eindruck zu erwecken, daß ...

fiehlt sich niemand, – und wenn er das alles wirklich nur getan hat, um sein Eigentum zurückzubekommen, dann hat er den Bonner Brief nur aus Ärger darüber geschrieben, daß man ihm seinen Ehrendoktor weggenommen hat.

In Wahrheit ist natürlich keins von beidem der Fall, und der Bonner Brief ist schon das, als was er heute gilt. Aber den Frick-Brief heute als eine »Vorstudie«, ja geradezu als eine »Ergänzung« zum Bonner Brief hinzustellen, kommt mir noch ganz bedeutend hanebüchener vor, als aus dem Frick-Brief damals eine gewisse Versöhnlichkeit, ja geradezu eine gewisse Bereitschaft zur Rückkehr herausgelesen zu haben. Denn Thomas Mann betont in diesem Brief immer wieder seine unverbrüchliche Verbundenheit mit Volk und Heimat, beteuert immer wieder seinen Entschluß zur Hinnahme des erfolgten Schicksalsspruchs und zur Nichtintervention in die erfolgenden Konsequenzen, wünscht sein »Außenbleiben« ganz ausdrücklich »nicht als dauernde Trennung vom Vaterland« aufgefaßt zu sehen, spricht lediglich von einer »Beurlaubung aus der Volksgemeinschaft« (und ist ihr ein so vorschriftsgerechtes Mitglied, daß er sie sogar »Volksgemeinschaft« nennt, wie es das nationalsozialistische Staats- und Weltbild erheischt), spricht von »gemessener Frist« und spricht von einer »Wurzellosigkeit, die er nicht zur Tatsache machen will«. Das nenn' ich mir Vorstudie.

Freilich: wenn diese Stellen im Hirn des Manfred Hausmann sich mit den Jahren aus einer prinzipiellen Bereitschaft zu einem aktiven Bestreben umgestaltet haben oder gar zu einem Ansuchen, so ist das eine recht üble Gedächtnisstörung, und einem gewissenhaften Briefleser (wie Hausmann offenbar keiner ist) dürfte das nicht passieren. Noch weniger aber dürfte ein gewissenhafter Briefschreiber, wie Thomas Mann einer ist, sich von Gedächtnisstörungen mitspielen lassen. Und ist es schon schwer genug, dem Manfred Hausmann zu glauben, daß er sich nicht mehr erinnern kann, was er in diesem Brief gelesen hat, so ist es völlig unvorstellbar, daß Thomas Mann sich nicht erinnern konnte, was er in diesem Brief geschrieben hat – ja *ob* er ihn überhaupt geschrieben hat:

denn solchen Anschein wünscht er sich in seiner Zuschrift an die »Neue Zeitung« vom 25. Juni 1947 ganz unzweifelhaft zu geben, so unzweifelhaft, daß sogar sein eigener Sohn, den Du mit Recht den unschuldigen Golo nennst, ihm darauf hereingefallen ist (Kläuschen und Erika sind da viel gewitzter und wissen schon, wessen sie sich vom Zauberer zu versehen haben).

»*Wenn* unter den ›Briefen in die Nacht‹, die ich in meiner Qual zu jener Zeit schrieb ... *wenn* unter diesen Rufen ... und *wenn* Manfred Hausmann es verstanden hat ...«; dies von einem, der doch in seiner Qual genau zu jener Zeit auch ein Tagebuch geführt hat, auf dessen just erfolgte Publikation er in der gleichen Zuschrift, naiv wie er ist, auch noch hinweist; dies von einem, der den geringsten Seufzer seiner Qual verbucht gehalten hat und in dessen spätem Leid auch sonst keine Unordnung herrscht. *Der* sollte ausgerechnet von einem Brief, dessen Umfang im Manuskript mindestens zehn Seiten betragen haben muß, nichts mehr wissen, oder nur so Vages, daß er nicht anders als in konditionalen Verklausulierungen davon sprechen kann? Nein, da muß schon etwas dahinterstecken, wenn der so tut.

Was dahintersteckt, ist denn auch klar genug, und die sofort zu Protokoll gegebene Befriedigung, als der Brief sich dann doch in den Akten vorfand (nachdem zunächst einmal dem Hausmann, trotz seiner ausdrücklichen Angabe, daß er den Brief nicht besäße, vorwurfsvoll nahegelegt worden war, er möge ihn doch veröffentlichen, nämlich *wenn* ich ihn geschrieben habe und *wenn* er ihn hat, und nämlich, wenn *er* ihn nicht hat, so hat ihn vielleicht auch niemand andrer), – diese Befriedigung wäre noch ganz bedeutend größer gewesen, wenn der Brief sich nicht gefunden hätte: denn der Brief *ist* ein Inkriminationsfall, Hausmann oder nicht. Und damit zum Schluß auch dies noch unmißverständlich klargestellt sei: ich meinerseits bin selbstverständlich für Hausmann *nicht*. Aber man wird dadurch, daß auch der Ankläger kompromittiert ist, nicht schuldlos, und man bleibt straffällig auch dann, wenn sich herausstellt, daß man statt des insinuierten Raubs nur einen schlichten Diebstahl begangen hat, oder daß man nicht dem Frick persönlich eine Bitte um Rückkehrerlaubnis vorgelegt hat, sondern nur dem Innenministerium eine Bescheinigung, daß man sich für einen provisorischen Urlauber von der Volksgemeinschaft hält und nicht für einen wurzellosen Emigranten, dem das Ansehen Nazi-Deutschlands als Rechts- und Kulturstaat stagelgrün aufläge, ja der am Ende gar daran interessiert wäre, aus Nazi-Deutschland wieder einen Rechts- und Kulturstaat zu machen. Sanctis patriae leges et passportes über alles. Das ist ja eigentlich auch der Standpunkt des Hausmann. Ich weiß wirklich nicht, was die beiden eigentlich gegeneinander haben. Und ich glaube nicht, daß es »besser gewesen wäre, wenn der Hausmann den Brief nicht mit so viel Tamtam ausgegraben hätte«, – zumindest nicht besser für Thomas Mann. Dem konnte gar nichts besseres passieren. Der Hausmann hat ihm gar nicht geschadet. Er hat ihn gerettet.

Nämlich: es hat ihn gerettet, daß es der Hausmann war. Ich bin nämlich nicht nur nicht für Hausmann, sondern für überhaupt keinen, der gegen Thomas Mann ist. Und das ist ja mein ganzer Jammer: daß die, für die ich bin, nicht gegen Thomas Mann sind (immer nur in dem hier umrissenen Zusammenhang, versteht sich). Und deshalb bin ich ja mit meinem Jammer – denn es *ist* ein Jammer, auch wenn sich's vielleicht anders ausnimmt – gerade zu Dir gekommen. Mit dem Bewußtsein, daß die Hausmanns sämtlicher Schattierungen (und er selbst repräsentiert bei weitem nicht die schlechteste) meiner Meinung sind, ist mir nicht geholfen, sondern im Gegenteil. Mit dem Bewußtsein, daß *Du* meiner Meinung wärst, oder mir zumindest das Recht gäbest, ihrer zu sein, wäre mir *sehr* geholfen, und dieses Bewußtsein würde es mir auch sehr erleichtern, mit der Äußerung meiner Meinung weiterhin hinter jenem Berg zu halten, der sich aus Korruption und kleineren Übeln und unerwünschten Bundesgenossenschaften immer unübersteigbarer vor uns hochtürmt und uns immer auswegloser in die letzten noch halbwegs wohnlichen Höhlen verweist.

Willst Du mir die oben beregte Erleichterung bei einer nächsten Gelegenheit zuteilwerden lassen? Nicht etwa durch ein Antwortschreiben, sondern etwa bei unsrer nächsten Begegnung, und selbst da nur ganz kurz? Nicken genügt, komme in die Höhle.

In diesem Sinn – und die Initialen stehen demzufolge für »Ferzweifelter Troglodyt« –
herzlichst und dankbar der Deine:

F.T.

Princeton, 19.1.48

Friedrich! Welch ein Aufwand, um einen zu überzeugen, der ohnehin überzeugt ist. Merkst Du denn nicht, daß in der Sache selbst wir eines Sinnes sind? daß mir das bescheidene Wägelchen zumindest ebenso grauslich ist wie Dir? Wenn es wenigstens Wagerl geheißen hätte. Und auch jenes Telegramm mußt Du mir nicht ins Gedächtnis rufen. Desgleicherweisen weiß ich: der kluge Mann baut vor, und manchmal baut er nach, auf daß hinterher Vorstudien entstehen. Wir sind eines Sinnes, aber wir haben verschiedene Bilanzierungsmethoden. M.a.W., ich bewerte die Lagerbestände höher und mache geringere Abschreibungen als Du.

Und ich tue das mit gutem Grund. Denn alles was man tut muß zu konkreten Konsequenzen führen. Nach Deiner Methode müßte man zu dem Schluß kommen: dieser Mann ist ein Schädling, dem man nicht mehr die Hand reichen und an dessen Tisch man nicht mehr essen darf, ja den man in einer Weise angreifen muß, daß er – zumindest im Politischen – nicht mehr den Mund aufzumachen wagt. Letzteres wäre vielleicht (in seinem Interesse) ganz wünschenswert; trotzdem sind wir auch da eines Sinnes, nämlich daß man derartige Konsequenzen nicht ziehen darf. Denn erstens gibt es in der Literatur bloß »fade Fehden«, so daß damit sogar der Harden gegenüber einem Kraus recht behalten hat und nicht von ihm »vernichtet« worden ist, und zweitens begibt man sich mit einer Kampagne gegen Mann bloß in die allerschlechteste Gesellschaft. Die Reihe dieser Gründe läßt sich noch verlängern, und für mich tritt noch eine Reihe persönlicher hinzu, vor allem der Dank, den ich Mann für die Hilfe bei der Immigration schulde. Und wenn man sich, wie wir es beide tun, weigert irgendwelche Konsequenzen dieser Art zu ziehen, so wird die Diskussion zu einem Tratsch hinter dem Rücken des Betreffenden, und das ist mir unbehaglich.

Ich habe also bloß noch zwei von Dir angegriffene Stellen meines Briefes zu erklären. Da ist erstens die »Naivität«. Nun, ich nenne einen, der die Dichterfürstentradition fortsetzen und »sein« Volk präzeptieren will, naiv u.z. geradezu sträflich naiv. Natürlich ist es keine nichtsahnende Naivität; nein, es ist sozusagen Naivität als Aufgabe, als eine unter der Wucht des Nobel-Preises entstandene Aufgabe: jetzt muß mit der Präzeptor-Rolle ernst gemacht werden. Und so entstand die blamable Über-Naivität, mit der er das Nazi-Haus in der Haltung eines Präzeptors »Kinder, seid's brav und anständig bis ich wiederkomme« verlassen hat. Und damit bin ich an der zweiten inkriminierten Stelle: selbstverständlich war für Mann ein tiefer Unterschied zwischen Frick und der »deutschen Behörde« gegeben, denn in seiner Naivität hat er ehrlich geglaubt, daß eine deutsche Behörde eben eine deutsche Behörde sei, ein Etwas abstrakter Anständigkeit, und daß die Nazi inkl. dem Frick nichts Eiligeres zu tun hätten als in solcher Abstraktheit zu verschwinden. Indem er sich ans »Innenministerium« wandte, hat er ihnen ihre »Pflicht« zeigen wollen. Gewiß gebe ich zu, daß da noch eine Menge Neben-Absichten mitspielten, aber die Hauptlinie ist und bleibt das Präzeptoriale, und das ist unrettbar naiv: all die Schiefheiten und Brüchigkeiten sind von daher gefärbt und verursacht; man kann keine nichtexistente Rolle spielen, ohne dabei brüchig zu werden.

Und das ist auch die Stärke und die Schwäche der Mannschen Roman-Kunst: sein einziges Thema: wieso kann der brüchige Mensch zum Künstler werden, und wieso wird er damit zum Führer der Geister und »seines Volkes«? Wie »macht« sich das und wie macht man das? Natürlich ist damit die Vielgestalt der Gesamtarbeit nicht ausgeschöpft, aber es schlägt immer wieder durch, und es enthüllt sich im »Faustus« wieder in einer geradezu imponierenden Weise, imponierend wegen der hartnäckigen Konsequenz, mit der das Thema bis in seine letzten Verästelungen verfolgt wird. Und imponierend ist für mich auch, wie sich dieser Mensch niemals mit dem Erreichten begnügt, wie er, zwar Geschichteln schreibend, dennoch trachtet jedesmal eine neue Ebene damit zu gewinnen. Und selbst wenn man ihm vorwürfe, daß er damit Goetheschen Spuren nachwandelt, es hat schon mancher nachzuwandeln gemöcht, aber nur wenige haben die dazu nötige Arbeitsdisziplin gehabt.

Und so schließlich: gewiß, ich bin ein »Nachsichtiger vor dem Mann«, und ich glaube es sein zu dürfen, weil ich das Geschichtel-Erzählen richtig einzuschätzen glaube. Du aber – trotz aller Skepsis und trotz aller Witz – überschätzt es nach wie vor, und ganz im Herzensgrund hängst Du nach wie vor an der Legende vom Dichterfürsten. Und deswegen bist Du enttäuscht, wenn sich einer nicht so benimmt wie er sich eigentlich als solcher zu benehmen hätte. Und es mangelt Dir der Nachsicht. Und sogar der Hausmann kriegt eines ab, zwar verdientermaßen, dennoch unbedankt, daß er den Mut gehabt hat, am Grabe Sami Fischers höchst anständig zu sprechen, was damals immerhin eine Leistung war.

Aber ob Überschätzung oder Unterschätzung des Gewerbes, Dein »Teufelspakt« ist ein Stück allerbesten, allerehrlichsten, allerpreiswürdigsten Geschichtelerzählens, und ich freue mich gespannt aufs Ganze.

Grüße die Gattin, und nimm alles Freundschaftliche Deines

H.B.

24.I.48

Edler, geduldiger Broch,

ich bin sehr beschämt, daß Du meine ausdrückliche Bitte um ausdrückliche Unbeantwortung gleich mit zwei Seiten in den Wind geschlagen hast, und mich dazu.

Was hilft's: Du hast vollkommen recht, von A bis Z, und ich müßte, um Dir jetzt noch irgendwo widersprechen zu können, mich an ein Qu oder ein Y oder an sonst etwas Peripheres halten, – etwa daran, daß der Harden, zugestanden selbst die (von Kerr geprägten) »faden Fehden«, gegen den Kraus vielleicht doch nicht recht behalten hat; oder daran, daß ich dem Hausmann die Beweise seiner Anständigkeit sehr wohl zugutehalte; oder an dies und jenes, was mit der Sache selbst nicht das mindeste zu tun hat und was Du sogleich als kläglichen Vernebelungsversuch meines Rückzugs durchschauen würdest. Nein, nicht Rückzug eigentlich, – meines Einschrumpfens. Letztes Mal hatte ich noch befürchtet, daß die von mir geübte Kritik mir nicht zukäme. Heute weiß ich, daß mir die von Dir geübte Nachsicht nicht zukommt.

Denn es ist so, wie Du sagst: ich hänge ganz im Herzensgrund (und in eben diesen hast Du mich damit getroffen) an der Legende vom Dichterfürsten, und der Aufwand, dessen Du meinen Brief mit Recht geziehen hast, ist so gut und so schlecht ein Teil dieses Hängens, wie der Aufwand des Thomas-Mann-Briefs ein Teil der Legende ist. Es gleicht sich aus, es hebt sich gegeneinander auf, es reduziert sich zu null, und um übrig zu bleiben, muß man ein so explizit invariabler Faktor sein wie eben nur Du es sein darfst und nicht ich. Ganz recht geschieht mir.

Nimm nochmals meinen Dank, auch für die nochmalige Würdigung meines Probegeschichtels (ich werde Dir das Ganze, sowie ichs in Druckbogen habe, sofort zuschicken), und sei von Marietten und mir, die wir Dich beide sehr bald möchten wiedersehen wollen, aufs herzlichste gegrüßt.

Princeton 12.3.48

Liebster Celeritas,
Deiner ebenso schonungsvollen wie schonungslosen Aufforderung gemäß ist das Retourcouvert samt Inhalt an Dich abgegangen: über Deine schonungsvolle Absicht weißt Du selber Bescheid, doch daß der allzu rasche Entriß eine Schonungslosigkeit war, muß Dir gesagt werden. Ich hätte mich wirklich sehr gern eingehender mit dem Buch beschäftigt, denn erstens ist es wert, daß der Edle darüber schwitz', und zweitens haben sich mir schon bei dem flüchtigen Durchlesen, das Du mir vergönnt hast, eine Reihe prinzipieller Fragen zum Geschichtel-Erzählen wieder ergeben, die Dir zu intimieren mir Freude gemacht hätte. Ich bin, wie Du weißt, sonst sehr prompt in derlei Dingen, aber während der letzten Wochen hat sich ein Turmöl* in mir und um mich herum getan, das mir schlechterdings den Atem benahm, just also als ich ihn brauchte, um ihn mir von Deinem Buch rauben zu lassen.

Immerhin, ungeachtet aller Zeitbedrängtheit weiß ich, sah ich, las ich genug, um Dir meine Gratulation wiederholen zu können, und das versteht sich nur von selber: ein Buch, das eine Szene wie die in der N.R. abgedruckte enthält, hat seinen Pegel gesetzt, und da kann einem niveaumäßig nix mehr passieren; überdies hast Du das Pegel-Niveau mit schönster Stetigkeit und Kraft und Skill höhenbeständig gehalten. Einwände? Trotzdem Einwände? Ja, aber bloß den alten gegen das Geschichtenschreiben überhaupt, und daß ich davon nicht abkomme ist nicht Deine Schuld, nicht einmal die meine, und doch in gewissem Sinn die Deine: ich verstehe nicht, daß ein Mensch von Deinem Talent so unbedingt formkonservativ bleibt. Du wirst den Gegeneinwand vorbringen, daß eine Zeit wie die unsere keine Zeit zum artistischen Experimentieren mehr hat, und daß es für den Künstler heute wichtiger ist sich ethisch verständlich zu ma-

* = turmoil (Tumult)

chen, kurzum, daß das Ethische über dem Ästhetischen steht, und da bin ich sicherlich der erste, der beipflichtete –, nur daß ich meine, daß dies einer der Gründe ist, durch die sich die alte Romanform aufhebt. Und daß das zum Film hinweist. Ich brauche Dir nicht zu sagen wie sehr ich Deinem ethischen Wollen Erfolg wünsche. Ich wünsche ihm auch Verfilmung. Und hiezu auch etwas Praktisches: ob Hollywood noch Nazi-Filme macht, weiß ich nicht, doch sollte es das, wie ich fast annehme, nicht mehr tun, so käme immerhin Österreich in Betracht, obwohl von dort kein Geld zu sehen ist, es sei denn das Wunder eines Film-Exportes träte ein. Soll ich also Rudolf Brunngraber, der im österreichischen Film jetzt eine Art Generalsstellung innehat, auf das Buch aufmerksam machen? Ich möchte Dich jedenfalls mit ihm in touch bringen; vielleicht kannst Du dort auch nachträglich etwas für den »Stern der Ungeborenen« unternehmen.

Ich hoffe sehr Dich bald zu sehen, ebenso aber nochmals die Fahnen. Inzwischen Euch beiden alles Herzliche Deines

H.B.

16.III.48

O daß Du doch, o Broch, mein Gewissen nicht mit immer neuer Schuld belüdest! Was hilft mir alle Celeritas, was hilft mir die beste und lauterste Absicht, mit Deiner Zeit hauszuhalten, wenn Du diesen Haushalt dann selbst auf den Kopf stellst? Eine wortlose Rücksendung der Fahnen hätte ich, ich schwöre es, wortlos hingenommen – aber mit einem Brief von Dir ebenso zu verfahren, reicht meine Selbstzucht nicht aus: und da haben wir nun genau die Bescherung, die ich Dir zu ersparen bestrebt war. Bis zur Behauptung, daß mir vom Turmöl Deiner letzten Wochen schwante und daß ich *des*halb die Fahnen zurückerbat, will ich mich ja nicht versteigen. Immerhin hatte ich erwartet, daß Du – dessen leserische Hurtigkeit ich doch schon mehrmals zuvor am eigenen Geschichtel erfahren hatte – mir die Fahnen nach wenigen Tagen, etwa drei bis zweien, retournieren würdest, kritisch saldiert oder nicht, und immerhin erfaßte mich, als dies nicht geschah, die ehrliche Besorgnis, daß ich Dir da etwas Ungebührliches aufgehalst hätte und Dich vom Druck, den es Dir etwa verursachen möchte, nun besser befreie. Statt dessen habe ich ihn verstärkt, verstärke ihn durch diesen Brief nur noch um ein weiteres, bin obendrein an einem Interruptus schuldig geworden, und weiß nicht aus noch ein.

Erinnerst Du Dich eines Briefwechsels, in den ich Dich einmal von Hollywood aus verfilzt hatte und in dem Dir eine (offenkundig nur zur Information oder Belehrung gedachte) Parenthese über den »Altersstil« unversehens, gewissermaßen unterm Farbband, zu einem zehn Seiten langen Essay geriet? *Ich* erinnere mich, – teils mit Wollust, denn es war ein schöner Essay (und seine wesentlichen Theoreme wurden mir bald darauf, wie ich Dir damals auch schrieb, vom ahnungslos involvierten Strawinski selbst bestätigt); teils aber mit Bangen, denn die Verlockung, meine Replik auch nur auf einen einzigen Punkt Deines Briefs desgleichen ins Seitenlange ausarten zu lassen, ist, wie Hitler gesagt haben würde, eine große. Und einer solchen Gewissensbelastung wäre ich dann nicht mehr gewachsen. Also will ich mich so kurz fassen, als ich irgend vermag.

Du kannst Dir schon denken, welchen Punkt ich meine: den formalen natürlich, den »formkonservativen«, die Subordination des Ästhetischen unter das Ethische. Da Du mir den peinigenden Gefallen getan hast, diese Rangordnung als die von mir akzeptierte vorwegzunehmen und sie sogar als berechtigt anzuerkennen, muß ich Dir ehrlicherweise sagen, daß Du Deinerseits mit dieser Vorwegnahme noch viel mehr rechthast, als Du es mir gibst, d.h. daß ich jene Rangordnung auf noch viel breiterer (und darum unwürdigerer) Basis akzeptiert habe, als Du es mir, je nachdem, insinuieren oder konzedieren wolltest, – auf einer Basis nämlich, die sich außer auf die ethischen und ästhetischen Erwägungen auch noch auf ganz allgemeine und ganz unkünstlerische stützt, ja sogar auf ein gewisses Ressentiment. Mit noch andern

Worten: ich bin »formkonservativ« nicht nur mit ästhetischer Absicht und nicht nur aus ethischer Bemühung, sondern ich bin (wenn man das sein und sagen kann) *überhaupt* konservativ, und wenn unter den zahllosen Programm-Slogans dieser Zeit mir einer zusagt, dann ist es der (soviel ich weiß und so wenig es mich freut von Hermann Rauschning* geprägte) Begriff der »konservativen Revolution«.

Hier stehe ich, Gott helfe mir – aber Er wird schon nicht – und ich kann auch anders, oder zumindest konnte ich, und jedenfalls hab ich's versucht: mit meinem zweiten Roman**, in dem ich die handelnden Figuren, insgesamt sechs, ausschließlich in den von ihnen geführten Tagebüchern sich darstellen ließ, weil ich durch diese Gegeneinanderspiegelung sechser Ich irgendetwas beweisen wollte, was mir damals – ich war 23 – nicht anders beweisbar erschien. (Übrigens bist Du als einziger mir dahintergekommen, daß ich die einzelnen Tagebücher fortlaufend geschrieben und erst dann auseinandergerissen hatte, was Du zwar nicht mehr weißt, ich aber ja.) Es war mein erster »bewußter« Roman – denn an den eigentlichen und dilettantischen Erstling*** kann ich die Maßstäbe eines künstlerischen Bewußtseins doch nicht anlegen –, und Du darfst mir glauben, daß ich schon von Anfang an gegen die überkommene Form des Romans sehr großes Mißtrauen und zum artistischen Experimentieren sehr große Lust hatte. Daß ich sie nochmals unterdrückt habe, ist in der Tat eine direkte Folge der andern und bedeutenderen Unterdrückungen, von denen meine literarische Adoleszenz begleitet wurde.

Also eine Konzession an die Zeit. Also, wenngleich mit hoffentlich verkehrtem Vorzeichen, ein Opportunismus. Also eine schäbige, feige, und in Anbetracht der verhältnis-

---

* deutscher Politiker in der Zwischenkriegszeit, Autor des Buchs »Make and break with Hitler« (1941), deutsch »Eine konservative Revolution« (1942).

** »– und glauben, es wäre die Liebe«

*** »Der Schüler Gerber hat absolviert«

mäßig jungen Jahre, in denen ich sie mir aneignete, sogar verwerfliche Haltung. Aber in Anbetracht der gesprengten Formen und gebrochenen Bahnen, von denen diese Jahre desgleichen gekennzeichnet waren, leider die mir einzig mögliche. Denn zum artistischen Experiment, das kein Krampf wäre und mich dennoch nicht in die Gesellschaft oder gar ins Schlepptau der falschen Formensprenger und nihilistischen Bahnbrecher brächte: dazu, ich sage es offen, fehlt es mir an Kraft (oder eigentlich an Gewure, denn wirkliche Kraft haben ja auch jene nicht). Wahrscheinlich nimmst Du den Ortega y Gasset nicht sehr ernst – aber wenn Du einmal ein paar erholsame Minuten genießen und Dich in ein platonisch veredeltes Herrenhof zurückversetzt fühlen willst, dann lies seinen Essay über »Phrase und Aufrichtigkeit«. Mir *graut* vor der »Vertikal-Invasion der Barbaren«. Und da ja unter denen ihrer Hand *jede* Revolution, eh sie sich dessen versieht, zur Schablone werden muß, so bin ich doch lieber mit offenen Augen dem bechoweten* Klassizismus sein Epigone, als unversehens dem scheinrevolutionären Geseres** seiner.

Denn, ich sage es nochmals (damit nur ja kein Mißverständnis entsteht): zur wirklichen Revolution, zur Schaffung einer neuen Form aus den gesprengten alten, zur Entwicklung eines Stils, der schon die Keime seines eigenen Klassizismus in sich trüge (und eben *nicht* die der Schablone) – zum Altersstil also – besitze ich das Rüstzeug nicht. Jene »letzte Anstrengung des Traumes, der sich selbst erweckt und seine Grenze erkennt«, kann ich mir nicht leisten, weil ich unter ihr zusammenbrechen würde. Sondern ich muß meine Grenze im Wachen erkennen. Sonst bliebe ich, Du sagst es, »sprachlos vor Schuldbewußtsein, schuldbewußt vor Sprachlosigkeit« – und das wäre eine Anmaßung; nämlich die Anmaßung einer höheren Schuld, als sie mir aufgebürdet ist, und einer tieferen Sprachlosigkeit, als sie mir entspräche.

---

* bürgerlich-behäbig
** unnützes Getue

Das, um was es mir geht, kann ich gerade noch ausdrücken. Um das, was ich nicht mehr ausdrücken kann, *weiß* ich zwar noch, aber es geht mir nicht mehr darum.

Daß die alte Romanform sich deshalb und von hier aus aufhebt, ist mir klar, und in diesem Punkt würde ich Dir niemals widersprechen. Deshalb und von hier aus (nur von hier aus) habe ich mich ja auch im dritten Schlafwandler-Band wohler gefühlt als im Vergil (und würde mich nicht verwundern, wenn ein ähnliches Gefühl auch Dich beschlichen hätte). Aber das ist bei Dir weder eine prinzipielle noch eine kategorische Frage, sondern wirklich nur eine der Nuance und des Geschmacks. Bei mir ist es eine Existenzfrage. Du kannst Dir aussuchen. (Ich nicht.) Joyce kann sich aussuchen. Gide kann sich aussuchen. (Kafka, wie nur je ein polnischer Schlachzize die Milch seiner zehntausend Kühe, braucht njicht und schijttet weg.) Du, ganz wie es Dir paßt, und wo es Dir paßt, und unter welchem Vorwand es Dir paßt, kannst einen Essay oder ein Gedicht dazwischenschreiben. Ich, wenn ich einmal Gott behüte nicht darum herumkomme, muß mich nebbich in naturalistischen Grenzen halten und einen Lyriker oder einen Essayisten auftreten lassen, sonst is g'fehlt: denn zum *deklarierten* Gedicht oder Essay innerhalb des Romans reicht es eben nicht; vom Roman aus nicht, weil es ja eben ein »deklarierter« Roman ist, und von sich (oder von mir) aus nicht, weil ich eben nicht genug weiß und kann. Erlaß es mir bitte, die offenkundige Wechselbeziehung zwischen diesen beiden Punkten daraufhin zu untersuchen, welcher die Ursache und welcher die Wirkung ist, – ich müßte mir sonst vielleicht eingestehn, daß das, was ich so euphemistisch als mangelnde Kraft und fehlendes Rüstzeug bezeichnet habe, ganz einfach eine unzulängliche Bildung ist und daß ich im Fall ihrer Zulänglichkeit vielleicht imstande wäre, *nicht* zu deklarieren und mich dennoch keines Zollschwindels verdächtigen zu müssen. Aber jetzt häng ich schon und kann nur neidvoll zu den Herrschaften im Coupé I.Cl. hinüberschielen (es ist ein Halbcoupé), vor denen die Grenzbeamten scheu salutieren und sich zurückziehen.

Der André Gide hat, wie Du weißt, zu den »Falschmünzern« auch noch ein »Tagebuch der Falschmünzer« geschrieben, in dem er selbst (nicht Edouard, er selbst, André) sich Gedanken über den Roman macht und an einer Stelle notiert: »Alles ausschalten, was nicht essentiell zum Roman gehört«; und einige Tage später erfolgt die Eintragung: »Was *gehört* denn eigentlich essentiell zum Roman?« Da hammers. (Ich zitiere aus dem Gedächtnis.)

Ob der Musil oder so wer wie der John Cowper Powys (»Wolf Solent«) da noch dazugehört, weiß ich nicht. Aber daß der Döblin und der Dos Passos nur noch gelallt haben, weiß ich. Und daß der Thomas Mann, wollte er ehrlich deklarieren, eigentlich einen naturalistischen Bildungsprotz auftreten lassen müßte, mache ich mich nachzuweisen erbötig. Freund Pick hat ihn kürzlich, and there he got something, als »einen der bedeutendsten Frager des Jahrhunderts« bezeichnet. Ich meinerseits hatte gelegentlich seiner letzten Anwesenheit ein Gespräch mit ihm, eben darüber, über die Fragwürdigkeit und Überlebtheit des Romans, über die Unmöglichkeit, sich hinzusetzen und »einfach zu erzählen«, über die Notwendigkeit der zwei- oder gar dreifachen Brechung, und es war sehr oberlehrreich. Aber im Grund sind das doch nur die Mätzchen eines schlechten Gewissens (ich darf das sagen, weil ich da nämlich anmaßend genug bin, auch mich selbst zu meinen, obwohl ich eine fingierte Rahmenhandlung eigentlich für sauberer halte als einen fingierten Biographen).

Willst Du mich mit diesem Geständnis – daß ich also *doch* nur ein schlechtes Gewissen habe – für heute entlassen?

Nein, noch nicht. Noch ein P.S. »Den Ritter an und bald den Drachen«, wie es in Schillerns Kampf mit eben diesem heißt, es ist meine Lieblingszeile und ihrer wüsten Schönheit tut auch die vorangehende keinen Abbruch: »Und alles schaut bewundernd bald«. So auch ich Dich, Ritter der Du warst, und ich hoffe mich ritterlich verteidigt zu haben. Aber warum speist Du mir das Drachengift eines (noch dazu konkreten) Film-Hinweises ins Antlitz? Glaub mir: das Ethische über das Ästhetische zu stellen, genügt noch nicht zum Filmverkauf! Es genügt nicht einmal für eine amerikanische Übersetzung. (Die Franzosen und die Hebräer haben sich da schon dem Manuskript gegenüber viel besser benommen.) Daß das »Geschichtelerzählen« zum Film hinweist, ist natürlich richtig, aber das ist eine freiwillige und zusätzliche Korruption, kein organischer Defekt (denn dem Film kommt es selbst beim formkonservativsten Geschichtel ausschließlich darauf an, *was* erzählt wird). Mit dem Verenden der alten Romanform hat das nichts zu tun; oder höchstens so viel, wie wenn ein Krebskranker auch noch die Stiegen herunterfällt.

ICH BESCHWÖRE DICH, MIR A) NICHT ZU ANTWORTEN, B) DIE FAHNEN NICHT ZURÜCKZUSCHICKEN, UND C) FÜR EINEN DEINER NÄCHSTEN BESUCHE IN NEW YORK EIN GESPRÄCH INS AUGE ZU FASSEN, ICH BESCHWÖRE DICH!

150 West 55th Street
New York 19, N.Y. 8.VIII.50

Liebwerter und Aufgeklärter (im transitiven Sinne meines Mißverstands) –

hier ist das gewünschte Gedicht*, welches natürlich nicht von Fallers sondern von Feuchters stammt. Die Werbezirk, soeben mit einem Baron Bleyleben bekannt geworden und ihn konstant mit »Bley« anredend, schüttelte auf seine zaghafte Aufforderung, ihn doch bitte Bleyleben zu nennen, energisch den Kopf und sprach: »So intim sind wir noch nicht.« – Wirklich gut ist bei näherem Hinschaun natürlich nur die erste und besonders die letzte Strophe.

Die durch Zerlegung entstandenen israelitischen Namen sind Hersch Süchtig, Eisig Kalt, Leib Haftig und Riffka Bylenstamm.

---

* Ernst von Feuchtersleben: »Resignation«

Auch die vom gleichen Mittler* erfundenen »Familien« gehören hieher, z.B. die Familie TATION: Vater LEVI, Mutter AGI, die Töchter MEDI und GRAVI, und eine entfernte Verwandte namens LABESCH.

Ganz zu schweigen vom »Bedeutungswandel-Spiel«:

Hochstapler – ein Gipfel in den bayrischen Alpen; Novalis – ein Eierstockpräparat; Furtwängler – tiroler Ausdruck für Spediteur (»Gehn S' wängeln S' mir den Koffer da furt«); Pissoir – ein französischer Impressionist; etc.

Für lange Winterabende oder Fahrten aus resp. nach New Haven eignet sich auch das Sprach-Proportions-Spiel: Portion verhält sich zu Proportion wie C-Dur zu Prozedur; es wird mit Präfixen nach freier Wahl gespielt, z.B.

Präfix RE: Torte: Retorte wie Bach: Rebach
Präfix EX: Amen: Examen wie Haustor: Exhaustor
Reh: X-Ray wie Lenz: Exlenz
Präfix KATA: Pult: Katapult wie Strophe: Katastrophe
Lányi: Catalani wie Rinne: Katharine
Präfix CO-EX: Coitus: Exitus wie Colibris: Exlibris

Vom selben Autor stehen Dir auf Wunsch auch noch Rätsel, Limericks, und Schüttelreime ins Haus, alle sowohl deutsch wie englisch wie deutsch-englisch kombiniert. It starts growing on you ...

Hab Dank für Besuch, Geduld, Humor und sehr sehr vieles sonst noch.

Der Deine F.T.

---

* Mittler, Franz, 1893–1970; meisterhafter Schüttelreimer und Klavierbegleiter von Karl Kraus.

Max Brod

8440 Yucca Trail
Hollywood 46, Calif. Dec. 30, 1943

Lieber, verehrter Herr Doktor Brod,

Ihre drei Briefe sind in kurzer Aufeinanderfolge hier angekommen, und haben mir das Alte Jahr zu einem schöneren Abschluß gebracht als ich ihn erhofft hätte: nicht nur wegen der erfreulichen Verlags-Nachricht, sondern einfach weil es so schön war, drei Briefe von Ihnen zu bekommen, nach so langer Pause noch dazu, und weil man ihnen die lange Pause so gar nicht anmerkt. Ich habe einmal, ziemlich in meinen Anfängen – was jetzt auch schon eine hübsche Zeitlang her ist – den Unterschied zwischen Verliebtsein und Lieben zu definieren versucht, in einer kleinen Novelle, die mir seither nebst vielem andern unwiederbringlich verloren gegangen ist (in Frankreich): »Verliebtsein: wenn du sie noch so oft siehst, und wenn du sie erst gestern zum letzten Mal gesehen hast – es ist dir immer, als hättest du sie gerade erst kennen gelernt. Liebe: wenn du sie noch so selten siehst, und wenn du sie vor einem Jahr zum letzten Mal gesehen hast – es ist dir, als wäre es erst gestern gewesen.« Sie wissen, warum mir das jetzt einfällt, und Sie wissen, wie dankbar ich Ihnen bin daß es mir einfiel.

Jetzt zu Ihren Briefen, die mir in vieler Hinsicht eine große Freude und Beruhigung waren, weit übers Persönliche hinaus: zum Beispiel in bezug auf Ihr Leben und Ihre Arbeit (worüber ich die widersprechendsten Dinge gehört hatte), oder in bezug auf Palästina. Eine Mitteilung wie die, daß Sie hebräische Vorträge über Flaubert, Kierkegaard und Kafka halten, schließt ungefähr alles ein, was man sich wünschen dürfte. Es ist auch sehr wichtig, daran erinnert zu werden, daß es Menschen sind und keine Engel, mit denen man dort zu tun hat. Und wie glücklich mich erst die »Mutar«-Geschichte dieses achtjährigen Mädchens gemacht hat, kann ich Ihnen gar nicht sagen; nicht nur weil es eine bezaubernde Geschichte ist, sondern weil Sie sie »so herrlich jüdisch von Grund aus« finden. Ich war schon ein bißchen unsicher, ob es etwas herrlich Jüdisches von Grund aus gibt, ja ich hatte fast schon vergessen, daß Kinder mit hebräischer Muttersprache aufwachsen. Das alles ist sehr schön und beinahe wie »unsres alten Gottes Zuruf vom Gebirge« – ich wollte Ihnen bei dieser Gelegenheit sagen, daß ein lange verschollener Freund, dem ich einmal in Wien das »Gelobte Land« geliehen hatte, es mir jetzt aus Argentinien zurückgeschickt hat, und daß sich in meiner erbärmlich dünnen Bibliothek unter den wenigen deutschen Romanen der »Tycho Brahe« und der »Reubeni« befinden, die ich hier in einem deutschen Antiquariat aufgestöbert habe.

Das »Isolations-Gefühl«, das Sie ab und zu überkommt, verstehe ich nur zu gut – aber Sie dürfen doch nicht vergessen, in wie hohem Maß die Zeit und die Umstände dazu beitragen. Eigentlich gibt es ja heute nur einen einzigen »Markt«, den angelsächsischen – und wer da nicht schon vor der Emigration akkreditiert war, *ist* eben isoliert. Richtige Resonanz haben von den exilierten deutschschreibenden Autoren höchstens zwei oder drei, und wenn man ganz genau hinsieht, eigentlich nur Werfel. Aus der Zehner-Gruppe, mit der ich seinerzeit hier herüber gebracht wurde, hat es der einzige Alfred Neumann zur Veröffentlichung eines Romans gebracht ... die andern haben bisher noch nicht eine Zeile publizieren können, und es sind immerhin so ehrenwerte Valeurs darunter wie Heinrich Mann, Leonhard Frank und Alfred Döblin. Wir alle – in entsprechendem Abstand darf ich da auch mich selbst einschließen, denn mindestens die Frage der Publikation war doch in Europa auch für mich keine Frage mehr – wir alle hängen eben in der Luft, noch dazu in einer Luft die gar nicht die unsre ist, und werden so lange dort hängen bleiben, bis sich herausstellt, ob es im deutschen Sprachgebiet noch des Lesens kundige und zum Lesen bereite Menschen gibt, die sich an uns erinnern ...

c/o TIME Magazine
Rockefeller Plaza, New York, N.Y. 10. Mai 1945

Lieber, verehrter Herr Doktor Brod,

erst jetzt, da ich mich daranmache Ihnen zu schreiben, habe ich zu meinem Schrecken festgestellt, daß ich Ihnen außerdem noch die Antwort auf Ihren letzten Brief schuldig bin, – ich sage »außerdem«, weil ich Ihnen in diesen Tagen *jedenfalls* geschrieben hätte, – und mit »diesen Tagen« meine ich den Zusammenbruch Deutschlands und das Ende des europäischen Kriegs, Laz'man hazeh*, über deren Erreichen und Erleben wir den großen Segensspruch zu sprechen haben. Ich habe die ganze Zeit hindurch sehr viel und intensiv an Sie denken müssen, als an einen der zum Verzweifeln Wenigen, die wirklich wissen, was es mit diesem Segensspruch für eine Bewandtnis hat und daß er für uns eigentlich erst in der »dritten Schicht« Gültigkeit bekommt, – und nicht in der ersten, vordergründigen, primitiven: der Feind ist tot, – nicht in der zweiten, in der die Zweifelhaftigkeit dieses Siegs erschreckende Dimensionen annimmt, – sondern wirklich erst dahinter und darüber, im Zeitlosen und Geheimnisvollen, dort wo die säkularisierten Unterschiede zwischen Haman und Hadrian und Hitler verschwimmen und wo sie alle mit Recht den gleichen Anfangsbuchstaben haben.

Leider verhält es sich so, daß für einen, dem die primitive Reaktion nicht genügt, eigentlich *nur* die Zweifelhaftigkeit des Siegs Aktualität hat, und manchmal sieht es mir geradezu nach einem Pyrrhus-Sieg aus. Nicht nur deshalb, weil uns da die klaffendste Wunde seit 500 Jahren geschlagen wurde, weil Osteuropa ein zweites Spanien geworden ist. Nicht einmal *nur* deshalb, weil *alle* europäischen Berichte und alle außer-europäische Evidenz dafür sprechen, daß Hitler in diesem einen Punkt, welcher uns betrifft, seinen Krieg gewonnen hat. Schlimmer und bedrohlicher als das, wie schlimm und bedrohlich es auch schon ist, scheint mir die Haltung *der*

---

* in dieser Zeit

überlebenden Juden. Und wiederum meine ich nicht die »Flucht-Juden«, die es immer gegeben hat und immer geben wird und die mich nicht einmal mehr als klinisches Problem interessieren. Sondern ich meine – und es hat wohl keinen Sinn, sich da lange herumzudrücken, – ich meine die ständig wachsende Anzahl jener, die sich gerade und ausdrücklich *mit jüdischen Motivationen* ihrem vermeintlichen Befreier und Beglücker Stalin in die Arme werfen.

Diese jüdische Motivation ermöglicht es ihnen obendrein, sich dabei noch charakter- und gesinnungsstark vorzukommen, obwohl es sich da im *besten* Fall um eine Kombination von Dummheit, Opportunismus und Kurzsichtigkeit handelt: Stalin hat nichts gegen die Juden, folglich bin ich für ihn. Damit wird Buchenwald zum Standard unsrer Ansprüche und die Nürnberger Gesetze zum Gradmesser unsres Rechts. Damit sind wir ungefähr dort, wo wir vor der französischen Revolution waren. Es stimmt bis aufs Wort, bis auf die berühmte Formulierung des Abgeordneten Clermont-Tonerre: »Dem Juden als Einzelnem alles – den Juden als Gesamtheit nichts«. Das war 1791. Es soll mir endlich jemand sagen, um was wir 1945 bei Stalin besser dran sind. Es wird auch genau so enden. Man braucht sich dazu nicht einmal an das Beispiel der italienischen Diktatur von 1938 zu erinnern (auch in Italien gab es bekanntlich kein Judenproblem). Und es braucht auch gar nicht so offenkundig zu erfolgen wie in Italien oder gar in Deutschland. Es geht von selbst. Hitler hat uns bei lebendigem Leib verbrannt – Stalin anästhesiert uns, und wir glucksen uns noch beseligt in die tödliche Operation hinein. (Der genialische, bösartig-verkauzte Hermann Borchart, dessen Roman »Die Verschwörung der Zimmerleute« hier vor zwei Jahren unter beträchtlichem literarischen Aufsehen erschienen ist, ging sogar so weit, in dieser Alternative sich eher noch für Hitler zu entscheiden, weil »der wenigstens Märtyrer aus uns gemacht hat«.)

Ich bin vollkommen verzweifelt, und ich bitte Sie ernstlich, mir Ihre Meinung zu diesem Problem zu sagen. Oder betrachtet man es in Palästina als eine quantité négligeable?

Dann wären ja die Palästinenser fast so fein heraus wie diejenigen, die Palästina als quantité négligeable betrachten. An den Reaktionen, die mir hier auf mein wildes (zum Teil auch publikes) Herumschlagen zuteilwerden, merke ich immer deutlicher den großartigen und fast schon fatalen Sinn jener Schrift von Felix Weltsch, die »Das Wagnis der Mitte« hieß. Bitte grüßen Sie ihn sehr herzlich von mir. Ich gäbe viel darum, wenn ich jetzt mit Ihnen und ihm und Martin Buber beisammen sein könnte. Bubers Bücher haben eine merkwürdig trostreiche Wirkung auf mich, gerade durch ihre Detachiertheit von diesem Problem. Von *Ihnen* aber, und Sie müssen mir noch Freund und Lehrer genug sein, um mir die Ungebärdigkeit meiner Forderung zu verzeihen – von Ihnen brauche ich jetzt *direkten* Trost ...

16 Hayardenstreet
Tel Aviv
Palestine

6. Juli 1945

Lieber Torberg –

Dank für Ihren Brief vom 10. Mai. – Ich hätte ihn gleich beantwortet. Aber ich hatte so viel mit der endgiltigen Durchsicht meines Buches zu tun, das nun bei einem englischen Verleger (in London) erscheinen soll und richtig auf fast 1100 Schreibmaschinenseiten angeschwollen ist. Statt langer Reden lege ich hier für Sie eine Art Resumée bei, das aber (weniger als ein Resumée) eigentlich nur die Schlagworte enthält, in der Reihenfolge, in der sie in den Kapiteln zur Sprache kommen. Sie sehen, daß es sich um dasselbe dreht, was Sie in Ihrem Brief beklagen – die Sinnlosigkeit dieses Sieges, wenn er nicht in die Herzen dringen und dort eine metaphysische Änderung erzeugen wird. Bei uns Juden, – aber überhaupt bei allen Menschen. Mit uns Juden steht es schlimm, und glauben Sie nicht, daß die von Ihnen beklagten Mißstände hier fehlen. Es gibt auch hier Assimilanten aller Sorten, die nur nicht genau wissen, woran sie sich eigentlich assimilieren sollen. Sonst täten sie's. Immerhin geht der Zug des kräftigen Lebens über sie weg und man sieht sich eigentlich meist Menschen verbunden, die als Menschen wie als Juden zielsicher sind. Das ist der Trost, den ich Ihnen zu geben hätte. Kommen Sie her, wenigstens für eine Zeit lang, und holen Sie sich ihn selbst. Jetzt ist Arthur Koestler hier, um ein Buch über Erez Israel für Gollancz zu schreiben. Können sie nicht einen ähnlichen Auftrag für einen amerikanischen Verlag erlangen?

Ich mache Sie aber von vornherein aufmerksam, daß Sie sich auf manches Enttäuschende gefaßt machen müssen. Um des Herzstärkenden willen muß das in Kauf genommen werden ...

150 West 55 St.,
New York 19, N.Y.

Anfang November 1945

Lieber Herr Doktor Brod,

Sie haben mich am Schluß Ihres Briefs ermahnt, Sie diesmal nicht so lange auf meine Antwort warten zu lassen, – aber es hat sich gerade diesmal besonders ungut gefügt. Erstens war Ihr vom 6. Juli datierter Brief ganz ungewöhnlich lange unterwegs, und zweitens hat er mich eben dadurch in einer schlimmen Zeit angetroffen, Anfang September, kurz nach dem Tod Werfels. Ich kann Ihnen so geschwind nicht sagen (geschweige denn erklären), was für eine Erschütterung dieser Tod für mich war und immer noch ist, und ich kann Ihnen auch diese einmalig intensive, lebendige, an- und aufregende Freundschaftsbeziehung nicht schildern, die sich zwischen Werfel und mir entwickelt hatte. Sie war jedenfalls der große Trost in den vier oder fünf amerikanischen Jahren, die jetzt hinter mir liegen, und war in gewissem Sinn (besonders in Hollywood) schlechtweg die Rettung vor ihnen.

Vielleicht sagt es Ihnen etwas, wenn ich mich für heute mit der ein wenig sentimentalen Formulierung zufriedengebe, daß ich zu Werfel so stand wie zu einem älteren Bruder (und er zu mir wie zu einem jüngeren), daß ich ihn genau so geliebt habe, daß ich mich über ihn begeistern und über ihn ärgern konnte, wie man eben nur über einen älteren Bruder begeistert oder verärgert sein kann. Das Kostbarste aber an dieser doch eher unvermuteten und auf den ersten Blick vielleicht gar nicht recht einleuchtenden Beziehung war (und gerade Sie werden verstehen, was ich meine): daß mir von ihm *nicht die geringste Gefahr* gedroht hat, daß ich weder im Geistigen noch im Welt-Konzeptionellen noch im rein Literarischen auch nur der geringsten »Beeinflussung« ausgesetzt war, sondern immer nur der denkbar lebendigsten Anregung und Befruchtung. Er hat mich zu nichts »bekehrt« und zu nichts bekehren wollen, wir haben die Standpunkte, die wir nicht teilen konnten, den jüdischen vor allem, und manchen literarischen dazu, niemals als Streitpunkte angesehn sondern immer nur als Nuancen-Unterschiede einer verwandten und wechselseitig respektierten Einstellung, und waren einander auf diese Weise eine ständige Vergewisserung dessen, was wir wollten. Es versteht sich, daß *ich* dabei den größeren Profit eingeheimst habe, und daß ich jetzt sehr vieles schwer vermissen werde. Fühlen Sie sich bitte nicht allzu sehr belastet, wenn ich Ihnen zum Schluß noch sage, daß ich Sie, nach dem Verlust des brüderlichen Freunds, jetzt desto mehr als den väterlichen empfinde.

Ich bin jetzt auch doppelt froh, daß ich noch zu seinen Lebzeiten einige Klärung in das Verhältnis zwischen Ihnen und ihm zu bringen versucht habe; also daß ich Ihnen nicht etwa erst jetzt und ex post eröffne, wie nah er sich Ihnen gefühlt hat und welche Freude und Beruhigung es ihm war, sich von Ihnen verstanden und geschätzt zu wissen. – Augenblicklich lese ich seinen großen nachgelassenen Roman, den »Stern der Ungeborenen«, und bin viel mit Alma beisammen, die bis auf weiteres hier in New York leben wird (Hotel Alrae, 37 East 64 St.). Überflüssig zu sagen, daß es viele Dinge über ihn zu sprechen gäbe, die ich nur mit Ihnen diskutieren könnte. Das würde aber jetzt zu weit führen und wird sich, wie ich immer inniger und dringender hoffe, im persönlichen Beisammensein ergeben.

Wenigstens die äußeren Erregungen beginnen jetzt endlich abzuebben (deshalb kann ich Ihnen auch endlich schreiben), und vor wenigen Tagen hat hier im »Austrian Institute« die Trauerfeier stattgefunden, bei der ich die Gedenkrede hielt. Sie wird im Januar-Heft der jetzt wieder (vierteljährlich in Stockholm) erscheinenden »Neuen Rundschau« gedruckt sein, und ich werde zusehn, daß Sie ein Exemplar bekommen. (Übrigens ist an einer Stelle der Rede auch auf Sie Bezug genommen.)

Es fügt sich so, daß ich Ihnen nicht nur aus einer großen Erregung heraus schreibe, sondern, ganz anders wieder, auch in eine Erregung hinein, – in die palästinensische, die uns hier seit Wochen und Monaten in Atem und in heißer Besorgnis hält. Daß Hitler, was die Juden betrifft, den Krieg in Europa auf jeden Fall gewonnen haben wird, wußten wir ja seit jeher. Aber das war ja wenigstens unser deklarierter Feind, und hat uns ganz deutlich angesagt, daß er es ist. Es scheint immer mehr, als sollte uns der endgültige Garaus von unsern Freunden gemacht werden. Daß ich Hitler im Vergleich zu Stalin für einen Ehrenmann halte, dürfte Ihnen schon aus meinem letzten Brief hervorgegangen sein. Neuerdings bin ich bereit, Stalin für einen Ehrenmann zu halten im Vergleich etwa zu jenem Major Winwood, der im Lüneburger Gaskammern-Prozeß die Nazi damit verteidigt, daß sie ja sowieso nur »the dregs of the ghetto« verbrannt haben, oder im Vergleich zu den Right Honorables, die bei einem Parlamentsbericht über die hardships, denen die armen Deutschen momentan ausgesetzt sind, »Shame, shame!« dazwischenrufen. Es fällt einem wirklich die Wahl schwer. – Was nochmals Palästina betrifft, so erinnere ich mich in der letzten Zeit öfter als mir lieb ist an einen alten Kaffeehausfreund von mir, der mir vor Jahren die Sinnlosigkeit des Zionismus darzulegen versuchte: was ihr da mit Palästina vorhabt, sagte er, ist genau so, wie wenn sich jemand mit der Begründung, daß er endlich Ruh haben will, auf das Ausfahrtsgeleise des Franzjosefs-Bahnhofs legt. (Nur daß es für uns eben *nichts* als Ausfahrtsgeleise zu geben scheint.)

Ich glaube nicht, daß ich in irgendeiner Gefahr bin, von Palästina aus eigener Anschauung »enttäuscht« zu werden, und daran liegt es ganz gewiß nicht, daß ich so gar keine Anstalten für einen Besuch treffe; eher schon liegt es an der Hemmung, mit der ich jetzt das Wort »Besuch« hingeschrieben habe und die noch aus jenen Blauweiß- und Hagibor-Zeiten herrührt, da Palästina eine Entweder-Oder-Entscheidung war, da man entweder als Chaluz* hinunterzugehn hatte oder garnicht, und keinesfalls als Tourist. Natürlich werde ich diese Hemmung eines Tags überwinden. Aber ich möchte meine Reise und meinen Aufenthalt dann wenigstens von außenher ganz nach meinem Geschmack und Gutdünken einrichten können, und das kann ich derzeit schon aus den simpelsten technischen und finanziellen Gründen nicht. Anderseits besteht für mich so gut wie gar keine Chance, es auf die gleiche Weise wie Koestler zu bewerkstelligen, – erstens gibt es hier keinen Verleger, der die Anständigkeit und das Interesse von Gollancz hätte, und zweitens würde er, wenn es ihn gäbe, nicht mich hinunterschicken sondern den Hemingway.

Sind Sie übrigens sicher, daß Koestler eine so glückliche Wahl ist? Damit da kein Mißverständnis entsteht: ich respektiere ihn außerordentlich, seiner Tapferkeit und seines einsam moralischen Antriebs wegen. Aber wenn er an den Judenpunkt kommt, wird er doch nur allergisch und treten doch nur wieder die Pusteln der im übrigen längst und gründlich überwundenen marxistischen Masern auf. Haben Sie »Arrival und Departure« gelesen? Da quält sich der offenkundig autobiographisch konzipierte Held durch ausnahmslos alle Konflikte hindurch, die so unheimlich typisch sind

---

* »Pionier«; Bezeichnung für junge Juden, die nach Palästina auswanderten.

für diesen jüdisch-intellektuellen »Byzantinismus nach unten«, für die kranke Israelitensehnsucht, von einer schwieligen Arbeiterhand auf die Schulter geklopft zu werden. Das ist nun ein höchst wahrhaftiger Konflikt und das hätte, offen ins Auge gefaßt – also wenn der Held zum Beispiel Sandor Goldberger geheißen hätte – auch ein höchst interessanter Roman werden können. Indessen heißt der Held Peter Slavik (!), und nichts an dem ganzen Buch ist jüdisch. Außer alles ...

21. 1. 1947

Lieber, verehrter Herr Doktor Brod,

so geht es also ganz entschieden nicht weiter, und da ich soeben (auf Grund eines Inserats in einer Schweizer Zeitung) den I. Band von »Diesseits und Jenseits« bestellt habe, nehme ich wenigstens *das* zum Anlaß, um meine längst überfällige Briefschuld an Sie wenigstens teilweise abzustatten. Sie hat mir schwer genug auf der Seele gelastet, das dürfen Sie mir glauben. Woran Sie mich hauptsächlich schuldig werden ließen (um mich dann, wie sich's gebührt, der Pein zu überlassen), das waren eben jene »Sieben Kapitel«, die Sie mir im Manuskript zuschickten und die mich zu einem Zeitpunkt erreichten, da ich gerade mit der reichlich qualvollen Fertigstellung meines Romans beschäftigt war, – oder ich glaubte zumindest, daß es bereits die Fertigstellung wäre. Sie war es aber nicht, sie war es noch lange nicht, sie ist es erst vor ganz kurzer Zeit geworden – und wenn ich jetzt erst auf das Eintreffen Ihres Buchs warten wollte und bis ich es gelesen und verdaut habe: dann würde die Pause so gewaltige Dimensionen annehmen, daß ich mich nicht einmal vor Ihnen mehr zu rechtfertigen vermöchte. Darum versuche ich lieber, Sie mit diesem Zwischen-Brief in eine mir geneigtere Stimmung zu versetzen, – schon damit ich mir zur Lekture Ihres Buchs die nötige Ruhe und Muße nehmen kann. Daß und wie sehr ich sie brauchen werde, weiß ich schon nach den 70 Manuskript-Seiten, die ich gelesen habe, – mit brennender Aufmerksamkeit gelesen habe, wenn ich das ausdrücklich sagen muß, und mit einem so erschütterten Gefühl von »mea res agitur«, daß ich eben erst den ganzen Band gelesen haben will, ehe ich mich an die Formulierung dessen mache, was sich dann etwa formulieren lassen wird. Nehmen Sie bis dahin mein Versprechen in Pfand, daß dieser nächste Brief keinen Tag länger auf sich warten lassen wird, als sein Anlaß es erfordert.

Was in der Zwischenzeit alles geschehen ist – und ich meine nicht die Headlines –, kann ich gar nicht recht überblikken. Ich habe, da meine Arbeit mich auf schlechthin mörderische Art in Anspruch nahm, in Zeitschriften nur Weniges publiziert, ein paar Gedichte und ein paar Aufsätze, die Ihnen wohl untergekommen sein dürften, und den zuletzt erschienenen, der ja auf Ihre redaktionelle Anregung zurückgeht, lege ich bei. Seiner Unzulänglichkeit war ich mir von vornherein bewußt und habe das auch im Titel ausgedrückt; obendrein sind natürlich die unvermeidlichen Striche erfolgt, ein mir besonders schmerzlicher bei der mir besonders wertvollen Berufung auf Ihren Kafka-Aufsatz, – ich hatte aus Ihrer Feststellung: »It is very easy to discover typically Christian traits in Kafka if one simply calls Christian that religious character which Judaism brought into the world« die Grundlage zu einem polemischen Ausfall gegen eben diese Simplifikatoren in unsern eigenen Reihen gemacht, und das vertrug sich offenbar weder mit dem Raummangel der »Jewish Frontier« noch mit dem Publikum, an das sie sich eigentlich wendet (und das sich ja tatsächlich in keiner Gefahr befindet, solcher Simplifikation aufzusitzen).

Mir, damit ich nun kurzerhand vom Tausendsten ins Hundertste gerate, gibt diese schurkische Assimilanten-Oberflächlichkeit noch immer wütend zu schaffen, ich kann noch immer an keinem von diesen »Getauften und Baldgetauften« vorbeigehn, ohne ihn zu fragen, warum er denn eigentlich zur Filiale einkaufen geht, wo er doch das Glück hat, in die Stammfirma hineingeboren zu sein, – und das führt dann gerne zu recht knusprigen Zusammenstößen, manchmal zu öffentlichen, manchmal zu privaten, manchmal zu einer Kombination beider. (Der Brief, dessen Abschrift ich Ihnen beilege, war z.B. an den Pater Johannes Österreicher gerichtet – Konvertit und erfolgreicher Judentäufer, namentlich in den Kreisen der wohlhabenden Emigration –, der sich in einer katholischen Zeitschrift auf eine Polemik mit Schalom Asch eingelassen hatte und unbedingt von mir eine Stellungnahme dazu haben wollte; er hat sie bekommen und hat sie, zu meiner gelinden Genugtuung, nicht verwertet.) Es scheint in der Tat, als hätte mit dem Abflauen des Sowjet-Mythos – in den vergangenen Jahren einer der beliebtesten Judenfluchtpunkte – wieder der alte, gediegene Schwindel von den Kindern, die es besser haben sollen, an Boden gewonnen. Die vom »Hebrew Comittee of National Liberation« und verwandten Lehranstalten propagierte Flucht aus dem Judentum in die Hebräische Nation scheint sich hingegen nicht recht durchzusetzen; wahrscheinlich verhindert das nicht ganz verdrängte Trauma des hebräischen Schulunterrichts die Annahme des sonst so lockenden Offerts.

Kommt Ihnen das alles nicht völlig abstrus vor und wie aus einer andern Welt? Aber es ist die Welt, in der ich seit nunmehr sechs Jahren lebe, die Welt des amerikanischen (beileibe nicht nur des neu immigrierten) Judentums, die Welt der einzigen substantiellen Galut*, die noch existiert. Lassen Sie sich von ihrem lärmenden Eingreifen in die Probleme des Jischuw** nicht täuschen. Sie machen diesen Lärm hauptsächlich deshalb, weil sie ihn machen *dürfen* und weil sie sich ihres intakten Rechts, ihn zu machen, vergewissern wollen. Es ist ein hohler Lärm. Wenn eine uns günstige »Lösung« der Palästina-Frage heute davon abhängig gemacht würde, daß eine halbe oder auch nur eine Viertelmillion von den mehr als fünf Millionen amerikanischer Juden nach Pa-

* das Leben außerhalb Palästinas
** jüdische Besiedlung Palästinas

lästina ginge oder auch nur ihre amerikanische Staatsbürgerschaft zugunsten Palästinas aufgäbe: sie fände sich nicht. Aber da es eine Lösung leider Gottes nicht gibt, kann sie Gott sei Dank auch nicht davon abhängig gemacht werden. Und so sehen *alle* unsre Mezzies aus ...

Lieber Herr Doktor, Sie können aus diesem disziplinlosen Lossprudeln wieder einmal ersehen, wie viel mir auf dem Herzen liegt und wie vieles davon ich immer nur vor Ihnen ablagern kann. Nicht als ob es mir hier an »jüdischem« Verkehr (im bewußten positiven Sinn) gebräche – aber da bin gar *ich* noch der Trostspender. Es wird immer dringlicher, daß ich an die Quelle komme, um mich vollzupumpen. Nur sind die praktischen Aussichten für eine solche Reise seit meinem letzten Brief um nichts rosiger geworden, weder im allgemeinen noch was meine persönlichen Umstände betrifft. Anders als in Europa, wo die Beendigung eines Romans mehr oder weniger automatisch die Vereinnahmung von mehr oder weniger Geld zur Folge hatte, ist sie hier automatisch mit Ausgaben verbunden, mit Investitionen ins Amerikanische, und mit der Nötigung, den vernachlässigten Existenzkampf unter Verdoppelung der erschöpften Kräfte sofortest aufzunehmen. Grund zum Jammern habe ich bei alledem nicht, schon deshalb nicht, weil mir eine schlechthin heroisch widerstandsfähige Frau zur Seite steht, – aber ich habe vielerlei Grund zum »disgust«, was ein kräftigeres Wort als Degout ist. Auch Europa trägt das Seinige dazu bei. Ich bin einigermaßen ratlos, das muß ich schon gestehn. Und ich kann mir unter »Zukunft« momentan nichts weiter vorstellen als den Titel einer längst eingegangenen Literaturzeitschrift ...

21. April 1947

Lieber Herr Doktor Brod,

... Der Kafka-Wirrwarr, von dem Sie sprechen, hält weiterhin an, und die »faulig riechenden Blüten«, die er treibt, sind zum großen Teil gar nur Papierblumen. Richtig zu stinken (in *meine* Nase wenigstens) beginnt es erst, wenn ihn die Laienbrüder des Ordens vom Hl. Marx in die Hand nehmen, – wie das mit wahrhaft *unsäglichem* Resultat im Frühjahrsheft der »Neuen Rundschau« geschehen ist, über meine wütenden Verhinderungsversuche hinweg. Natürlich ist der Autor auch dieser Kafka- und Gotteslästerung, der sich Günther Anders nennt, ... Jude. Und natürlich sind es auch sonst die jüdischen Kritiker, die Kafkas Judentum totschweigen oder bagatellisieren. Die Protestanten sind da schon viel sauberer, und das an jüdischem Zugeständnis bei weitem Gewichtigste habe ich neulich in der ersten wiedererschienenen Nummer des katholischen »Brenner« gelesen.

Angesichts solch gemeinsamer Verständigungs-Basis fällt es mir dann immer schwerer, den Antagonismus zwischen uns und dem Katholizismus für *das* Problem unsrer Tage anzusehn, und ich bin dann immer fester überzeugt, daß dieser Antagonismus zurückzutreten hat, solange die atheistische Bedrohung uns *und* den Katholiken gleich mörderisch an der Kehle sitzt, besonders nämlich uns, – denn für die dem Stalin-Mythos erliegenden Juden hat ja der Kommunismus auch die einstigen Funktionen der Taufe übernommen, nur in einer moderneren, ja geradezu mondäneren Form. Daß ich damit nicht etwa meinen Frieden mit der katholischen Kirche geschlossen haben will, müßten Ihnen gerade meine letzten Sendungen bewiesen haben (falls es solchen Beweises überhaupt bedarf). Aber auf diesem Teil des Kriegsschauplatzes scheint mir ein Waffenstillstand im Augenblick nicht nur zulässig, sondern geboten. (Wohlverstanden: nur mit der Kirche selbst, nicht mit den katholisierenden Juden.) Mit andern Worten: wenn der Konflikt unsrer Tage sich tatsächlich auf eine Alternative zwischen Rom und Moskau zuspitzen sollte, dann schlage ich meine Zelte im römischen Areal auf, – einfach deshalb, weil ich sie dort eines Tags wieder abbrechen kann. Im Areal Moskaus könnte ich das nicht. Qui mange du Stalin, en meurt.

Der Unterschied zwischen dieser meiner Position, und der

von Asch und Werfel eingenommenen, ist der, daß es selbst in der Nachbarschaft Roms immer noch *meine* Zelte bleiben, die Zelte Jakobs und die Wohnungen Israels, und daß ich, der ich es als Glück empfinde, der Hausherrnfamilie anzugehören, natürlich nicht mein Glück als Aftermieter suchen werde. Immerhin bin ich mir klar darüber, daß es nicht der Aftermieter ist, der mein Haus in Brand zu stecken droht, sondern der Wilde, welcher an den Mauern tobt ...

16 Hayardenstreet, Tel Aviv, 6. V. 1947

Lieber Torberg,

Vor allem möchte ich auf Ihre politische Exegese im Brief vom 21. April etwas sagen. Auch ich bin der Meinung, daß Christentum und Judentum eine gemeinsame Front gegen das Heidentum haben. Aber meine Auffassung unterscheidet sich doch in zwei wichtigen Punkten von der Ihrigen.

1.) Mit dem Christentum als Nachbarn ließe sich leben, wenn das Christentum nicht so aggressiv darauf ausginge, die Juden zu taufen. Hier sehe ich eine große Gefahr, und daher meine Abwehrstellung, obwohl ich die vorzüglichen Eigenschaften vieler Christen bewundere und liebe, obwohl ich ferner aus christlichen Büchern unendlich viel gelernt habe und mit vielen ethischen Prinzipien des Christentums übereinstimme. Siehe meine vielen Kierkegaard-Ausführungen in »Diesseits und Jenseits«. Aber das Judentum ist der reine Monotheismus als Gegensatz zur heidnischen Naturvergötterung. Das Christentum ist eine romantische Mythologie, die man im Grunde nicht ernst nehmen kann (in der Dreifaltigkeitslehre, Unbefleckten Empfängnis etc.) und die daher immer wieder zu Unehrlichkeit ihrer Bekenner zwangsläufig verleiten muß. Das Judentum ist die klassische Linie, das Christentum die romantische Abweichung. Und ich bin letzten Endes Realist, allerdings metaphysischer Realist, d.h. das Metaphysische ist meiner Meinung nach die einzige Realität. Diese Idee aber ist im Judentum viel klarer aussprechbar als in christlicher Verkleidung.

2.) Der Feind ist das Heidentum, der gemeinsame Feind von Judentum und Christentum. Aber dieses Heidentum finde ich vor allem im Nazifaschismus verkörpert, sowie im Imperialismus, der ja leider heute in Amerika zu blühen beginnt. Was nun Ihre Stellung gegen Stalin und den Kommunismus anlangt, so finde ich, daß Sie der Doppeldeutigkeit des Phänomens Kommunismus nicht gerecht wird. Der Kommunismus hat eine sehr schlechte Seite, d.i. die atheistische Komponente, oder noch deutlicher die Vorstellung, daß es in der Welt nichts als notwendige Entwicklung, keine spirituelle Freiheit gibt. Dieselbe Komponente findet sich auch bei Spinoza und Hegel. Auch darüber in meinem neuen Buch vieles!

Aber der Kommunismus hat auch eine messianische Komponente. Und obwohl er ein verwerfenswert totalitäres System ist (wie überdies der Katholizismus auch, siehe Inquisition), ist sein Endzweck doch vom Endzweck der Nazifaschisten so weit entfernt wie der Himmel von der Hölle. Der Endzweck wird mit untauglichen Mitteln angestrebt, zugegeben, aber es liegt in der Natur der Dinge, daß dieser Endzweck einer messianischen Zeit doch immer wieder durch die Taten und Gesinnungen der wirklich aufrichtigen Kommunisten durchbricht. Man muß scharf unterscheiden, was diese Leute reden und was sie wirklich empfinden, sei es auch ohne klare Rechenschaft. Sie reden oft den fürchterlichsten atheistischen Quatsch. Den lese ich sogar in dem kürzlich erschienenen, an sich beachtenswerten Buch von Ernst Bloch »Freiheit und Ordnung« (Aurora-Verlag) – (Ernst Bloch ist einer der besten Köpfe links, wie mir scheint).

Es wird also bei den Kommunisten und überhaupt bei den meisten Sozialisten das im Grunde ideale Gedankengut per abusum in atheistische Formeln gegossen. Ich erlebe dies hier täglich. Der Hashomer Hazair hat theoretische Grundansichten, mit denen ich gar nicht übereinstimmen kann, er neigt zur sowietistischen Ideologie. Aber kommt man nun in einen Kibbuz des Hashomer Hazair, so muß man sich beschämt sagen, daß so viel Selbstlosigkeit und Reinheit auf Erden wohl schwerlich angetroffen werden kann als unter diesen jungen Menschen. Sie leugnen Gott und ihr ganzes Leben ist doch so eingerichtet, als ob sie die innigsten Gottgläubigen wären. Denn sie haben wirklich den Egoismus fast ganz überwunden, soweit das menschenmöglich ist. Es entsteht also das Paradoxon, daß von allen Richtungen, die Erez Israel aufbauen, der Hashomer Hazair mir theoretisch ganz ungenießbar, praktisch aber und ethisch die nächste ist. Ähnliches ließe sich überdies auch über die andere große sozialistische Richtung hier, die Mapai ausführen.

Wie war es übrigens in Wien? Mußte man nicht vieles, fast alles, was die »Atheisten« Victor Adler und Breitner taten, bewundern und billigen, während es wohl nichts Scheußlicheres gegeben hat als das katholische Regime von Dollfuß und Schuschnigg, das mit Kanonen gegen die Arbeiterhäuser vorging. Ich habe den Eindruck, daß Sie sich unter dem Einfluß von Werfel zu sehr gegen den Sozialismus festgelegt haben. Die Verteidigung des Privateigentums, die Werfel unternimmt, ist lächerlich und schädlich. Wir Juden müssen uns trotz allem immer nur an die progressiven Mächte in der Welt halten und nicht an die katholische Reaktion, mit der wir zwar in theologischen Lehrsätzen öfters übereinstimmen, die aber letzten Endes doch immer nur das Unheil gegen die Menschheit wie gegen uns heraufbeschwört. Ich habe das jetzt für meinen »Galilei« sehr eingehend studiert. Man sehe auch das Spanien Francos oder Argentina. In dieser Hinsicht halte ich es für ein großes Unglück, daß das Judentum in Amerika die Republikaner unterstützt, statt der Demokraten. Allerdings scheinen mir auch schon die Demokraten außer der Wallace-Gruppe reaktionär genug. Aber das verstehen Sie ja besser als ich ...

17. August 1947

Lieber Herr Doktor Brod,

wieder einmal bin ich mit meiner Antwort allzu sehr in Verzug geraten, als daß ich noch länger warten wollte; darum mache ich mich heute an sie heran, obgleich ich noch immer nicht die Zeit habe, die ich gern dafür hätte ...

Wenn Sie sich noch annähernd erinnern, was Sie mir zuletzt geschrieben haben: so bin ich also im ersten Punkt (betreffend die gemeinsame Front resp. die Unüberbrückbarkeiten zwischen Judentum und Christentum) Ihrer Anschauung viel näher, als Sie – offenbar meiner eigenen Unklarheit zufolge – annehmen ... Ihre Formulierung daß das Judentum die klassische Linie des Monotheismus darstellt und das Christentum eine romantische Abweichung, sagt in der Tat alles aus, was dazu auszusagen ist, und wir wollen und dürfen es hoch zufrieden sein. So weit sind wir also einer Meinung, oder besser: ich bin der Ihren.

Zu stolpern beginne ich erst dort, wo Sie der (selbst nur zeitgebundenen) gemeinsamen Front die Aggressivität entgegenhalten, mit der das Christentum darauf ausgeht, die Juden zu taufen. Nun wissen Sie so gut wie ich, daß dies eine der Grundkonzeptionen des Christentums ist, ja daß, im strengsten Sinn, die Kirche überhaupt nur darum und dazu existiert. Und es lockt mich gewaltig, auch hier wieder mit einem simplen »Nebbich!« zu reagieren, oder größenwahnsinnig zu werden bei der Vorstellung, daß meine Weigerung, mich taufen zu lassen, die Ankunft des Reichs Gottes auf Erden verhindert und die Kirche zwingt, ihre Getreuen mit einer Art Erlösung auf Raten hinzuhalten. *Keines*falls aber kann ich, wie Sie es tun, hier »die große Gefahr« sehen. Sondern ich kann nur wiederholen, was Sie schon in meinem Brief an den Konvertitenkaplan Österreicher gelesen haben: die große Gefahr unsrer Zeit ist der Kommunismus, ist der totalitäre Zugriff des Neuheidentums, und vor dieser Gefahr säkularisiert sich das, was Christentum und Judentum gegeneinander haben, zu einer urbanen Meinungsverschiedenheit.

Ich weigere mich hartnäckigst und mit jeder Faser meines

Intellekts, meines Charakters, meines Temperaments und meiner Gottgläubigkeit, auf die von den Kommunisten praktizierten Demagogien von »Nazifaschismus«, »Imperialismus« u.dgl. hereinzufallen, ich weigere mich, zwischen den einzelnen Erscheinungsformen der totalitären Diktatur um einiger Nuancen willen zu unterscheiden, und wenn der Endzweck des Kommunismus von dem des »Nazifaschismus« noch so himmelweit entfernt ist, so ist das, da die zu seiner Erreichung angewandten Mittel seine Unerreichbarkeit perpetuieren, eben *auch* nur eine Nuance, und nicht einmal eine besonders wesentliche. Überflüssig zu sagen, daß ich auf dieser Gleichsetzung von Nazismus und Kommunismus beharre nicht obwohl sondern *weil* ich Jude bin, und zwar tue ich das gleich aus *zwei* jüdischen Motiven; erstens aus einem aufs Judentum bezogenen: indem nämlich jener famose »Endzweck« des Kommunismus, würde er Gott behüte erreicht, den Fortbestand jeglichen Judentums nicht minder radikal ausschlösse als der Nazismus; und zweitens aus einem auf die Umwelt bezogenen: indem nämlich jeder wohlgesinnte Nichtjude mir sonst vorwerfen dürfte, daß ich gegen Hitler weiter nichts einzuwenden hatte als seinen Antisemitismus (wobei er sich auf das fürchterlich vorhandene Beispiel jener zahlreichen Preußenkohns berufen dürfte, die wir alle kennen, da sollnsemal unsre SA sehn).

Wenn ich es ablehne, eine brutale, panslawistisch-imperialistische Diktatur als das zu agnoszieren, was sie ist, und mich dabei auf einen längst verratenen, längst verkauften, von seinen Mitteln längst entheiligten »Endzweck« berufe, so liegt der Verdacht nahe, daß ich in Wahrheit nichts weiter bin als ein schäbiger Opportunist, dem es genügt, daß diese Diktatur mich nicht, wie jene, meiner krummen Nase wegen umbringt, sondern als Konterrevolutionär oder aus sonst einem Vorwand, der ihr gerade paßt (z.B. weil ich Hebräisch lerne und nach Palästina gehen will). Und was die messianische Komponente betrifft, so überlaß ich die doch *erst recht* lieber dem Stammhaus, dem anzugehören ich den unverdienten Vorzug habe, und wenn mich schon die zweite Wiederkunft

Christi von diesem Stammhaus nicht weglocken kann, so kann das die zweite Wiederkunft Lenins schon garnicht.

Nichts gegen die Kibbuzim des Hashomer Hazair, und Hut ab (oder vielleicht doch Hut auf?) vor ihrem heroischen Experiment. Wir sind ihnen keinen geringeren Respekt schuldig als den sozialrevolutionären Studenten, die in den Katakomben des zaristischen Rußland ihre idealen Befreiungspläne für die Unterdrückten schmiedeten. Aber Gott (und ich meine: Gott) sei uns gnädig, wenn die zur Macht kommen.

Mit Werfel, notabene, oder gar mit »Verteidigung des Privateigentums« hat das alles wahrhaftig nichts zu tun, da verdächtigen Sie mich (nicht ihn) zu Unrecht. Ich halte mich nach wie vor für einen Sozialisten, wenngleich nicht marxistischer Prägung, und mein Gewissen wird nach wie vor keine Ruhe haben, solange es Menschen gibt, die wissentlich und absichtsvoll und aus niedrigen, selbstsüchtigen Motiven Elend und Ungerechtigkeit schaffen. Es ist nur zu dumm, daß mir, wenn ich an solche Menschen denke, zuerst der Stalin einfällt und nicht der Papst ...

15. III. 1955

Lieber und Guter, ich bin sehr stolz, daß ich Deinen Brief diesmal schon nach 14 Tagen beantworte – und zugleich sehr traurig, daß diese relative Promptheit auf Kosten der Ausführlichkeit gehen wird. Dabei wäre allein zu Deinem Aufsatz über Werfel unendlich viel zu sagen! Aber wahrscheinlich könnte es selbst unter optimalen Umständen nicht geschrieben werden, sondern wirklich nur gesagt. Du kannst Dir denken, und weißt es zum Teil aus meinen Berichten, daß ich mit Werfel viele und lange Dispute über seine Stellung zum Judentum hatte – übrigens, und bezeichnenderweise immer nur Dispute und niemals Streit: was ganz gewiß nicht daran lag, daß etwa *ich* zu einer Revision meines Standpunkts bereit gewesen wäre. Vielmehr verhielt es sich so, daß W. im Gespräch (oder mindestens im Gespräch mit mir) viel jüdischer war, als er's der Öffentlichkeit gegenüber klarstellte, oder besser: als Alma es ihn klarstellen ließ. Und diese seine Fügsamkeit, so anfechtbar sie ist, war ihrerseits in so persönlichen, ja erotischen Gründen verwurzelt, daß man sich hüten muß, sie ganz einfach als »charakterlos« zu bezeichnen oder sie geistig zu simplizifizieren. Ich war in den letzten Jahren seines Lebens, vom allerletzten Jahr abgesehen, täglich mit ihm beisammen und weiß genau, wovon ich spreche; ich weiß es so genau, daß es mir eben darum widerstrebt, oberflächlich davon zu sprechen.

Aber soviel darf ich sagen und soviel darfst Du mir glauben: gerade das übliche »jüdische Minderwertigkeitsgefühl«, das Du (allzu begreiflicher Weise!) aus seinen Schriften herausliest, hatte er *nicht*. Er war, so unglaubhaft das klingen mag, einer der stolzesten Juden, die mir je begegnet sind, und weit eher als das Klischee des »jüdischen Selbsthasses« würde das Klischee der »jüdischen Arroganz« auf ihn passen. Damit will ich die Echtheit seiner Beziehung zu Christus und zum Katholizismus wahrhaftig nicht geleugnet haben. Sie bestand. Nur war auch sie viel jüdischer, als er es wußte oder wahrhaben wollte – ich habe das in meiner Gedenkrede auf ihn, die dann in der »Neuen Rundschau« gedruckt war, ziemlich unmißverständlich angedeutet und werde es im gegebenen Zeitpunkt zu belegen wissen. Mit diesem Konflikt zwischen seiner Neigung zum Katholizismus und seiner immanent jüdischen Haltung hatte er ja zeitlebens zu kämpfen, und daß er den Kampf nicht durch die Taufe zu entscheiden suchte, ist wohl der schlüssigste Beweis dafür, daß seine Haltung stärker war als seine Neigung. Die theologisch unhaltbaren Spitzfindigkeiten, mit denen er seine Haltung vor sich, vor der Öffentlichkeit (und vor der Alma) zu rechtfertigen bestrebt war, schwächen den Beweis durchaus nicht, sondern verstärken ihn. An einer Stelle seiner »Theologumena« führt er sich selbst mit der Deutung ad absurdum, daß sich die Juden deshalb nicht in die Taufe erlösen dürfen, weil es ihnen auferlegt sei, für die Nichtanerkennung Christi als Messias bis ans Ende der Tage zu büssen – ein klassischer Fall von »petitio principii«, wobei die Voraussetzung, daß Christus der Messias war, durch die Konklusion geleugnet wird... Als ich mit W. einmal auf diese Stelle zu sprechen kam und ihm die von mir bevorzugte Formulierung entgegenhielt – »Man flieht nicht aus einer bedrohten Festung« –, reagierte er nahezu bedenkenlos mit den Worten: »Auch so kann man es sagen.«

Nein, ich halte es *nicht* für wichtig oder gar dringend, etwas hierüber zu publizieren, noch dazu auf deutsch. Ich halte es auch nicht für angebracht (aus strategischen Gründen, auf deren Erklärung ich mich nicht einmal andeutungsweise einlassen kann), Deinen Aufsatz in meinem FORVM oder in irgendeinem nichtjüdischen Forum überhaupt, erscheinen zu lassen (daß die »Zeit« dies in wenn auch gekürzter Form getan hat, spricht nur für das hohe Ansehen, das Du genießt). Und um die Gewagtheit meiner Argumentation auf die Spitze zu treiben: ich verstehe eigentlich nicht, weshalb Du die Tatsache, daß der Aufsatz vollinhaltlich nur in Israel erscheinen konnte, als ein Zeichen unsrer »Isolation« beklagst, die Gott bessern möge.

Gott hat da nichts mehr zu bessern. Er steht offenbar auf dem Standpunkt, daß die Frage der »Jüdischkeit« Werfels bis auf weiteres kein deutsches Gesprächsthema ist – vielleicht später einmal wieder, in hundert Jahren, wenn ihr kein Schimmer einer Aktualität mehr anhaftet, aber nicht jetzt, da durch ihre Behandlung noch der mißverständliche Eindruck erweckt werden könnte, als sollte die deutsch-jüdische Symbiose perpetuiert werden.

Sie ist vorbei und zu Ende, genauso unwiderruflich, wie es vor 500 Jahren die spanisch-jüdische war, und wir, ihre letzten überlebenden Produkte, haben sie nur noch auf möglichst würdige Art zu liquidieren.

Dagegen, daß wir ihre Produkte sind, können wir sowieso nichts tun, und die Versuche einiger übereifriger Dissimilanten, sich auf ihre mehr oder weniger alten Tage in eine andre

Symbiose zu retten, habe ich immer als getreues Gegenstück zur einstigen Assimilanten-Kläglichkeit empfunden.

Ich *bin* ein deutsch-jüdischer Schriftsteller, d.h. ein in deutscher Sprache schreibender Jude, ich habe von Anfang an gewußt, daß ich es bin, und dieses Wissen ist seither höchstens um die Wahrscheinlichkeit vermehrt worden, daß ich der letzte sein werde (manchmal, besonders wenn ich an unser aller Ahnherrn Süßkind von Trimberg denke, habe ich dieses Gefühl geradezu *plastisch*, und Du wirst es mir hoffentlich nicht als egozentrische Maßverschiebung ankreiden). Wenn ich überhaupt noch eine jüdische Funktion habe, dann ausschließlich die, mein öffentliches Wirken so zu gestalten, daß möglichst viele Nichtjuden den Tod des letzten deutsch-jüdischen Schriftstellers als Verlust empfinden; ob trauernd oder aufatmend ist mir gleichgültig, sie sollen nur merken, daß etwas zu Ende gegangen ist, wofür sie keinen Ersatz haben ...

Paul Celan

24. März 1964

Lieber Celan,

ich habe heute nach längerer Zeit wieder an einer Vorstandssitzung des Österreichischen PEN-Clubs teilgenommen, bei der auch die Geschichte mit der Paula Ludwig* zur Sprache kam. Ich schreibe Ihnen jetzt ganz privat, als ein Sadagurer zum andern. Auf das Meritorische der Angelegenheit muß ich Ihnen gegenüber nicht eingehen. Auch muß ich Ihnen nicht erst sagen, daß es für eben dieses Meritorische vollkommen gleichgültig bleibt, ob Paula Ludwig die bewußten Äußerungen öffentlich oder in einem Privatbrief von sich gegeben hat. Risches** bleiben Risches, und in 99 von 100 Fällen wäre darüber kein weiteres Wort zu verlieren – *so* recht haben Sie.

---

* Paris, den 14. März 1964
An den Vorstand des
Österreichischen P.E.N.-Clubs Wien

Sehr geehrte Damen und Herren!

Am 13. Januar 1964 habe ich Ihren Präsidenten, Herrn Prof. Franz Theodor Csokor, und Sie selbst auf zwei antisemitische Äußerungen der österreichischen Schriftstellerin Paula Ludwig aufmerksam gemacht.

Die beiden Schreiben von Frau Dr. Erika Hanel (16. 1. und 25. 2. 1964) sowie die dem zweiten dieser Schreiben beigeschlossene »Stellungnahme« von Frau Ludwig und das – ebenfalls beigefügte – Schreiben von Frau Christine Busta an Herrn Carry Hauser haben u.a. meine Vermutung bestätigt, daß Frau Ludwig Ihrem Club angehört. An dem Tatbestand der Ihnen mitgeteilten Äußerungen ändert das nicht das geringste.

Unter diesen Umständen kann ich nicht länger Mitglied des Österreichischen P.E.N.-Clubs sein – ich ersuche Sie hiermit, meinen Austritt zur Kenntnis zu nehmen.

Dieser Schritt hat endgültigen Charakter.

Mit den besten Empfehlungen
gez. Paul Celan

** Antisemitismus

Aber der hier vorliegende Fall ist, Gottes unerforschtem Ratschluß zufolge, ausgerechnet der hundertste. Ich werde nicht versuchen, Ihnen das zu beweisen. Ich werde Sie lediglich bitten, mir zu glauben: in meiner Eigenschaft als »Jud vom Dienst«, also als militantem Verfechter eben jenes Standpunkts, der auch der Ihre ist. Ich werde Sie bitten, mir zu glauben, daß ich selbst keine Sekunde länger im PEN-Club bliebe, wenn ich das Gefühl hätte, daß der von Ihnen beabsichtigte Austritt zu Recht erfolgt. Genauso, wie es mir gleichgültig ist, ob Risches privat oder öffentlich begangen werden, ist es mir gleichgültig, an *wem* sie begangen werden. Ich habe diese Haltung ungezählte Male dokumentiert, in Wort und Schrift, privat und öffentlich, manchmal sogar handgreiflich. Ich erkläre Ihnen hiemit ehrenwörtlich, gefühlsmäßig und bekoiach sechel*, daß Sie keinen Grund zum Austritt haben. Die Paula Ludwig ist eine arme, alte Gojte, geistig und körperlich völlig zerrüttet, außerdem in der Sache Goll durch uralte Privathysterien unzurechnungsfähig gemacht. Insolange und insofern sie mit normalen Gesinnungsmaßstäben überhaupt zu messen war oder ist, kann kein Zweifel bestehen, daß sie sich in jüdischen Zusammenhängen immer vorbildlich anständig benommen hat (sie war ja zur Nazizeit auch mehrmals interniert und flüchtig). Ich wollte, es hätten sich damals alle so anständig benommen wie sie. Ich wollte, es würden sich *heute* alle so anständig benehmen wie sie in der kritischen Zeit.

Und damit bin ich bei meinem letzten Argument, falls es eines solchen überhaupt noch bedarf: es könnte, wie die Dinge im deutschen Sprachraum liegen und sich entwickeln, eines Tags sehr leicht etwas geschehen, wozu der PEN-Club ernsthaft Stellung nehmen müßte. Und es könnte sein, daß er sich dieser Stellungnahme zu entziehen versucht oder sich zu ihr nur unter Druckanwendung bzw. Androhung einer öffentlichen Blamage bereitfände. In einem solchen Fall wäre das einzige Druckmittel, das uns zur Verfügung stünde, die

---

* kraft des Verstands

Drohung mit dem Austritt. Wollen Sie mir glauben, daß es einen Unterschied ausmachen würde, ob dann Celan und Torberg aus dem PEN-Club austreten oder nur Torberg allein? Wollen Sie mir glauben, daß wir die letzten noch von uns gehaltenen Positionen nicht leichtsinnig oder aus einem sei's auch noch so verständlichen Temperamentsausbruch verlassen dürfen?

Bitte geben Sie mir die *persönliche* Ermächtigung, der nächsten Vorstandssitzung des Österreichischen PEN-Clubs mitzuteilen, daß Sie – ohne damit von Ihrem Standpunkt im mindesten abzugehen – auf Ihrem Austritt nicht beharren.

Herzlichst Ihr
Friedrich Torberg

Moisville (Eure) den 27. 3. 1964

Lieber Friedrich Torberg,

ich habe, als ich an den PEN-Club schrieb, wiederholt an Sie gedacht: ich wußte und weiß, wie Sie zum Jüdischen stehen, ich wußte, daß mein Austritt Ihnen nicht ganz gleichgültig bleiben konnte.

Ich kann meinen Entschluß nicht zurücknehmen, lieber Friedrich Torberg: die Äußerungen Frau Ludwigs sind eindeutig antisemitisch, und daß in solchen Fällen ein Alibi voraus-, mit- oder nachgeliefert zu werden pflegt, wissen Sie besser als ich. Es gibt Dinge, denen man Rechnung tragen muß, nicht nur als Jude.

Die Befürchtungen, die Sie im letzten Absatz Ihres Briefes aussprechen, teile ich ganz; ich sehe seit längerer Zeit den Bemühungen zu, einen gewissen »liberalen« Antisemitismus neu zu beleben, unter diverser Beteiligung, auch »jüdischer«. Vielleicht haben wir in nicht allzu ferner Zeit einmal Gelegenheit, uns darüber ausführlich zu unterhalten – und nicht nur darüber; ich wünsche mir, nicht erst seit heute, ein längeres Gespräch mit Ihnen.

Mit einem herzlichen Händedruck
Ihr Paul Celan

9. April 1964

Lieber Paul Celan,

ich danke Ihnen für Ihren Brief, obwohl er mich sehr traurig gemacht hat, und ich respektiere Ihren Standpunkt, obwohl ich ihn nicht teilen kann. Den PEN-Club habe ich von der Vergeblichkeit meiner Bemühungen bereits verständigt.

Daß ich es meinerseits an deutlicher Haltung und Äußerung nicht fehlen lasse, wenn der Anlaß es erfordert, mag Ihnen die beiliegende Glosse aus dem Juli/August-Heft 1963 des FORVM bekunden. Sie wurde übrigens mehrfach nachgedruckt und übersetzt.

Mit allen Ihren übrigen Vermutungen und Befürchtungen – in Hinblick auf einen »liberalen« Neo-Antisemitismus unter sogar jüdischer Beteiligung – haben Sie vollkommen recht. Auch diesbezüglich könnte ich Ihnen mit Beilagen dienen, zum Beispiel mit einem »Offenen Brief« an Hans Weigel. Aber wir wollen uns von derlei doch nicht die kargen Kontakte verderben lassen, die wir miteinander haben. Viel lieber würde ich Ihnen viel Schönes über Ihren letzten Gedichtband sagen. Aber dazu reicht wieder einmal meine Zeit nicht ...

Alles Gute und Herzliche, und auf hoffentlich bald.

Ihr

Friedrich Torberg

Lion Feuchtwanger

Los Angeles, 27. Februar 1942

Lieber Feuchtwanger,

ich erhalte von Herrn Dr. Kurt Rosenfeld, New York, einen AUFRUF AN DAS DEUTSCHE VOLK, den ich unterschreiben soll. Der Aufruf ist, außer von Heinrich Mann und Bertolt Brecht, auch von Ihnen gezeichnet, und ich wende mich deshalb in meiner Not an Sie.

Meine Not besteht darin, daß ich den Aufruf, den Herr Dr. Rosenfeld in seinem Begleitbrief als »anliegendes Schriftstück« bezeichnet, nicht verstehe. Und zwar verstehe ich weder, was er ausdrücken soll, noch verstehe ich, was er durch solchen Ausdruck zu bewirken plant.

Die Verwirrung beginnt gleich beim ersten Satz. Ich kann mir unter einem »Rettungsruf für alle« nur einen Rettungsruf vorstellen, in den alle ausbrechen sollen – und ich glaube nicht, daß das gemeint sein kann. Es kann aber auch kein »Rettungsruf an alle« gemeint sein: denn welchen Anlaß hätten wir, Rettungsrufe an die Deutschen zu richten? Sie würden uns das, mit Recht, nur als ein Zeichen von Schwäche auslegen, und ich bin dagegen. Sollte es sich jedoch um einen Ruf weder »für« noch »an« sondern um einen »Ruf zur Rettung aller« handeln, dann wäre es gut gewesen, das auch zu sagen.

Der Rettungsruf, was immer er bedeutet, macht dann die Deutschen für das Unglück verantwortlich, das bald nicht mehr gutzumachen sein wird, »es sei denn, daß ihr es beendet«, – weil alle andern bis auf das Äußerste verteidigen müssen, »was ihr ist.« Ich habe das, weil ich es nicht verstand, zuerst für einen Druckfehler gehalten, und habe geglaubt, daß es heißen soll: »was ihr seid.« Daraufhin habe ich es erst recht nicht verstanden. Was soll es heißen, und warum wird das, was es heißen soll, nicht gesagt?

Ich frage mich ferner, warum man den Deutschen gegenüber so unsichere Formulierungen gebrauchen soll, wie daß sie ihrem Führer »bis in das augenscheinliche Verderben hinein« gehorcht haben. Meiner Meinung nach ist es das *sichere*

Verderben, und es sind gerade die Deutschen, die es nur für ein augenscheinliches halten, hinter dem sich ein künftiger Sieg verbirgt. Ich bin dagegen, daß man sie in dieser dialektischen Zuversicht noch unterstützt.

Auch die Angabe: »Deutschland teilt das Schicksal, das es der Welt bereitet, und an den Folgen seiner Fehler wäre sein eigener Anteil der furchtbarste«, scheint mir größerer Klarheit zu bedürfen. Wenn Deutschland das Schicksal teilt, so versteht sich sein Anteil daran von selbst, und es sind dazu erst gar keine Fehler nötig, geschweige denn die Folgen von Fehlern. Sollten umgekehrt die Fehler den Anteil zur Folge haben, oder der Anteil die Folge der Fehler sein, so wäre das ganze Schicksal falsch bereitet; man würde eines Tags draufkommen, und *das* wäre dann das furchtbarste.

Nur unter dem Gesichtspunkt einer ohnehin unabänderlichen Gewißheit kann ich mir auch die deprimierende Mitteilung erklären, die der Rettungsruf an seine Schicksalsdrohung anschließt: »Euch bleibt keine Wahl, ob ihr die Waffen niederlegen oder siegen wollt.« Wenn den Deutschen, gleichgültig ob sie die Waffen niederlegen oder nicht, ohnehin keine Wahl bleibt als der furchtbarste Anteil am furchtbarsten Schicksal, so war es falsch und irreführend, ihnen überhaupt eine Belohnung für den Fall der Waffenstreckung zu versprechen. Wenn sich aber die Abolition der freien Wahl nicht auf das künftige Schicksal der Deutschen bezieht, sondern auf ihre jetzige Lage, nämlich auf die Unmöglichkeit, zwischen Sieg oder Waffenstreckung zu wählen, so ist es unbillig, sie zur Waffenstreckung überhaupt aufzufordern. Wir dürfen doch nicht von den Deutschen etwas verlangen, wovon wir selbst behaupten, daß sie es gar nicht tun können.

Sehr gerne würde ich auch die Wechselbeziehungen zwischen dem deutschen Volk und seinem Führer klargestellt haben, obwohl ich zugeben muß, daß das schwer ist. Indessen scheint mir der Satz: »Schon als euer Führer, August 1939, seinen Krieg begann, war euer Mißerfolg beschlossen und verhängt«, noch verworrener zu sein, als es sogar dem Sachverhalt entspräche. »Euer Führer« ist (trotz der irreführenden

Bezeichnung »August 1939«) noch ziemlich klar und gerechtfertigt, weil es ja tatsächlich nicht das deutsche Volk sondern sein Führer war, der über den Beginn des Kriegs entschieden hat. Wer ihn fortgesetzt hat, und wie der Führer ihn ohne das Volk hätte fortsetzen können, wage ich freilich nicht zu beurteilen. Da aber der Rettungsruf doch offenbar darauf ausgeht, Zwietracht zwischen den Führer und das Volk zu säen, sollte man nicht von »seinem« Krieg, jedoch »euern« Mißerfolgen sprechen. Es könnte sonst leicht geschehen, daß die Deutschen sich auch mit etwaigen Erfolgen identifizieren, daß sie – ich spreche diese Unwahrscheinlichkeit nur zögernd aus – einen Sieg als *ihren* Sieg betrachten: und die ganze Zwietracht ist beim Teufel.

So gibt es im weiteren Verlauf dieses Rettungsrufs noch sehr vieles, was mich verwirrt und beunruhigt und wovon ich nicht glauben kann, daß es so gemeint war wie es dasteht, oder so dasteht wie es gemeint war, oder daß überhaupt etwas gemeint war, oder daß es überhaupt dasteht. Schon meine Zweifel darüber, was der Rettungsruf eigentlich rufen will, sind so groß, daß ich gar nicht bis zu der Erwägung vorstoßen kann, was er bezweckt und ob er diesen Zweck erfüllen würde. Wie schon eingangs gesagt: ich verstehe dieses mir allzu eng anliegende Schriftstück nicht. Ich habe nur das dumpfe Gefühl, daß da etwas angegriffen worden ist, wovon ich mich so wenig verdrängen lassen möchte wie nur je ein Volk von der Erde, die es heilig hält. Angegriffen worden ist die deutsche Sprache, die wir verteidigen müssen bis auf das Äußerste, weil sie zu unsrer Freiheit und unsern sittlichen Errungenschaften gehört und weil sie, kurz gesagt, uns ist.

Sollten Sie mich eines andern belehren können, so bleibe ich dieser Belehrung offen als

Ihr ergebener
Torberg

Ludwig von Ficker

Wien, 14. September 1958

Lieber und verehrter Herr Professor,

ich war (und bin) nicht ganz sicher, ob dieses aus Innsbruck eingelaufene Telegramm zu meinem 50. Geburtstag, das »Ludwig Fischler« gezeichnet war, tatsächlich von Ihnen stammt, und ich möchte beinahe wünschen, daß es das *nicht* täte: weil es mich gar so sehr beschämt, daß Sie meiner aus einem so schäbigen Anlaß so freundlich gedenken. Sollte es sich also um einen Irrtum handeln, dann wäre er mir wenigstens dazu willkommen, Ihnen für die vielen, großen Bereicherungen zu danken, die mir aus der Begegnung mit Ihrem Werk und Ihrer Person erwachsen sind und die mich zu Ihrem hoffnungslosen Schuldner machen. Ich möchte, daß Sie das wissen, und ich möchte es Ihnen noch lange, lange Jahre hindurch immer wieder sagen dürfen.

In aufrichtiger Verehrung
Ihr
Torberg

Innsbruck-Mühlau, 26. 9. 1958

Lieber, verehrter Herr Torberg!

Ja, natürlich: das Telegramm mit der verunglückten Namensunterschrift war von *mir*. Entschuldigen Sie nur, daß ich infolge kurzer Abwesenheit von hier mit dieser Erklärung so arg verspätet bin; vor allem aber mit meinem Dank für das überraschende Geschenk, das Sie uns, Ihren zahlreichen Freunden, zu Ihrem fünfzigsten Geburtstag dargebracht haben. Das ist schon eine Sache, die mir nahe geht: Dieses »Lebenslied«, das uns deutlich zu Gemüte führt, über welchen Resonanzboden von gesammeltem Ernst die tönenden Saiten Ihrer vielfachen Begabung gespannt sind. Erstaunlich geradezu, bei scheinbarer Leichtigkeit, der Bogen der Ergriffenheit in der Meisterung des Instruments, das

Ihnen im Wort gegeben ist, und der Reichtum entfalteter Motive auf dem Boden irdischer Geborgenheitssehnsucht bis hin zu den mächtigen Anrufen in den hebräischen Melodien! Fast komme ich mir armselig vor, wenn ich an die »unerreichbaren Vorbildlichkeiten« glauben soll, die Sie mir gütigerweise zuerkennen; armselig und beschämt. Aber lassen wir's gut sein! Die Vorsehung wird schon wissen, warum sie uns dies antut.

Es grüßt Sie in herzlicher Ergebenheit

Ihr
Ludwig Ficker

Innsbruck-Mühlau 21. Oktober 1959

Lieber, verehrter Herr Torberg!

Eben habe ich Ihre großartige, von geist-lebendiger Anschauung sprühende Werfel-Reminiszenz gelesen – nun, da kann ich mich gegen nichts mehr sträuben, und ich bin überzeugt, daß Sie es gut mit mir meinen. Also tun Sie, was Sie nicht lassen zu können glauben, und drucken Sie, was Ihnen aus meinem Trakl-Vortrag der Wiedergabe in Ihrer Zeitschrift wert erscheint.

Ich halte still und füge mich Ihrer besseren Einsicht.

Mir selbst sind alle unbefangenen Kontakte verloren gegangen, mit so heillos zertrampelten Nerven verbringe ich meine alten Tage, immer gewärtig des nächsten daneben geratenen Freundschaftsdienstes, den ich nicht zu verhindern vermochte. Ich weiß und fühle, dessen habe ich mich bei Ihnen nicht zu versehen, und so entschuldigen Sie bitte meine verflixte, mir selbst so unangenehme Saumseligkeit.

Ich sag es nicht gern, aber manches ging und geht eben gerade heute, da ich mir oft nur notdürftig zu helfen weiß, über meine Kräfte.

Was sagen Sie übrigens zu dem ergreifenden Bild der Nelly Sachs, das man mir kürzlich zugeschickt hat?

Man braucht es nur anzusehen, nicht wahr, und weiß Bescheid.

Es grüßt Sie in Ergebenheit Ihr

Ludwig Ficker

Wien, 29. Oktober 1959

Lieber und verehrter Herr Professor,

vielen Dank für Ihren Brief und für Ihre unverdient schönen Worte über meine Werfel-Reminiszenz. Daß sich Ihr altes Luchsauge aber auch *keine* Gelegenheit entgehen läßt, mich zu beschämen ...! Schade, jammerschade, daß Werfel die Heimkehr nicht mehr erleben durfte. Ich hätte viel darum gegeben, Sie beide zusammenzuführen, und ich bin sicher, daß Sie sich prächtig mit ihm verstanden hätten. Er hat in der Emigration eine unglaubliche Vertiefung und Verschmelzung von Lebensernst und Lebensheiterkeit erreicht, also ziemlich genau das, was ein wenig billiger als »Weisheit« zu bezeichnen wäre. Daß er Sie sehr verehrt hat, wissen Sie wahrscheinlich, oder zumindest wird es Sie nicht überraschen; im übrigen ist es keine Kunst. Aber er hat in seinen letzten Lebensjahren, die ich fast ständig mit ihm verbrachte, auch von Karl Kraus auf eine durchaus richtige Weise »gut gesprochen«, und das kann für ihn nicht mehr so ganz leicht gewesen sein.

Denken Sie nur: das Bild von Nelly Sachs war auch mir sofort aufgefallen und faszinierte mich so sehr, daß ich es ihr mit der Bitte um eine Originalphotographie zuschickte. Die ist natürlich prompt gekommen, mit einer rührenden Widmung darauf. (Ich hatte seinerzeit noch von New York aus eine Kleinigkeit über ihren ersten Gedichtband veröffentlicht, und seither läßt sie sich nicht ausreden, daß ich etwas Bahnbrechendes für sie getan hätte.) ...

Ergebenst Ihr
Torberg

Innsbruck-Mühlau, am 22. April 1963

Lieber, verehrter Friedrich Torberg!

Sehr gerührt von Ihrer wahrhaft freundlichen Begrüßung zu meinem (am Karsamstag schon erfolgten) Eintritt in das 84. Lebensjahr, möchte ich Ihnen nur von Herzen danken.

Sie wissen, wie sehr ich Sie schätze. Sie und die Zuversicht, die Sie mir, auch mir, im Hinblick auf gewisse Möglichkeiten, vor dem Nachziehverfahren der Nachwelt zu bestehen, entgegenbringen. Das hindert mich aber nicht, Ihnen zu gestehen, daß ich mich noch nie so elend, unsicher und verbraucht gefühlt habe wie eben jetzt, in dieser, unter allen Umständen kurzen Zeit, die mir noch bleibt.

Lassen Sie sich, was ich da andeute, in Güte gesagt sein! Es grüßt Sie, wie immer, in alter Erkenntlichkeit,

Ihr

Ludwig v. Ficker

Wien, 27. April 1963

Hochverehrter, lieber Herr Professor,

daß Sie auf mein kärgliches Geburtstags-Telegramm gleich wieder mit einem Brief reagieren und mich solcherart in einem beglücken und beschämen, liegt so sehr in Ihrem Wesen, daß ich allein *da*raus auf dessen völlige Ungebrochenheit schließen darf. Die Stelle, an der Sie von Ihrer »Unsicherheit« und »Verbrauchtheit« sprechen, *kann* also nur einer augenblicklichen Depression zuzuschreiben sein – und das Vertrauen zur Sprache bestärkt mich in der Überzeugung, daß da eben nur »zugeschrieben« wurde. Unser letztes Beisammensein bei Freund Pfaundler in Innsbruck steht mir noch viel zu lebhaft vor Augen, und die Stimme, mit der Sie mir sagten, daß Sie sich nur noch für die Zukunft interessieren, klang viel zu überzeugend, um mir auch nur die leisesten Zweifel zu gestatten, daß es mit alledem seine große Richtigkeit hat und daß für Sie noch sehr viel Zukunft vorgesehen ist. (Auch hier hat's die Sprache von selbst so gefügt, daß sich's zur Vorsehung hindeutet.) *Bitte* lassen Sie sich's nicht verdrießen, der zu sein, der Sie sind, und bleiben Sie sich dessen bewußt, daß schon der bloße Tatbestand Ihres Da-Seins vielen von uns eine unentbehrliche Stütze bedeutet, auch Ihrem stets und verehrungsvoll Ihnen ergebenen

Friedrich Torberg

Albrecht Goes

20. Dezember 1954

Lieber Herr Doktor Goes,

vielleicht entsinnen Sie sich noch unsres sehr kurzen Zusammentreffens im Salzburgischen, vor drei oder vier Jahren; ich hatte mir damals fest vorgenommen, mit Ihnen Kontakt zu halten, und weil das eine gute und vernünftige Absicht war, ist natürlich nichts daraus geworden. Hingegen werde ich seit damals – ganz entgegen meiner Absicht und auf recht unvernünftige Weise – immer mehr vom publizistischen Betrieb und Getriebe in Anspruch genommen, und seit Beginn dieses Jahres komme ich überhaupt nicht mehr zu Atem, weil ich hier in Wien das »Forum« herausgebe, eine kulturpolitische Monatsschrift, die sich auch (und viel zu wenig) mit Literatur beschäftigt.

Im Dezemberheft brachten wir nun einen nicht sehr gründlich zusammengestellten »Weihnachts-Ratgeber«, der unsern Lesern mit kurzen Schlagworten eine Anzahl von Büchern empfahl, darunter auch »Das Brandopfer« – das ich damals noch gar nicht gelesen hatte und das ich sozusagen blindlings für empfehlenswert hielt. Jetzt habe ich es aber gelesen und jetzt schäme ich mich für die Leere und Oberflächlichkeit dieser Empfehlung. Ich werde versuchen, mein Versäumnis – das ich wohl besser mein Vergehen nennen sollte – bei allernächster Gelegenheit gutzumachen.

Heute will ich Ihnen nur sagen, wie sehr Ihre Geschichte mich erregt und erschüttert hat, und wie dankbar ich Ihnen dafür bin, daß Sie sie geschrieben haben, gerade heute geschrieben haben. Natürlich gilt diese Dankbarkeit auch und vor allem dem klaren, wahrhaftigen Verständnis, das Sie der uns widerfahrenen Heimsuchung entgegenbringen und dem unsereins so selten (und immer seltener) begegnet. Aber es kommt noch etwas hinzu, wofür ich Ihnen persönlich und ganz besonders zu danken habe. Sie ahnen nicht, wie sehr Ihr Buch mich in meinen eigenen, armselig geringen Bemühungen ermutigt, aus jener Heimsuchung, aus jenem fürchterlichen Zusammenstoß zwischen dem Alten Gott und der

Neuen Gottlosigkeit, den gültigen Sinn und den richtigen Auftrag herauszuspüren.

Vielleicht wird Ihnen meine Novelle »Mein ist die Rache«, die ich Ihnen gleichzeitig schicke (und von der ich nicht weiß, ob Sie sie kennen), ein wenig genauer andeuten, was ich meine. Sie war das erste, womit ich nach dem Krieg wieder in Europa erschien, 1947 bei Fischer, aber ich habe sie noch in Amerika geschrieben und ich schicke Ihnen zur schwächlichen Bekundung meines großen Danks eines der letzten noch vorhandenen Exemplare der amerikanischen Erstausgabe. Mögen Sie die kleine Widmung nicht als anmaßend empfinden; sie kommt aus einem Gefühl der Zu-Neigung im allertiefsten Sinn des Wortes, und aus der Gewißheit, daß uns das Wort, welches am Anfang war, immer wieder die Brücke zueinander baut inmitten des Tohuwabohu, zu dessen Anfang wir nun offenbar zurückkehren sollen.

»Ist sonst noch etwas? – Sonst? Nein. Sonst nichts. Ich danke Ihnen. Ich danke Ihnen sehr. Gute Nacht.« Und gute, frohe Feiertage.

Stuttgart-Rohr
Im langen Hau 5
am 17. Sept. 1958

Lieber und verehrter Friedrich Torberg,

wie lang ist es her, daß wir uns einmal im heiteren Tomaselli in Salzburg begegnet sind? Ich danke Ihnen sehr, daß Sie mir nach der erregenden Novelle »Mein ist die Rache«, die ich oft gelesen habe, nun Ihre Gedichte mit der gütigen Widmung geschenkt haben, ich habe gleich vorgestern und gestern nacht darin gelesen ...

mächtig, wie die hebräischen Worte als Schlußzeilen in Gedichten stehen; es hat mich selbst das einmal in einem Entwurf so beschäftigt, daß ich das ma aenosch ki tiskerennu* so verwenden wollte.

* Was ist der Mensch, daß Du seiner gedenkest. (Psalm 8,5)

Der Moritatenton beschäftigt mich; ich könnte mir denken, daß er es rechtfertigt, daß manche Stücke lang sind, vielleicht nicht so streng gerafft wie die Sache, die sie sagen, es wollte: aber man *kann* es sicher auch in diesem anspannenden und entspannenden Aufundab sagen (pag. 47). Den stärksten Eindruck machen mir bis jetzt gewisse Halbzeilen, in denen das Stockende ganz genau Ton wird. (»aber die Zyklamen-wo?«)

Am »Forum« nahm ich manchmal Anteil, und sah, wo Sie leben und auch streiten.

Meine Geschichte aus dem Krieg »Unruhige Nacht« wird jetzt ein Film; was ich bis jetzt sah, ist gut geworden, streng, unerbittlich, ohne Conzessionen: die Mächtigen können keine Freude daran haben; vielleicht, daß die Ohnmächtigen sich der geheimen Gewalt der Ohnmacht bewußt werden.

Herzlich dankend:
Ihr Albrecht Goes

Stuttgart-Rohr
14. April 1964

Lieber Herr Torberg,

abends las ich wieder in den »Hebräischen Melodien« aus dem »Lebenslied« und fand, ich sollte Ihnen von neuem danken und einen Gruß und zwei Sachen schicken; in der Rede stehen ein paar Strophen, an denen mir viel liegt.

Vielleicht wär ich nicht mit allem einig, was Sie im politischen Angriff denken, aber Wien ist auch nicht Bonn; wer weiß, vielleicht würden Sie in der Bundesrepublik manches anders akzentuieren.

Zohn schreibt (in einem neuen Buch): Robert Neumann sei so was wie Ihr Vaterfreund. Die »Fremden Federn« las ich zwanzigmal, aber das »Leichte Leben« ist – für mein Gefühl – kein gutes und kein erfreuliches, nein: ein unerfreuliches Buch.

Aber
»Immer und wieder im Wandern und Irren
hat uns Pharao aufgespürt«,
das ist der Anfang einer guten, einer wichtigen Strophe.

Dankbar gedenkend

Ihr
Albrecht Goes

3. 6. 78

Lieber Friedrich Torberg,

ich bin wieder auf dem Weg der Genesung; Ihrem Prof. in USA hab ich fünfzig Zeilen geschrieben und er war's zufrieden, ich schrieb es an ein paar Abenden im Krankenhaus, wo sie mich – wegen einer recht schlimmen Sepsis – verarzteten; gestern gab es in der FAZ Ihre Heine-Deutung; *sehr* schön; ich hab das Gedicht seit vielen Jahren besonders lieb.

Die »Erben« kamen noch nicht zu mir, sonst hätte ich mich gleich gewiß auch dafür bedankt; quälen Sie sich nicht deswegen, ich besorg mirs auch so; Torberg ist mehr als dreißig Mark mir wert; er ist nicht nur witzig und gescheit, er ist immer auch *mehr.*

Ganz herzliche Grüße

Ihr
Albrecht Goes

Breitenfurth, 9. Juni 1978

Lieber Freund Goes,

ich antworte postwendend auf Ihren Brief, der ein strenges 3-Tage-Intervall eingehalten hat: er ist vom 3. Juni datiert, am 6. gestempelt, und heute, am 9., eingetroffen. Hoffentlich haben Sie Ihre Drohung, sich »Die Erben der Tante Jolesch«

anzuschaffen, inzwischen noch nicht wahrgemacht – tun Sie das bitte *nicht*! Sie standen ganz oben auf der Liste der zu Beschickenden, die ich in München beim Verlag hinterlegt hatte, und ich urgiere mit gleicher Post. Daß es einer Urgenz bedarf, überrascht mich freilich nicht. Verlage sind in diesen Dingen erfahrungsgemäß sehr nachlässig.

Meinerseits hatte ich Glück: Fischer hat mir das erbetene Exemplar von »Lichtschatten du« tatsächlich zugeschickt. Ich fand darin einiges aus den »Gedichten« von 1950, die einer der Anstöße waren, warum ich Sie gleich nach meiner Rückkehr aus der Emigration kennenlernen wollte (und das hat sich ja dann auch ergeben, Sie erinnern sich). Und ich fand sehr viel Neues und Schönes, wovon mich manches noch sozusagen »zusätzlich« berührt hat. Vor der »Synagoge« im Straßburger Münster war auch mir nach einem Gedicht zumut, aber ich hab mich nicht getraut und so wie Sie hätte ich's ja doch nicht schreiben können. Seien Sie bedankt.

Es gibt noch andere Anlässe zum Danken: für die Zustimmung, die Sie meiner Heine-Interpretation zuteil werden lassen, und dafür, daß Sie sich den nach Amerika abgegangenen Beitrag sogar im Krankenhaus abgerungen haben. Hoffentlich hat das Ihre Gesundung nicht beeinträchtigt und Sie sind nun wieder gänzlich hergestellt.

Mit allen guten Wünschen und herzlichen Grüßen

Ihr Torberg

Karl Theodor
Freiherr zu Guttenberg

7. Juli 1971

Lieber, verehrter Baron Guttenberg,

im vorjährigen Weihnachtsprogramm eines unserer literarischen Cabarets gab es eine Szene in einer Buchhandlung, wo der Verkäufer (mit einer durchgehend »verkehrten Masche«) allerlei Neuerscheinungen anpries. »Und hier«, sagte er, »haben wir etwas besonders Langweiliges. Friedrich Torberg: Vorwortschreiben, leicht gemacht. Mit einem Nachwort von Friedrich Torberg.«

Ich weiß nicht, ob dieser gar nicht unwitzige Seitenhieb in jeder Vorstellung Applaus bekam – in der von mir besuchten bekam er ihn. Und keineswegs mit Unrecht. Meine Betätigung als Vor- und Nachwortschreiber hat in den letzten Jahren tatsächlich ein enervierendes, mit Betriebsamkeit leicht zu verwechselndes Ausmaß angenommen – nicht durch meine Schuld und nicht aus meinem Ehrgeiz, sondern auf Betreiben der Verlage, die sich hartnäckig etwas davon versprechen. Neben den von mir übersetzten oder herausgegebenen Autoren, vor allem Kishon und Fritz von Herzmanovsky-Orlando, spannt sich der Bogen ... von Arthur Schnitzlers Memoiren bis zu Franz Mittlers Schüttelreimen – eine bunte Reihe fürwahr, in der sich überdies, und auch das gibt mir zu denken, kein einziges politisches Buch befindet (von Ernst Trosts »Das blieb vom Doppeladler« mit Nachsicht aller Taxen abgesehen).

Kurzum: ich frage mich, ob meine Attraktivität als Einbegleiter nicht schon allzu abgegriffen ist; ob ich Ihrem Buch* etwas Gutes täte, wenn ich ihm ein Vorwort mitgebe; ob die Erwartungen einer solcherart ansprechbaren Leserschaft dann nicht in eine irrige, nämlich rein literarische und womöglich auf Heiterkeit gestimmte Richtung gingen; und ob's nicht besser wäre, wenn ich das Buch nach seinem Erscheinen in der »Welt« oder sonstwo bespreche.

---

* Karl Theodor Freiherr zu Guttenberg: »Fußnoten«, Stuttgart 1971

Ich frage das nicht nur mich, ich frage es in aller Offenheit auch Sie (und habe es schon unsern Freund Klaus Dohrn gefragt, als er mir Ihren Wunsch in Zürich übermittelte). Die Entscheidung liegt bei Ihnen. Mir wird beides die gleiche Freude sein, ob Vorwort oder Besprechung. Daß mir auch die Lektüre des Manuskripts eine große Freude war, möchte ich aber schon jetzt sagen dürfen. Und möchte, Ihre Zustimmung kühnlich voraussetzend, ein paar sachliche oder gar beckmesserische Anmerkungen vorbringen, die Ihnen vielleicht da und dort von Nutzen sein könnten ...

S. 82 ... Kann man so glatt und einfach sagen, daß der Christ keine Doktrin kennt? Hat Doktrin nichts mit Dogma zu tun? Ich weiß schon, daß man darüber stundenlang reden müßte, kann's aber hier – in der Hoffnung auf ein solches Gespräch – nur antippen.

S. 164: Nein, bitte vielmals – und das wäre ein ähnlich umfangreicher Gesprächsstoff –: in dem von Ihnen ohne Zweifel gemeinten Sinn sind die Juden *nicht* »auserwählt«, nicht einmal in Anführungszeichen, und wenn Sie jemanden suchen, der *bestreitet*, daß sie das begabteste Volk der Welt sind, dann haben Sie ihn soeben gefunden. Ich fürchte, Sie machen sich da – freilich bonissima fide und somit aus diametral entgegengesetzten Gründen – einer ähnlichen Vorschubleistung schuldig wie Mr. Shirer mit seiner Kollektiv-Anklage gegen die Deutschen. Wenn die Juden sich auf solcher Basis für »auserwählt« hielten, fielen sie eben jener Überheblichkeit anheim, vor der sie sich ja gerade hüten müssen. Die jüdische Auserwähltheit ist eine Sache des göttlichen Auftrags, nicht der irdischen Begabung. Sie ist eine Last, kein Lohn. – Auf eine sehr sonderbare, schon wieder nur in längerem Gespräch auszulotende Weise korrespondiert das alles mit der Bemerkung über die »Elite« in Ihrer großartigen Hochzeitsrede (S. 478). Die hier vorliegenden oder von mir als vorliegend aufgefaßten Kongruenzen reichen im Positiven wie im Negativen erstaunlich weit und sind vermutlich beiden Partnern gleich unwillkommen. Quant à moi: Juivesse oblige, elle aussi.

S. 335: *Das* ist also *keine* Auffassungssache – es heißt »Kelef«, nicht »Käleff«, und wird im Jiddischen (ebenso wie die Femininform »Klafte« für eine bissige Frauensperson) nur noch im übertragenen, d.h. personifizierten Sinn verwendet. Auch zwecks Vermeidung einer Fußnote würde ich »Hund« vorschlagen. (Wenn Sie Ihren Karl May gelesen haben, erinnern Sie sich der von Hadschi Halef Omar mit Vorliebe gebrauchten Schimpftirade: »Kelb ben kelb ibn kelb abu kelb – Hund, Sohn eines Hundes, Enkel eines Hundes, Vater eines Hundes.« Es ist der gleiche Wortstamm.) ...

Das wären so ein paar Kleinigkeiten, die Sie je nach Gutdünken korrigieren mögen. Und ich muß Ihnen nicht erst sagen, Verehrtester, daß die Zahl der jauchzenden Notizen, die ich mir während der Lektüre gemacht habe, bei weitem überwiegt. Aber auf die komme ich ja im gegebenen Zusammenhang noch zu sprechen. Für heute bitte ich Sie um Bescheid, ob dieser Zusammenhang in Form einer Rezension gegeben sein wird oder – falls Sie und Ihr Verleger meine Bedenken nicht teilen – als Vorwort.

Mit einem Handkuß an die gnädige Dame und allen guten Wünschen für Sie –

Ihr aufrichtig ergebener
Torberg

Z.Zt. Erbach, 17. Juli

Lieber, verehrter Herr Torberg,

zunächst sehr vielen herzlichen Dank für Ihre »Vorwortbereitschaft«. Ich wüßte mir niemand lieberen für diese Einleitung und das Wiener Kabarett soll mir gestohlen bleiben (auch Ihnen, – wenn ich das sagen darf?). Ich habe Herrn Seewald telefonisch durch meine Frau sagen lassen, daß er den Text Ende nächster Woche direct von Ihnen zugeschickt bekommt. Herzlichen Dank auch für Ihre »punktuellen« Ratschläge.

Ich habe alles berücksichtigt – nur zwei Dinge nicht: Die »auserwählten Juden« und den »undoctrinären Christen«. Darf ich dazu ein paar Bemerkungen machen?

Ich muß Ihnen widersprechen: Die Juden sind einfach tatsächlich das begabteste Volk der Erde; ich glaube nicht, daß Sie mich vom Gegenteil überzeugen können. Welches andere Volk hätte auch nur annähernd einen ähnlichen Prozentsatz der Mitwirkung an geistigen, kulturellen und wissenschaftlichen Entwicklungen ins Feld zu führen? Und vor allem: Welches andere Volk könnte sich einer derartigen religiösen Begabung rühmen? Ist nicht der große Anteil der Juden auch an den modernen Irrlehren sozusagen eine Kehrseite dieser Medaille? Wenn ich von »begabt« und »auserwählt« schreibe, dann meine ich im Grunde nichts anderes als was Sie den »Auftrag« der Juden nennen, – nur eben auch, daß sie das »Zeug« mitbekommen haben, um diesen Auftrag auch erfüllen zu können. Gewiß nicht, daß diese Begabung und Auserwählung nicht auch schiefgehen, mißbraucht werden könne. Im Gegenteil, wenn ein »Auserwählter«, ein zur Elite begabter stürzt, dann stürzt er tief, – tiefer als andere.

Aber ist es nicht so, daß Offenbarungswahrheiten – wie die »Auserwählung« – auch weltlichen Realitäten entsprechen, wenn sie auch keineswegs allen »zugänglich« sein müssen, und immer fragil und in Frage gestellt bleiben?

So will ich es also bei meiner These belassen; ich habe lange – jahrelang! – über sie nachgedacht und fühle mich im Einklang mit der Wirklichkeit. Um es noch einmal zu sagen: »begabt und auserwählt« bezieht sich auf Chancen – nicht schon auf Verwirklichung. (Bin ich weit von Ihrem »juivesse oblige«? Ich glaube nicht.)

Und nun der »doctrinfreie Christ«.

Ich weiß, daß dieser Satz zum Widerspruch reizt. Aber er ist – beinahe noch mehr als das Wort von dem »begabtesten« ganz und gar meine Überzeugung und, vor allem!, meiner Erfahrung entsprechend.

Natürlich gibt es christliche, zumal katholische Dogmen. Aber was haben sie mit dem »Handeln« zu tun, das ich als pragmatisch dem christlichen Auftrag adäquat bezeichnet habe? Diese Dogmen sind 1.) *Glaubens*inhalten und nicht Verhaltensweisen zugeordnet (zum Beispiel Trinität oder Auferstehung etc.); und sie sind 2.) erst sehr spät und in einer Reaktion der Versteinerung zu dem geworden, was sie heute sind: nämlich verbindliche Wahrheitsformulierungen; zuvor waren sie mehr feierliche und feiernde Homilien über die Aussagen Gottes.

Also: Ich glaube nicht, daß die Existenz der Dogmen meinem »doctrinfreien« Christen im Wege steht. Mir geht es um die Erkenntnis, daß der Glaubende (nicht der »Gläubige«, denn den gibt es eben auch bei den Doctrinären) jenen festen Punkt besitzt, der ihn frei macht zu wählen, der ihm gestattet, auf Vorurteil und Doctrin zu verzichten, – um die Realität, die Wirklichkeit der Schöpfung gelten zu lassen. Vielleicht könnte man sagen, daß ihm tatsächlich der »archimedische Punkt« bekannt ist, von dem aus alle Systeme und Doctrinen aus den Angeln zu heben sind, weil sie sich als das erweisen, was sie sind: Nämlich bemitleidenswerte Versuche des Menschen, sich als Schöpfer, besser Neuschöpfer aufzuspielen.

So scheint mir auch der Christ und der in meinem Sinne Konservative eben nahe verwandt zu sein: Wer die Wirklichkeit Gottes und zugleich des Dämonischen und der Erbsünde ernst nimmt, wird über menschliche Heilslehren à la Marx (und andere Farben) das rechte Urteil haben. Und wer die Menschwerdung Gottes ernst nimmt, braucht keine Erklärung der Menschenrechte, – kann und muß allerdings einiges zu ihrer Verwirklichung beitragen.

Gott bewahre uns vor »christlichen« Doctrinären, – sprich Ideologen. Ob Großinquisitoren in modernem Gewande, – ob Schwarmgeister à la Niemöller, Gollwitzer, La Pira etc., – ob Teilhard de Chardin oder – in seinem Gefolge – die neue sozialrevolutionäre Theologie, – all dies ist »christliche« Doctrin, »christliche« Weltverbesserei, »christliche« Rezeptur für eine andere Welt; der Christ hat in meinen Augen diesen Schwärmern gegenüber nur eine Antwort: Er weiß, daß man die Welt nicht ändern kann, daß sogar Gott gestorben ist, statt Leid und Tod und Sünde zu beenden; daß also nur übrig bleibt, die Wirklichkeit so zu nehmen wie sie ist und »trotzdem« zu sagen; jeden Tag, und wenn es noch so mühsam ist.

Verzeihen Sie meinen langen Erguß; aber Sie haben mit Ihren Bemerkungen bei mir »ins Schwarze« getroffen; (obwohl die politische Farbe »schwarz« eben leider oft doctrinär verstanden wird!)

Und verzeihen Sie meine schlechte Schrift; aber es geht nicht mehr alles so wie es sollte.

Nochmals tausend Dank.

Ihr aufrichtiger
Karl Theodor Guttenberg

30. Juli 1971

Lieber, verehrter Baron Guttenberg,

der Telephonanruf Ihrer Gattin hat mich zu einer Eile angetrieben, wie sie mir zuletzt von den barschen Zurufen der pharaonischen Pyramiden-Aufseher nahegelegt wurde, ich erinnere mich noch ganz deutlich (die dazugehörige Anekdote, ein Ausspruch des Onkel Hahn, folgt bei nächster Gelegenheit). Jedenfalls ist das Manuskript meines Vorworts sogar um einen Tag früher nach Stuttgart abgegangen, als ich's der liebenswerten Mahnerin zugesagt hatte – die sich im übrigen von Dr. Seewalds Drängen nicht ungebührlich beeindrucken lassen soll, das gehört zum Betrieb. *Jeder* Verlag ist *immer* schon mit dem Umbruch fertig und wartet nur noch auf ... Sei's was es sei: jetzt hat er's.

Auch Sie werden's ja mittlerweile schon haben, und hoffentlich komme ich mit *diesem* Teil meines Briefs zu spät, das heißt: hoffentlich muß ich die in meinem Vorwort angebrachten Widersprüche und Vorbehalte nicht erst abschwächend kommentieren, sondern es ist Ihnen sowieso klar, daß sie aus sozusagen taktischen Gründen angebracht wurden (die ich auch mit Freund Klaus abgesprochen hatte). Es »macht sich besser«, wenn man aus kritischer Distanz für eine Sache oder eine Person eintritt statt vom gleichen Standpunkt aus. Ich bilde damit eine Art Gegenstück zu den von der kommunistischen Propaganda so genannten »nützlichen Idioten«, die ununterbrochen beteuern, daß sie keine Kommunisten sind, aber trotzdem sagen müssen ... und dann sagen sie genau das, was jenen gut tut. Möge ich Ihnen, lieber und verehrter Herr, gut getan haben. Und mögen Sie jedem meiner Worte, auch den »taktischen«, die aufrichtige Wertschätzung angemerkt haben, die ihnen zugrunde liegt.

In einigen Punkten, das wissen Sie ja, bin ich nicht bloß taktisch sondern tatsächlich andrer Meinung als Sie. Notabene: nicht etwa in bezug auf Deutschlands Ehre (das wäre im Ernstfall nicht taktisch sondern taktlos); wohl aber in bezug auf Grass, den Sie, wie mir scheint, auf einer Basis beurteilen, von der er selbst sich immer weiter entfernt; und vor allem in bezug auf dieses und jenes Theologumenon.

Damit halte ich bei Ihrem Brief, für den ich Ihnen von Herzen danke und den ich jetzt wieder doppelt so ausführlich beantworten müßte. Sie haben recht: auch der jüdische Anteil an den »modernen Irrlehren« weist eine messianische Komponente auf, nicht nur bei Marx, seltsamerweise auch bei Freud, der ja – auf seine Weise – den Menschen gleichfalls »erlösen« will. Aber die »Seite«, als deren »Kehrseite« Sie das sehen, kann doch höchstens mit dem (selbst dann noch mißverständlichen) Bewußtsein einer »Auserwähltheit« zu tun haben, niemals etwas mit einer *da*raus ableitbaren »Begabung«. Sie müssen sich, fürchte ich, entscheiden: entweder halten Sie die Juden für das auserwählte Volk oder für das begabteste. Gegen den von Ihnen hergestellten Kausalnexus erhebe ich schon aus Gründen des primitivsten Selbsterhaltungstriebs nach wie vor Einspruch. Das halt ich nicht aus. Das hält kein Mensch aus.

Auf die Gefahr hin, mich einer Zumutung schuldig zu machen: vielleicht finden Sie Zeit, die beiliegenden Seiten aus meinem Roman »Hier bin ich, mein Vater« zu lesen. Es ist die »grande scène« kurz vor Schluß, in der sich der Held, der seinen Vater durch Spitzeldienste für die Nazi aus dem KZ befreien wollte und kläglich gescheitert ist, in einem Gespräch mit seinem alten jüdischen Religionslehrer zu rechtfertigen versucht; und es fallen da einige Sätze zum Thema »Auserwähltheit«, die Ihnen vielleicht verdeutlichen werden, was ich meine.

Würde es Sie sehr überraschen, wenn ich Sie bezichtige, sich an einigen Stellen sowohl Ihres Buchs wie Ihres Briefs fast bis zur völligen Identität der jüdischen Auffassung angenähert zu haben? In Ihrem Brief etwa dort, wo Sie von der »freien Entscheidung« und vom möglichen Verzicht des Christen auf die Doktrin sprechen (wir haben's da allerdings leichter, weil unsre ganze und einzige Doktrin im Glauben an den Einen Gott besteht – »alles weitere«, wie unser Lehrer Hillel, ein Zeitgenosse Christi, aus einem andern Anlaß gesagt hat, »ist Kommentar«). Und in Ihrem Buch etwa durch die – auch in meinem Vorwort zitierte – Stelle über die irdische Verpflichtung christlicher Politik. Ich mußte mich sehr zurückhalten, um in diesem Zusammenhang nicht auf die von Max Brod entwickelte These vom »edlen und unedlen Unglück« hinzuweisen, wobei das »edle« alle gottgewollten Verhängnisse umfaßt (auch den Tod) und das »unedle« alle Übelstände, die auf Erden abgeschafft werden können und an deren Abschaffung nicht mitzuwirken schon Sünde ist. Man *kann* – und da bin ich nun freilich zu einer andern Auffassung verhalten als Sie, denn für mich ist Gott nicht gestorben – man *kann* nicht nur, man *muß* die Welt ändern. Aber vielleicht sind wir auch in diesem Punkt nicht gar so weit auseinander, vielleicht ist der Unterschied zwischen meiner und Ihrer, zwischen jüdischer und christlicher Interpretation nur der, daß jene in den göttlichen Auftrag mit einbezieht, was diese als sozusagen weltliche Absplitterung erledigt wissen will. Ein ganz schönes »nur«, wie mir soeben auffällt. Und was es zu diesem »nur« noch alles zu sagen gäbe! Ach Gott. (And I mean: ach Gott.)

Vielleicht ergibt sich bei meiner nahe bevorstehenden Auslandsreise eine Möglichkeit dazu. Für heute nochmals Dank und alle guten Wünsche

Ihres ergebenen
Torberg

Guttenberg, 2. August

Verehrter, lieber Herr Torberg,
mit Ihrem Vorwort haben Sie mir eine *ganz große* Freude gemacht. Es ist genauso wie ich es mir kaum zu hoffen wagte; – um das etwas kompliziert zu sagen. Vor allem bin ich dankbar für das so persönliche Eingehen auf alles, was mir in diesem Buch am Herzen lag, – von einem Standort aus, der zwar nicht der meine ist, den aber eine ganz dicke Wurzel unterirdisch mit dem meinen verbindet. Und nun wieder unser Thema des »begabtesten« und »auserwählten« Volkes:

Ich habe keinen Kausalnexus hergestellt, leite das eine garnicht vom andern ab. Ich stelle vielmehr – allerdings ohne Verwunderung, eher als eine Bestätigung – fest, daß etwas so ist, wie es ist. Nämlich, daß das auserwählte Volk auch das Zeug dafür hat, das zu werden was es werden soll.

Täusche ich mich, wenn ich in Ihrem doppelten Satz, – »das halt ich nicht aus«, »das hält kein Mensch aus« – den eigentlichen Grund Ihres Widerspruchs finde? In der Tat, Sie haben recht, das ist auch nicht auszuhalten, was da zugemutet wird; aber ist es deshalb schon unwahr, – nur weil kein Mensch den Maßstab erreicht, den Gott für ihn parat und möglich gemacht hat? Denn was ist eigentlich der prinzipielle Unterschied zwischen dem jüdischen Auserwähltsein und dem christlichen Verständnis vom Salz der Erde? Und woher dann wohl die von Ihnen konstatierte Übereinstimmung in manchen Passagen meines Buches mit der jüdischen Auffassung? (Woher auch die von mir von Satz zu Satz konstatierte Berührung und Deckung der Meinungen des jüdischen Religionslehrers in Ihrem Buch mit christlicher Existenz?).

Natürlich heißt »Auserwählt-Sein« auch Ausgestoßen-, Hinausgeworfensein in die eisige Luft der Wahrheit, – zu wissen also um was und wen es geht, – was gut und böse ist, in einem Sinne der alle Moral übersteigt und mehr nach dem Gesetz der Wirklichkeit als nach einem Beichtspiegel fragt.

Aber nun doch noch einen, – nein, zwei Widersprüche:

Erstens: Ich folge Max Brod nicht; seine Einteilung des Unglücks in das Edle und in das Unedle shelf ist mir zu plausibel, um wahr zu sein. Ich rieche Ideologie, – Erklärenwollen, wo man nur vor einem Geheimnis staunen sollte, – dem Geheimnis nämlich, daß alles Unglück, alles Böse, alles Schlechte, – jeder Teufel, um es klar zu sagen –, Gottes Schöpfung zugehören und daher einem *edlen* Plane dienen, selbst – verzeihen Sie – das KZ und die Gasöfen von Auschwitz gehören in dieses Geheimnis, das nicht weiter zu entschlüsseln ist als in die Worte der Liturgie »Felix culpa«.

Und zweitens: Sie schreiben, »man *kann* nicht nur, man *muß* die Welt ändern.« Mein Satz würde heißen: »Man *muß* die Welt ändern, aber man *kann* sie nicht ändern.« Darin steckt wieder: »Das halt ich nicht aus«. Das »contra torrentem«, – der Widersinn der gläubigen Existenz, – das Wissen, daß Gott nicht gestorben ist (auch meiner ist nicht gestorben, wenn er auch den Tod erlitten hat), – das »Trotzdem«, von dem ich versucht habe, in meinem Buch etwas zu sagen (zum Beispiel das Lutherwort über den Apfelbaum, den man auch im Angesichte des Weltuntergangs noch pflanzen soll).

Bei allem frustriert-werden nicht frustriert sein, – das wäre es, wenn man es könnte, wenn man es aushielte.

Auch ich meine: »Ach Gott«. Hinsichtlich nämlich des obigen Konjunktivs.

Ihr dankbarer

Karl Theodor Guttenberg

8. September 1971

Lieber, verehrter Baron Guttenberg,

ich war des festen Vorsatzes, sofort nach meiner Rückkehr Ihren Brief – für den ich mich von der Schweiz aus nur bedankt hatte – ausführlich zu beantworten, aber selbst der festeste Vorsatz scheitert am immer noch festeren eines Verlegers, der seinem Autor keine Ruhe gönnt und nach jahrelangem Warten auf ein Romanmanuskript nun plötzlich so tut, als ob's auf jeden Tag ankäme. Mit anderen Worten: ich muß meinen »Süßkind« raschest für den Druck einrichten, also ihm die endgültige Form und Fassung geben – und das ist genau jene Tätigkeit oder jener Zustand, für den der unvergleichliche Flaubert die unvergleichliche Formel gefunden hat: »On ne finit pas un oeuvre, on l'abandonne.« Aber selbst das Abandonnieren wird mich noch hübsch ein paar Wochen in Anspruch nehmen und an der ungleich interessanteren Auseinandersetzung mit Ihnen hindern.

Nur ganz rasch und sozusagen nebenbei: würden Sie der These Max Brods vom edlen und unedlen Unglück freundlicher gegenüberstehen, wenn ich Ihnen sage, daß der betreffende Abschnitt seiner Religionsphilosophie den Titel »Das Diesseitswunder« führt? Ich meine, weil Ihnen »das Geheimnis« gefehlt hat?

Im übrigen hege und pflege ich einen mir von Freund Klaus ins Ohr gesetzten Floh, der mich an die Chance einer Zusammenkunft im Lauf des Oktobers glauben macht.

Für heute alle guten Wünsche und Grüße

Ihres aufrichtig ergebenen

Torberg

Peter Handke

24. Oktober 1979

Lieber Friedrich Torberg, einen schnell gefaßten Vorsatz sehr im nachhinein verwirklichend, will ich Ihnen doch wenigstens jetzt sagen, wie sehr mich der Preis* für Sie erfreut hat, ich habe im Fernsehen auch Ihre Freude ein bißchen mitgekriegt und hörte »Schicksal« und »Vorsehung«, es war selbstverständlich. Das Meer von Duino neben dem Speisetisch gibt es, und Sie sollen für jenen (diesen) Abend bedankt sein.

Herzlich, und alles Gute,

Ihr
Peter Handke

Breitenfurth, 30. Oktober 1979

Lieber Peter Handke,

das war schön, daß Sie sich zur Verwirklichung Ihres schnell gefaßten Vorsatzes aufgerafft haben! Aber selbst wenn Sie mir das bei nächster Gelegenheit gesagt hätten, hätte ich's Ihnen geglaubt, und *Ihnen* glaub ich auch die Mitfreude. Einigen anderen nicht. Und bei noch einigen anderen (auf die ich in meiner Dankrede ausdrücklich zu sprechen kam) freut es mich, daß sie sich ärgern.

Was jedoch die nächste Gelegenheit betrifft: ich habe einen sogenannten zweiten Wohnsitz in Alt-Aussee, und von dort ist es nicht weit nach Salzburg bzw. umgekehrt. Nun kann ich mir ja denken, daß Sie nicht deshalb nach Salzburg verzogen sind, um des Verkehrs zu pflegen, und Sie sollen sich keinesfalls unter Druck gesetzt fühlen. Vielleicht machen wir's so, daß ich Sie benachrichtige, sobald ich wieder in Alt-Aussee eingelaufen bin (ungefähr Mitte Dezember), und wenn Sie Lust haben, rufen Sie mich dort unter der Nummer 06152/76-69 an.

---

* Großer Österreichischer Staatspreis für Literatur

An die Bucht von Duino denke ich oft zurück. Schade, daß Sie heuer im Sommer um keine Triestiner Ecke gebogen kamen. Wir haben in Venedig viel von Ihnen gesprochen.

Meine Besprechung der »Langsamen Heimkehr« wird hoffentlich noch vor Weihnachten erscheinen. Und seien Sie nochmals bedankt für Ihren Brief.

Erich Heller

5. September 1954

Lieber Heller,

obwohl mein Brief keine Chancen hat, Sie vor Ende September zu erreichen, möchte ich Ihnen diesmal – der von Silbiger zitierten Klara vergleichbar – verhältnismäßig gleich zahlen, damit das Geschreib nicht mehr ins Stocken kommt. Sonst wächst es uns über den Kopf.

Aber das tut es auch so. Was gäbe es nicht allein zum Willy Haas zu sagen, dessen Nachbarschaft (im Kafka-Heft des FORVM) Sie stört! Und nicht etwa zur Person des Willy Haas, versteht sich, sondern eben zur Störung; zu den geistigen »patterns und designs«, denen sie doch wohl entspringt; zur Frage, inwieweit eine solcherart gemusterte und entworfene geistige Haltung heute noch möglich, ja zulässig ist, und ob in der trostlosen Ödnis ringsumher das bloße »Von-Damals-Sein« eines Willy Haas nicht ungleich schwerer wiegt als die näheren Umstände seines damaligen Seins, und nicht vielleicht deshalb schwerer wiegt, weil K.K. damals unrecht gehabt hätte, er hat selbstverständlich recht gehabt – aber die Ebene, auf der sich dieses Rechthaben vollzog, stellt heute schon per se eine geistige Legitimation dar ... sehen Sie. Wo soll das hinführen.

Oder Ihre mit Recht so formulierte Frage nach etwas, was man von einer Machloike* zwischen Thomas Mann und mir hört. »Etwas« ist gut (und »Machloike« ist es erst recht). Im Wien der Zwanzigerjahre gab es eine bedeutende Hur, um nicht zu sagen Kokotte, eine der letzten wirklichen die es gab, sie war betörend schön, hieß Becker-Baby und stammte aus Szegedin, und als sie – zum ersten Mal, nachdem sie in Wien die diesbezügliche Karriere gemacht hatte – in ihr jüdisches Elternhaus zu Besuch kam und sich nach dem Essen eine Zigarette anzündete, wurde sie von ihrer Mutter mit entsetzt aufgerissenen Augen gefragt: »Baby – du *rauchst?!*«

Kurzum: die Machloike, von der Sie etwas gehört haben,

* Zerwürfnis

ist seit etwa drei Jahren eine selbstverständliche Begleiterscheinung meiner hiesigen Schreibtätigkeit, freilich eine besonders schwer wiegende und besonders schwer auf mir lastende (und daß auch er sie nicht leicht nimmt, ist mir nur karger Trost), denn im Grunde wäre mir nichts lieber, als ihn nur – und nur als Schriftsteller – zu verehren. Daß, warum und in welchem Ausmaß er mir das mit der Zeit unmöglich gemacht hat, ist eben die Machloike, die u.a. meinen Bruch mit dem Verlag Fischer zur Folge hatte und mit der ich mir mehr und peinlichere Feindschaften zugezogen habe als mit meinen sämtlichen andern antikommunistischen Polemiken zusammengenommen, – Feindschaften auch und gerade von seiten jener, die mir sachlich recht geben mußten. Wollen Sie das alles wirklich so genau wissen, wie ich es Ihnen – auf ausdrücklich wiederholten Wunsch – sagen und belegen kann? Es wäre mir fast lieber, wenn herich nein. – Ich offeriere Ihnen als Ersatz einen Briefwechsel mit dem Anwalt der Urheberrechts-Erben von Karl Kraus (Samek & Fischer, Ltd.), der sich in den edelsten Traditionen von »Hochachtungsvoll Verlag Die Fackel« abspielt – ein wahres Fressen für Insider (deren einige sich schon seit Wochen daran letzen und laben).

Über die ausgezeichnete Resonanz, die Ihr Buch* in Deutschland gefunden hat, bin ich mehr durch Hörensagen als durch Lektüre der Rezensionen informiert; ich habe nur die in der »Weltwoche« und eine in der Berliner »Neuen Zeitung« gelesen, es kann aber auch die »Süddeutsche« gewesen sein. – Die Beilage hingegen, auf die ich ursprünglich antworten wollte (was mir dann aus Zeitmangel unmöglich wurde), möchte ich Ihnen nicht vorenthalten. Sie ist ein Musterbeispiel jener piefkischen Scheinobjektivität, die mit aller Gewalt die Dinge nu mal auf ihr richtjes Maß reduzieren will, und die lapidare Feststellung, die den Schlußabschnitt einleitet – »Kraus ist kein Satiriker«. Punkt – läßt sich an Wucht nur damit vergleichen, daß die Nase der Kleopatra eine ihrer

* »Enterbter Geist«

größten Schönheiten war. – Würde es Sie jucken, etwas damit (resp. dagegen) zu machen? FORVM valde apertumst.

Zu meinem Gram habe ich gehört, daß Sie in Alpbach waren – wo meine Frau sich als Sekretariats-Dolmetsche betätigt hat und wo um ein Haar auch ich hingekommen wäre, und wenn ich gewußt hätte, daß Sie dort sind, wäre nicht einmal dieses Haar mehr zwischen mir und Alpbach gestanden. Wie soll das jetzt mit uns weitergehen? Sie klingen gar nicht so, als ob Sie in absehbarer Zeit wieder in die hiesigen Gegenden kämen.

Dann müssen Sie mir aber sehr bald und sehr ausführlich schreiben, auch über Amerika, auch über Deutschland, und auch diesem wäre, wenn's Ihnen besser zusagt, das FORVM weit geöffnet. (»Ja, die Reise war belehrend / Und dem Herzen angenehm …« – das haben Sie also *auch* nicht, Sie Unglücksselcher!)

Herzlichst Ihr
Torberg

8. November 1971

Mein Lieber,

das weiß ich mir zu schätzen, daß der Oktober nicht brieflos zu Ende gehen durfte – »Ungeküßt sollst du nicht schlafengehn«, wie es im Liede heißt, genauer: im Schlagertexte, aber da spießt sich's schon mit dem Dativ-E, dessen Aussterben einer Elegie gewiß nicht minder würdig wäre als der Tod eines Lauthes und dem tatsächlich eine rührende Verewigung zuteil geworden ist, in Form einer Gedenktafel, die dem eiligen Besucher des Leopoldsberges meistens entgeht: »An dieser Stelle hielt weiland Kaiserin Elisabeth von Österreich oftmals Ausschau ins Land / Gewidmet vom Lehrerinnenvereine Klosterneuburg«.

Was aber die Schlagertexte betrifft, die undurchdringliche Schönheit der 3. Vorstrophe zu »Servus du« (Wortlaut auf

Wunsch), der Einbruch des Neoverismo in die Refrainlyrik mit »Ich küße Ihre Hand, Madame«, das rätselhafte »Denn« als Präambel der im Tangorhythmus erfolgenden Mitteilung, daß meine Liebe dein ist solang ich leb auf Erden – dies und noch manches andre zu analysieren ist ein Vorhaben, dessen Vollbringung mir ebenso niemals beschieden sein wird wie der Nachweis des gemeinsamen Nenners von Rilke und Thomas Mann, den beiden Jausentalenten, die es durch enormen Fleiß und redlichen Solipsismus dann doch zu was Rechtem gebracht und zum Schluß synthetische Perlen erzeugt haben, die sich von echten nicht mehr unterscheiden ließen; wobei der eine als Wegbereiter seines Nachruhms und der andre als Kommentator seines Wegruhms auftrat, mir *graust* bei dem Gedanken, daß die beiden miteinander korrespondiert haben könnten ...

Ich mach das alles mit Absicht, weißt Du. Ich beantworte nicht eigentlich Deinen Brief, sondern fühle mich von ihm »angestochen« – und *schon* rinnt mir das Schmalz aus allen Poren, eben jenes, mit dem wir einstmals unsre Denkapparatur geölt haben, und eben darum will ich ja die postalische Verbindung mit Dir nicht einschlafen lassen. Ich erbitte ein gleiches vice versa. Es gibt kaum noch welche. Der Peter Heller ist einer der letzten anderen. Wir haben uns jetzt eine Zeitlang an alternierender Strophen-Deklamation der Bürgerschen »Lenore« gelabt, ein *gewaltiges* Stück Ballade (und was sich da der Goethe alles abgeschnitten hat): »Sieh da! Sieh da! Am Hochgericht / Tanzt um des Rades Spindel / Halb sichtbarlich bei Mondenlicht/ Ein luftiges Gesindel./ Sa sa! Gesindel, hier! Komm hier! / Gesindel, komm und folge mir! / Tanz uns den Hochzeitsreigen / Wann wir zu Bette steigen!«

Seither melden wir uns am Telephon immer nur »Hier Gesindel, wer dort.« Es waren schöne Zeiten.

Daß Du nicht nach London gehst, befriedigt mich über die Maßen, der liebenswerte Dissertations-Schussel hat es mir gesagt und ich freue mich der ausdrücklichen Bestätigung durch Dich. Ohne genau zu wissen, warum. Wahrscheinlich wegen quieta non movere. Jetzt bist Du schon einmal in Illinois, und *wenn* Du Dich dislozierst, dann nur noch zu den Müttern. Komm hier! Und stampfend steigst Du wieder.

Der Süßkind ist tatsächlich schon im Satz, weilen ich mich noch mit der Übersetzung seiner mittelhochdeutschen Lieder plage. Die darf nämlich nicht zu »glatt« werden, d.h. sie darf den heutigen Begriffen von »gutem Gedicht« keine allzu großen Konzessionen machen; darf aber auch nicht »holpern«, was sie ja gleichfalls nur nach heutigen Begriffen täte.

Bitte vielmals: was ist das mit dem »Kind aufs Weihnachtsfest«, wie welches Du Dich auf den Roman freust? Hattest Du da den Claudius im Sinn oder war's »nur so« gesagt? Wenn nämlich Claudius, dann heißt es dort: »Ich danke Gott und freue mich / Wie's Kind zur Weihnachtsgabe / daß ich bin, bin! und daß ich dich / Schön menschlich Antlitz habe.« Dir brauch ich doch nicht zu sagen, wie gern der Brecht auf die Akzentverlagerung durch das verdoppelte »bin« draufgekommen wäre. Und wie sehr die Brechtokokken darüber zerspringen müßten. Aber die kennen's erst gar nicht ...

Das wär's für heute, mein Lieber, obwohl es das noch bei weitem nicht *ist.* Deshalb sag ich ja auch, daß es das *wäre.* Es ist der Kunjunktiv einer höflich einschränkenden Voraussetzung, dem noch ein unausgesprochener Konditionalsatz nachzuschweben scheint, ähnlich wie in der immer noch traditionsgesicherten Empfehlung des Wiener Kellners: »Ein schönes Beuscherl *wär'* da ...« (ergänze: »wenn's dem Herrn recht ist«). Die anderen Beilagen lasse ich gesondert an Dich abgehen, zu Schiff. Am Tag ihres Eintreffens wird es bereits höchste Zeit sein, daß Du mir wieder schreibst.

Grüß mir die Frau Gross und, wenn er schon dorten ist, den Holthusen, und sei Deinerseits auch auftrags der Damen gegrüßt

von Deinem alten F.T.

Altaussee 63, 31. Dezember 1975

Herr, dieser Tage Posteinlauf war groß, leg Deinen Schatten auf die Apfelbäume oder wie das beim Jubiläumsrilke heißt, ich fürchte, daß die nur allzu berechtigte Phase seiner Unterschätzung jetzt ins Gegenteil auspendelt, aber auch das wird vorübergehen und das ist es nicht was ich sagen wollte. Sondern es kam soeben via Breitenfurth Dein Separatdruck aus dem »Merkur«, und da ich mich unbedingt noch heuer dafür bedanken will, habe ich ihn noch nicht gelesen. Gleichfalls noch heuer wollte ich die von Dir gewünschten und seit langem vorbereiteten Ausschnitte in Sachen Shakespeare bzw. Schlegel/Tieck bzw. Klingenberg an Dich abgehen lassen, und liegen dieselben bei. To be sure: I'm fighting a losing battle. But I'm fighting. (Tun wir das nicht überhaupt?) Was hingegen die gewünschte Böll-Parodie betrifft, muß ich Dich noch um etwas Geduld bitten. Ich habe sie vor der Einkehr in meine hiesige Klausur (übrigens unter geänderter Adresse, siehe oben) vergeblich gesucht, werde jedoch bei meinem nächsten Abstecher in die heimische Desorganisation die Suche wieder aufnehmen und zu einem hoffentlich erfolgreichen Ende bringen ...

Mit Genuß und Belehrung habe ich Deinen Schopenhauer-Essay im Times Literary Supplement gelesen, wobei mir vor allem die Tatsache Bewunderung abnötigt, daß Du eine so enorm sprachgebundene Erscheinung in einer andern Sprache verständlich machen kannst, also unter Verzicht auf Originalzitate. Auf die Gefahr hin, mir Dein professionelles Wohlwollen zu verscherzen, gestehe ich Dir, daß meine ohnehin amateurhafte Beziehung zu ihm fast ausschließlich vom Sprachlichen herrührt (wessen ich beim zänkischen Publizisten Carl Krause nicht ganz so sicher bin). Ich habe vor unendlich grauen Jahren einmal eine kleine, notdürftige Glosse »Über den Schopenhauerschen Strichpunkt« geschrieben, den ich »den Strichpunkt des Atemholens« nannte, etwa in Passagen wie: »Wenn die Afterphilosophie der Hegel und Fichte e tutti quanti, die heute zur Schande

Deutschlands in den Hörsälen widerhallt, sich zu der Behauptung erdreistet, daß ...« und dann kamen zehn Zeilen eines grandiosen Wutschnaubens, und dann: »; so ist dies ein Irrthum«, und da hatte ich immer das Gefühl, daß er Atem holen mußte.

Zu einer wirklichen Behandlung oder gar Auseinandersetzung reicht's bei mir natürlich nicht. Aber eine Stelle aus »Über Schriftstellerey und Stil« würde ich ganz gerne einmal als Motto verwenden. Ich schreib sie Dir nächstens, schon um Deine Neugier und Deine Antwort zu stacheln. Heute nur noch rasch alles Gute für 1976, auch im Auftrag der anwesenden Damen, und die herzlichsten Grüße Deines alten

F.T.

Breitenfurth, 9. September 1976

Mein Lieber,

Dein Kartengruß mit Briefporto war eine rechte Freude, und daß Du auch die Bozener Entrevue goutierst, steigert sie noch, die Freude sowohl, wie die Entrevue (an der Mme. Herzfelder ihren gerüttelten Anteil hat). Vor allem aber finde ich es enorm wichtig und erquicklich, daß Du unsre Venezianische Woche und das Treffen im Greif bereits als Institution empfindest. Ihrer gibt's nimmer viele, und sie sind wie nichts andres geeignet, die letzte Sphäre, in der wir's uns noch nach eigenem Gutdünken einrichten können, nämlich die private, auszubauen und zu vertiefen. Die Zeit, wem sag ich das, ist aus den Fugen, und da wir sie schon nicht einrichten können, wollen wir uns wenigstens in einer haltbaren Igelstellung gegen sie behaupten. »Adresse bleibt Fiala«, heißt ein in solchen Fällen vom Peter Heller gebrauchtes Schnitzler-Zitat (aus »Fräulein Else«).

Was aber das oben angetönte Shakespeare-Zitat betrifft, so bin ich seit vielen Jahren auf einer Suche, die Du vielleicht mit Hilfe eines Dir zu Gebote stehenden Kenners zu einem gedeihlichen Ende führen kannst. Es, das Zitat, lautet bekanntlich: »Die Zeit ist aus den Fugen. Schmach und Gram / Daß ich zur Welt, sie einzurichten, kam«; im Original: »The time is out of joint. O cursed spite / That ever I was born to set it right«. (Hamlet I, 5.) Nun gibt es aber, desgleichen aus der Schlegel/Tieck'schen Übersetzerschule, eine andre Version, die ich für ebenso geglückt halte und von der ich ganz sicher bin, sie nicht etwa in irgendeiner sekundärliterarischen Fußnote gelesen zu haben, sondern in einer regulären Shakespeare-Ausgabe: »Die Zeit ist aus den Fugen. Gram zu denken / Daß ich geboren ward, sie einzurenken«. Ist das vielleicht von Schlegel selbst zuerst so übersetzt worden? Oder von wem sonst? Hilf, wenn Du kannst.

Ich stecke nach ein paar Übergangstagen in Altaussee schon wieder in der aus Papierwust geformten Tretmühle, bin Ende September für ein paar Tage beim Salzburger »Humanismus-Gespräch«, u.a. um den Sperber zu treffen, und retiriere dann aufs neue nach Altaussee, denn der Ergänzungsband zur »Tante Jolesch« soll angeblich noch im Frühjahr 77 erscheinen. Sperber will Dir übrigens seine Neuerscheinung schicken. Ich habe ihm die Evanstoner Adresse gegeben.

Und dorthin begleiten Dich meine besten Wünsche, die ich für heute noch mit einem Kratzfuß für Madame H. kopple.

Dein F.T.

Maria Carmen
von
Herzmanovsky-Orlando

Meran, 16.10.1949

Lieber Herr Torberg! Verzeihen Sie mein P.S.

Sie sind ein Freund meines Mannes, an dem er sehr hängt und den er sehr schätzt. Es verging keine Woche im Krieg, wo er nicht von Ihnen sprach. Nun geht es ihm leider gesundheitlich gar nicht gut. Er leidet an Gallenblasenentzündung, soll eigentlich operiert werden, aber wir beide sträuben uns dagegen.

Meine Bitte geht dahin, schreiben Sie ihm möglichst oft, er freut sich *so* sehr darüber und versuchen Sie ihm literarisch-künstlerisch zu helfen. Für jeden Künstler ist ein Erfolg eine Notwendigkeit, er hatte so unter den Nazis zu leiden und jetzt sind die Möglichkeiten zu veröffentlichen in Öst. u. Deutsch. aus finanziellen Gründen unmöglich. Es wäre Ihnen so dankbar Ihre

Maria Herzmanovsky-Orlando

14. März 1956

Verehrteste,

... Ich fürchte nämlich, daß Sie, Verehrteste, sich noch immer kein rechtes Bild von den Schwierigkeiten machen, mit denen ich zu kämpfen habe – sowohl »intern«, d.h. in meiner Tätigkeit als Werk-Bearbeiter, wie auch bei meinen Bemühungen, das Werk in größerem Rahmen durchzusetzen. Leider haben wir es heute mit einem fast ausschließlich nach kommerziellen Gesichtspunkten dirigierten Kunstbetrieb zu tun, und daß Herzmanovsky eine finanziell ergiebige Proposition wäre, kann ich auch bei kühnster Selbstverleugnung niemandem einreden. Immer wieder bekomme ich zu hören, daß dies alles ja gewiß sehr schön und lustig und originell sei, aber doch nur für einen ganz kleinen Kreis in Betracht käme, und daß man das Risiko eines größeren Rahmens nicht eingehen könne. De facto haben ja Sie und Herzmanovsky Jahr um Jahr das gleiche erleben müssen, auch wenn man es Ihnen nicht so deutlich und unverhohlen begründet hat, wie man das mir gegenüber tut. Daß ich es in der Auseinandersetzung mit diesen Argumenten nicht an den geeigneten Gegenargumenten fehlen lasse, versteht sich.

In der Auseinandersetzung mit Ihnen sehe ich mich immer wieder in die Zwangslage gedrängt, den advocatus diaboli comercialis spielen zu müssen, also die Schwächen und Defekte zu unterstreichen, die der Publizität des Herzmanovskyschen Werks entgegenstehen. Gewissermaßen zur Entschuldigung muß ich Ihnen dann immer wieder versichern, wie sehr ich an dieses Werk glaube und wie wenig die erwähnten Schwächen und Defekte mich an seiner Genialität irre machen – eine reichlich groteske Versicherung, wie mir scheint, da ich sie ja im Lauf der Jahre tatkräftiger dokumentiert habe als irgendein andrer und da ja gut drei Viertel aller öffentlicher Resonanz, die das literarische Oeuvre Herzmanovskys neuerdings gefunden hat, direkt oder indirekt auf meinen Einsatz zurückgehen. Daß es Ihnen zu langsam geht und daß Ihnen alles mühsam Erreichte zu wenig ist, kann ich besser begreifen, als Sie mir's offenbar zutrauen. Aber das ändert leider nichts an der Tatsache, daß Ihre und meine Überzeugung, ein geniales Werk vor uns zu haben, nur sehr geringen Eindruck auf jene macht, von denen seine Verbreitung abhängt ...

Schließlich noch eines: es liegt in der Natur der Sache, daß die erwähnten »Schwächen und Defekte« – auch wenn Sie und ich und die kleine Schar der andern Herzmanovsky-Verehrer diese Schwächen lieber für Genialitätsbeweise halten möchten – von den jeweiligen Verhandlungspartnern als ein Hauptargument gegen die Verwertbarkeit des Herzmanovskyschen Oeuvres ins Treffen geführt werden. Es gehört zu den Funktionen der Bearbeitung, diese Schwächen und Defekte zu eliminieren. Daß die Originalfassung dabei eine gewisse Einbuße erleidet, ist unvermeidlich. Ich meinerseits bin jedoch der Überzeugung, daß es sich da lediglich um äußerliche und umfangsmäßige Einbußen handelt, und daß die von mir vorgenommenen Korrekturen nicht nur in bezug auf die angestrebte Verwertung, sondern auch in bezug auf künstlerische Dichte und Qualität dem betreffenden Werk zum Vorteil und nicht zum Nachteil gereichen.

Wäre ich dieser Überzeugung nicht, so würde ich die Korrekturen nicht vornehmen. Keinesfalls nehme ich sie ausschließlich oder auch nur vorwiegend als »Konzessionen an den Publikumsgeschmack« vor oder als Konzessionen an die Geschmackslieferanten (Theaterdirektoren, Verleger etc.). Ich bin mit voller künstlerischer Verantwortung und, wie ich glaube, mit nicht ganz untauglichen Mitteln darum bemüht, den Geist des Originals nicht nur zu wahren, sondern ihm zu einer so präzisen Geltung zu verhelfen, wie es dem unbekümmert drauf los produzierenden Schöpfer des Originals, eben infolge seiner Unbekümmertheit, nicht durchwegs gelingen konnte ...

Meran – Schloß Rametz 16. XII. 57

Lieber Weihnachtsmann,

es war mir eine ungeheure Freude, Ihre lieben Worte zu lesen, mit allen schönen Anhängseln, die am Weihnachtsbaum hingen! ... Vor allem möchte ich *Ihnen* danken für Ihre unerschütterliche Überzeugung und steten Einsatz für FHO, für Ihre Treue und unermüdliche Arbeitskraft ...

Alle Tage gehen meine herzlich-zuversichtlichen Wünsche zu Ihnen, immer das Werk einschließend, daß Sie so prachtvoll durchgesetzt haben und unbezwinglich in die Zukunft tragen.

Ihre
Carmen Herzmanovsky-Orlando

Meran – Schloß Rametz 12. I. 1958

Lieber Herr Doktor,

... Sie, der FHO sicher am besten kennen, sprachen das richtigste Urteil, daß die tausend Facetten die er spiegelt nur für die Vielschichtigkeit seines Oeuvres sprechen. Gottseidank, an Phantasie fehlte es ihm nicht, weder im Zeichnerischen noch Literarischen. Im Allgemeinen sind unsere Zeitgenossen arm in dieser Hinsicht. Daß anderseits sein Werk auch Schwächen aufweist weiß ich, weiß ich, lieber Freund!

Weiß aber auch, daß durch die Bearbeitung seines Freundes ein bijoux draus wird. Auf dieses Juwel freue *ich* mich am meisten. Sie, der so ungeheuer sensitiv sind, müssen ja spüren, daß *er* bei Ihrer Arbeit bei Ihnen ist!

Fritz
von
Herzmanovsky-Orlando

Merano (Italien), Via Miramonti 20 23.XI.35

Sehr geehrter Herr Torberg!

Mein Freund Fritz Thorn war so lieb, mir Ihre Anschrift zu geben und er war es, der mir erzählte, dass Sie Spass an meiner bescheidenen literarischen Produktion nehmen. Natürlich bezieht sich das ja blos auf den »Gaulschreck« da es sonst außer verstreuten kl. Fäkalien in Zeitschriften nur noch eine vergriffene Novelle von mir gibt: »Der Kommandant von Kalymnos«. Aber sonst bin ich mit einer ganzen Anzahl von Arbeiten knapp am Geborenwerden; nach den ersten Wehen hört es stets auf.

Ich habe einen großen phantastischen Roman geschrieben, der wieder zwei Helden des »Gaulschreck« bis zu ihrer Vernichtung im Magischen weiterführt. Eynhuf, jetzt Philipp Maria Edl. v. Hahn, Hofrat i.R. jetzt Inhaber einer Unkräuter Trafik (halbamtliche Verteilungsstelle) in einem Traumreich, das auf Grund eines politischen Testamentes Metternich ins Leben trat. Der andre Bekannte ist Grosskopf, jetzt Xaver Naskrükl, der das unbekannte Persien eines vertrockneten Rokokko erforscht. Zu ihnen stoßen Cyriakus v. Pizzicolli, der wiedergeborene Entdecker Griechenlands in der Gotik und Baron Puntigam, ein steyrischer Parforcereiter. Sie erleben äußerst bizarre Dinge.

Korfiz Holm – der Macher des Langen Verlages und Szolnay haben sich lebhaft mit der Arbeit befasst, trauen sich aber nicht heraus damit. Vielleicht finde ich einmal eine literarische Gesellschaft für dieses abstruse Buch. Bei Vorlesungen hatte ich glänzende Erfolge.

Wenn es Ihnen Spass macht, sende ich Ihnen gelegentlich 3 Pragensien. Es sind 3 kleine Geschichten in »Memoriam Meyrink« die sogar auf Tatsachen beruhen. Der Skandal am Tetschner Zollamt, der Skandal mit dem russ. Attaché auf der nächtlichen Karlsbrücke und der Skandal in Berchtesgaden mit einer Prozession. Sie sind Vortragsstücke Alma Seidlers.

Und nun habe ich an Sie eine literarische Frage: Ich habe

auch zwei Komödien geschrieben (eine im Frühjahr u. eine jetzt vor 5 Wochen.) Die erste heißt »Kaiser Joseph und die Bahnwärterstochter«, die zweite, noch ganz unbekannte: »Exzellenzen ausstopfen ein Unfug«. – Die erste will das Burgtheater 1936 aufführen, was mich sehr wundert; Buschbeck, der artistische Leiter des Hauses und Aslan sind eben sehr von der Komödie, die ganz ausgefallen ist, eingenommen. Die andre Komödie ist ein Biedermaiergangsterstück in 11 Bildern und beinhaltet die groteske Tragik der Familie Feuchtersleben. Im Hintergrund steht die Tatsache, dass 1797 in Wien ein Dutzfreund Lessings ausgestopft und dem Hofmuseum einverleibt wurde!

Glauben Sie, dass ein Prager Theater die Stücke bringen würde? Haben Sie zufällig irgend eine Beziehung zu einer Bühne?

Die Stücke sind billig auszustatten und erfordern je 17 – 18 Darsteller. Bombenrollen. (Komödien mit Gesang, was jetzt sehr gesucht ist.)

Ich würde mich sehr freuen von Ihnen zu hören und bin Ihr sehr ergebener

Fritz Herzmanovsky-Orlando

Prag I.
Revoluční 21. Am 3. Dez. 35

Sehr verehrter Herr von Herzmanovsky,

Ich habe mir all die Jahre hindurch, seit ich Ihnen schon zu schreiben plane, wahrhaftig nicht vorgestellt, daß ich meinen Brief sodann mit einer Entschuldigung würde beginnen müssen, – nun verhält es sich aber doch so, und zwar muß ich Sie um Entschuldigung bitten für die Verzögerung dieses Antwortbriefs. Sie rührt daher, daß ich eben erst aus Wien zurückgekehrt bin, und es ist sehr schade, daß mich Ihr Brief nicht schon dort erreicht hat – denn Sie standen, wie immer, auch diesmal sehr häufig zur Debatte in den Gesprächen, die ich dort mit meinen Freunden hatte, und diese Debatte hätte dann vielleicht einen konkreteren Anstrich bekommen. Nun, das wird sich aber noch nachholen lassen, und zwar sehr bald, weil ich in Kürze meinen Aufenthalt wieder für einige Zeit nach Wien verlegen werde. – Damit wäre der erste der zahlreichen Punkte, die nicht zur Antwort auf Ihren Brief gehören, erledigt.

Punkt zwei: ich verwahre mich mit aller Entschiedenheit gegen die Formulierung, daß ich »Spaß« an Ihrer »bescheidenen literarischen Produktion« gefunden hätte. Sollte tatsächlich, wie Sie schreiben, mein Freund Thorn Ihnen solches erzählt haben, so würde das zu bedeutenden Zwistigkeiten zwischen ihm und mir Anlaß geben. Ich bin jedoch überzeugt, daß er dies nicht getan hat, sondern daß hier eine eigenmächtige Entstellung Ihrerseits vorliegt, die ich also hiermit richtiggestellt haben will. Der Spaß, den ich Ihrer literarischen Produktion verdanke, ist kein Spaß, und vor allem keiner den man finden kann – sondern ich bitte Sie, mir zu glauben, daß ich zu Ihren ersten und aufrichtigsten Bewunderern gehöre, und daß ich dieser Bewunderung in meinem Wiener Freundeskreis seit jeher permanenten Ausdruck gegeben habe. Gina Kaus, Dr. Polak und viele andre, mit denen Sie gelegentlich Ihres letzten – und von mir leider versäumten – Wiener Aufenthaltes in Kontakt getreten sind, werden Ihnen das bestätigen oder haben es vielleicht auch freiwillig getan. Darauf wollte ich hinweisen, weil ich mich andernfalls um ein wirkliches Verdienst geschmälert fühlen müßte.

Bevor ich nun praktisch auf Ihren Brief eingehe, habe ich Ihnen noch über die inzwischen vor sich gegangenen Verschiebungen Ihrer Manuskripte zu berichten. Die hintergründigen Hebelkräfte dieser Verschiebungen sind folgende: 1.) Der Umstand, daß Fritz Thorn für längere Zeit beruflich nach Jugoslawien gegangen ist. 2.) Die Behauptung Dr. Ernst Polaks, Sie hätten ihm das Manuskript Ihres »Maskenspiels der Genien« zugesagt. 3.) Meine Begier, dieses Manuskript kennen zu lernen, und mein von Dr. Polak (siehe oben) nicht bestrittenes Prioritätsrecht, diese Begier zu stillen. 4.) Die Wehrlosigkeit meines Freundes Thorn eben dieser Begier gegenüber, die sich natürlich auf Ihre gesamten Manuskripte erstreckt hat.

So daß sich also zurzeit sowohl das »Maskenspiel der Genien« wie auch eine (gleichfalls aus Thorns Verwahrung erraffte) Abschrift des Singspiels »Kaiser Joseph und die Bahnwärterstochter« bei mir befinden, augenblicklich noch in Prag, ungefähr ab Mitte Dezember in Wien. Meine dortige Adresse lautet: bei Grossmann, Wien III., Riesgasse 3, und ich bitte Sie nunmehr um Ihre Direktiven, d.h. ob ich die Manuskripte an Dr. Polak ausfolgen und nachher wieder in Verwahrung nehmen soll, oder was Sie sonst damit geschehen lassen wollen.

Wenn Sie erlauben, werde ich jetzt die in Ihrem Brief enthaltenen konkreten Anfragen indirekt beantworten. Ich glaube nämlich nicht, daß man dem Publikum Ihre Werke auf eine so gewöhnliche und kommentarlose Art zugänglich machen kann und soll, wie Sie es offenbar im Auge haben; also durch Einreichung an Verlage, Redaktionen, Theaterkanzleien etc. Welche Art eindeutig förderlicher wäre, möchte ich Ihnen, ohne gleichzeitig Beweise dafür beibringen zu können, nicht auseinandersetzen. Ich habe aber jetzt eben in Wien wieder einige Verbindungen angeknüpft, die mich hoffen lassen, daß ich Ihnen bald Konkreteres berichten kann. Eine davon ist der Chefredakteur der Wiener Sonn- und Montags-Zeitung, Karl Tschuppik, ein Österreicher bester Sorte und Ihnen vielleicht auch als Autor historischer Werke bekannt, von denen »Franz Joseph I.« und »Maria Theresia« die erheblichsten sind; ich habe ihm zunächst ein Exemplar des »Gaulschreck« übermittelt, mit dessen Lektüre er in ungefähr 14 Tagen, also bis ich wieder in Wien bin, zu Ende gekommen sein dürfte; das wird dann zweifellos auch seinen publizistischen Niederschlag finden, entweder durch ihn direkt oder durch mich. Wobei ich allerdings der Meinung bin, daß solche – längst fällige – öffentliche Würdigung Ihres Werks besser aus einem aktuellen Anlaß erfolgen würde, also z.B. gelegentlich einer Theater-Aufführung, wenn ein neues Buch von Ihnen herauskommt, bei einer Vorlesung, oder dergleichen.

Was ich hoffe, und wozu ich mich nach Kräften beizutragen bemühe, ist nun eben, daß eine derartige Gelegenheit sich sehr bald ergeben möge. Es wäre deshalb sehr vorteilhaft, wenn Sie nun von Zsolnay und Korfiz Holm einerseits, von Buschbeck anderseits einen möglichst präzisen Bescheid über den Stand Ihrer Angelegenheit erlangen könnten, und wenn Sie hierauf die Freundlichkeit hätten, mich von den gegebenen Situationen zu unterrichten, damit ich weiß, ob und in welchem Ausmaß andre Stellen interessiert werden sollen. Wenn z.B. Ihr Singspiel tatsächlich vom Burgtheater herausgebracht werden sollte, so schiene mir jede Initiative in andrer Richtung verfehlt, und mit einer etwaigen Buchpublikation verhält es sich ganz ähnlich.

Ich meinerseits beabsichtige im kommenden Frühjahr an der Prager Urania einen auf drei oder fünf Abende berechneten Vortrags-, resp. Vorlese-Zyklus abzuhalten, der ungefähr unter dem Motto »Abseitiger Humor« segeln soll, und bei dem es dann auch einen eigenen Herzmanovsky-Abend gäbe; der publizistischen Unterstützung Max Brods, der von Ihrem »Gaulschreck« sehr begeistert ist, habe ich mich für diesen Fall bereits vergewissert, und ich hielte das auch für den gegebenen Anlaß, um dann auch ihre Pragensia zu veröffentlichen (am ehesten wohl im Prager Tagblatt). – Für eine Zusendung der Manuskripte wäre ich Ihnen natürlich schon jetzt sehr dankbar, und eine ganz besondere Freude würden Sie mir bereiten, wenn Sie mir auch Ihre vergriffene Novelle und alle sonst noch von Ihnen im Druck erschienenen Arbeiten zugänglich machen könnten.

Ich habe mich, sehr verehrter Herr von Herzmanovsky, im Vorstehenden sehr vorsichtig und nahezu schwammig ausgedrückt, aber ich hoffe, daß Sie meine durchgängige und prinzipielle Absicht merken und verstehen: Ihr Durchbruch an eine breitere Öffentlichkeit soll nämlich, wie ich glaube, möglichst vollkräftig inszeniert werden – mit zwei oder drei verstreuten Artikeln, die ohne aktuellen Anlaß erscheinen und dem Publikum keine Gelegenheit zu sofortigem Zugriff bieten, wäre wenig getan, zumindest für meine Begriffe, und jedenfalls im Verhältnis dazu, was getan werden sollte und bei der richtigen Gelegenheit auch getan werden kann und wird.

Haben Sie also, bitte, die Freundlichkeit, mich in meinen kargen Bemühungen zunächst dadurch zu unterstützen, daß Sie mich 1.) über die Verfügbarkeit Ihrer Arbeiten informieren und mir 2.) diese Arbeiten, soweit Sie das eben für tunlich halten, übergeben; ich verwahre zur Zeit, wie schon erwähnt, je ein Manuskript von »Das Maskenspiel der Genien« und »Kaiser Joseph und die Bahnwärterstochter.«

Ich brauche Ihnen hoffentlich nicht zu sagen, daß diese meine Bemühungen unablässig und mit der Zähigkeit des ehrlichen Bedürfnisses erfolgen werden und daß es mir eine aufrichtige Freude wäre, wenn ich dabei irgendwelche Erfolge zu verzeichnen hätte. Konkrete Mitteilungen werde ich Ihnen freilich immer erst dann machen, bis etwas wirklich Konkretes vorliegt; daß dies unter den heute herrschenden – und zwar in jeder Hinsicht herrschenden – Verhältnissen nicht sehr leicht und vor allem nicht sehr schnell zu erzielen ist, bitte ich Sie hiebei zu berücksichtigen.

Bis Mitte Dezember bin ich noch in Prag zu erreichen, von da ab einige Monate lang wieder in Wien; und es wäre natürlich am allerschönsten, wenn Sie während dieser Zeit Gelegenheit zu einem Besuch in Wien fänden, damit wir das alles und noch viel mehr mündlich besprechen könnten. Das wage ich aber ernstlich garnicht zu hoffen, und es wird mir schon eine große Freude sein, wenn ich weiterhin brieflich mit Ihnen in einigem Kontakt bleiben kann.

Nochmals bitte ich Sie um Entschuldigung für die verspätete Antwort, und bleibe mit verehrungsvollen Grüßen

Ihr Friedrich Torberg

Merano, Via Miramonti 20 10.XII.35

Sehr verehrter Herr Torberg!

Vielen Dank für Ihren lieben Brief vom 3. d. M. Ich freue mich sehr, dass Sie das Maskenspiel lesen und bin gespannt, ob es Ihnen etwas sagen wird. Möchte bemerken, dass der Roman noch nicht den letzten Schliff hat; diese Viechsarbeit wollte ich erst dann vornehmen, wenn eine konkrete Möglichkeit vorliegt, damit herauszukommen. Dazu kommt, dass hier brauchbare Typistinnen schwer zu finden sind.

Der Roman hat eine Art von kabbalistischer Grundlage, über die wir einmal sprechen werden. Pizzicolli war ein Kaufmann aus Ancona, der in der »Gotik« Griechenland archäologisch erforschte. Seine Skizzen kamen über Squarcione auf Mantegna. So wurde er der eigentliche Vater der Frührennaissance. Ich fand sein Manuale in einem wenig begangenen Torturm des Edfu Tempels und jetzt wurde ein ebensolches in einer Höhle bei Smyrna entdeckt. Die Wissenschaft nennt ihn: Cyriak von Ancona.

Es ist mir eine große Freude zu hören, dass Sie sich meiner Produktion annehmen wollen. Wie ich schon schrieb, waltet über meiner Tätigkeit ein wahrer Unstern. Seit dem Gaulschreck, über den übrigens eine Anzahl glänzender und geistreicher Kritiken der massgebenden Blätter vorliegen, blieb alles stecken. Der Tod Artur Wolfs war ein grosser Schaden für mich. Mit dem »Joseph« verhält es sich so: im Juni forderte mich Buschbeck auf, ihm irgend etwas Lustiges vorzulegen. Ich gab ihm das Manuskript, das er erweitert wünschte. Darauf sagte er mir, dass er die Aufführung befürworten werde und wies mich wegen der Detailarbeit an Waniek. Gleichzeitig las es Aslan, dem die Sache so gefiel, dass er mir versprach, alle Hebel in Bewegung zu setzen, dass es in eine günstige Spielzeit falle. Er kam auch Ende August auf einen Tag eigens zu mir ins Salzkammergut, um mit mir näheres zu besprechen. Ich habe auch Korrespondenz mit ihm darüber. Buschbeck und er sind für eine Aufführung im Fasching.

Wenn ich jetzt das Glück hätte, dass Sie das Eisen schmieden so lang es warm ist, wäre das ein Glücksfall sondergleichen für mich! Das heisst, ich würde Sie bitten, gelegentlich in meinem Namen Buschbeck und Aslan – vielleicht den ein wenig eitlen Aslan zuerst – aufzusuchen: ich liesse ihn bitten, da er ja wenig Zeit zu schreiben habe, mir durch Ihre freundliche Vermittlung mitzuteilen, wie die Sache stünde und was mit der Musikbeschaffung wäre? ...

Im November lag von mir eine weitere »Biedermeiergangsterkomödie« vor: »Apoll v. Nichts«, oder »Exzellenzen ausstopfen, ein Unfug«. Bitte lesen Sie vielleicht auch diesen Ulk, der sich jetzt im Depot unseres gemeinsamen, sehr lieben Freundes Thorn befindet.

Vor 14 Tagen sendete ich via Thorn ein Exemplar an Eidlitz (den Gatten Alma Seidlers), zur vorläufigen Begutachtung. Aber Eidlitz, sonst ein lieber Kerl und mir zugetan, ist stinkfaul im Schreiben. Auch er müsste gegebenenfalls getreten werden. ...

Dieses Stück, in dem Lord Byron zum ersten mal, sogar singende, Bühnen Figur ist, müsste für das Burgtheater etwas zugestutzt werden. Denn, die reizende Partnerin Byrons, Roxane Puygparadinez, singt das leider wirklich existierende Lied Grillparzers über den Wasserkopf des Kronprinzen Ferdinand, der später als pensioniertes Trottel seine dalkerten Stückeln in Prag aufführte. (Das Gedicht war schuld am Ende der Staatskarriere Grillparzers.) ...

Ihre Idee der humoristischen Vorlesungen an der Prager Urania ist vorzüglich. So etwas mangelt sehr. Die trostlosen humoristischen Sendungen die immer dasselbe abgedroschene Zeug mit dem drauf folgenden Trompetengelächter bringen, sind zum Apparat Zsajmhauen! Ich werde Ihnen gerne etwas senden; oder denken Sie an Teile aus Maskenspiel etz?

Meine verfügbaren Arbeiten übergebe ich Ihnen sehr gerne ...

Hoffentlich habe ich das Vergnügen Sie in Wien kennen zu lernen. Wir sind immer Mai und Juni dort. Im Sommer am Traunsee bis Ende September. Nach Meran kommen Sie wohl nie? Es ist sehr schön hier und bis jetzt Alles reichlich vorhanden. Dabei billig.

Es würde mich freuen bald wieder von Ihnen zu hören! Mit den herzlichsten Grüssen Ihr ergebener

Fritz Herzmanovsky-Orlando

Meran, 29.XII.35

Sehr verehrter Herr Torberg!

Vor allem empfangen Sie die herzlichsten Wünsche zum neuen Jahr, das Besseres und Schöneres bringen möge als das miserable 35.

Ich vermute Sie jetzt schon in Wien. Vielleicht haben Sie schon mit der charmanten Frau Hedi Gerstel Fühlung genommen, die meine Manuskript-Speditionen aufs liebenswürdigste in Abwesenheit unsres Freundes Thorn, übernahm.

Unabhängig davon sende ich Ihnen anbei die »Kleinen Geschichten um Meyrink«. Falls sie Ihnen gefallen, bzw. veröffentlichenswert erscheinen, bitte ich Sie, damit machen zu wollen, was Sie für gut halten: z.B. Prager oder Wiener Zeitungen. Allerdings müsste es ein Blatt sein, das in Deutschland *nicht* auf dem Index steht. Das ist deshalb in der Tat wichtig, weil ich mit meiner Existenzgrundlage in Deutschland hänge (obzwar ich Auslandsösterreicher bin) und ich unter Umständen phantastische Schwierigkeiten haben kann; ich habe ohnedies schon einen Ton, den mir ernste, Hämorhoiden geschmückte Amtsstellen überall missbilligend quittieren. Und – ich erlebe genug.

Ja, der Mensch hat heute kein leichtes Leben, besonders wenn er reist.

Als junger Mensch in den vergangenen Tagen eines glanzvollen Europa reiste ich gerne in wilde und unbekannte Länder. So brachte ich einmal zwei Tage in Urfahr zu. Was ich da erlebte, reicht zu einer großen Novelle. Dort lernte ich auch Freund Grosskopf (des Gaulschreck) kennen, der damals wegen eines falschen Verdachtes bzgl. eines Lustmordes tolle Dinge erlebt hatte. Ich will nur so viel andeuten, dass der Unselige im Herbst vorher auf der Münchner »Dult« einen großen Posten von Missgeburten in Spiritus, wohl noch barocker Herkunft, erworben hatte, die er in einer Nebelnacht über die Grenze gepascht hatte. Dies führte zu bösen Verwicklungen, die ihn in ein schiefes Licht brachten und ihm Linz für lange verleideten.

Im Herbst desselben Jahres rüsteten, ein Freund und ich eine Expedition nach Corsika aus, die uns unter anderem einen Krach mit dem verschollenen Musikanten Saint Saens und zwei unbeschreiblich grauslichen alten ärarischen englischen Weibsbildern brachte. Aber das eigentlich reizvolle daran war, dass wir einen alten russischen Bädeker für Corsika benutzten, den »Anisfeld« ein Buch, dessen Zauber man sich schwer entziehen kann. So bringt dessen, leider heute ganz verschollene Ausgabe »Österreich« gewaltige Sümpfe bei Lienz, und eine Dampfschiffahrtsverbindung von Lana bis Meran ab nach Venedig. Die Kenntnis des Werkes danken wir einem alten polnischen Juden, der vor vielen Jahren, in einer dunklen Herbstnacht unter ungeheurem Gurgeln und Bartgesträube am Lanaer Bahnhof einen Mordsskandal machte, weil er glaubte, das Dampfschiff versäumt zu haben und das Personal alles in Abrede stellte. Mutter Drassl aber, die bekannte »Rösselwirtin« der Revuen, überraschte mich eines Tages mit der Mitteilung, dass ihr am Boden ihrer Wohnung im dortigen »Schöpferhof« die Anker »gor so im Weg wären«. Also schau! es muß was dran gewesen sein. An Anisfeldens Hand übrigens das übrige Österreich zu bereisen, war ein hoher Genuss!

Und jetzt zum Realen: Möchte Sie um Rat bitten! *Dr. Horch vom Szolnay Verl. schreibt mir* (vom 4.XII.): er habe sich bei der Lekture von »Exzell. ausstopfen ein Unfug« (= Apoll v. Nichts) sehr gut unterhalten. Obwohl es nicht leicht sein wird, das Werk unterzubringen, möchte er doch alles versuchen. Er glaubt, dass ich ohne Umarbeitung die sich vor allen Dingen auf die Stellen, die mit Religion zu tun haben, nicht werde auskommen können. Inzwischen wolle er sich um einen Komponisten interessieren.

Wie weit, glauben Sie, dass ich das einschätzen soll? Sie kennen ja den Verlag. Heisst das bei ihm, dass er ernst machen will? Oder kennen Sie einen andren Bühnenverlag, dem ich auch noch das Buch vorlegen soll? Das Burgtheater schweigt auch wegen des »Kaiser Joseph etc«. Aslan schrieb mir im Herbst, er wolle die Aufführung unbedingt betreiben! Was soll man nun tun? …

Ich bin außerordentlich gespannt, was Ihnen das »Maskenspiel« gesagt hat, zu hören!

Ich bleibe in Verehrung Ihr sehr ergebener

Fritz H. Orlando

c/o Grossmann
Wien III., Riesg. 3

Wien, 31. Januar 1936

Lieber und sehr verehrter Herr v. Herzmanovsky,

Ich glaube, es ist ein vielleicht aussichtsloses Unterfangen, Ihnen mein ungebührlich langes Schweigen erklären zu wollen und ich kann gar nichts andres tun, als Sie zu bitten, an meiner Ergebenheit und meinem festen Willen, die einmal eingeleiteten Dinge auch zu Ende zu führen, nicht zu zweifeln. Bis jetzt war ich daran durch eine ganze Reihe unvorhergesehener und recht leidiger Ereignisse gehindert, und eigentlich bin ich das auch noch heute. Wenn ich Ihnen trotzdem schreibe, so nur deshalb, weil ich mir jeden Tag aufs Neue die schwersten Vorwürfe mache, daß ich Sie nicht einmal hievon in Kenntnis setze. Was also hiemit geschehen ist. Ich werde in Kürze für ungefähr eine Woche in die Čechoslovakei fahren müssen und hoffe, daß ich nach der Rückkehr von dort meine Angelegenheiten soweit geregelt haben werde, um mich mit Vehemenz an die Regelung der Ihren zu machen. Wenn ich mir Ihr Vertrauen noch nicht gänzlich verscherzt habe, dann teilen Sie mir bitte zu diesem Zweck auch die Adresse von Frau Hedi Gerstel mit, die Sie in Ihrem letzten Brief ohne weiteren Kommentar erwähnt haben.

Weiters habe ich heute eine Nachricht für Sie, die mit Ihren eigentlichen Wünschen zwar in keinem Zusammenhang steht, die Sie aber vielleicht doch interessieren wird. Ein kleiner Kreis von Leuten, welche dem Üblichen einigermaßen abhold sind, plant in Wien die Herausgabe einer zwar gedruckten aber im übrigen sehr privaten, ja geradezu exklusiven, Zeitschrift, die in maximal zwanzig Exemplaren erscheinen soll und nur an die Mitarbeiter zur Verteilung gelangen wird. Die Zeitschrift, deren Herstellungskosten aus privater Quelle gesichert sind, führt den Titel »Die Binse, Zeitschrift zur Verbreitung von Licht und Wahrheit«, und wird als offizielles Organ des Reichsverbandes ehemaliger Erlkönige, des Reichsverbandes verstorbener Päpste und des Bundes alternder Jugend fungieren. Im Impressum trägt sie den Vermerk »Die Binse erscheint plötzlich«, und das soll sie auch. Es wäre natürlich wunderbar, wenn wir einen Beitrag von Ihnen bekämen, der allerdings mit keinem andern Gewinn als eben der Teilnahme an dieser sonderbaren Aktion verbunden wäre. Dürften wir eventuell ein Stück aus dem »Maskenspiel der Genien« abdrucken?

Hoffentlich nehmen Sie mir diese ausgefallene Behelligung nicht übel – sie soll keineswegs dazu dienen, Sie von meinen eigentlichen Nachlässigkeiten abzulenken, sondern ich bleibe schuldbewußt und verehrungsvoll

Ihr sehr ergebener
Torberg

Meran 4.II.36

Lieber und sehr verehrter Herr Torberg!

... In Wien stockt mir alles.

Freund Aslan, der mir energisch versicherte, die »Joseph« Aufführung zu betreiben, ignoriert alle meine Briefe. Zsolnay schrieb mir eben heute; »die Theater brauchen alle so lang zu einer Entscheidung etc. Mit einem Komponisten verhandle ich; Entscheidung demnächst« ...

Ich war der Meinung, dass Sie die außerordentlich liebe Frau Gerstel kennen? Sie wohnt: XIX. Trautenauerplatz 15 Tel: B 13 3 13. Ihr Gemal ist Sohn des ber. Kleidergerstel und sind die reizenden jungen Leute liebe Freunde von uns. Frau Hedi G. führt liebenswürdig meine Agenden in Bezug auf Bewahrung der Skripten und Expedition der Sachen.

Ich freue mich außerordentlich, dass Sie noch immer gewillt sind mit Ihrer Energie (ich hörte von Valti Rosenfeld dass Sie ein berühmter Dichter und Sportler sind) meinen verfahrenen Dichterkarren aus dem umnachtenden Dreck heben zu wollen.

Und von sich schweigen Sie ganz! Das war nicht schön! Ich schäme mich, es nicht gewusst zu haben. Aber verzeihen Sie das dem an den Grenzen der Menschheit horstenden Provinzler! Noch dazu bin ich literarisch schauerlich ungebildet. Literatur, Botanik und die behördlich anerkannte Philosophie sind meine schwachen Seiten.

Es wird mir ein besonderes Vergnügen sein, wenn ich in der »Binse« eines Beitrages gewürdigt werde. Also, drucken Sie etwas aus dem »Maskenspiel« ab. Neugierig bin ich, was Sie wählen werden.

Ich fange wieder an, ein wenig herumzuschreiben. Es wird das »Tyroler Drachenspiel« heißen, ein Mittelding zwischen Ritterstück und Puppenkomödie. Das timbre ist durch die Namen der Drachen, die natürlich bloß aus Erdlöchern dampfen und Feuer speien dürfen, gegeben. Sie heißen Blasius Pfurtscheller, Ant. Dominik Verdross und Ingenuin Pfusterwimmer und sind alle christkatholisch. Sonst tritt viel

Nonsberger und Suganer Adel auf, Figuren, die sonst der Welt verloren gehen. Ein Hoffräulein Deflorian wird Ihnen vielleicht Spass machen. Dabei existiert das alles in natura.

Überhaupt ist das Land hier unerschöpflich an seltsamen und abstrusen Dingen, an geheimen Beziehungen, die vielleicht bis in die Atlantis reichen. So haben wir hier noch ein vollkommen funktionierendes Heiligtum der Proserpina entdeckt, wo sie noch heute: »Kotte« heißt! Als Stadtling kommt man allerdings nur schwer zu den Dingen da man sich unbewußt selber ausschaltet.

Die Verbindung mit dem übrigen Europäertum aber wird, wie überall, durch ein paar čechische Schneidermeister aufrecht erhalten. So wirken hier die Herrn Žacek, Čwaček, Zwenig(!) und Žuček. Das gibt nordische Heimat. Auch haben wir das Glück, einen Dr. Pólàsék zum Hausherrn zu haben, einen Apotheker aus Möhren, an dessen Rede man sich immer laben kann, weil er alle »Valers« verwöchselt, welche Gabe ja den Mähren reichlich gegeben ist. Jetzt braucht man nur noch zu wissen, dass seine Gemahlin aus Vukovar, und ein Schwiegersohn ein süzülianischer Marköse ist. So leben wir physisch in einer Umwelt, gemischt aus Roda Roda und Goldoni. Voriges Jahr hat es ein gütiges Schicksal gefügt, dass sein zweiter Schwiegersohn irgendwie ein Funktionär in der Liliputanerstadt im Prater wurde. – Jetzt sehen Sie beiläufig, auf welchem Parnass ich hause ...

In Verehrung Ihr sehr ergebener

Fritz H-Orlando

Verzeihen Sie das Kriegspapier!

150 West 55 Street
New York 19, N.Y. 26. Juli 1949

Verehrter Freund, lieber Herr von Herzmanovsky,

ich darf doch annehmen, daß Sie sich meiner noch entsinnen? Wir haben einander um die Mitte der Dreißigerjahre in Wien kennengelernt und standen dann in einer Korrespondenz, die sich leider sehr unregelmäßig und in großen Abständen zwischen Meran, Wien und Prag hin- und herzog: bis die Weltgeschichte dem allen (und noch einigem mehr) ein rüdes Ende machte. Seither, also die ganzen Jahre meiner Emigration und die Kriegs- und Nachkriegsjahre hindurch, habe ich nichts mehr von Ihnen gehört, weder direkt noch indirekt, und meine Versuche, von hier aus Ihren Aufenthalt zu eruieren, sind sämtlich erfolglos geblieben.

Mit welcher Freude ich jetzt einem Bericht der Wiener »Presse« vom 10. Juli entnehme, daß Sie wohlbehalten in Ihrer alten Gegend siedeln, kann ich Ihnen schwer schildern. Dazu müßten Sie wissen, wie intensiv die Erinnerung an Sie und an Ihre Werke – die ich ja fast durchwegs im Manuskript hatte kennenlernen dürfen – mich all die Jahre hindurch begleitet hat. Nicht nur intensiv, sondern geradezu trostreich. Und trostreich nicht nur für mich, sondern für alle, die den gleichen Schatz mit sich trugen oder denen ich ihn in notdürftigen Andeutungen vermitteln konnte. Die Manuskripte besaß ich ja längst nicht mehr, und mein Exemplar des »Gaulschreck« hatte ich mit all meiner übrigen Habe eingebüßt. Jetzt besitze ich wieder eines – Freund Milan Dubrovic in Wien hat mir, sowie das möglich war, auf meine Bitte hin das seine herübergeschickt.

Und überdies bin ich wieder in den Besitz einiger Ihrer Briefe gelangt – auf ziemlich abenteuerliche Weise, sie fanden sich in einer Manuskriptmappe, von der ich gar nicht wußte, daß ich sie bei einem Züricher Freund zurückgelassen hatte, der sie seinerseits erst wieder auf Umwegen an sich brachte – und so kämen wir vom hundertsten ins tausendste und es bliebe uns (oder mindestens mir) nichts mehr für einen gesammelten Austausch übrig. Verehrtester, ich will heute nur in aller Eile wissen, wie es Ihnen geht, wie Sie die finstern Jahre überstanden haben, was Ihre Arbeit macht, um wie viel und um was Ihr Oeuvre sich mittlerweile vermehrt hat, und, vor allem: ob eine Aussicht besteht, daß ich möglichst bald wieder in den Besitz möglichst vieler Manuskripte von Ihnen käme, um meine von der Weltgeschichte unterbrochenen Versuche, sie zu propagieren und vielleicht einen Verleger für sie zu finden, wieder aufnehmen zu können. Es wäre natürlich ein kindisches Unterfangen, Ihnen verhehlen zu wollen, daß hinter dieser letzten Anfrage auch ein gieriges persönliches Interesse steckt – aber das wird, so hoffe ich, ihre Erfolgsaussichten nicht schmälern.

Nun noch ein paar rasche Worte über gemeinsame Freunde von einst, deren Schicksal Sie vielleicht interessieren wird: Gina Kaus lebt in Hollywood, Fritz Thorn und Dr. Valentin Rosenfeld in London (wo der Ihnen sehr zugetane Dr. Ernst Polak vor einigen Jahren verstorben ist) – sonst will mir im Augenblick niemand einfallen, und mein eigenes Schicksal scheint mir für diese erste Botschaft nicht interessant genug. Außerdem will ich jetzt nicht eine Minute länger warten, um den unverhofften Kontakt herzustellen, – ich versuche es der Sicherheit halber doppelt, auf direktem Weg und auf dem Umweg über die Herren Dubrovic und Otto F. Beer (den mir persönlich unbekannten Verfasser jenes ausgezeicneten Berichts in der »Presse«, der mich auf Ihre Spur brachte). Hoffentlich erreicht Sie mein Brief auf einem dieser Wege sehr bald, und hoffentlich habe ich auch bald Ihre Antwort. Bis dahin, mit allen guten Wünschen und einem herzlich ergebenen Gruß, bin ich

Ihr Torberg

Meran (prov. Bolzano)
Schloß Rametz 16.10.49

Verehrter, lieber Freund!

Soeben nach 3 monatl. Abwesenheit heimgekommen, hatte ich die wahrhaft grosse Freude, den Faden zwischen uns wieder angeknüpft zu sehen. Vergeblich schrieb ich, sobald die Post wieder funktionierte, an Ihre Schweizer Adresse. Wir sind ja alle in diesem von selten grossartigen Trotteln angerichteten Tohuwabohu genügend herumgewirbelt worden! Man muss von grossem Glück sagen, dass man noch lebt und halbwegs in der Ordnung ist.

Wir sollten: Heim ins Reich: und da wir vom ersten Tag an wussten, wie es ausgehen musste, verschwanden wir im »Veronesischen«. Lebten 8 Jahre lang in Malcesine di Garda. Hatten eine kleine, herzige Villa mit einem Hof im spanischen Genre mit haushohen Oleanderbäumen und einer unendlichen Aussicht vom Brentagletscher bis in die venezianische Ebene. Bald kam der Krieg nach: das Fliegerhauptquartier! Ein fürchterlicher Stiefel! Bomben, Tieffliegerangriffe etc. Einmal versuchten Tiefflieger meinen süssen, kleinen Bully am Balkon zu erschiessen! Ich habe noch selten jemanden so schimpfen gehört wie unsren Tommy. Mit Mühe und Not entkam ich der Gestapo, die mich wegen eines bösen Witzes über den Mestizen Hitler an die Wand zu stellen beabsichtigte. Nun, die Götter haben uns bewahrt und ich schimpfe und dichte weiter.

Der Genius loci des Venetianischen Gebietes regte mich zu einer, eigentlich in der Art ganz neuen Kunstform an: der Abendfüllenden Pantomine: die, in 3 Akten bis zum letzten Moment immer spannender werden muss. Ich verfertigte bisher 3 Stücke: »Der Raub der Europa« wo Zeus in der Stiermaske nicht persönlich heranschwimmt sondern auf einer Prunkbarke (sogar mit böhm. Musikanten) aus der Atlantis ankommt. Ein Hochbootsclown ist Kommandant; reizende Ballerinen figurieren in den goldenen Wanten und ein ungeheuer buntes Leben entwickelt sich in Tyrus, wo er ankommt und auf Kreta wo die Götterhochzeit zugerüstet wird. Leider erscheint der Kngl. Vater Europens und droht dem jugendschönen Gott mit dem Regenschirm worauf es ein tragisches Ende gibt. Europa heiratet den dümmsten ihrer 7 Freier … na, also, so wurde Europa, was es ist.

Das zweite Stück heisst: YOUGHYIOGENY: eine Märchenhandlung die auf der Wiener Opernbühne kurz vor dem Hochgehen des Vorhangs beginnt und dann im Prater spielt, wo eine Fee mit ihrem Schoosdrachen, Youghyiogeny, eine wichtige Handlung durchführt. Graf Bobby muß das

Dracherl heiraten, der sich dann natürlich nach einem Diamantenregen als entzückendes Mäderl entpuppt.

Das dritte ist: Diana und Endymion: als sehr handlungsreiches Ballett ausgebaut. Spielt 1815 in Grinzing und am Parnass ... Ich versuche den »Gaulschreck« neu erstehen zu lassen. Jetzt trat »Ullstein« in Wien direkt an mich heran. Nach 14 Tagen hiess es: leider nicht möglich. Dabei ist das ein sicherer Treffer! Es herrscht eben ein Riesendalles; für Schund aber ist Geld da.

Ich bin wahrhaft gerührt, was für liebe Worte Sie für mich und mein bescheidenes Schaffen finden! Wir bedauern nur, dass auch Sie so von der Weltgeschichte gezaust worden sind! Schreiben Sie bald, was Sie schönes schaffen und wie es Ihnen geht! Wie ist Thorns und Rosenfelds Adresse?

Wir grüßen Sie herzlichst! Ihr aufrichtiger Freund

FH-Orlando

Was machen Sie Schönes? Kunst? Geschäftliches?

Können Sie mir mitteilen 1.) wer in N.York ein maassgebender Gemäldekenner ist, dessen Urteil hohes Ansehen hat? 2.) Gibt es eine Leibrentenanstalt die Lebensrenten in USA Dollars bezahlt?

150 West 55 St.
New York 19, N.Y. 29.X.1949

Verehrter Herr von Herzmanovsky,

jetzt ist endlich Ihr Brief gekommen, auf den ich seit Monaten warte und dessen Ausbleiben mich allmählich zu beunruhigen begann, – ich hatte in der Zwischenzeit von Otto F. Beer aus Meran und von Milan Dubrovic aus Wien Nachricht über Sie, und wenn meine Informatoren richtig informiert waren, dann haben Sie den Sommer im Salzkammergut verbracht, in der von mir über alles geliebten Altausseer Gegend. Trifft das zu, und hatten Sie einen schönen Sommer? Ich will es hoffen.

Leider bin ich gerade jetzt, da Ihre Zeilen mich erreichen, in einem solchen Wust von Arbeit begraben, daß ich Ihnen nicht so ausführlich antworten kann, wie ich gerne möchte. Aber ich hoffe Ihnen dreierlei provisorischen Trost beizubringen: 1.) die Promptheit meiner Antwort, 2.) die Beilage, und 3.) die von Ihnen gewünschten Auskünfte. Daß Ihr Brief gerade in den wenigen Tagen ankam, in denen unser gemeinsamer Freund Dr. Valentin Rosenfeld aus London sich hier aufhielt, ist wirklich ein besonders erquickliches Zusammentreffen, und Sie können sich denken, daß wir sehr viel über Sie gesprochen haben. Schreiben Sie ihm bald, ich weiß, wie sehr es ihn freuen wird. Und auf diese Weise kommen Sie auch wieder mit Fritz Thorn in Kontakt ...

Waren Sie eigentlich in Wien, und haben Sie die Kontakte mit unsern dortigen Freunden wieder aufgenommen? Ich frage das auch deshalb, weil Wien – oder das verlegerisch sehr rührig gewordene Salzburg – mir immer noch am geeignetsten erscheinen, eine neue Publikation des »Gaulschreck« in die Wege zu leiten. Sie müssen sich von der einen Absage durch Ullstein nicht entmutigen lassen, es gibt eine Reihe andrer, mindestens ebenso guter Verlage, und wenn sie auch alle mit finanziellen Schwierigkeiten zu kämpfen haben, so wird sich mit einiger Geduld und dem entsprechenden persönlichen Einsatz das gewünschte Resultat ganz gewiß erzielen lassen. Es scheint mir allerdings unerläßlich, daß es an Ort und Stelle jemanden gebe, der sich wirklich dafür einsetzt. Auf die Distanz klappt sowas nie. Ich möchte trotzdem versuchen, schon von hier aus etwas einzuleiten – so daß, wenn ich im kommenden Frühjahr für ein paar Monate hinüberfahre, der Boden entsprechend vorbereitet ist. Bitte lassen Sie mich wissen, ob irgendwelche Bestrebungen schon im Gang sind, und durch wen (also z.B.: auf wessen Empfehlung Ullstein an Sie herangetreten ist).

Was die Pantomimen betrifft, kann ich mich nicht einmal zu diesen dürftigen Handlangerdiensten offerieren. Meine Verbindungen zu den einschlägigen Regionen waren nie sehr intensiv und meine eigene Beziehung zu dieser Kunstform ist, wie ich beschämt gestehen muß, nicht groß genug, als daß ich mit einiger Sachkenntnis plaidieren könnte. Mit Ihrem Prosawerk kann ich das, und ich meine nicht nur den »Gaulschreck«, sondern die andern Werke, die ich szt. im Manuskript kennengelernt habe, ebenso. Es wäre natürlich sehr schön, wenn Sie mir diese Manuskripte, wenn auch nur für begrenzte Zeit, wieder zugänglich machen könnten – das »Maskenspiel der Genien«, »Kaiser Joseph und die Bahnwärterstochter«, »Exzellenzen ausstopfen – ein Unfug«, und was Sie sonst noch verfügbar haben. Hoffentlich ist die Tatsache, daß die Lekture mir auch ein großes persönliches Vergnügen bereiten würde, meiner Bitte nicht abträglich, und hoffentlich haben Sie eine Möglichkeit, sie bald zu erfüllen.

Und jetzt, Verehrtester, muß ich Sie für heute um Beurlaubung bitten, – die Arbeit ruft, und sie hat in diesem Land keine schöne Stimme. Aber wenn Ihr nächster Brief kommt, bin ich aus dem größten Wirbel sicherlich schon draußen...

Merano (prov. Bolzano) Schloß Rametz

25. Nov. 49

Verehrter Herr Torberg,

Verzeihen Sie dass ich erst heute Ihren lieben Brief vom 29. X. beantworte. Ich habe den Kopf so voll wenig erfreulicher Dinge über die in sehr komplizierten Briefen »geklärt« sein will. Ich habe – leider – Häuser in Wien und Leipzig um die – es sind Trümmerhaufen – ein verdächtiges, waberndes Treiben herumgeht. Ohne meine Zustimmung sind die, fabelhaft gelegenen Terrains ... enttrümmert worden und irgendwelche, offenbar grosse Pratzen, wollen mir für Tineffe das Zeug abkaufen. Unsere Villa am Traunsee ist von der Waffen-SS infam geplündert und devastiert worden. Jetzt gibt es die Arbeit die »Eingewiesenen« Tinefparteien wieder abzustossen, kurz, lauter Dinge die für poetische Gemüter wie für mich ein Greuel sind ...

Vielleicht wird es Ihnen Spass machen zu hören, wie der Gaulschreck ins reale Leben der Gegenwart hineingegriffen hat. Abgesehen davon, dass man mir in einem entzückenden Altwiener Salon eine Originalvisitkarte der Schosulan überreicht hat, habe ich anregend auf das Sportleben Österreichs gewirkt.

Im Neuen W. Journal vom 1. Mai 33 steht folg. Notiz: »Auf den Händen von Graz nach Wien«: Morgen um 8 Uhr früh startet von Graz ein stellenloser Chauffeur, der sich den Namen »Marathon« beilegte u.d. Absicht hat, die 200 km lange Strecke v.G.n. Wien auf den Händen zurückzulegen. Herr Marathon wird auf seiner abenteuerlichen Wanderung von seiner Frau, seiner Schwester und von seinem Trainer, Anton Pucher, begleitet.

Marathon wurde auf seiner Vergnügungsreise »wegen unliebsamen Aufsehens und unter dem Verdachte bewusst angestifteter Verkehrsstörung, sowie mangelnder Konzession« mehrfach polizeilich beanstandet. Er wandte sich brieflich an mich, dass ich die Ursache der ihm zugestossenen Unglücksfälle bin. Sie sehen, lieber Freund, was man mit scheinbar harmlosen Erzählungen heraufbeschwören kann.

In eben demselben Salon – wie oben – wurde ich Ohrenzeuge wie eine alte Baronin Chiari (der Frau danke ich geistig viel, wie die Folge zeigt) einer andren distinguirten Schartekén sagte: »Denkens Ihnen, Frau von Zirm, dem Feuchtersleben sein Herr Grossvatter soll ein *Aff* gwesn sein.« – »Der vom Minister, Gottselig?« war die Gegenfrage. Ich versuchte natürlich sofort ins Gespräch einzudringen, stiess aber auf eisige Abwehr. Ich ging der Sache sofort nach, ja, spannte die Polizeidirektion (Akt Feuchtersleben) ein, wo ich mich als M. des Denkmalamtes legitimierte. Ich wurde mehrfach von »Howwräten« bedenklich gemustert und stellte dann fest, dass die alte Chiari im Irrtum sei. Denn, der Grossvater des Dichters und Exlenzherrn Feuchtersleben sei, soviel der Polizeidirektion bekannt, kein Affe gewesen. Allerdings war er über einen letzten Willen der Kaiserin Maria Ther. ausgestopft worden und dem k.k. Affenkabinet des Hofmuseums einverleibt worden. Ich baute um dieses Juwel aus der Barokke das Drama »Exzellenzen ausstopfen« auf, das vom Burgtheater abgelehnt jetzt unter dem Titel: »Lord Byrons letzte Liebe« in den dramatischen Verkehr hineinzuschmuggeln versucht wird.

Wir waren heuer 2 Monate in Altaussee und dann einen Monat in Wien. Ullstein, bzw. Eberle, trat an mich auf eine Anregung des Herrn Otto Beer heran. Der Verlag zeigte sich erst sehr interessiert und verehrte mir versch. seiner Bücher. Nach 14 Tagen aber returnierte er mir den Gaulschreck. Das Programm für Weihnachten sei schon fertig etz. Dubrovich verfehlte ich leider. Er war inzwischen in Meran und Italien. Verschiedene Linzer Verlage zeigten lebhaftes Interesse für Sachen von mir. Haben aber gar kein Geld. Ich versuche jetzt Heimeran in München einige Kleinigkeiten anzubieten. Teile aus meinen Lebenserinnerungen, die schon vorgetragen wurden und sehr komisch wirken. Es ist unendlich liebenswürdig von Ihnen, dass Sie versuchen wollen etwas in meinen Angelegenheiten einzuleiten. Ich werde Ihnen einige Sachen senden und werde natürlich für die Rückporti aufkommen.

Ich erwähnte schon den Namen Frank Fox. Er schrieb eine ganz prachtvolle Musik zu meiner dreiaktigen Ballettpantomine: Diana und Endymion. Der Klavierauszug ist nun beendet und Fox sucht das Ballett irgendwo anzubringen. Mit der Wiener Oper ist es nichts. Denn Franz Salmhofer ist Direktor und hatte schon mit zwei eigenen Balletten kein Glück. Eines war ganz fürchterlich. Auf der Edition steht noch dazu drauf: FRANZ SALMHOFER – DER TAUGENICHTS VON WIEN! Das urfade Libretto war von Grete Wiesenthal, die sich allein permanent auf die Bühne stellte – bis zum Protest durch das Publikum.

Hätte eigentlich ein buntfantastisches Ballett, das teils in Grinzing, teils am Parnass spielt, in New York Interesse? Zeit: Wiener Kongress ...

Ich bitte Sie auch ganz über mich zu verfügen, wenn ich Ihnen irgendwie nützlich sein könnte!

Mit den herzlichsten Grüssen und allen guten Wünschen von uns Beiden bin ihr aufrichtig ergebener

F. H-Orlando ...

Merano (prov. Bolzano, Italia)
Schloß Rametz 7. Jan. 50

... Ich arbeite an einem Stück »Das Tyroler Drachenspiel« einer etwas ungewöhnlichen, sehr schwierigen Sache, der als Ausgangspunkt Studien über die – ich möchte sagen – magischen Geheimnisse der tyroler Landschaft dienen, Arbeiten die mir 10 Jahre Zeit gekostet haben. In den, meist von Klerikaler und Völkischer Seite verpatzten Sagen, sind oft die SALIGEN Fräulein erwähnt – Bartsch hat sie z.B. als eine Art harmloser Edelweisstrotterln poetisch verwendet! – Das waren sie aber ganz und gar nicht! Die Kirche hat bittere Kämpfe mit diesen Erscheinungen geführt, wohin auch die Hexenprozesse gehören. Es waren Yoghamädchen mit denen ganz gehörig – sagen wir: gezaubert wurde. – Weiter im Süden hiessen sie Vestalinnen: »die Hüterinnen des magischen Feuers«, einer Funktion, die man etwa auch sex appeal nennen kann. Der höhere Einweihungsgrad waren die: »Drachen« = Die Feuerspeienden. Keineswegs alte, grausliche Damen.

In meinem Stück spielen diese Dinge eine grosse Rolle. Das Vorspiel hat statt in einer Sitzung der »Accademia Claudia Felicitas«, in Innsbruck am 3. Nov. 1891. Dort wehren sich die liberalen Gelehrten (die alle Fischnaller oder Pfurtscheller heissen) gegen den Vorwurf, dass es in Tyrol noch Salige Frauln gäbe. Die Reden sind ein Extrakt eines düsteren Geistes in Provinzstädten. Aber den Herren passiert es, dass tatsächlich drei Salige erscheinen, was mit dem Zusammensturz des Bühnenaufbaues und der Flucht der Gelehrten ins Publikum endet. Das Hauptstück spielt zur Zeit des vierten Kreuzzuges in Südtyrol. Da kommen ganz überraschende Dinge vor, etwas, das noch nie im Theater vorgekommen ist. Als Zwischenspiel ist eine Szene eingeschaltet, wie der sehr alt gewordene Göthe im Zauberwald von PONTYVES (den es gibt) das Phantom der Ulrike von Lewetzow begegnet, die ihm den Grossmeistergrad verleiht, den seine harmlose, weimarsche Landesloge nicht mehr gekannt hat.

Nebenbei arbeite ich auch an der Vollendung meiner Lebenserinnerungen, die ein ziemliches Gaudium werden dürften. Ich hatte zwei sonderbare Begegnungen, die ich übermitteln möchte: als Bub von 7 Jahren lernte ich Ulrike von Lewetzow kennen, mit der ich aber auch in späteren Jahren der aufhabenden Vernunft noch oft zusammenkam. Da sah ich bezaubernde Jugendbilder von ihr, die wohl jetzt niemand mehr kennt. Die zweite bedeutende weibl. Figur war Beethovens letzte Magd, die ich 1900 in Salzburg entdeckte. Was die über den »Meister« meldete ist auch der Mühe wert.

Ich bin sehr neugierig was Sie mir über den Verbleib der Posten schreiben werden und bin mit den herzlichsten Grüssen und Wünschen

Ihr aufrichtig ergebener

Fritz Herzmanovsky-Orlando …

20. Januar 1950

Sehr verehrter Herr von Herzmanovsky,

haben Sie vielen Dank für Ihren Brief vom 7.… Die Mitteilungen über Ihre Arbeit haben mich wie immer brennend interessiert. Ich glaube mich zu entsinnen, daß das »Tyroler Drachenspiel« Sie schon vor Jahren beschäftigt hat, ja es sind mir sogar die Namen einiger der feuerspeienden, christkatholischen Erdlochbewohner im Gedächtnis geblieben, außer dem von Ihnen jetzt erwähnten Pfurtscheller noch ein Dominik Verdross und ein Ingenuin Pflusterwimmer. Ich wäre natürlich sehr begierig, Stücke dieser Arbeit kennen zu lernen, falls es solche bereits gibt.

Meine größte Sehnsucht aber, wenn ich Ihnen das in so unverblümter Rangordnung eröffnen darf, gilt Ihrer Operette »Kaiser Joseph und die Bahnwärterstochter« und Ihrem großen »Maskenspiel der Genien«, das ich seinerzeit in Wien leider nur für ganz kurze Zeit in Händen hatte und niemals richtig lesen konnte. Glauben Sie, daß eine Möglichkeit besteht, mir diese beiden Manuskripte wenigstens vorübergehend zugänglich zu machen? Sie wären in allerbester Obhut und auf Abruf zu Ihrer Disposition. Die Unbequemlichkeiten des Versands würde Ihnen, daran zweifle ich nicht, Dr. Otto F. Beer vom Meraner »Standpunkt« sicherlich gern abnehmen ...

Ihre Nachfrage nach meinem neuen Buch freut und ehrt mich sehr, aber ich bitte Sie von Herzen, Ihr Interesse bei dieser Nachfrage bewenden zu lassen. Das Buch ist ein durchaus vordergründiger, säkularistischer und von politischer Aktualität durch und durch vergifteter Roman, dessen Lektüre ich einem höher organisierten Wesen gar nicht zumuten würde. Ähnliches muß ich leider auch von meinen beiden letzten Büchern sagen, die übrigens von Dr. Beer im »Standpunkt« besprochen worden sind. Ich bitte Sie, diese meine Reaktion nicht mißzuverstehen, – es ist weder falsche Bescheidenheit, noch etwa das Gegenteil davon, es ist ganz einfach das sehr klare Bewußtsein, daß meine kreativen Energien sich in Regionen halten, die für Sie völlig reizlos sein müssen. Mit meinen rezeptiven Energien verhält sich das anders und ich fürchte, daß ich Ihnen nicht früher Ruhe lassen werde, als bis Sie ihren Hunger wenigstens teilweise gestillt haben ...

Merano, Schloß Rametz 21. Feber 51

Verehrter, lieber Herr Torberg,

ich danke Ihnen für Ihre lieben Zeilen die mir Herr Wechsberg vor einigen Tagen überbrachte. Wir wohnen ganz nahe beieinander und ist er in einer sehr schönen Villa untergebracht. Wie schade, dass nicht auch Sie in Meran sind! Auch ich habe schon immer vorgehabt Ihnen wieder einmal zu schreiben. Schlampig wie man nun einmal in Österr. ist, verging der ganze Sommer darüber, den wir in Altaussee verbrachten. Nach Wien giengen wir nicht, da wir die dortige ungehörige russ. Zuwag nicht verknusen können. Man soll immer eine Legitimationskarte mithaben, wenn man in die russ. Zone geht und dafür ist unsereiner nicht zu haben.

In Aussee leben wir mitten in einem idealen Altösterreich. Es ist alles direkt »Graf Bobby«. Unsrem kleinen Kreis präsidiert der alte Botschafter Hindenburg – Vetter des alten H. – der bei einer uralten Gräfin Platen haust, und viele ebenso sympathische Namen sind um ihn gruppiert: wie Czernin, Hohenlohe oder Frankenstein. Der alte Hohenlohe ist von den Nazis einmal angeschossen worden – Kopfschuss – und stottert jetzt in höchst unterhaltender Art. Da er auch sonst ein Bobby ist, können Sie sich die Unterhaltung denken! Seine Nichte verdeutscht dann schwierige Passagen, wobei sie heftig böhmelt. Ja es ist eine Freude zu leben! Kaisers Geburtstag – 18. Aug. – wird vom befreiten Volk heftig gefeiert ...

Es ist ja nicht ausgeschlossen, dass man noch auf die alten Tag in den Schatten der Trumannischen Nase flüchten müsste! Da ich in der Taktik der Kreuzzüge nicht unerfahren bin, könnte man mich vielleicht doch als Ausbildungsoffizier für Korea brauchen. Vielleicht versucht mans damit. Ich verspreche es billiger zu machen. Ich würde den little Korngold als Regimentsmusiker vorschlagen, damit die Chinesen davonlaufen. Übrigens war ich einmal in Aussee in einem Konzert von »Jenem« wo die alte Mamme Korngold vor mir gesessen ist und immerfort verklärt nur murmelte: »Was sermusik ... Wassermusik«. Was eine Abkürzung war für: was fer ä Musik.

Sehr verbunden wäre ich Ihnen für folgende Auskunft: Wir besitzen ziemlich genau 100 000 USA Dollar, da ich dummerweise Ende Dez. aus Panik unsere USA Aktien verkauft habe. Kann man damit in USA halbwegs leben z.B. in Form einer Lebensrente bei 60 Jahren? Wie viel % bekäme man diesfalls und wie hoch sind die Steuern dafür? Bekommt man eine Einreise als Altösterreicher mit Existenzminimum? Die Geschichtsprüfung könnte ich bestehen, da ich – was wenige Historiker bei Euch wissen – nachweisen kann, dass New York unter dem Namen Neuamsterdam im Namen des Kaisers Mathias von Österr. gegründet wurde. Bittescheen, damals flatterte der Kaiserl. Doppeladler über N.Y. Kennen Sie eigentlich den 3. Teil meiner österr. Trilogie? Wenn nicht, so sei bemerkt, dass dieser ziemlich umfangreiche Roman *»Das Maskenspiel der Genien«* heißt, und dass der Held, Cyriakus von Pizzicolli (der Wiederentdecker Griechenlands in der Gotik) im Jahre *1966* an einem ungeheuren Kataklysma umkommt.

Er hatte nämlich das tragische Schicksal, sich in die jüngre Schwester der Afrodite zu verlieben, der er aber immer nur in der Waberlohe dämonischer Situationen begegnet. Aber am 28. Juni 66 belauscht er ein Göttermysterium in Kreta, sieht sich in den Jäger Aktäon verwandelt und wird von seinen 50 Hunden zerrissen. Und jetzt lese ich etwas sonderbares: Ein bekannter Astrologe schrieb eine Abhandlung über die ungeheuren Gefahren der Atomenergie, dass 1962–1966 eine ungeheure Krisis kommt, die mit dem Planeten PLUTO zusammenhängt. Ich habe den Roman vor etwa 25 Jahren geschrieben. Es muss eine magische Beschwörung gewesen sein, da Figuren des Romanes bei uns aufgetaucht sind die tragisches erlebten.

Sehr verbunden wäre ich um Nachricht, ob in USA eine Art von Atlantischer Revue anzubringen wäre? Ich schrieb Ihnen schon, dass zur Zeit meiner Verbannung durch die Nazis, die uns vor die Alternative stellten: »Heim ins Reich«, den Aufenthalt in Altitalien – am Gardasee wählte. Dort – im Venezianischen – wo noch stark die Puppenkomödie lebt, warf ich mich auf die »abendfüllende Pantomime« und schrieb: den Raub der Europa; ein Thema, das auf der Bühne neu ist. Die Fabel ist bekannt. Doch ich lasse Jupiter als Stier auf einer – sagen wir: Altmexikanischen Prunkbarke ankommen, auf der eine Menge olympisches Ballett sich herumtreibt; auch böhmische Musikanten, die aus Amerika mitgekommen sind. Es gibt singende Fische, die alle verschiedenen Präsidenten etwas ähnlich sehen. Der alte Korngold als Stockfisch dirigiert. Zeus bringt seine reizende Geliebte nach Kreta, wo – ein üppiges Frührenaissancebild von Sodoma – die Hochzeit gefeiert werden soll. Aber leider hat der Papa der Europa die Herrschaften entdeckt (ein Diener von Cook führt ihn). Es droht der böse Greis dem Gott mit einem Regenschirm ... und da setzt der tragische Riss ein, an dem noch heute die ganze Welt leidet ... Der Gott zieht sich zurück.

Aber nach all dem Gschpass was ernstes: können Sie mir beiläufig sagen, wie Sie die Aussicht auf eine Lebensrente sehen? Wir sind zu früh aus unseren Aktien ausgestiegen und können den hohen Kursen nicht mehr nachlaufen. Einer Versicherungsgesellschaft könnten wir Gold im Ausland geben. Ob meine Produktion etwas wert ist, kann ich nicht beurteilen. Ich habe an die 2000 farbige Blätter, die alle ein zeitloses Geschehen beinhalten. Man behauptet, dass diese Arbeiten, propagiert von einer guten Reklame, Erfolg bringen könnten, worauf ich sogar – trotz meiner Jahre – noch beliebig viel erzeugen könnte. Ich liess mein riesiges Skizzenmaterial unausgenützt liegen, weil ich hier keinen klingenden Erfolg sah. Kritiken habe ich vorzügliche. (Einmal nannte man mich: Den Tyroler Daumier.) Sehr gerne möchte ich etwas von Ihrem Schaffen hören!

Schade, dass Sie im Sommer nie ins Salzkammergut kommen können! Es wäre dort – wie schon angedeutet – für Sie eine sehr angenehme Gesellschaft. Und dieses Altösterreich ist ja nicht zu ersetzen ...

20. März 1951

Verehrter Freund, lieber Herr von Herzmanovsky,
ich habe mich herzlich gefreut, nach so langer Pause wie-

der einmal von Ihnen zu hören und Ihren lieben, wohlgelaunten Zeilen entnehmen zu können, daß bei Ihnen alles in Ordnung ist. Freund Wechsberg hatte mir schon über seinen Besuch bei Ihnen berichtet, – er ist, so viel er mir schrieb, im Augenblick wieder auf einer seiner journalistischen Spritztouren durch nördlichere Gaue begriffen, sollte aber spätestens im Mai wieder nach Meran zurückkommen, und es ist keineswegs ausgeschlossen, daß wir dort über kurz oder lang fröhliche Urständ feiern werden (falls das südtirolerische Folklore solcherlei zuläßt). Ich fliege in wenigen Tagen nach Europa ab, was sich ziemlich unvermutet entschieden hat, und womit ich Sie meine heutige Eile zu entschuldigen bitte. Während der ersten Monate werde ich in Wien und Deutschland mit Vorträgen und Radiosendungen voll beschäftigt sein, aber den Sommer, in dessen Verlauf meine Frau mir nachkommen wird, hoffe ich mir schon ganz wunschgemäß einrichten zu können. Daß zu diesen Wünschen, und zwar zu ihren allerdringendsten, auch ein Wiedersehen mit Ihnen gehört, brauche ich Ihnen wohl nicht zu sagen. Vielleicht wird es sich in Meran nicht bewerkstelligen lassen, aber dann umso sicherer in Alt-Aussee, das Sie mir durch Ihre höchst eindrucksvollen Schilderungen der Herrschaften Hohenlohe, Hindenburg e tutti quanti consortes wirklich nur deshalb nicht schmackhafter gemacht haben, weil man mir Alt-Aussee nicht mehr schmackhafter machen *kann:* ich habe dort zahllose Sommer verbracht, und es hat sogar in meiner literarischen Produktion eine gewisse Rolle gespielt.

Die von Ihnen gewünschten Auskünfte über eine etwa in Amerika auszuzahlende Lebensrente finden Sie in der Beilage ... Hingegen bekommen Sie die von Ihnen gewünschten Auskünfte über die Einwanderungsformalitäten in die U.S.A. nicht einen Tag früher, als es Gott behüte aktuell wird, also hoffentlich nie. Keinesfalls brauchen Sie sich über diesen Punkt irgendwelche Sorgen zu machen.

Daß man selbst in New York noch von einem ganz leisen historischen Flügelschlag des kaiserlichen Doppeladlers überfächelt wird, wußte ich tatsächlich nicht; ich dachte, man müsse dazu nach Mexico fahren, wo einem die Relikte des maximilianischen Zwischenspiels ja noch auf Schritt und Tritt begegnen. Daß New York ursprünglich New Amsterdam hieß, war mir natürlich bekannt. Ich wäre aber nie draufgekommen, daß es im Namen des Kaisers Matthias von Österreich gegründet wurde. Wenn er gewußt hätte, was eines Tages daraus werden wird, hätte er das wahrscheinlich nicht zugelassen.

Von Ihrem »Maskenspiel der Genien« habe ich seinerzeit in Wien einige Manuskript-Stellen genießen dürfen und bin natürlich sehr begierig, es in seiner Gänze kennen zu lernen. Auch Ihre Theorie, daß sich ungefähr um 1966 ganz Europa in Österreich »hineingeschlampt« haben wird, ist mir, wenn auch nur rudimentär, damals bekannt geworden. Überhaupt habe ich Ihre Werke und Pläne in viel intensiverer und darum auch begehrlicherer Erinnerung, als Sie offenbar annehmen. Aber dem wird sich ja nun bald an Ort und Stelle beikommen lassen, und jedenfalls melde ich mich bei Ihnen, sowie die Möglichkeit dazu gegeben ist. Bis dahin, mit den besten Empfehlungen an Ihre Frau Gemahlin und allen guten Wünschen von uns beiden, bin ich

ergebenst Ihr
Torberg

Erich von Kahler

New York, 26.I.1947

Lieber Herr Doktor Kahler,

aus der Unteren Park Avenue kömmt mir vielerley Zeytung: Ihr Interesse für meine kürzlich publizierten »Incomplete Notes« über Kafka; Ihre kritische Ablehnung meiner letzten Werfel-Rezension in der »Neuen Rundschau«; das deutsche Manuskript Ihres eigenen Werfel-Essays; und die von mir mit Gier und Freude aufgenommene Mitteilung von Ihrer Diskussions-Bereitschaft.

Mit Kafka, wie sonderbar das auch klingt, haben wir es zunächst am leichtesten. Ich lege Ihnen die drei Seiten aus der »Jewish Frontier« bei, verweise nochmals auf den Titel, und gebe zu Protokoll, daß diese Unvollständigkeit durch ein paar markige redaktionelle Striche noch weiter vervollständigt wurde. Auch bitte ich zu bedenken, daß ich da in einem (übrigens vortrefflichen) jüdischen Rahmen und für ein mit Kafka noch nicht so recht befreundetes Publikum geschrieben habe. Worum es mir unter all diesen Limitations-Klauseln eigentlich ging, war weniger Kafka selbst als die Kafka-Interpreten, die allenthalben ihr immer dreisteres Unwesen entfalten und von denen wir, wie ich höre, in der nächsten »Neuen Rundschau« ein besonders knuspriges Lendenstück vorgesetzt bekommen werden, aus der marxistischen Gar-Küche eines erfolgreichen Sartre-Entlarvers und unter dem unsäglichen Titel: »Kafka – Pro und Kontra«. (In diesem Zusammenhang habe ich Sie auch auf den wieder erscheinenden »Brenner« hingewiesen, der unter allen Umständen, ob pro oder kontra, ganz genau weiß wovon er spricht, – indessen ich mir seitens professioneller Atheisten auf jeden Fall das Pro verbitten will.)

Sollte das bereits eine Überleitung zum Thema Werfel sein? Nein, sie ist es nicht, – denn ich muß zuvor eine kleine Besorgnis zerstreuen, die – in einer mir nicht bekannten Gewichtsverteilung – sowohl in Princeton wie in der Unteren Park Avenue zu bestehen scheint: die Besorgnis, daß Ihre ablehnende Haltung (gegen Werfel selbst, und gegen meine

Rezension) mich irgendwie »persönlich« träfe und daß mir bei einer Diskussion auf solcher Grundlage dann allerlei Emotionelles in die Quere käme. Dem ist nicht so. Werfel ist kein Fetisch für mich, und was an meiner Beziehung zu ihm emotionell war, galt und gilt seiner Person, nicht seinem Werk. Ich bin, weil er mein Freund war und weil ich ihn sehr geliebt habe, selbstverständlich auch seinem Werk mit Freundschaft und Liebe gegenübergestanden, und habe infolgedessen die Möglichkeiten, auch sein Werk zu bejahen, mit größerem Eifer wahrgenommen als die zweifellos vorhandenen (und mir sehr wohl bewußten) Möglichkeiten zum Gegenteil; ja ich habe, das will ich zugeben, *diese* Möglichkeiten sogar ganz programmatisch außer Acht und in der zuverlässigen Obhut Andrer gelassen. Denn soweit meine »Bejahung« an die Öffentlichkeit kommt, also einer erweiterten Funktion und einer erhöhten Verantwortung unterliegt, ist sie primär weder persönlich noch literarisch, sondern eben programmatisch. Keineswegs bejahe ich die literarische Erscheinung Franz Werfel ohne Vorbehalt; er gilt mir nur, ähnlich wie ihm selbst die katholische Kirche, als Bundesgenosse, und ich habe mich so wenig werfeln lassen, wie er sich taufen ließ. Und keineswegs stehe ich bedingungslos zu seinem Gesamtwerk; ich stehe nur zu dem, wofür sein Werk in seiner Gesamtheit steht, – also auch dort noch (und eigentlich gerade dort), wo es unvollkommen ist.

Dieser Unvollkommenheiten, ich sage es nochmals, bin ich mir durchaus bewußt. Sie waren sogar das erste, wessen ich mir an Werfels Werk bewußt war, und lang genug das einzige, – zu etwas andrem ließ die Fuchtel, die Karl Kraus jahrelang über mich schwang, mich nämlich lang genug nicht kommen, und was immer ich nun an Werfel besitze, habe ich mir wahrlich von meinen geistigen Vätern nicht ererbt, sondern habe es mir gegen sie erworben. Dennoch glaube ich nicht, daß ich den Gesetzen der geistigen Sauberkeit und literarischen Stubenreinheit, die mir von diesen Vätern beigebracht wurden, an irgendeiner Stelle meiner Veröffentlichungen über Werfel zuwidergehandelt habe, und wer die

Gedenkrede etwa oder die letzte Rezension mit kundigem Auge liest, wird die Spuren meines vorhin erwähnten Bewußtseins seiner Unvollkommenheiten deutlich genug angedeutet oder ausgeklammert finden.

Lassen Sie sich bitte vom Broch erklären, wer der Armin Springer war; er spielte einmal in einem Sketch bei den »Budapestern« einen außerordentlich gefräßigen Hausgast, der nach jedem Gang unter laut hervorgeschmatzten Beifallskundgebungen der Hausfrau sofort ein zweites und ein drittes Mal den Teller hinhielt und auf ihren koketten Vorhalt: »Herr Kondor, Sie loben aber auch alles!« entrüstet erwiderte: »Hab ich von der Suppe *ein* Wort gesagt?!« So auch ich.

Sie werden unschwer feststellen können, daß ich mich z.B. in der Gedenkrede größtenteils und mit größtem Nachdruck an Werfels Lyrik halte (indessen ich die Prosa nicht einmal bei diesem Namen nenne); daß ich in der letzten Rezension mit den »zum ersten Mal eingesetzten« Kunstmitteln deutlich genug impliziere, daß er ihrer bis dahin entraten hat; daß ich immer und überall viel lieber vom Volumen seiner Mitteilungs-Fähigkeit spreche als von ihrer Dichte, viel lieber von dem, was er sagt und meint, als wie er es sagt und ausdrückt. Sie werden manch einen expliziten und explizierten Vorbehalt finden (auch in früheren Veröffentlichungen) und darunter manchen, der sich mit einem der Ihrigen deckt. Freilich sind es bei mir Vorbehalte zu einem grundlegenden Ja, nicht Grundlagen zu einem vorbehaltlichen Nein. Aber das ist es ja gerade, wofür ich in der Tat einzustehen wünsche, – auch dort, wo das Niveau des Diskussionspartners mir gestatten würde, das, was ich auf dem allgemeineren und daher niedrigeren Niveau lediglich durch Verschweigen negiere, ausdrücklich zu sagen (der Fall von »qui tacet, negare videtur« dürfte, wenn einer zum Consentiren den Mund so voll nimmt wie ich bei Werfel, doch wohl gegeben sein).

Aber auf solchem Niveau spielt sich die Diskussion im allgemeinen leider nicht ab. Ich habe Werfels Philosophie nicht auf ihre exakte Haltbarkeit hin zu untersuchen und nicht gegen die gesicherte Distanz autochthoner Systeme abzuschätzen, sondern gegen den moralischen oder amoralischen Impetus ihrer Widersacher: und da bin ich für Werfel. Ich habe seine Theaterstücke nicht mit Aristoteles und nicht einmal mit Lessing, seine Romane nicht mit etwaigen Gesetzen dieser ohnehin fragwürdigen Kunstform und nicht einmal mit den fallweise durch Stil und tetralogischen Atem zustandegebrachten Bewältigungen dieser Fragwürdigkeit zu konfrontieren, sondern mit dem Kommerzialismus und der Seelenlosigkeit des zeitgenössischen Betriebs: und da bin ich für Werfel.

Und damit ich hier gleich eines vorwegnehme: Kommerzialismus nun etwa als Werfelsches Motiv hinzustellen, halte ich im besten Fall für eine Oberflächlichkeit, die Rechtes mit Billigem verwechselt, und im schlimmsten Fall für eine Verleumdung. Davon lasse ich nicht, das habe ich zu Protokoll gegeben, und Gegenteiliges müßte mir schlüssiger bewiesen werden als durch Verdacht ex post. Werfel ist niemals dem Erfolg nachgelaufen, sondern der Erfolg immer ihm; die Überlegung: »Was müßte man jetzt schreiben, um nur ja recht viel Erfolg zu haben?« kam ihm so wenig wie dem entrücktesten Elfenbeinturm-Bewohner; die Höhe seiner Auflageziffern läßt keinen Rückschluß auf die Tiefe seines Produktionskonflikts zu; und er war, kurzum, in jeder Zeile, die er schrieb, ein ehrlicher Schreiber.

Ich könnte Ihnen, wenn es mir darauf ankäme, diese Ehrlichkeit sogar aus eben jenen Verfehlungen ableiten und nachweisen, die Sie ihm so schwer, so wuchtig, so vernichtend ankreiden: denn zweifellos hätte das »sprudelnde Talent«, das Sie selbst ihm konzedieren, ihn für eins oder das andre seiner »szenischen Clichés« eine originellere Version finden lassen; zweifellos hätte seine von Ihnen selbst anerkannte Fähigkeit, »die Wahrheit zu erreichen«, ihn auch zu den tieferen Wahrheiten der Sprache durchstoßen lassen; und so noch manches andre. Aber es kommt mir nicht darauf an. Und zwar deshalb nicht, weil ich – wie gepeinigt ich mich auch unter jeder seiner stilistischen Entgleisungen krümme, wie verhüllten Angesichts ich auch durch den

Dunst und Dampf verschlampter epischer Passagen hindurcheile –: weil ich doch weiß und akzeptiert habe, daß es auch ihm nicht darauf angekommen ist, und weil ich tatsächlich glaube, daß es bei ihm nicht darauf ankommt (so wenig, wie es bei Stendhal etwa auf Spannung ankommt oder bei Dostojewski etwa auf Konstruktion und erzählerische Balance).

Das ist eine gewagte Behauptung, ich weiß es wohl, und ich gäbe viel darum, wenn ich sie nicht wagen müßte. Aber in der letzten (und zum Teil schon wieder polemischen) Alternative mag ich dem »sprudelnden Talent« meine Gefolgschaft nicht entziehen, bloß weil der Sprudel nicht auch noch obendrein die Zucht der Fontäne hat, und lasse dem »geborenen Erzähler« manch eine Holprigkeit durchgehn, die mich beim erzählenden Gebärer in Rage und Harnisch brächte. Bei ihm, dem »bubenhaft Exuberanten«, verdrießt mich dergleichen oder schmerzt mich gar, und wenn die Eltern oder verantwortlichen Aufseher zu mir in die Sprechstunde kämen, um Nachfrage zu halten, so würde ich ihnen (und nur ihnen) wohl auch von der »schlechten Verwaltung seiner großen Gaben« sprechen, und der Bub könnt ja noch viel mehr leisten, er will nur nicht. Aber im Ernst würde ich daran gar nicht glauben, und eigentlich ist mir der Bub, so wie er ist, viel lieber.

Es fügt sich gut ins Bubenbild, daß Sie an einer andern Stelle von Werfels »Bemühung« als von einer »niemals rein dem Gegenstand zugewandten« sprechen, von einer »niemals im höheren Sinne desinteressierten«. Ich glaube zu wissen, was Sie damit meinen (und glaube es, wenn ich das sagen darf, sogar aus eigener Bemühung zu wissen). Es fragt sich nur wiederum, ob solcher Mangel an Desinteressement – soweit er nicht überhaupt bloß Temperamentssache ist – einem Oeuvre wie dem Werfels denn unbedingt zum Nachteil ausschlagen müsse, und ob ihm nicht vielmehr gerade dann, wenn er sich solchen Desinteressements beflissen hätte, gerade das passiert wäre, was er nach Ihrer Meinung aus Mangel an Beflissenheit erlitt: nämlich das »Steckenbleiben zwischen der Spontaneität der unwillkürlichen Aussage und der geistigen Anstrengung des Kunstwerks«. Gerade in jenem »höheren« Sinn, so scheint mir, durfte er sich doch gar nicht desinteressieren – oder er hätte sich selbst in Frage gestellt, er hätte seine großen Gaben nicht nur schlecht verwaltet, sondern glattweg zugrunde gerichtet. Mag er die geistige Anstrengung des Kunstwerks immerhin und oft genug vernachlässigt haben (er hat es getan) – in der künstlerischen Anstrengung des Geistes war er, was er sonst wahrlich nirgends ist (und, soviel ich weiß, zu sein auch nicht begehrt hat): ein Meister.

Und wer, der sich um künstlerisch Konkretes bemüht, ist denn schon »rein dem Gegenstand« zugewandt? Ich weiß nicht, ob Sie den »Gegenstand« betont wissen wollen oder das »rein«. Ist es der Gegenstand, dann läge die Versuchung nahe, Ihr Postulat auf das Abstrakte hin zuzuspitzen. Ist es das »rein«, dann wären wir wohl wieder bei der Frage der Ehrlichkeit, und dann klänge es Ihnen jetzt vielleicht nicht mehr so spitzfindig, daß ich die Reinheit Franz Werfels gerade an ihren Schlacken für erwiesen halte, seinen aufrecht graden Gang gerade am gelegentlichen Stolpern, seine Echtheit gerade an der unbekümmerten Hingabe ans Komödiantische, und den orchestralen Vollklang seines Lieds gerade am Aussetzen dieses oder jenes Instruments.

Sie selbst, so viel ich sehen kann, wollen diesen Vollklang nur seinem wirklichen Lied zuerkennen, nur seiner Lyrik, und vom gemeinsamen Ausgangspunkt – daß nämlich seine Gedichte, wie sich's für einen Dichter ziemt, sein Bestes sind – habe ich eine weite Strecke lang auch der Wechselbeziehung folgen können, die Sie zwischen Lyrik und übrigem Oeuvre herstellen. Ich wäre ihr gerne auch über jenen Punkt hinausgefolgt, wo Sie an seiner Lyrik Werfels »Abrechnung mit sich selbst« herausstreichen und das Wissen »um seine Schwäche, seine Lüge, seine Sünde«, – doch hat es da nach allem Vorangegangenen den kaum noch fraglichen Anschein einer supponierten Identität dieser seiner Verfehlungen mit dem übrigen Oeuvre, als wären Sie also der Meinung, daß Werfel in seinen guten Gedichten gewissermaßen für seine schlechte Prosa büßt.

Darf ich Ihnen aus der intimen Kenntnis eines jahrelangen (und keineswegs kritiklosen) Umgangs sagen, daß Sie ihn da immer noch unterschätzen: er büßt in seinen guten Gedichten für alles, was er je getan und geschrieben hat, auch für seine guten Gedichte. Wäre er nur ein Schriftsteller gewesen, so hätte die »peinvolle Erkenntnis seines Versagens« ebensogut in Prosa erfolgen können. Da er ein Dichter war, erfolgte sie besser im Gedicht. Es ist im wesentlichen eine Frage jener vorhin erwähnten künstlerischen Anstrengung des Geistes, eine Frage nach dem besten Ausdruck einer vielfach ausdrückbaren Spontaneität, nach der adäquaten Mündung einer in vielfaches Sprudeln sich ergießenden Quelle, nichts weiter. Weiter kann es auch gar nichts sein. Denn was täten sonst jene, die für ihr Wissen um ihre prosaischen Schwächen, Lügen und Sünden kein lyrisches Ventil haben? Es bliebe ihnen rein gar nichts andres übrig, als sich dergleichen peinvollen Erkenntnissen platterdings zu entziehen.

Sie haben, lieber und verehrter Herr Doktor, nun schon zur Genüge gemerkt (und mir hoffentlich zugute gehalten), daß die Einstellung zum Werk Franz Werfels für mich eine primär polemische Angelegenheit bedeutet, und es versteht sich, daß es sich da immer nur um das Gesamtwerk und um die Gesamterscheinung handeln kann, in ihrer ganzen organischen Komplexität und im Einander-Bedingen, im Voneinander-Abhängig-Sein ihrer Manifestationen. Denn nur seine Gedichte für gut zu halten und alles Übrige abzulehnen, ist, um es ganz simpel zu sagen, keine Kunst, ja beinahe schon unzulässig: weil diese Gedichte viel zu gut sind, als daß einer, der sie hervorgebracht hat, nicht auch den Anspruch besäße, seine übrigen Hervorbringungen entsprechend gewürdigt zu finden, und weil diese übrigen Hervorbringungen auch ihrerseits noch zu gut sind, um etwa als dilettantische Kompetenz-Überschreitungen abgetan zu werden.

Das haben Sie ja auch nicht getan. Sondern Sie konzedieren seiner Prosa immerhin so viel Eigenwert, daß Ihnen die

Lyrik dadurch und daran erst richtige »Größe« zu gewinnen scheint. Sie stellen die Wechselbeziehung her, aber Sie belassen Sie in einem Zustand, den der Photograph »das Negativ« nennt. Ginge unsre Polemik – wofern ich sie überhaupt so nennen darf – auf jenem Niveau vor sich, wo ich gemeinhin zu und für Werfel Stellung zu beziehen habe . . ., so würde ich jetzt versuchen, Ihr Negativ zu »entwickeln« und herauszubekommen, welcher Fokus denn eigentlich an seinen Unterbelichtungen schuld war; warum Sie also, selbst innerhalb der für mich erst gar nicht akzeptablen Zweiteilung des Werfelschen Oeuvres in gute Gedichte und schlechte Übrigkeit – warum und worauf gestützt Sie diesem Übrigen so Vernichtendes anlasten wie daß es »voller Schuld und Verrat« sei, »falsch und seicht« und »extensiven und oft billigen Effekten« zugetan, wie daß es von »schlechtem Geschmack und schlechtem Gewissen« zeuge und vom Mangel an »letzter Ehrlichkeit und Wahrhaftigkeit«: indessen Sie bei den guten Gedichten, von ihrer erst durch die schlechte Prosa bedingten Größe abgesehen, mit so maßvollen Charakterisierungen wie »rührend« und »liebenswert« ein gutes Auslangen finden, mit so handwerklichen wie »hart und geschwind« (von denen dann selbst die nachfolgende »Leuchtkraft« einen vom Installateur geworfenen Schatten abbekommt), und noch die »originale Frische« erst ausdrücklich von »leichten Anklängen an den frühen Rilke« säubern (an jenen frühen Rilke, der ein banales Jausentalent war und einen Vergleich mit dem frühen Werfel so wenig aushält wie einen Vergleich mit dem späten Rilke). Indessen ist zu solcher Untersuchung und Abschätzung Gottlob weder Anlaß noch Basis gegeben: indem ja unsre Auseinandersetzung sich eben *nicht* auf jenem schon mehrfach beregten Hei- und Turnei-Niveau abspielt, und indem es mir eben *nicht* darum zu tun ist, die Qualitäten der Werfelschen Lyrik auf Kosten seiner mangelhaften Prosa mehr oder weniger herausgestrichen zu sehen.

Sondern es ist mir um die Gesamterscheinung Franz Werfel zu tun, um die gewaltige künstlerische Potenz die er war, und die ich nicht in einen (guten) Dichter und einen (schlechten) Schriftsteller aufspalten möchte – weil es mir sonst am Ende geschehen könnte, daß ich ihn auf Grund manch eines novellistischen Volltreffers, manch einer weiten Strecke in diesem oder jenem Roman für einen (guten) Schriftsteller hielte, und auf Grund manch einer wüsten Disziplinlosigkeit, manch einer flach verspielten Mulde in diesem oder jenem Gedicht für einen schlechten Dichter. Wie ich ja einer solchen Antithese überhaupt mit einigem Zagen gegenüberstehe: weil die Synthese mir wirklich nur auf den einsamsten und eisigsten Gipfeln der Weltliteratur geglückt erscheint. Zu diesen Gipfeln hat Franz Werfel nicht gehört. Aber er hat in diesen unsern Tagen, welche dem Lied und der Besinnung, der Seele und dem Gebet so hämisch abgekehrt sind – er hat noch weitere Weiten durchmessen und höhere Höhen erreicht als irgendeiner, der sich um ein gleiches bemüht hätte (es hat sich aber erst gar keiner bemüht), und es gilt mir gleich, ob und wann er das als Dichter, als Schriftsteller, als Denker getan hat (auch als Denker. Denn selbst wenn er, wie Sie es ihm als einem »schlechten Denker« ankreiden, tatsächlich nur die »vertikalen« Probleme gestaltet und von den »horizontalen« nichts gespürt hätte: sie schneiden einander ja doch, und eben im Hinblick auf diesen Schnittpunkt scheint er mir sogar als Denker legitimiert). Ich glaube, daß die deutsche Literatur um ein Entscheidendes und Unersetzliches ärmer wäre, wenn sie auf die Erscheinung Franz Werfel verzichten müßte; und ich glaube, daß man ihr keinen guten Dienst erwiese, wenn man diese Erscheinung in den Hintergrund rückt, jetzt und noch auf lange hinaus.

Wenn es mir gelungen ist, Ihnen dies und jenes, was Ihnen an meiner Einstellung zu Werfel unverständlich oder tadelnswert erschien, in diesen Zeilen aufzuhellen, dann haben sie ihren provisorischen Zweck erfüllt. Daß zu dem allen noch sehr viel zu sagen wäre, ist klar. Daß Sie es mir ermöglicht haben, das Bisherige so und nicht anders zu sagen, weiß ich mir dankbar zu schätzen.

Herzlichst und ergeben Ihr Torberg

Princeton, 1. Februar 1947

Lieber Herr Torberg,

lassen Sie mich Ihnen sehr herzlich danken für Ihren lieben, ja lieben Brief, den schönen, sehr schönen Kafka-Aufsatz (darf ich ihn etwa behalten? Es läge mir daran) und vor allem für das seltene und rührende Schauspiel einer echten Hingabe an einen Freund, das Sie mir mit diesem Schreiben haben zuteil werden lassen. Es ist eine Freude und ein Trost, so etwas zu sehen, es geschieht einem nicht oft. Mir freilich macht es eine Entgegnung schwerer, denn gegen ein so wahres und legitimes Gefühl anzureden tut mir weh. Mit jedem Wort, das ich sage, stemme ich mich gegen meine eigene Sympathie mit diesem Gefühl und ich möchte am liebsten es ehren und schweigen. Aber es geht hier um etwas Wichtiges, nämlich Prinzipielles, und überdies darf es da, wo man jemand ganz ernst nimmt – und ich nehme eben Sie *und* Werfel ganz ernst – keine solchen Schonungen geben. Jemand ganz ernst nehmen ist für mich die höchste Ehrung, die man einem Menschen und einem Künstler erweisen kann, und nur weil Werfel diese Ehrung verdient, habe ich überhaupt über ihn geschrieben.

Sehen Sie, es war mir nicht darum zu tun, Werfel Unvollkommenheiten und gar technische, handwerkliche Schwächen anzukreiden. Würde es mir darum gegangen sein, dann hätten Sie recht, mir die Gesamterscheinung, das »Alles nur in Allem« entgegenzuhalten. Aber ich habe die Schwächen, die Entgleisungen, die Schlampereien nur angeführt, weil sie mir als Symptome eines zentralen und elementaren Grundmangels in Werfel wichtig werden, nämlich jenes Mangels an der letzten Wahrhaftigkeit, die für mich die unabdingbare Voraussetzung der künstlerischen Leistung ist. Es gibt Entgleisungen und Entgleisungen. Auch bei den Größten, ja gerade bei den Größten trifft man die unglaublichsten Schlampereien, Nichtigkeiten, Unvollkommenheiten.

Balzac hat manchmal furchtbar gesaut. Und ein ganzes Pack Goethegedichte sind nichts als ein zeremoniöser Mist.

Aber gewisse Schwächen werden Sie bei keinem wirklichen Künstler finden, z.B. die Journalismen und die Clichés. (Wenn bei einem wirklichen Künstler Clichés vorkommen, so sind es seine eigenen Clichés, der Abklatsch seiner selbst, die müde Mechanisierung.) Die Schwächen, die ich schwer nehme, Werfels Schwächen, sind nicht technische, handwerkliche Mängel, nicht Mängel der Eile oder der Ermüdung oder der Nonchalance, es sind Schwächen der Grundhaltung: der fehlenden Anstrengung zur Wahrheit, ja manchmal des positiven Hangs zur Schminke. Die zwei Beispiele, die ich angeführt habe, die Vorreden zum Verdi und zur Bernadette, stehen für eine detailliertere Stilkritik, die im Einzelnen der Prosa ebendasselbe ergeben würde.

Muß ich Ihnen nun weiter sagen, daß es streng genommen gar keine rein technischen Mängel gibt, daß das Wie einer Aussage mit dem Was unauflöslich zusammenhängt, daß es ein gewisses unreines Wie gibt, das ein reines Was überhaupt nicht zuläßt? Ich mache mich erbötig, jegliche technische Verfehlung nicht nur aus dem Charakter des künstlerischen Gesamtstils, sondern aus dem *menschlichen* Charakter eines Autors abzuleiten. Die Nachlässigkeiten Balzacs, Goethes, Dostojewskis rühren von dem äußeren und inneren Volumen ihres Werkes her, von ihren Temperamenten und ihrer verschiedenen Art, mit ihren inneren und äußeren Nöten fertigzuwerden. Goethes schlechte Gedichte z.B. kommen von der Wahllosigkeit eines unaufhörlichen Produktionstriebs, einer unaufhörlichen Produktionsbereitschaft, von Stiltraining und von dem Stereotyp einer monarchischen Distanz, mit der er sich in seinen späteren Jahren des Andrangs von Menschen, Gefühlen und Gegenständen erwehren wollte. Balzac und Dostojewski waren schlampig, jeder auf seine Weise, aus Ungeduld und physischer Eile: sie mußten abliefern. Bei Dichtern einer übertriebenen Wahrheitsempfindlichkeit wie Hölderlin oder Kafka – ihre Ausdrucksgenialität ist geradezu eine Funktion ihrer genialen Wahrhaftigkeit –, gibt es wohl Fragmentarisches, aber überhaupt keine Entgleisung, keine einzige unvollkommene Zeile. Was mir also an

Werfels Prosa zuwider ist, hat nichts zu tun mit mehr oder minder exakter Philosophie, nichts mit Aristoteles oder Lessing oder der Form des Romans, sondern einzig und allein mit der Eigenschaft der Unwahrhaftigkeit.

Wir haben, meine ich, einen Dichter, dem dieser Name gebührt, nicht zu messen von unten, sondern von oben. Der Erzähler Werfel ist freilich ein Heros gegen Feuchtwanger oder Stefan Zweig, die menschliche Figur Werfels ist – alles in allem genommen – durch seine Kindlichkeit, seine Spontaneität, seinen echten Drang zum Guten und Überzeitlichen herausgehoben aus der Menge des literarischen Marktes. Aber – Ihre polemische Ritterlichkeit in allen Ehren – dieses Bündel von Neid, Eifersucht, Mäkelei werden Sie nicht zum Schweigen bringen oder überzeugen und überdies: es vergeht, verdirbt in sich selbst und wird verschüttet sein, wenn noch immer der beste Teil von Werfels Dichtung bestehen wird. Wozu ihn gegen diese verteidigen? Besser »gar net ignorieren«. Das Einzige, was mir wichtig, erzieherisch wichtig erscheint, ist *zu sagen, was ist,* ohne Seitenblick, ohne »Hinsicht und Rücksicht«.

Und glauben Sie mir: es erfüllt sogar den polemischen Zweck viel besser. Mein Werfelaufsatz wird denen, die Sie meinen, keine Waffen liefern, ja er wird ihnen sogar ganz besonders antipathisch sein, denn sie spüren darin einen Maßstab, den sie für eine Anmaßung und einen Luxus halten, wie sich ihn nur jemand leisten kann, der nicht im Konkurrenz- und Existenzkampf steht. Nun, obwohl es von mir längst nicht mehr wahr ist, daß ich nicht im Existenzkampf stehe (auf den Konkurrenzkampf lege ich freilich keinerlei Wert), leiste ich mir diesen Maßstab, ich leiste ihn mir, auch wenn und wo ich ihm selbst nicht genügen kann. Und ich würde ihn mir noch leisten, wenn ich im Dreck ersticken müßte. Er ist der letzte Halt in dieser Welt. Und wenn er schon Werfel richtet, so richtet er jene andern um so mehr.

Was nun das Motiv des Kommerzialismus betrifft, so ist die Antwort nicht ganz so einfach wie Sie sie geben. Selbst zugestanden, daß Werfel sich nicht so schlicht und grob die

Frage vorgelegt hat: »Was müßte man jetzt schreiben ...«, – es gibt da feinere Grade von Konnivenz und Publikumsdienst, von denen man Werfel ganz gewiß nicht freisprechen kann. Notieren wir kurz den peinlichen Fall des »Jacobowsky«, peinlich, weil in Verbindung mit dem, was da in Europa passiert ist jede Scherzhaftigkeit sich unbedingt verbot, es sei denn eine so grausige wie die der »Letzten Tage der Menschheit« – wenn man das noch Scherzhaftigkeit nennen will. Eine solche würde freilich in keiner erdenklichen Bearbeitung für den Broadway verwendbar gewesen sein, und Karl Kraus hätte sich eine solche Verwendung wohl auch a limine nicht gefallen lassen, trage es was es wolle.

Nun, rühren wir nicht weiter an diesen Fall und seine unerquicklichen Begleiterscheinungen. Mir genügt, was ich in meiner Besprechung mit Bezug auf die zwei Vorreden und auch weiter oben in diesem Briefe angedeutet habe. Mag sein, daß Werfel *bewußt* und subjektiv »in jeder Zeile ein ehrlicher Schreiber war«, d.h. daß er in dem Augenblick, wo er schrieb, das geglaubt hat, was er schrieb. Man kann sich leicht in alles Mögliche hineinsteigern, hineinverführen. Aber selbst der gute Schauspieler behält dabei die Überlegenheit, das Detachement, das ihm das Kriterium der Wahrheit liefert und ihn verhindert, sich an billige Effekte zu verlieren – das ist das, was ihn vom Komödianten unterscheidet. Wenn man sich hat verführen lassen, so hat man gleich darauf zu erschrecken, und Werfel ist zumindest zu spät erschrocken. Muß ich Ihnen auch das vorhalten: daß Ehrlichkeit und Wahrhaftigkeit nicht im Bewußtsein anfangen, sondern daß sie im Unbewußten entspringen, entweder in einer heiligen, unverstörten Reinheit, oder in einem unaustilgbaren Drang zur Selbstkontrolle, zum Sich-nichts-durchgehen-lassen, der jeden Schritt der Produktion begleitet. Noch dieser kann fehlgehen und geht fehl, aber sein Vorhandensein ist in jedem echten Künstler zu spüren, in jedem, der nicht ohnedies durch ein ganz unerschütterlich ursprüngliches, primär unschuldiges Verhältnis zur Welt vor der Sünde der Verlogenheit geschützt ist.

Sie sehen also, alles dreht sich in diesem Fall um die Wahrhaftigkeit, nicht um irgendeine technische Perfektion. Auf diese Wahrhaftigkeit aber *hat* es einem anzukommen, und insofern kann man Werfel nicht damit entschuldigen, daß es ihm »auf stilistische Entgleisungen und verschlampte Passagen nicht angekommen ist«. Denn so von Grund auf unschuldig, im tiefsten, konstitutionellen Sinne unschuldig war er nicht, daß er sich eine solche Achtlosigkeit hätte erlauben dürfen. Verstehen Sie doch, es ist nicht nur eine Frage des Talentes, ob man eine »originellere Version« findet, und es handelt sich auch nicht ums »Originelle«, sondern ums *Originale,* um die letzt erreichbare Wahrheit seiner selbst und seiner Welt. Dieses Originale aber erreicht man nur durch eine bestimmte *Richtung* des Talentes, durch den unablenkbaren Trieb zur Wahrheit, der bei Werfel nicht stark genug und nicht unablenkbar war. Deshalb *konnte* ihn eben selbst sein sprudelndes Talent nicht vor den Clichés bewahren, *nur* die »Zucht der Fontaine« hätte das vermocht. Jener unablenkbare Trieb zur Wahrheit, ein essentiell *moralischer* Trieb ist es auch, was ich unter »Desinteressement im höheren Sinne« verstehe, nicht, wie Sie zu glauben scheinen, ein ästhetisches »l'art pour l'art«. Ich kann nicht recht begreifen, warum Werfel durch ein solches Desinteressement »sich selbst in Frage gestellt hätte«. Ich meine, er hätte erst dann sich richtig gefunden.

Bleibt die Aufspaltung der Person in den »schlechten Schriftsteller« und den »guten Dichter«, gegen die Sie sich wenden und mit einigem Rechte wenden. Ich gebe zu, daß das eine Simplifizierung ist: daß z.B. der »Abituriententag« und der »Tod des Kleinbürgers« einer höheren Kategorie angehören als die spätere epische Produktion, und daß es andererseits Gedichte gibt, in denen sich die schlechten Eigenschaften seiner Epik manifestieren. Solche Klassifikationen sind natürlich immer cum grano salis zu nehmen. Es kam mir auf das Wesentliche an. Und da hat sicherlich kein einziges Prosawerk den Rang seiner größten Gedichte erreicht. In diesen hat er gewiß nicht einfach für seine schlechte Prosa gebüßt, sondern für jene fundamentalen Schwächen, von denen die schlechte Prosa nur ein Symptom ist.

Warum diese Buße gerade nur in der lyrischen Form sich begeben hat, das erkläre ich mir damit, daß die Lyrik die direktere, intensivere, esoterischere Ausdrucksform ist, die Form, deren eigentliches Wesen die Selbstaussprache ist; daß man im Gedicht viel unmittelbarer und unentrinnbarer mit sich selbst konfrontiert wird als in der Epik. Außerdem ist Werfel, wie Sie richtig sagen, eben primär ein Dichter gewesen. Wenn Sie sich darüber beklagen, daß ich die Dichtung im Verhältnis viel weniger gerühmt als die Prosa verurteilt habe, so möchte ich darauf hinweisen, daß ich Werfel einen großen Dichter genannt habe, etwas was ich nicht leichthin sage. Und ebenso wie die negativen, so sind auch die positiven »handwerklichen« Charakteristiken nicht bloß handwerklich gemeint, sondern symptomatisch für moralische, menschliche Eigenschaften. »Die Sprache«, sagte ich ja, »läßt sich nicht betrügen.«

Hiemit glaube ich Ihnen in den Hauptzügen Rede gestanden zu haben, und nachdem nun unsere Positionen im Wesentlichen klargestellt sind, bin ich mit großer Freude bereit wann immer es sich machen läßt, die Diskussion mündlich fortzusetzen. Noch einmal aber bitte ich Sie – und mein eigenes mit Ihnen fühlendes Ich – um Entschuldigung für alles Schmerzliche, das ich Ihnen habe hineinsagen müssen.

New York, 19.II.1947

Lieber, verehrter Herr Doktor Kahler,

da es mit der geplanten Zusammenkunft bei Viky und Bettina nun doch noch längere Weile haben wird, als wir voraussehen konnten, möchte ich Ihnen, bis dahin, wenigstens meinen Dank abgestattet haben, – Ihr Brief war mir eine große Freude, und es liegt mir nun doppelt daran, daß Sie meine Sprungbereitschaft in Sachen Werfel nicht falsch einschätzen. Die »Hingabe an den Freund«, die Sie da herausgespürt haben, mag ich freilich nicht als Ausrede benützen oder gar abschwächen (wie ungern ich sie mir auch als Basis einer objektiven, einer geistigen und künstlerischen Haltung konzedieren lasse). Hingegen möchte und muß ich ein andres Motiv, das meiner Haltung zugrundeliegt, eher noch unterstreichen, und zwar genau jenes, das Sie mir »gar net zu ignorieren« empfehlen: das polemische.

Es mangelt mir, offen gestanden, an der Distanz, die mich in die Lage setzen könnte, auf die Herausforderung des Tages nicht zu reagieren, ich bin ihrer alles was den Genitiv regiert – begierig, kundig, eingedenk, teilhaftig, mächtig, voll –, und wenn ich mir vorstell, daß z.B. der Feuchtwanger die Rubrik »Beruf« auf dem Hotel-Meldezettel mit »Schriftsteller« ausfüllt, möchte ich ihn am liebsten auf Verleumdung und böswillige Schädigung meiner Berufsinteressen klagen. Da ist es denn also nicht leicht, einfach darauf zu warten bis dergleichen Gezücht »in sich selbst verdirbt«, und gegen das Gezischel, mit dem es gemeinhin nach Werfeln zu zielen liebt: »No ja, ein paar ganz gute Gedichte – aber sonst...?« bin ich mit der Zeit besonders anfällig geworden.

Indessen wußte ich schon vor Ihrem Brief, daß es sich da um etwas ganz andres handelt, und weiß es jetzt, nach Ihrem Brief, noch besser und deutlicher. Von »Schmerz« kann gar keine Rede sein, oder höchstens insoweit, als Sie rechthaben. Und was immer Sie mir noch hereinzusagen planen, sollen Sie bitte in der beruhigten Gewißheit tun, daß es mich nicht als einen zimperlichen Freund sondern als freudig erregten Diskussionspartner betreffen wird. Ich freue mich darauf.

Meine Kafka-Notizen gehören selbstverständlich Ihnen, ebenso die Abschrift aus dem Essay von Zangerle, die ich Ihnen heute für alle Fälle beilege, da ich nicht weiß, ob Sie die betreffende Nummer des »Brenner« noch bekommen haben; nur wenn das der Fall war, bitte ich um Rücksendung.

Grüßen Sie Broch sehr herzlich von mir, und seien Sie nochmals bedankt und gegrüßt von

Ihrem Torberg

Ernst Krenek

26. Juli 1962

Maestro dei Sistini*,

ich kam, sah und hörte, und Sie haben gesiegt. Das war, was mich betrifft, von vornherein gar nicht sicher. Im Gegenteil hegte ich etliche Befürchtungen, ob's mir was sagen würde, und diese Befürchtungen wurden durch Ihre »introductory message« eher noch gesteigert. Und dann hat's mir also nicht nur etwas gesagt und hat mich nicht nur interessiert, sondern vom ersten bis zum letzten Augenblick *gefesselt.*

Bitte erwarten Sie von einem, der ja auch zur Musik (bei aller spezifischen Liebe) einen vorwiegend literarischen Zutritt hat, keine fachlichen Äußerungen und lassen Sie mir die ein wenig naive Formulierung durchgehen, daß ich's »verstanden« habe – auf der ungefähr gleichen Basis verstanden, auf der auch mein Verständnis für Mahler, Strawinski und Schönberg wurzelt (zumal für den Schönberg der »Warschauer Kantate«). Ich weiß schon: der Strawinski wird Ihnen da nicht hineinpassen, oder ich müßte auch ihn genauer definieren. Es hätte am ehesten mit den Klangmischungen zu tun, die mir seinerzeit beim ersten Anhören (und die Parallele der Erstmaligkeit ist wichtig!) genau so »eingeleuchtet« haben wie etwa Ihre Holzsynkopen im Vorspiel.

Überhaupt liegt hier die für mein Gefühl klarste Ausprägung dessen, was mir Ihre Oper »gesagt« hat: in der *einleuchtenden Ko-ordination* zwischen Wort und Musik. Das ist nun eben jener »literarische Zutritt«, von dem ich sprach und der mich immer wieder nach »Ent-Sprechungen« suchen läßt, deren ideale Erfüllung wohl darin bestünde, daß ich zu einem bestimmten Text, wenn ich ihn ohne Musik höre, genau die Musik komponieren würde die er dann wirklich be-

* Der Brief bezieht sich auf die Ausstrahlung von Kreneks Fernsehoper »Ausgerechnet und verspielt«. Die Anrede »Maestro dei Sistini« spielt vermutlich auf Kreneks Beschäftigung mit der poetischen Form der Sestina an. (Vgl. dazu Kreneks Aufsatz »Ausgerechnet, aber sehr verspielt« im FORVM 9, Nr. 107, November 1962.)

kommt (oder vice versa einer bestimmten Musik genau den ihr tatsächlich zugehörigen Text unterlegen würde). Wenn ich Ihnen jetzt noch erklären könnte, daß das nichts mit »Programm-Musik« zu tun hat, wäre ich ja ein Musiker.

Darum tue ich vielleicht besser, ein paar Beispiele anzuführen: etwa die Bahnfahrt mit dem »Schicksalsmotiv« (»Zurück zur Bellevue-Allee«); oder die Stelle, die ich als »Roulette-Walzer« empfunden habe; oder die inhärente Parodie von Stellen wie »Und nehmen wir feeerner an«, »Das wieder sagt mein Vater nicht«, »Wo ist mein ruhiger Nachmittag«, »Ich gehe fort und zwar sofort«.

Es war eine rechte Freude und ein rechter Genuß. Auch Regie, Kamera und Dekoration fand ich ausgezeichnet. Aber das gehört schon nicht mehr hieher, denn davon versteh ich ja schon ein bißchen was.

In meiner unheilbaren Eigenschaft als Redigierer und Einrichter muß ich natürlich eine kleine Mäkelei anbringen. Sie hat *gar* nichts mehr mit der Musik zu tun, sondern betrifft einen Anstoß, mit dem ich's manchmal auch in Ihren Manuskripten zu tun bekomme und der von offenbar unbewußten Anglizismen (oder Amerikanismen) herrührt. »See you later« heißt im Deutschen nicht »Ich seh dich später«, sondern soviel wie »Auf bald!« oder »Bis nachher!«.

Auch kann man nicht gut sagen, wie Sie es im Einleitungsvortrag taten: »Das gab mir die Idee«. Die deutsche Übersetzung von »That gave me the idea« wäre: »Das *brachte mich* auf die Idee«. Halten zu Gnaden. Und schließen Sie daraus, *wie* scharf ich aufgepaßt habe.

Weiter alles Schöne für Ihren europäischen Sommer, und die allerherzlichsten Grüße

Ihres Torberg

Obergurgl, 9. Aug. 1962

Lieber Torberg,

natürlich hat Ihr Brief mir große Freude gemacht. Wenn Sie Ihren Zutritt zur Musik vorwiegend literarisch nennen, so interessiert mich die »literarische« Musikkritik gewöhnlich viel mehr als die sogenannte fachliche, die meist in einem Wiederkäuen von Vorurteilen besteht. Wenn Ihnen die Kongruenz von Wort und Ton zugesagt hat, so bin ich mit meinem accomplishment höchlich zufrieden, denn schließlich habe ich mich ja auch um das Wort bemüht. Ich verstehe sehr gut, warum Sie diese oder jene Stelle hervorgehoben haben. Auch mir scheinen diese Passagen (neben einigen anderen ...) besonders gelungen. Es freut mich sehr, daß Sie Regie etc. gut gelungen fanden. Auch ich war durchaus zufrieden.

Daß Sie meine Vorrede anscheinend nicht sehr einladend fanden, bewegt mich nicht weiter. Ich hätte lieber keine gemacht; es war der Wunsch der Administration.

Meine unbewußten Amerikanismen sind mir jetzt schon so bewußt geworden, daß ich anfange, mit ihnen zu kokettieren (I'm afraid). Natürlich ist das nicht in Ordnung, und Sie haben gewiß recht, mich dafür zu reprimandieren (ein Austriacismus, I believe) ...

Wir haben uns am Südrand der Alpen über das Stilfser-Joch und St. Moritz bis hierher entlang getastet. Das Wetter hat uns bis jetzt fast nichts verdorben, was viel heißen will.

Vom 18.–25. sind wir in Alpbach (c/o österr. College), dann drei Tage in Salzburg, und Anfang September nochmals in Wien. Wenn es irgendwie möglich ist, möchte ich dort den Beitrag über die Roulette – Sestina etc. schreiben. Werden Sie dort sein? Bitte schreiben Sie mir nach Alpbach.

Inzwischen alles Gute von uns beiden

wie stets
Ihr
Ernst Krenek

Else Lasker-Schüler

Dem Herrn

Dichter Thorberg

Brief und teures Gedichts.

Hinteren Sternen

bitte zu lesen.

Das Gedicht wurde mir im »Hintern Sternen« durch Mutter Niggl übergeben*, in einem verschlossenen Couvert mit der Aufschrift (handgeschrieben):

Dem Herrn Dichter Thorberg
Brief und teures Geschenk
Hinteren Sternen
bitte zu geben.

Das »teure Geschenk« muß eine Glaskugel oder etwas dergleichen gewesen sein. Keinesfalls war damit der Brief als solcher gemeint ...

Soviel ich mich erinnere, war dem Gedicht ein scherzhaft geführtes Streitgespräch vorangegangen, in dem auch die Schreibweise meines Namens eine Rolle spielte. Ich sagte irgend etwas davon, daß ich zwar ein armer Emigrant sei, aber trotzdem darauf beharren müsse, daß mein Name richtig geschrieben wird, und fragte sie, was denn sie dazu sagen würde, wenn man ihren Namen etwa »Lasker-Schiller« schriebe. Am nächsten Tag schrieb ich ihr dann einen Brief, in dem ich ihr erklärte, daß und warum es selbstverständlich nur »Schüler« heißen könne. Ich weiß aus späteren Gesprächen, daß dieser Brief ihr sehr viel Spaß gemacht hat. In ihrer Antwort – eben diesem Gedicht – schrieb sie selbstverständlich wieder »Thorberg« und (wohl zum Zweck eines schmeichelhaften Ausgleichs) sogar »Thorquato«. Was es mit den übrigen Anzüglichkeiten zumal in den ersten beiden Strophen auf sich hat, weiß ich nicht mehr.

F.T.

Sir!

Wenn man in Cafés oder Bars
Noch – hintern Sternen – gestern wars,
So viel verzehrt und Gläser leert,
Und Memphis raucht und Parisienne –
Dem gehts nicht allzu schlecht – und wenn!
Doch einer Rüge höchstens wert.

---

* vermutlich 1939

Ich bin der Schimmelpfennigrappen Detektivbureau
Und so –
Und aus Erfahrung kenn ich meine Leute.
Es geben welche, die zu schwelgen pflegen heute
Und morgen pauvre essen irgendwo.
»Fleischlein« im Herzen, Sonne in der Milz.
Wenn etwas aber auszufressen, mir es gilts.

Im Grunde – weinte ich gerührt, etwas – geziert,
Beim lesen jeder Ihrer Büttenseiten.
Guirlanden glaubt man Ihre Schrift von weitem,
Und nicht zerpflückt wie bei mir hingeschmiert
Und nachträglich erst manicürt.

Wie Sie, Thorquato, hat noch nie jemand erkannt
Bis in die Ein und Ausgeweide,
Mich und mein zweites Mich, ich glaub wir sind verwandt?

Wir beide –
Vielleicht am Wahltag wahlverwandt.

Gedicht zu singen auf die Melodei: Wär ich geblieben doch auf meiner Haide.

Alexander Lernet-Holenia

St. Wolfgang in Oberösterreich
Den 21. Feb. 1946

Lieber Herr Torberg,

Ihre Adresse verdanke ich Herrn Dubrovic, und grüße nicht nur Sie nach so vielen Jahren wieder, sondern ich bitte Sie auch, gemeinsame Freunde, denen Sie etwa begegnen sollten, von mir zu grüßen. Denn ich möchte die Verbindung mit der Welt von einst nicht ganz abreißen lassen.

Ich weiß von den Umständen, unter denen Sie leben, nicht viel, doch vermag ich zu schließen, daß Sie Fortüne gemacht haben, und ich freue mich darüber. In Wien, höre ich, hat sich viel verändert, hier, im »amerikanischen« Österreich, nicht viel.

Ich bringe ein paar Bücher in der Schweiz heraus und bin im Begriffe, selber, auf kurze Zeit, dorthin zu verreisen. Bisher ist nicht eben viel, was literarische Gültigkeit hätte, über die Grenzen hereingedrungen, und dies stimmt mich nachdenklich. Gäbe es nämlich Bedeutendes, so wäre es auch schon da. Eine seltsame literarische Lethargie, ganz unähnlich der lebhaften Bewegung nach dem Ersten Weltkriege, scheint die Länder insgesamt ergriffen zu haben. Verhält es sich in der Tat so, oder sieht es sich, von hier, nur so an?

Ich wäre Ihnen auch dankbar, vermöchten Sie mir zu sagen, was man sich jenseits des Meers von der neuen Literatur eigentlich erwartet. Nicht daß man sich etwa in seiner Produktion danach richten dürfte, – jedes auf ein bestimmtes Ziel gerichtete Werk trifft daneben. Doch ist's vielleicht möglich, unter dem ausgesprochenen Bedürfnis des Publikums das Unausgesprochene zu erraten. Es sollte mich nicht wundern, wenn die Leere, die nach all den Erschütterungen der Welt übrigbleiben wird, schon jetzt in den Menschen selbst um sich zu greifen begänne. Hier, jedenfalls, hat die Verflachung, ohne die auch Hitler gar nicht möglich gewesen wäre, weitere Fortschritte gemacht, und wenn der Schutt fortgeräumt sein wird, wird nichts, oder fast nichts mehr da sein. In Wien zwar macht man noch ein paar Versuche mit veralteten Geistern. Aber schon spürt man auch von dort die Unlust zu weiteren Unternehmungen, und es stellt sich heraus, daß offenbar auch der Krieg, mit all seinen Zerstörungen, nur ein sichtbares Zeichen der inneren Zerstörung gewesen ist.

Es ist seltsam, daß ich selbst mich von alledem nicht ergriffen fühle, und meine Situation, wenn ich mit der Umwelt zu tun habe, ist dadurch keine ganz einfache. Auch ein Vorzug (oder was man dafür nehmen sollte) kann, wenn er nicht mehr zur Umgebung paßt, beschwerlich werden. Wahrhaftig, ich möchte wissen, ob es mir in der Schweiz möglich werden wird, meine – fast schon unleidlichen – Ansichten zu korrigieren.

Nochmals die aufrichtigsten Grüße

Ihres ergebenen
Lernet-Holenia

25. Mai 1946

Lieber Herr Lernet,

Ihr Brief von Ende Februar war eine große Freude für mich, und mit gleicher Freude haben auch alle, deren ich habhaft werden konnte, Ihre Grüße aufgenommen. Einige haben sogar versprochen, Ihnen zu schreiben. Ich bin sicher, daß sie das mittlerweile nicht getan haben, denn es handelte sich größtenteils um Angehörige der Gaukler-Zunft. (Karlweis, Ernst Deutsch, Jaray u.a.) – aber vielleicht schreibt Ihnen Dr. Horch, oder vielleicht wird Ernst Lothar, durch den ich diesen Brief nach Europa befördere, sehr bald von sich hören lassen. Deutsch war gerade hier in New York zu Besuch, als Ihr Brief ankam, – er hatte kurz zuvor in Hollywood einen Vortragsabend aus »Österreichischer Dichtung« abgehalten, und ich lege Ihnen einen Ausschnitt darüber bei; auch ein andrer, offenbar schweizerischer Provenienz, wird Sie sicherlich interessieren.

Sie sehen also, daß Ihre »Verbindung mit der Welt von einst« keineswegs abgerissen ist, wie Sie befürchtet haben, – eine Befürchtung nebstbei, von der diese Welt von einst auch in ihrem emigrierten Teil arg geplagt ist. Oder sagen wir es vorsichtiger: ein Teil dieses emigrierten Teils. Denn es gibt einige, die sich an ihre Welt von jetzt mit solcher Vehemenz akklimatisiert haben, daß sie von der einstigen gar nichts mehr wissen wollen, aber schon *überhaupt* nichts und um gar keinen Preis: was nicht selten in der Tat daher rührt, daß der Preis, den man hier fürs brave Akklimatisieren bekommt, auch wirklich viel höher ist, – schon deshalb, weil er in Dollars gezahlt wird, und fürs Treubleiben bekommt man, wer weiß, nicht einmal Schillinge.

Ich persönlich kann das niemandem übelnehmen; ich bin nur der Meinung, daß einer, der sich aus einem europäischen Schriftsteller in einen amerikanischen verwandeln kann, entweder in Europa kein Schriftsteller war oder jetzt keiner mehr ist. In einigen Fällen liegt sogar ein Double-Event vor. Was mich selbst betrifft (damit auch das gesagt sei), so möchte ich bis zum etwaigen Eintreten eines eklatanten Gegenbeweises wenigstens glauben, daß ich ein Schriftsteller *war*, und habe zu diesem Behuf bis auf ein paar Gedichte und eine kleine Novelle nichts publiziert. Ein Roman, mit dem ich ausgetüftelterweise erst jetzt fertig geworden bin, wird in Stockholm erscheinen, ein Exemplar der Novelle lasse ich Ihnen gleichzeitig zugehn; nur damit Sie wissen, wie man es anstellt, um in Amerika *kein* Geld zu verdienen.

Es war sehr wichtig, daß Sie Ihre Vermutung, ich hätte »Fortune« gemacht, mit zwei ausdrücklichen ü-Punkten versehen haben; andernfalls hätte ich »Fortune« lesen müssen, was auf englisch soviel wie »Vermögen« heißt und komisch gewesen wäre.

Von den Büchern, die Sie in der Schweiz herausbringen, habe ich von Freunden aus Zürich schon gehört und habe sie auch in Schweizer Zeitungen schon angekündigt gesehen. Dann und wann, und für meinen Appetit viel zu selten, begegne ich auch einem Gedicht von Ihnen. Es wäre *sehr* schön, wenn Sie mir einmal einen ganzen Band davon zukommen ließen, – vielleicht direkt von Ihrem Schweizer Verleger? Vielen Dank im voraus.

Daß Sie mit Ihrem Brief übrigens ein viel gewaltigeres Thema angeschnitten haben, als es sich brieflich bewältigen läßt, war Ihnen hoffentlich klar. Ich bin vollkommen Ihrer Anschauung, daß Hitler nicht von ungefähr gekommen ist, sondern daß er bereits das Ergebnis einer generellen Verflachung war (also nicht ihr Urheber), bereits die Stau-Mulde einer kollektiven Einebnung, die jetzt mit der gleichen Walze und nur in andrem Auftrag fortgesetzt wird. Daher auch die literarische Lethargie, die jetzt – zum Unterschied von der letzten Nachkriegsperiode – um sich gähnt. Nach dem letzten Krieg gab es noch wirklich Zusammengebrochenes (zum Beispiel Monarchien und Reichsgedanken), und wirklich aufrechte Gesinnungen, sogar moralisch intakte Linksgesinnungen. Da war gut hymnisch werden. Aber das einzige, woran man sich heute begeistern könnte, wäre der Protest gegen die Begeisterung. Vielleicht schließen wir uns in einem Reichsverband der Einzelgänger, e.V., zusammen.

Ob es hier ein selbsttätiges »Publikums-Bedürfnis« gibt, weiß ich nicht. Ich habe das Gefühl, daß der Literaturbetrieb sich von Hollywood nur graduell unterscheidet und daß Verleger ebensowenig wie Filmproduzenten ein Produktionsrisiko auf sich nehmen wollen: was sie nämlich schon deshalb nicht notwendig haben, weil sie sich am Unriskanten krumm und lahm verdienen. Darüber kann ich Ihnen, wenn es Sie interessiert, Genaueres sagen. Für heute nur so viel, daß das oben erwähnte Bedürfnis, so weit es in bezug auf europäische Literatur überhaupt besteht, wohl am ehesten an einem Gewissens-Nachweis interessiert wäre – nämlich daran, wo die Trennungslinie zwischen pauschaler Verurteilung und individuellem Freispruch verläuft. Sagt Ihnen das etwas? Wenn nicht, dann fragen Sie mich genauer.

Überhaupt würde ich mich sehr freuen, bald und ausführlich von Ihnen zu hören, und Sie sollen auch gar nicht zögern, mich mit konkreten Aufträgen zu versehen, wenn Sie hier etwas zu erledigen haben. Meine eigenen Europa-Pläne sind, vor allem aus technischen Gründen (Staatsbürgerschaft, Reiseerlaubnis etc.) zunächst noch so nebelhaft, daß die Zeit bis zu meiner Abreise noch zu einer ganz anständigen Korrespondenz ausreicht, – lustvolle Kooperation von Ihrer Seite vorausgesetzt.

Meine allerbesten Wünsche für Sie und Ihre Arbeit sind davon aber ganz unabhängig.

St. Wolfgang, d. 6. Juli 1946

Ich danke Ihnen vielmals für den Brief und das Buch, lieber Torberg! Die Erzählung, die eine vollkommen echte ist, in mich aufzunehmen, war ich besonders vorbereitet: ich hatte in Zürich Gelegenheit gefunden, gewisse Kommentare zum Sohar zu lesen, und das Wesen des Gedanklichen im Judentume, den »Sinn«, welchen Sie wenn nicht dem Unsinn, so doch dem Brauenden entgegensetzten, war mir durchaus klargeworden, diese Sublimiertheit, die – man mag darüber denken, wie man will – über das bloß Moralische selbst des verfeinertsten Christentums noch hinausgeht. Es ist möglich, daß Sie selbst Ihre Arbeit aus diesem Gesichtswinkel noch nicht betrachtet haben. Dem verständigen Leser aber ist's klar, und ich habe eine so präzise Darstellung des Konflikts, um den sich's Ihnen handelt, woanders noch nicht gefunden, – bei Werfel, zum Beispiel, schon gar nicht, der viel zu viel »zu den Piaristen« gegangen war, um aus den Vorteilen seiner wirklichen Überlieferung – oder derjenigen, die es hätte sein sollen – noch schöpfen zu können. Und Schalom Asch, wiederum ist – verstehen Sie mich recht! – zu gläubig, um, wie das Neue Testament sagt – »ein ächter Israeliter, an dem kein Falsch ist«, zu sein. (Ecce vera Israelita, in quo dolus non est.)

Von Ihnen aber, lieber Torberg, darf die Welt erwarten, daß Sie, ganz ohne jede barocke, heidnische, ja selbst ohne christliche Zutat der Dichter des Gedanklichen (und dies ist kein Gegensatz) bleiben. Sie können's umso eher, als Sie den Gegner »Ihres« Aschkenasy, »meinen« Wagenseil, diesen Rückfall des Deutschen ins Slavische, gleichfalls so richtig dargestellt haben. Denn es ist hier sogleich anzumerken, daß das Dritte Reich natürlich nicht deutsch war (das Deutsche ist längst erloschen), sondern wendisch, kassubisch, obotritisch – und Sie können noch reichlich Völkerschaften von der Elbe bis zum Ural dazunehmen: sie alle hatten sich deutsch getarnt, wie, zweitausend Jahre zuvor, die Deutschen sich römisch getarnt hatten. Wie seltsam ist doch die Welt, in der, immer wieder, nicht einmal der Name, das »Wort«, mehr echt bleibt.

Im ganzen: ich beglückwünsche Sie von Herzen, nicht nur zur Erzählung selbst, sondern auch zu Ihrer literarischen Haltung, oder Zurückhaltung, im allgemeinen. Denn wenngleich von mir in diesen Monaten noch eine Zahl zurückgedrängt gewesener Bücher gedruckt wird, so handelt sich's dabei, wie gesagt, fast ausschließlich um Dinge von einst, die ich nur in einer Art von »Ordnungssinn« herausgebe. Aber ich sage mir längst, daß man, eben jetzt, gar nicht wenig genug schreiben kann, und ich schreibe denn auch wenig genug. Von dem, was nach und nach erscheint, will ich Ihnen senden, was mir möglich ist. Aber die Post befördert's noch nicht, es sei denn aus der Schweiz, wo die »Trophae« in etwa zwei Monaten ans Licht treten wird. Den Wiener Gedichtband hätte ich dorthin mitnehmen und Ihnen schicken können. Doch ist er mir zu häßlich gedruckt und überdies ist er in der »Trophae« selbst mit abgedruckt, sodaß Sie denn alles auf einmal erhalten sollen. Bermann wird den verboten gewesenen »Mars im Widder« bringen und, ziemlich bald schon, ein großes Gedicht von etwa 350 Blankversen, »Germanien«. Und in diesen Wochen erscheint in Wien eine Zahl älterer Erzählungen unter dem Titel »Der Siebenundzwanzigste November«.

Aber da reden wir fortwährend von Literatur, noch dazu von meiner, und die einzige Entschuldigung, die wir dafür haben, ist diese: daß Literatur eben doch auch viel von unserm Eigensten in sich haben kann, – wenngleich es uns, in unsern besten Augenblicken, anders scheinen will. Auch Felix Braun schreibt mir, er sei bemüht, sich nicht vom Werk, oder Handwerk, überwuchern zu lassen. Hier komme ich wieder zu mir selbst, in der Schweiz (aus der ich vor vier Tagen zurückgekehrt bin) habe ich zahllose Arbeit, Korrespondenz und offiziöse Dinge, dazu noch Theaterproben, zu bewältigen gehabt.

Was Sie über die vollkommene Anpassung gewisser Emigranten schreiben, beschäftigt mich sehr, und auch ich selbst habe schon ein paar Briefe von solchen Akklimatisierten bekommen. Haben sie sich wirklich eingewöhnt – umso besser für sie. Doch verstehe ich's so wenig, wie Sie selbst es verstehen. Der begreifliche Wunsch, Deutschland zu vergessen, kann nicht die Fähigkeit nach sich ziehen, daß man Europa vergißt. Und wir hier sind überhaupt in die neue Situation gedrängt, Europa, wie wir's verstehen, geradezu zu verteidigen. In dieser Beziehung sind die ältern Amerikaner den neu eingewöhnten voraus; weil sie Interesse an der ganzen Welt nehmen, nehmen sie's auch wieder an Europa, und wenn die akklimatisierten Emigranten *nur* Amerikaner werden sein wollen, so werden sie sehr bald wiederum einsam sein. Im Grunde aber glaube ich an das vollkommene Vergessenkönnen gar nicht, und wenn jemand wirklich leicht und vollkommen vergißt, so ist's um den Abgefeimten nicht schade. Wirklich vergessen kann man nur, wenn man unendlich viel in sich selbst mit sich trägt, und dann vergißt man das Vergangene auf eine Art, daß man's dennoch wiederum nicht vergißt, – das aber sind Menschen, die sogar größer sind als die Heimat, und einen solchen Ausgewanderten gibt's nur alle hundert Jahre.

Grüßen Sie mir, wiederum, recht von Herzen die Freunde. Ich will keine einzelnen Namen nennen, um nicht den einen oder andern (von dem ich nicht weiß, daß er in der Nähe ist) auszulassen. Haben Sie allen Dank für Ihr so freundschaftliches Gedenken, lieber Torberg, und vor allem: schreiben Sie mir recht bald wieder! Die Briefe, weil sie die Zensur zu passieren haben, sind lange unterwegs. Und schreiben Sie den Absender auf den Umschlag, Ihr Brief, auf den Sie den Absender nicht geschrieben hatten, war von der Zensur bemängelt worden.

Von ganzem Herzen alles Gute und Schöne, und nochmals Dank!

Ihr aufrichtiger
Alexander Lernet

15.II.1947

Lieber Freund Lernet,

... wenn ich's recht bedenke, – und meine korrespondentielle Pedanterie läßt mich um derlei rechtes Bedenken nicht herumkommen, – so bin ich Ihnen gar noch Antwort auf einen Brief vom Vorjahr schuldig, auf einen sehr lieben Brief noch dazu, in dem Sie mir einiges über meine Novelle sagten, was – ich zitiere ein Zitat der Frau Schosulan aus Herzmanovskys »Gaulschreck im Rosennetz«, und zwar aus ihren Gesprächen mit der Kaiserin Maria Theresia – was gar lieblich für Unsere Hohen Ohren zu hören war. (Sie erinnern sich: es handelt sich um jenen Leibstuhl der Allerhöchsten Majestät, der im Benützungsfall »Die Eroberung von Pampeluna« spielen konnte, und: »Schosulan«, sprach Hochdieselbe, »Schosulan höre Sie nur, wie traurig daß heunt die Tschinellen tun...«). Mit alledem will ich nur auf möglichst anmutig schamhafte Weise über Ihr Lob hinweggeglitten sein, – aber gefreut hat es mich schon sehr, das dürfen Sie mir glauben, und über den »Rückfall des Deutschen ins Slawische« wird in ruhigerer Stunde an ruhigerem Wolfgangsee noch Vieles zu sagen und zu handeln sein.

Ist Ihnen, bei dieser Gelegenheit, untergekommen und aufgefallen, daß denen ihr Stolz dort drüben, der Oppositions-Protestant Ernst Wiechert (von dem ich halt immer noch glaub, daß ihn nur eine Fraktions-Streitigkeit in die Opposition getrieben hat), seinen ersten, programmatischen Befreiungs-Artikel mit der Feststellung begann: »Was war denn eigentlich geschehen? Geschehen war, daß ein Landfremder, ein *böhmischer Landstreicher,* ins heilige Haus der deutschen Nation eingebrochen war«– und wenn es Ihnen untergekommen ist, dann wird es Ihnen wohl auch aufgefallen sein. Was sich *da* alles an Rückfall abspielt, kann man so geschwind gar nicht ausloten. Mich hat – ganz abgesehen davon, daß hinter dem böhmischen Landstreicher schon wieder die deutlichen Konturen von Polackenschwein und Judensau sichtbar werden – an dieser Haltung vor allem die grandiose Übernahme einer Verwechslung fasziniert, die man dem alten Hindenburg zwar ohne weiteres konzedieren durfte (denn ihm, noch in memoriam 1866, floß jeglicher Österreicher noch ganz mit Recht mit einem böhmischen Gefreiten zusammen) –: aber dem Widerstands-Pastor, dem Gesundbeter von völkischem Übel, darf so was doch gar nicht erst einfallen? Oder hätte er in einem höheren, ihm unbewußten Sinn nun doch recht gehabt? Hat er seiner selbst gespottet und weiß nicht wie? Und sollte dies – der unbewußte Treffer, der Blattschuß mit dem Bumerang – schon das Beste sein, was wir an Einsicht zu erwarten haben?

Kürzlich habe ich hier Pastor Niemöllern sprechen hören, den in einen Gottesdiener verwandelten U-Boot-Kapitän, der es lediglich dem Mißtrauen des Führers zu danken hat, daß er sich aus einem Gottesdiener nicht wieder in einen U-Boot-Kapitän zurückverwandeln durfte (womit der selige Fregoli nun wahrlich zu einem armseligen Stümper degradiert gewesen wäre) –: also der hält noch nicht einmal beim Unterschied zwischen Mord und Totschlag, der hat noch gar nicht darüber nachgedacht »was denn eigentlich geschehen war«, und die Bußbereitschaft, die er infolgedessen produziert, ist nicht einmal von Pappe sondern von Luther. Es ist schon recht trostlos, das Ganze, und wir werden am Ende noch zu untersuchen haben, ob das denn überhaupt ein *Rück*fall wäre ins Slawische ... (Ich könnte allerdings nicht genau angeben, wie weit meine Konzeption des »Slawischen« mir da wieder mit dem Österreichischen durcheinandergerät, mit der Landschaft sowohl wie mit dem Katholizismus, ja geradezu mit dem Katholizismus der Landschaft.)

An jenem grausig verzwickten Emigrations- und Akklimatisations-Problem, auf das wir desgleichen zu sprechen gekommen sind, hat sich inzwischen nicht das Mindeste geändert, – außer vielleicht, daß im notdürftig sich wieder zusammstückelnden Rahmen der heimatlichen Publizistik pünktlich die Verkehrten ihre melancholischen Urständ feiern, jene, die vor jeder Akklimatisierungs-Gefahr (oder gar -Versuchung) einfach dadurch gefeit waren, daß sie aus dem Dunstkreis ihrer eigenen Talentlosigkeit nun und nirgends herauskönnen, und daß sie also in Amerika oder England oder sonstwo genau so schlecht weitergedichtet haben wie es schon in der alten Heimat ihre unverkennbare Note war. Die haben sie sich, weiß Gott, standhaft bewahrt, und unter stolzem Hinweis auf eben sie führen sie jetzt, wenn sie sich mit den andern Brüdern vom Hl. Frustratius um die druckerschwarze Klostersuppe anstellen, einen derartigen Radau auf, daß die zurückgebliebenen Bettelmönche ihrerseits ihnen rasch ein möglichst volles Näpfchen zuschanzen.

Es ist in der Tat verblüffend, wie diese unterschiedlichen (jedoch nicht unterscheidbaren) . . ., die ihre Emigration im wesentlichen damit zugebracht haben, sich und einander unter amerikanischem Impressum zu beteuern, daß sie Österreich repräsentieren: wie sie das jetzt auch unter österreichischem Impressum weitertreiben; und da sie, genau wie die Mädchen im klassischen Alphabets-Reim, immer nur paarweise brunzen gehn, findet sich weit und breit kein Marabu, der's ihnen verhunzen würde. Man muß sich rein drauf verlassen, daß ihr Oeuvre gegen sich selbst spricht. Aber wer hört solchem Selbstgespräch schon zu? Und täte es einer gar, und wollte er vollends zu Protokoll geben, was er da an Gestammel und Gelalle belauscht hat, so würde ihm sauber heimgeleuchtet werden. Denn siehe, die Stammler und Laller haben ja, wenn alles schief geht, also beinahe immer, den

Gesinnungs-Trumpf im Blatt, das Unikum eines revolutionären Atouts, das schlechtweg alles sticht, weil es die Arroganz diktatorialen Machtbewußtseins mit dem Märtyrertum des politisch Verfolgten kombiniert, – und *das* soll ihnen einer nachmachen! (Denn *nur* schlechte Gedichte abfassen ist ja wirklich noch keine Kunst. Das kann heute sogar schon der Brecht.)

Finden Sie darum nicht, Verehrtester, daß die sehr Wenigen, die noch durch eine literarische Kinderstube hindurchgegangen sind und ihrer nicht vergessen haben; die nicht nur wissen, was sich gehört, sondern ihr Wissen obendrein auf adäquate Weise zu manifestieren vermögen; die also nicht nur reaktionär genug sind, den Fisch immer noch mit der Gabel zu zerteilen, sondern ihn mit der Gabel auch noch zulänglicher zerteilen als die andern mit dem Messer –: finden Sie nicht, daß diese sehr Wenigen unter dem Druck einer eminenten Verantwortung stehen, einer, wie sag ich's nur möglichst provokativ, geradezu aristokratischen Verantwortung (geistige und künstlerische Latifundienbesitzer die sie nun einmal sind)? Und finden Sie nicht, daß sie den Barbaren doch um Himmels willen keine Handhabe geben sollten, sich dem Vorhalt der Barbarei mit dem prinzipiell gleichen Hinweis zu entziehen, der ihnen gegen Gentry und Schlachta mit solchem Recht und solchem Erfolg zu Gebot stand: nämlich daß da ein Gut schlecht verwaltet würde?

Ich stelle Ihnen diese Fragen durchaus konkret, und ich mag gar nicht erst leugnen, daß sie unter anderm auch persönlich gemeint sind. Selbstverständlich würde ich verstehen und akzeptieren, wenn Sie ihnen keine weitere Antwort fänden als die Feststellung ihrer Unerbetenheit. Und keinesfalls, auch ausdrücklich erbetenermaßen nicht, würde ich ins Detail gehen. Denn wenn es unter diesen sehr Wenigen, die mir als solche vorschweben, einen gibt, von dem ich ganz genau weiß, daß *er* ganz genau weiß: dann sind es doch wohl Sie. Mindestens habe ich bei keinem andern so sehr das Gefühl, daß er immer ganz genau sagen kann, was er sagen will, und es auch immer ganz genau so sagt. Damit will ich nicht *nur* die handwerkliche Zulänglichkeit bezeichnet haben, nicht *nur* die Fähigkeit, jedem Was das einzig gemäße Wie zu entdecken, – dies alles fällt doch wohl unter des Hugo von Hofmannsthals lapidare Summa: »Talent ist eine Voraussetzung, weiter nichts« ...

Denn so wahr Talentlosigkeit in vielem Sinn eine Sicherung bedeutet, so wahr bedeutet Talent eine Verführung, und vollends wenn einer, was immer er anpackt, so ausschließlich dem Gegenstand zugewendet bleibt wie Sie, dann wird die Völligkeit, mit der er seiner eigenen Verführungs-Kunst erliegt, ihn früher oder später in gerichtliche Schwierigkeiten bringen: indem er seine eigentliche Identität gar nicht mehr nachweisen kann. Es ist also *nicht*, daß ich Ihnen etwa ankreiden wollte, Sie hätten »Besseres« und »Schlechteres« geschrieben (was ja, von allem andern abgesehn, zum Schluß lediglich eine Geschmackssache wäre, und noch dazu die meine – also für Sie ganz uninteressant). Es ist *nicht*, daß ich Ihnen etwa sagen dürfte, Sie wären Ihrem Auftrag nicht gerecht geworden und hätten unterhalb Ihres Grades produziert. (Dies, um eine vergleichsweise Klarheit zu schaffen, werfe ich z.B. dem Zuckmayer vor, dessen Produktion um so vieles unterhalb bleibt, als er sich oberhalb übernimmt; und zwar geschieht ihm das pünktlich überall dort, wo er nicht ausschließlich dem Gegenstand zugewendet bleibt und seine Leistung nicht ausschließlich dem eigenen Auftrag unterstellt, sondern einem zusätzlichen, anorganischen, zweckhaften.)

Was *ist* es dann also? Es ist beinahe das Gegenteil. Es ist, daß Sie eben *nichts* »Besseres« und »Schlechteres« geschrieben haben und Ihrem Auftrag immer gerecht geworden sind, daß also »Der zwanzigste Juli« genau so gut ist als »Der zwanzigste Juli« nur sein kann – und ein Gedicht wie »Die Abreise« (das ich in der »Wandlung« gelesen habe) auch; so daß Sie auf Gnade und Ungnade dem Wohl- und dem Übelwollen ausgeliefert sind, dem Zufall und der Willkür, und selbst sich jeder Einspruchsmöglichkeit beraubt haben, wenn einer es vorzieht, im »Zwanzigsten Juli« Ihr Wahres und Eigentliches zu erblicken und nicht in der »Abreise«: denn beides, Sie verstehen mich jetzt, ist in der Tat gleich gut. (Nebenbei: mir ist in der »Abreise« eine Zeile aufgefallen, die im Druck so zu lesen war: »Tätest zwei Schritte oder drei, und sähest das Tageslicht nicht mehr, und ...«; ich wüßte gern, ob es heißen soll: »zwei Schritt oder drei«, »zwei Schritte und drei«, oder wirklich »zwei Schritte oder drei«.)

Es schiene mir eher plump und würde mein Vertrauen in Ihr »Ehschowissen« nur Lügen strafen, wenn ich da jetzt noch weiter fortfahren wollte. Ohnehin bin ich ein wenig unsicher, ob ich nicht schon bis jetzt zu weit gegangen bin. (In diesem Fall hoffe ich Sie durch die Mitteilung des Aphorismus von Cocteau zu versöhnen, den ich kürzlich in einem vor 30 Jahren erschienenen Privatdruck dieses Meisters der allerkleinsten Form gefunden habe: »Le tact dans l'audace, c'est de savoir jusqu'où on peut aller trop loin«.) Lassen Sie mich nur noch sagen, daß es mich nicht aus Mutwillen oder Wichtigmacherei zu diesem Thema gedrängt hat, und nicht einmal aus einer »Verpflichtung«, die ich mir gegen den Partner eines freundschaftlichen Gedankenaustausches immerhin arrogieren könnte, sondern aus fast schon egoistischen Motiven, und jedenfalls aus einem sehr vehementen Gefühl von mea res agitur.

Dagegen kann ich mir nicht helfen, und dagegen können Sie sich nicht helfen, – eine gewisse Automatik der Bundesgenossenschaft gehört im Geistigen nicht anders als im Politischen zu den Folgen der Verwüstung, und wenn mein Antrag auf Abtretung Csokors an Jugoslawien bei der Friedenskonferenz durchgeht, so wird die dann verbleibende österreichische Literatur unter noch stärkerem Druck stehen. Von diesem Druck wollte ich einiges auffangen, oder ich wollte Ihnen doch andeuten, von wannen er kömmt. Und im übrigen bin ich Ihrer Mitteilung, daß Sie nunmehr darangehn wollen, das Wirkliche zu schreiben, herzlich froh und zufrieden.

Vom wachsenden Eis auf dem Wolfgangsee, das man des Nachts bis in die Häuser heulen hört, wird mir natürlich nicht die Kälte inne, sondern nur das Klangbild, und da es obendrein gerade das Salzkammergut ist, in dessen Vorstellung sich meine Europa-Sehnsucht am unbeschädigsten kristallisiert, so ist mir auch bei dieser Gelegenheit wieder und vor allem aufgefallen, daß ich noch immer nicht weiß, wann ich hinüberkommen kann. Im vorigen Jahr hatte ich mir den kommenden Sommer vorgenommen. Aber es ist um die Schiffstransportation noch immer so dürftig bestellt, daß man sich schon jetzt für Mai und Juni Plätze sichern muß, und das ist der Haken; denn ich will mich auf kein Datum festlegen, solange man nicht klaglos die Einreise nach Österreich bewilligt bekommt. Und so weit ist es noch nicht. Hoffentlich bald.

Bis dahin, bis zum Aufgehen des Vorhangs, werden mir Ihre Briefe die denkbar willkommenste Ouverture sein. Lassen Sie sich nicht lumpen.

Alle guten Wünsche, für Ihre Arbeit, und die herzlichsten Grüße, –

Ihr Torberg

10. Juli 1966

Lieber Alexander,

sei recht von Herzen bedankt für Deinen klärenden Nachschubbrief (Epistula Secunda sive Informativa) und für die beigeschlossene Leserzuschrift aus den »Salzburger Nachrichten« vom 23. Juni*. Sie war mir tatsächlich entgangen, so daß ich nicht wissen konnte, worum sich's handelt. Jetzt weiß ich's. Und was ich auf Grund Deines ersten Briefs noch als

---

* In der Vorrede zum Vorabdruck des bei Molden im Herbst erscheinenden Buches »Das blieb vom Doppeladler«, Autor Ernst Trost, in den »SN« erzählt Friedrich Torberg (civiliter Kantor) von einem Zwischenfall in seiner Familie, der sich, den geschilderten

alberne Wichtigtuerei oder als pedantischen Exzeß eines harmlosen Sonderlings abgebucht hätte, präsentiert sich jetzt mit einem keineswegs harmlosen Beigeschmack, für den ich eine untrügliche, von vieler Erfahrung geschärfte Witterung zu besitzen glaube. Ich gehöre, wie Du wohl weißt, schon aus simplem Selbstbewußtsein nicht zu jenen überempfindlichen Juden, die in jeder Kritik sofort ein neonazistisches Symptom erblicken. Im Gegenteil – wie Du wohl gleichfalls weißt und wie es jeder halbwegs Interessierte meinen Publikationen entnehmen kann – bin ich gegen diese Haltung

---

Umständen nach, in den Anfängen des Ersten Weltkrieges zwischen seinem, Torbergs, Onkel Albert Großmann, einem Major beim k. u. k. Infanterieregiment Hoch- und Deutschmeister Nr. 4, und einem Neffen, Paul Berg, Leutnant i. d. Res. beim gleichen Regiment, Kriegsarchivs vom 3. VI. 66 Hauptmann-Rechnungsführer beim besagten Truppenkörper, ab 1. November 1913 war er Rechnungsrat und nie Major. Majore waren Offiziere des »Soldaten«-Standes (Kombattanten), Truppen-Rechnungsführer, die sich zumeist aus qualifizierten Rechnungsunteroffizieren ergänzten, schlossen die Offizierslaufbahn mit dem Hauptmannsrange ab und wurden noch Rechnungsräte, also Militärbeamte. Besagter Onkel war daher kein Major, sondern Militärbeamter und damit weder Vorgesetzter, noch Höherer eines chargenmäßig niedereren Offiziers oder eines Offiziers überhaupt. Er konnte also dem Neffen Leutnant keinen militärischen Krach, sondern nur eine Vorhaltung machen. Laut erwähnter Auskunft des Kriegsarchivs aber war Paul Berg bis zum 1.Jänner 1916 bloß Kadett, also Mannschaftsperson, ab da bis 1. August 1916 Fähnrich (= Offiziersaspirant) und erst ab da Leutnant i. d. Res. (bei IR 4). Torberg bleibt also nicht ganz bei seiner Familienschilderung im Rahmen des, sagen wir, Tatsächlichen.

Die Auskunft des Kriegsarchivs trägt die Zahl 34.985/1966. Da ich mich als altösterreichischer Offizier »des Soldatenstandes« (= dienstreglementmäßig Gruppe I der Offiziere der Alten Armee – Truppen-Rechnungsführer rangieren zur letzten Gruppe) nicht gerne vernebeln lasse, prüfte ich Herrn Torbergs Angaben nach.
Pachomios (Archimandrit), Wien

»Salzburger Nachrichten«, 23.6.1966

wiederholt und heftig zu Felde gezogen (falls ich mir derart militaristische Ausdrücke erlauben darf). Ich bin also durchaus dafür, daß Juden, die sich öffentlich äußern, auch öffentlich kritisiert werden. Je unbefangener und sauberer das geschieht, desto mehr Nutzen wird es stiften, desto mehr Schaden wird es verhindern, desto besser wird es der Wahrheit dienen.

An dem Brief dieses befremdlichen Archimandriten vermag ich nichts dergleichen zu entdecken. Welchen Nutzen will er gestiftet, welchen Schaden will er verhindert, welcher Wahrheit will er gedient haben? Ihn hat ganz unverkennbar der Wunsch geleitet, einem Saujuden, der noch dazu Kantor heißt, eins auszuwischen und die militärischen Dienste, die dessen Familie zur Zeit der alten Monarchie geleistet hat, zu entwerten oder womöglich als Fälschung zu entlarven. Am liebsten wäre ihm die Entdeckung gewesen, daß die beiden von mir genannten Onkel gar nicht beim Militär gedient hätten, oder wenigstens nicht bei den Deutschmeistern. Da ihm die Auskunft des Kriegsarchivs diesen Triumph versagte, mußte er sich damit begnügen, daß dem Onkel Berti nur der Hauptmannsrang vom Jahre 1913 bestätigt wurde und daß der Onkel Paul zuerst Fähnrich und dann Leutnant war. Aber selbst das genügt ihm zu einem Fazit, das einen Zufallsleser glauben machen könnte, ich hätte mich nur ganz knapp an der Straffälligkeit vorbeigeschwindelt: »Da ich« – so schließt er seine rächende Zuschrift – »mich nicht gerne vernebeln lasse, prüfte ich Herrn Torbergs Angaben nach. Pachomios (Archimandrit), Wien.«

Nun liegt mir nichts ferner als der Ehrgeiz, Archimandriten zu vernebeln. Auch habe ich nicht eigentlich »Angaben« gemacht, von deren »Nachprüfung« irgend etwas abhinge. Sondern ich habe eine 50 Jahre zurückliegende Kindheitserinnerung wiedergegeben, für deren Sinn und Gehalt – und für deren Belang im historischen Rahmen – es nicht das mindeste besagt, ob die betreffende Szene zwischen einem Major und einem Leutnant gespielt hat oder zwischen einem Hauptmann und einem Fähnrich. Es besagt so wenig wie das

»(civiliter Kantor)«, das der entdeckerfrohe Pachomios meinem Namen anfügt. Als hätte ich aus diesem Kantor jemals ein Hehl gemacht, als hätte ich nicht sogar in dem zitierten Vorwort ausdrücklich auf ihn hingewiesen. Aber die antisemitische Zwinkertechnik läßt sich keine Gelegenheit zu versteckten Seitenhieben entgehen, nicht einmal zu solchen, die man sich schon ganz offen selbst erteilt hat. Das kenne ich und da soll mir niemand was erzählen. Kantor, eh scho wissen ... Im übrigen heiße ich nicht civiliter Kantor, sondern allenfalls originaliter. Civiliter heiße ich seit dem Jahre 1932 Torberg. Aber ich bin gerne bereit, auch Teweles oder Teitelbaum geheißen zu haben, wenn das dem Briefschreiber etwas gegen mich beweist.

Denn sein sonstiges Beweismaterial wirkt einigermaßen kläglich. Zum Beispiel verlegt er den Zeitpunkt der von mir geschilderten Familienszene aus eigener Willkür in die »Anfänge des Ersten Weltkrieges«, um zu »beweisen«, daß der Onkel Paul damals noch kein Leutnant war (der er erst 1916 wurde). Und da er sich – wie Du in Deinem ersten Brief so eindrucksvoll dokumentiert hast – schon hinsichtlich der Chargenentwicklung dieses Onkels arge Blößen gibt, ist vielleicht die Vermutung gestattet, daß er auch in bezug auf den Onkel Berti nicht ganz so gründlich verfuhr, wie sich's für einen Wahrheitsfanatiker ziemt. Er gesteht ihm zwar gnädig zu, »die Offizierslaufbahn mit dem Hauptmannsrange abgeschlossen« und sodann als »Militär-Rechnungsrat« weitergedient zu haben, verschweigt jedoch den nächsthöheren (und sogar mir erinnerlichen) Rang eines »Militär-Oberrechnungsrates«, der sehr wohl dem Majorsrang entsprochen haben könnte. Daß man den alten Herrn und altgedienten Militär dann auch mit »Major« anredete, sollte einem orthodoxen Gottesdiener als läßliche Sünde erscheinen, wenn's überhaupt eine war.

Jedenfalls hat der Onkel Berti eine Uniform mit dem Majorsstern getragen, und das hätte er sicherlich nicht getan, ohne dazu berechtigt zu sein. Ob er berechtigt war, dem Onkel Paul einen »militärischen Krach« oder nur eine »Vorhaltung« zu machen, kann ich heute ebensowenig entscheiden wie damals im Alter von 8 Jahren, als ich die halb erschreckende und halb komische Szene mit ansah. Vielleicht hat ihm der Onkel Paul die Berechtigung zu einem militärischen Krach (statt einer bloßen Vorhaltung) aus Unkenntnis des Dienstreglements zugestanden, vielleicht weil der Onkel Berti so viel älter war und einen so schönen weißen Schnauzbart hatte. Da sie beide längst tot sind, wird sich das nicht mehr feststellen lassen. Ich halte es, offen gesagt, für gleichgültig. Auch scheint es mir nicht sehr wichtig, ob ich den Onkel Paul schlicht als »Leutnant« bezeichnen darf oder ob ich »Leutnant i. d. Res.« sagen muß. Seiner Uniform und seiner an der russischen Front erlittenen Verwundung hat man den Unterschied nicht angemerkt.

Wozu also war das alles gut? Aus welchen Motiven wäre diese pompöse »Nachprüfung« und ihr Abdruck in einer angesehenen Tageszeitung erfolgt, wenn nicht aus den eingangs von mir vermuteten? Ich habe um eines größeren Zusammenhanges willen eine kleine Geschichte erzählt, in der denkbar besten Absicht und mit dem denkbar besten Gewissen: sonst hätte ich sie ja nicht mit voller Nennung der Namen und des Regiments erzählt und dadurch dem Archimandriten – der das in der denkbar übelsten Absicht und zum denkbar übelsten Zweck ausgenützt hat – erst die erforderliche Handhabe zu seiner »Nachprüfung« geliefert. Ich hätte ja auch ganz einfach schreiben können: »Der Onkel Berti war Major, der Onkel Paul war Leutnant«, und Schluß. Dann wäre der Pachomios ganz schön vernebelt dagestanden. Er seinerseits läßt übrigens jede Handhabe für eine Nachprüfung vermissen und bezeichnet sich, für einen Kleriker einigermaßen nebelhaft, als »altösterreichischen Offizier«. Offenbar genügt da schon sein Archimandritenwort. Ich glaub's ihm. (»Wer's nicht glaubt, ist ein Trottel«, soll der anekdotenumrankte Galgótzy am Schluß eines seiner Berichte vermerkt haben; und der alte Kaiser hat angeblich druntergeschrieben: »*Ich* glaub's.« Irgendein höherer Militärbeamter im Majorsrang hat mir das einmal erzählt.)

Was mich an der ganzen Geschichte mit diesem Leserbrief bedrückt und bedenklich stimmt, ist natürlich nicht der Inhalt des Briefs und nicht der Gusto, mit dem er geschrieben wurde, sondern der Gusto, mit dem die »Salzburger Nachrichten« ihn veröffentlicht haben, ohne Kommentar und ohne mir die Chance einer rechtzeitigen Replik zu geben. Das wäre zu Canavals Lebzeiten nicht geschehen.

Aber es geschieht ja neuerdings wieder sehr vieles, was früher nicht geschehen wäre, nachdem es lange genug geschehen war. Nimm das bitte gleich auch als Antwort auf Deine freilich anders gemeinte Frage, was nun geschehen soll. Nichts, mein Lieber. Es soll nichts geschehen. Aber ich fürchte: es wird. Und mir bleibt eigentlich nur noch die Hoffnung, daß ich's nicht mehr erleben muß.

Sei so gut und bewahre mir, solang's noch geht, Deine Freundschaft. Sie gehört zu den wenigen Tröstlichkeiten, die mir im Raum zwischen »Pachomios (Archimandrit), Wien« und den »Salzburger Nachrichten« noch verbleiben. Und das ist ein verdammt enger Raum. Fast könnte es einem den Atem abschnüren, so eng ist er.

Nochmals Dank für Deine Mühe, und wie immer alles Schöne für Dich und Eva.

Getreulich Dein
F.T.

Dans mon château-fort de Vienne,
ce 21 mars 1969

Mon chier de Torbères, wie Dich der Carl Trauttmansdorff nennen müßte, wenn er Dich in Ottos Auftrag zum Vliesritter zu machen hätte – mon chier, vielleicht interessiert Dich im Zusammenhang mit dem treuen Mülinen der Umstand, daß es in Klagenfurt nach dem Ersten Kriege einen Grafen Mülinen gegeben hat, der eine geborene Hefele heimgeführt hatte, wodurch er unter anderm mit dem derzeitigen Schauspieler Matić verwandt werden sollte. Er wohnte im Fuggerschen Hause in Klagenfurt und war total vertrocknet, ganz wie auch die Hefelová, denn er überheizte die Zimmer, auch im Juli, ständig. Dagegen badete er im Januar im Wörthersee, woselbst er sich das Eis aufhacken, jedoch vorsorglich auch eine Menge heißen Wassers hineinschütten ließ. Auf einem Fauteuil lag ein Kissen mit dem Wappen der Mülinen, einem Mühlrade, und der Devise: »Pura me movent«. (Viel schöner als die Devise der Beauforts, die sich ein Trottel wie folgt ersonnen hatte: »La vertue est un beau fort«.) Aber der alte Mülinen sagte, es komme ihm viel mehr auf die wirklichen Devisen als auf das Wasser an, von welchem sein Mühlradl (zu viel) bewegt würde.

That's all.

Dein getreuer
Alexandruar

Breitenfurth, den 6. April 1969

Mein Alexandruar,

sei innigst bedankt für Deine lichtvollen Ausführungen in Sachen Mülinen, die ich bei meiner kurz vor Mazzes erfolgten Heimkehr hier vorgefunden und sehr genossen habe. Darüber, daß der von Trauttmansdorff nie in die Lage kommen wird, mich als »chier de Torbères« anzureden, tröstet mich der Umstand, daß ich »chier« unwillkürlich – und wenn anders es kein Tippfehler war, wohl auch mit Recht – für die Übersetzung von »scheißen« gehalten habe, in welcher Bedeutung es mir einzig bekannt und zumal noch aus jener Zeit erinnerlich ist (vorzugsweise in der Wendung »ça m' fait chier«), da ich, als hussitischer Söldner verkleidet und im Range eines Sous-Lieutenants, zumindest theoretisch der Gefahr ausgesetzt war, meine Schußwaffe auf Dich richten zu müssen (mit Absicht, und um meinerseits keinem Tippfehler anheimzufallen, sage ich nicht: auf Dich schießen zu müssen). So hat es denn von allen Seiten her sein Gutes, daß mir die Karriere eines Vliesritters verwehrt ist.

Die gräflich kroatische Abkunft des (übrigens vortrefflichen) Schauspielers Matić war mir bekannt, die Form »Hefelová« für eine geb. Hefele scheint mir strittig und nur auf Grund jener Rücksichtslosigkeit verfechtbar, die von den Tschechen in solchem Zusammenhang tatsächlich praktiziert wird. Ihr rüdestes Beispiel war eine Einladung der csl. Kolonie in Shanghai 1946, als denen dorten wieder ein Generalkonsul re-installiert wurde; auf der Karte hieß es ganz deutlich, daß der Abend durch die Anwesenheit von »Generalissimus a Madame Tsangkaisková« ausgezeichnet sein würde. Ich habe diese Unsitte während meiner Prager Jahre erbittert bekämpft und in einer Glosse, die im sel. »Prager Tagblatt« erschien, einmal den Nachweis zu führen versucht, daß Greta Garbo durch ihre auf Kinoplakaten übliche Verwandlung in »Greta Garbová« augenblicks zu einer Pardubitzer Jüdin degradiert würde. Aber es half nichts.

Es wird uns – und jenen – auch sonst nichts helfen. Wir wollen es tragen, solange es uns auferlegt ist.

In diesem Sinne immer Dein
F.T.

15. September 1973

Sei mir, mein Alexandruar, bedankt! Hast Du doch in der »Die Presse« so Liebenswertes über mich geäußert, als wäre ich Dir wirklich lieb und wert; und hast Du doch mein Alt-Ausseer Gedicht so falsch zitiert, daß ich mich zu der kühnen Hoffnung verlockt fühle, Du könntest es aus dem Gedächtnis zitiert haben. Dies aber – daß *Du* ein Gedicht von *mir* auswendig wüßtest – wäre allein schon Lohn, der reichlich lohnet und mich alles verschmerzen ließe, nämlich:

»Gelten noch die alten Strecken?«

»Streben Gipfel noch zur Höh?«
heißt es in meinem, wenn ich so sagen darf, Original, und:
»Wandert' ich auch manche Strecken,
ragen Gipfel noch zur Höh?«
heißt es in Deinem Gedächtnis, woran mich weniger die inkongruente erste Zeile stört als vielmehr das »Ragen«, welches Du mir an Stelle des »Strebens« unterschiebst. Und zwar stört es mich vor allem deshalb, weil ich den Eingriff, mit dem Du das nachfolgende »Becken« aus einem »bergumrahmten« zu einem »bergumgebnen« machst, tatsächlich e-Moll-gerechter und somit angebracht finde. Das heißt: ich *fände* ihn angebracht, wäre nicht schon bei mir, eben um solcher e-Moll-Tönung willen, von einem »berg*umhegten*« Bekken die Sprache gewesen. Du hast mir also einen gar nicht begangenen Fehler korrigiert – freilich im gleichen Sinn, in dem ich ihn nicht begangen habe und in dem er zu korrigieren gewesen wäre, wenn ich ihn begangen hätte. Wir gehen also konform. Und mit Dir, dem mir nun wahrlich meisterhaft Überlegenen, konform zu gehen, ist mir nicht nur der schon oben erwähnte Lohn, es ist mir Freude, Ehre und Sporn. Wer immer ragend sich bemüht, den können wir erlösen.

Sei nochmals bedankt, sei versichert, daß ich Deine Abneigung, im Schwarzenberg'schen Palais zu erscheinen, sehr gut verstehe, und nimm – wie immer auch in Mariettens Namen – alle guten Wünsche und Grüße Deines alten

F.T.

Wien I. Hofburg,
d. 20. Sept. 1973

Mein lieber Torberg,

Du hast völlig recht, ich habe aus dem Gedächtnis zitiert, denn das Buch war in St. Wolfgang, von wo ich auf wenige Tage nach Wien gekommen bin. Hier hat dann die »Presse«

angerufen. Ich habe mich sehr wegen der Fehler, die mir beim Zitieren Deiner Zeilen unterlaufen sind, zu entschuldigen. Aber vielleicht entschuldigt mich der Umstand, daß mich das Gedicht ständig begleitet, wenn ich im Salzkammergut herum-, beziehungsweise umherfahre, ein wenig, da ich über die Varianten in mir selber nicht hinwegkommen konnte. Ich möchte Dir auch ein andres Beispiel zitieren, wie sich Gedichte in demjenigen, der sie sich merkt, verändern. So, zum Beispiel, heißt es im Westöstlichen Divan:

Nennen dich den großen Dichter,
wenn dich auf dem Markte zeigest.
Gerne hör ich, wenn du redest,
und ich horche, wenn du schweigest,

oder so ähnlich. In mir selbst aber lebt das Gedicht in der folgenden Weise weiter:

Nennen dich den großen Dichter,
wenn dich auf dem Markte zeigst,
und ich horche, wenn du redest,
und ich lausche, wenn du schweigst.

Das ist, »wenn Goethen diese plumpe Vertraulichkeit nicht zu viel werden« sollte, eigentlich besser, jedenfalls aber moderner. Auch andre Gedichte habe ich, ohne es selber recht zu wissen, in der Erinnerung »verbessert«. Deins habe ich zwar verschlechtert, aber laß Dir in diesem Zusammenhange trotzdem sagen, daß es zu jenen Dingen gehört, von denen man gar nicht weiß, woher sie in Wirklichkeit kommen und was sie sind, etwa wie Rilke von Trakl sagte: »Wer mag er gewesen sein?«

Bei »Hugerl«, zum Beispiel, spielt der »Brief des Lord Chandos« eine solche Rolle, und Gott allein mag wissen, beziehungsweise, wie ich fürchte, nicht wissen, wieso ein inzwischen völlig vergessener Bildhauer die »Aphrodite von Kyrene« hervorgebracht hat, die jetzt im Thermenmuseum zu Rom ein Wunder der Welt ist. Es ist auch ganz unbegreiflich, wieso die ägyptischen Köpfe, welche der Seele den Weg von der Mumie aus dem Grabe und wieder zurück zur Mumie weisen sollten, eigentlich gar nicht ägyptisch, sondern wie die Köpfe der schönsten Griechen aussehen, und so weiter.

Jedenfalls, mein lieber Torberg, ist Dir mit dem Gedicht von Deiner Sehnsucht nach Altaussee nicht nur geglückt, sozusagen das Mahnmal der Vor- und Zwischkriegsliteratur Österreichs zu errichten, sondern auch den Atem von Los Angeles einzufangen, vor allem in der kaum merklichen, darum jedoch nicht geringeren Pathetik der Wendung

»Aber welcher Hang liegt drüben!«

Ich habe versucht, das durch die Erwähnung der weggeworfenen Sodawasserflaschen herauszuarbeiten, von denen es zu meiner Zeit an gewissen Kreuzwegen ganze Hügel gab.

So viel ich erfahre, hat der Aufsatz über Dich allgemein sehr gefallen, und vielleicht wäre dieser Brief die richtige Ergänzung dazu. Verfüge über ihn, wie es Dir richtig scheint. Jedenfalls habe ich versucht, mich und Dich durch diese Zeilen von dem häßlichen Literaturbetrieb unserer Zeit abzuheben. Denn, glaub mir, es gibt nichts, das dem Geschriebenen, das gilt, feindlicher gesinnt wäre als das wenn auch noch so nolens volens Geschriebene, das jenes nicht gelten lassen will. Tausendmal hat es recht, aber das tausendundeinte Mal zerstört es das Großartige, wie auch Karl Kraus dies gerade in den entscheidensten Momenten getan hat. In den weniger entscheidenden hatte er freilich immer recht. Aber wahrscheinlich war das nicht genug.

Aufrichtigst, Dein
Alexandruar

Wien I. Hofburg,
d. 24. Sept. 1973

Mein lieber Torberg,

ich erhalte heute die beigelegte zwar wohlmeinende, aber wie so und so viele Expektorationen in unserm Lande auch anonyme Zuschrift; und da ich weiß, daß Dich dieses Problem – nämlich der Unterschied zwischen »Ich bin gestanden« und »Ich habe gestanden« – ebensowohl beschäftigt, möchte ich mich über den Gegenstand äußern wie folgt:

»Ich habe bei den Fahnen gestanden« heißt: »Ich war beim Militär«, wohingegen »Ich bin bei den Fahnen«, beziehungsweise »bei *der* Fahne gestanden« bedeutet: »Ich bin dort gestanden, wo auch die Fahne war, nämlich – im allgemeinen – am rechten Flügel«. »Ich bin gesessen« heißt: »Ich bin auf einer Bank oder einem Stuhl gesessen«, also eindeutig: »Mit dem Popo gesessen«, während »Ich habe gesessen« eindeutig heißt: »Ich bin im Hefen gesessen«; und wenn die Preussen sagen, beziehungsweise sagen würden, sie »hätten« auf einer Bank gesessen, so ist dies, eindeutig, ebenso falsch, wie wenn sie »Raus« für »Hinaus« sagen. Oder mit andern Worten: Wir müssen den Zorn gegen unser – nicht deutsches, sondern slawisches – Brudervolk dann beherrschen, wenn es rechthat und dürfen dem Grimm nur dann die Zügel schießen lassen, wenn es unrecht hat. Am deutlichsten zeigt sich der Unterschied auf sexuellem Gebiete: »Er ist mir gestanden« bezieht sich auf den – wie die Ungarn so schön sagen – »Ise«, während »Er hat mir gestanden« heißt: »Er hat mir das Geständnis gemacht, daß ...«

Hoffentlich bist Du mit dem einverstanden, was ich »locutus sum«, ohne ein Literaturpapst zu sein; und es wäre in diesem Zusammenhang sehr interessant, wenn Du etwa weitere Grenzfälle beibringen könntest, auf die meine Ansichten *nicht* passen.

Alle Leute sagen mir, daß sie meinen Aufsatz zu Deinem Geburtstag »so schön« fänden; und es ist überflüssig zu sagen, daß mich dies vor allem deshalb freut, weil es gleichsam meine Wertschätzung Deiner Person bestätigt.

Aufrichtigst, Dein
Alexandruar

27. Oktober 1973

Lieber Alexander,

ich bin Dir noch auf zwei Briefe Antwort schuldig, und wenn Du auf Grund der langen Pause, die meinem Aviso gefolgt ist, gehofft haben solltest, daß Dir die Antwort erspart bleiben wird, so beginnt diese Hoffnung nunmehr vor Deinen Augen zu schmelzen. In welchem Umfang sie das tun wird, läßt sich noch gar nicht absehen.

Vorerst zur Frage des »Gestanden-Seins« und/oder »Gestanden-Habens«. Man unterscheidet, wie Du zweifellos weißt, in der deutschen Sprache mehrere sogenannte Sprachräume, und zwar einen norddeutschen, einen alemannischen und einen süddeutschen oder bairisch-österreichischen. Im norddeutschen Sprachraum und in manchen (bei weitem nicht allen) Gegenden des alemannischen *hat* man gestanden, gelegen, gesessen, etc., im gesamten süddeutschen Sprachraum *ist* man es. Wer im süddeutschen Sprachraum beheimatet ist (zumal als Schriftsteller) und sich dennoch norddeutscher Sprachgepflogenheiten bedient, setzt sich zumindest dem Verdacht aus, daß er sie für vornehmer hält oder daß er sich einem größeren Leserkreis anbiedern will. Ich bin dagegen.

Die von Dir vorgenommenen Exegesen und Differenzierungen sind ebenso geistvoll wie willkürlich, also *sehr* willkürlich, und Du hättest es schwer, sie durch irgend etwas andres als durch Deine Willkür zu stützen oder gar zu belegen. Warum »gesessen haben« sich auf das Absitzen einer Gefängnisstrafe beziehen soll und »gesessen sein« auf Bank und Popo, will mir in keiner Weise einleuchten, schon gar nicht im Zusammenhang mit dem »Hefen«, einem rein bairisch-österreichischen, vermutlich sogar rein wienerischen Ausdruck, und wer einen solchen gebraucht, bringt die Wendung »Ich habe gesessen« garantiert niemals über die Lippen. Was jedoch den Unterschied zwischen »Ich habe bei den Fahnen gestanden« und »Ich bin bei der Fahne gestanden« betrifft, so verweise ich, mit allem Respekt vor Deiner in diesen Dingen ungleich höherwertigen Legitimation, auf den doch gleichfalls nicht ganz minderwertigen Robert Musil, in dessen »Törless« sich nebst anderen Belegen für meine These die folgende Stelle findet: »Beineberg erzählte von Indien ... Denn sein Vater war dort als junger Offizier in englischen Diensten gestanden.« Also gewissermaßen bei den Fahnen. So daß er, Deiner Auffassung zufolge, dort nicht gestanden wäre, sondern hätte.

Aber darüber, daß »raus« für »hinaus« falsch ist, sind wir uns jedenfalls einig.

Und nun zum wesentlich Wichtigeren, wesentlich Interessanteren, wesentlich Ergiebigeren, nämlich zur Frage der ab sofort so genannten »Gedächtnis-Varianten«. Wie sehr es mich ehrt, mein Alt-Ausseer Gedicht in Deinem Gedächtnis aufbewahrt zu wissen, und wie gerne ich für diese Ehre auch gewisse Abweichungen vom originalen Wortlaut dreingebe, habe ich Dir ja schon gesagt und muß es nicht mehr wiederholen. Hingegen muß ich Dir für das Zitat aus dem »West-östlichen Divan« danken, welches mir unbekannt war und welches sehr schön ist, in Deiner Variante tatsächlich noch schöner als im Original. Auch mir ist es bei Goethen schon einmal (mindestens einmal) ähnlich ergangen:

Freuet Euch des wahren Scheins
Und des ernsten Spieles.
Nichts Lebendiges ist Eins,
Alles ist ein Vieles.

Aber so heißt es nur in meinem Gedächtnis. Beim Dioskuren lautet die letzte Zeile: »*Jedes* ist ein Vieles« und das hat mir als Gegengewicht offenbar nicht ganz genügt. In meiner Gedächtnis-Variante ist »Vieles« mehr als »Alles«, und das scheint mir tiefer und überraschender, als wenn ich mich damit zufriedengeben müßte, daß »Vieles« mehr ist als »Jedes«, was es ja wirklich ist.

Ich kann Dir noch mit einem andren und sehr schönen Beispiel aufwarten, mit einem Gedicht des weidlich unterschätzten Ernst von Feuchtersleben, »Resignation« betitelt und durchaus so geartet, daß man sich Goethen als Verfasser vorstellen könnte, wenn anders er ein Österreicher gewesen wäre. Da ich nicht weiß, wo Dich dieser Brief erreichen wird und ob Du einen kompletten Feuchtersleben zur Hand hast, setze ich das Gedicht als Ganzes her:

Wend' ich aufs Vergang'ne
Prüfend mich zurück:
Trifft auf schwarz behang'ne
Särge nur mein Blick.

Schau' ich in das Heute,
Was gewahr' ich drin?
Alles Leben deute
Auf Verwandlung hin.

Unerforschter Weiten
Dämmerung verschließt,
Was in fernen Zeiten
Mir bereitet ist.

Und so schiff' und lenk' ich
Durch die Nacht dahin;
Wohlgemuth bedenk' ich,
Welch ein Nichts ich bin.

Laßt uns, was auch dräue,
– Weil wir das verstehn –
Ohne Furcht und Reue,
Lächelnd untergehn!

Als einmal in der amerikanischen Emigration, wo wir uns ja nur durch solcherlei am geistigen Leben erhalten konnten, Hermann Broch von mir eine Abschrift dieses Gedichtes erbat, schrieb ich sie aus dem Gedächtnis nieder und schrieb zum Schluß: »Ohne *Scham* und Reue«. Kurz darauf entdeckte ich meinen Irrtum und korrigierte ihn in einem Nachtragsbrief, worauf mir Broch – wie ich glaube: mit Fug – empfahl, in Zukunft bei »Scham« zu bleiben. Was ich denn auch getan habe ...

Und all dieses, mein Alexandruar, ist weder alles noch jedes, was da zu sagen wäre, Du weißt es. Sei bedankt, daß Du mir Gelegenheit gabst, wenigstens soviel gesagt zu haben, und laß mich gelegentlich wissen, was Du dazu sagst.

Immer der Deine

F.T.

Wien I. Hofburg, d. 31. Okt. 1973

Mein lieber Torberg,

Deinen so freundlichen Brief vom 27. Oktobruar habe mit größtem Interesse studiert, und besonders Feuchterslebens Gedicht hat Eindruck auf mich gemacht. Ich weiß, offen gestanden, nichts von ihm und habe ihn mit Hoffmann von Fallersleben stets in eins zusammengeworfen. Was ist doch ein Dichter: wie viel und wie wenig zugleich! Ich denke in diesen und ähnlichen Zusammenhängen oft an die Passage aus dem »Brigge«, wo es heißt: »Ich sitze in der Bibliothèque Nationale und lese einen Dichter. Um mich sitzen eine Menge Leute, dreihundert etwa, und lesen gleichfalls. Es ist alles still, nur manchmal wenden sie ein Blatt um, wie sich Schlafende umwenden zwischen zwei Träumen. Was sie wohl lesen mögen?« Und nun kommt ein Satz voll von grandiosem Pathos: »Dreihundert Dichter gibt es nicht ...«

Allein was hilft's, sogar Rilke hat sich einen ridikülen Bart wachsen lassen!

Was nun aber diese Sache mit dem »gestanden sein« und dem »gestanden haben« anlangt, so wäre darüber vielleicht nur dann endgiltig zu urteilen, wenn es diesbezüglich eine Feststellung im Rahmen des Schriftsprachlichen gäbe. Aber die gibt es so wenig wie umige dreihundert Dichter.

Die Schriftsprache soll bekanntlich daraus entstanden

sein, daß Luther, ein Titan des Ausdrucks, alles Deutsche auf seine eigenwillige Art zusammengebogen hat, doch manches hat er zusammenzubiegen nicht zu gebrauchen bedurft, zum Beispiel das mit dem Stehen. Dafür hat er »Dies bedeutet meinen Leib« höchst eigenwillig in »Dies *ist* mein Leib« übertragen und dadurch eine Unzahl von Leuten das Leben gekostet. Denn in der Antike war man nicht halb so verrückt wie zur Zeit der Glaubenskriege, wo man allen Ernstes glaubte, der Pfarrer von Gänserndorf könne eine Mazze in Gott verwandeln. Ähnlicher Blödsinn ist ja auch mit dem Logos passiert und der Gottessohnschaft, weil man vergessen hat, daß des Menschen Sohn Adam Qadmons Sohn bedeutet und Adam Qadmon Gottes Sohn war. Kurzum, so verbreitet das mit dem Stehen auch ist, so ist es nicht reichseinheitlich geregelt wie das bekannte: »Heil Hitler! Rein! Raus! Heil Hitler!«, und die Sache hatte sich.

Auf recht bald, mein lieber Torberg, wenn wir wieder auf ein sprachliches Problem stoßen! Aufrichtigst, Dein

Alexandruar

9. XII. 1973

Mein Alexandruar,

nun sich das Jahr seinem Ende zuneigt, möchte ich nicht länger säumen, unsre vom Thema »Zitieren« angeregte Korrespondenz einem halbwegs würdigen Ende zuzuführen. Damit will auch schon gesagt sein, daß Du jeglicher Antwort enthoben bist. Ein kurzes, fröhliches Wiehern der Bestätigung wird mir genügen.

Ich habe Dir versprochen, mich für das schöne »Brigge«-Zitat mit einem artigen Geschichtlein von D. Martin Luthern zu revanchieren, an dessen Bibelübersetzung Du mit Recht allerlei Fehlerhaftes zu rügen hattest, und so sei's. Der Anlaß des Geschichtleins ergab sich, als ich noch Theaterkritiken schrieb und als Giraudoux' »Sodom und Gomorrha«

im Volkstheater aufgeführt wurde – einem Institut, das mir seit jeher auf die Nerven gegangen ist, weil die dort beschäftigten Akteure nicht sprechen, sondern schreien. Solches geschah denn auch pünktlich bei der Aufführung des genannten Giraudoux, und da um jene Zeit (Ende der Fünfzigerjahre) allenthalben von den am Toten Meer aufgefundenen Schriftrollen die Rede war und vom neuen Licht, in dem sie manche Bibelstelle erscheinen ließen, ventilierte ich in meiner Kritik die Möglichkeit, daß ein Vers aus dem Buche Genesis, den man bis jetzt auf den Untergang Sodoms bezogen hatte, sich in Wahrheit auf das Volkstheater bezöge: »Denn siehe, diese Stätte wird verdorben werden darum, daß ihr Geschrei groß ist vor dem Herrn.«

Um mit dem Wortlaut des Zitats ganz sicher zu gehen, nahm ich meine handliche Luther-Bibel zur Hand, und wie das bei manchen Literaturerzeugnissen schon geht – so auch bei Shakespeare, bei Kafka oder beim zänkischen Publizisten Carl Krause –, ließ ich's bei der aufgefundenen Stelle nicht bewenden, sondern las weiter. Dabei stieß ich auf den König Melchisedech, und wie er den Abraham zu sich beschied, »welcher ein Fremdling war im Lande Kanaan«. Nun heißt aber »Fremdling« auf hebräisch schlichtweg »Goj«, und das wollte ich mir natürlich nicht entgehen lassen, das heißt: ich wollte die Wendung »Abraham ha'goj« von Angesicht zu Angesicht sehen. Zu diesem Zweck schlug ich in meiner minder handlichen hebräischen Bibel nach – und siehe dort: die betreffende Stelle lautet: »Abraham ha'iwri«, also Abraham der Hebräer. Der Luther hat ihm halt nicht gegönnt, daß er ein Jud war. (Ähnlich wie Du es meinem Süßkind nicht gönnest, aber davon ein andermal oder womöglich nie.)

Die Sache hatte dann noch ein kleines, nicht ganz reizloses Nachspiel, indem ich mit dem Pater Diego Goetz, den ich aus anderm Anlaß bei den Dominikanern besuchte, auf jene Fehlübersetzung zu sprechen kam und der daraufhin in der Vulgata nachschaute, wo es richtig »Abraham der Hebräer« hieß. Als ich ihn fragte, ob er sich nicht spaßeshalber von der falschen Luther-Version überzeugen wolle, bat er um Dispens: dazu bedürfe es, da die Luther-Bibel unter Verschluß gehalten werde, erst einer Bewilligung durch den Pater Prior, und das wäre ihm zu kompliziert.

Damit sei, wie eingangs angekündigt, das »Traktat über das falsche Zitieren« abgeschlossen, womit sich zeichnet

Dein allzeit getreuer
Friedrich

Thomas Mann

8440 Yucca Trail
Hollywood, 14. April 1942

Sehr verehrter Herr Doktor,

es ist nun schon einige Tage her, seit ich Ihrer Vorlesung bei Alfred Neumann zuhören durfte, – und immer noch weiß ich nicht recht, wie ich Ihnen für die große Vergünstigung, die Sie mir da zuteilwerden ließen, auf eine halbwegs zulängliche Weise danken könnte. Sowie das aber zum Problem wird, ist es auch schon ein unlösbares Problem. Mit der stillen und simplen Abstattung der Dankesschuld läßt sich dann keine Genüge mehr finden, und anderseits wächst, wenn man sich von diesem bescheidenen, doch festen Grund und Boden erst einmal entfernt hat, mit jedem Schritt die Gefahr einer Grenzüberschreitung; vielleicht habe ich sie sogar schon begangen, vielleicht empfinden Sie das Vorhaben eines »zulänglichen« Dankes als eine durchaus überflüssige Ambition, und als eine undurchführbare obendrein. Muß ich erst sagen, daß es sich da um eine ganz und gar auf sich selbst bezogene Ambition handelt? Sie strebt nichts andres an, als die Vielfalt der Empfindungen zu verdeutlichen, mit denen der Hörer für die Vielfalt und den Reichtum des Gehörten zu danken hat. Sie will nichts andres dartun, als daß annähernd »richtig« gehört wurde.

Daraus verstehen Sie jetzt, daß es mich beinahe zu einer Entschuldigung drängt für die geschwinden Worte, die ich gleich nach Ihrer Vorlesung über eine bestimmte Szene und eine bestimmte Figur zur Hand hatte (sie betrafen den Höfling, der Joseph »unverweilt« anmelden will). Als ob es von Wichtigkeit oder auch nur der Mitteilung wert wäre, daß mir da etwas besonders gefallen hat – ja als ob mir überhaupt irgend etwas »besonders« zu »gefallen« hätte! Ich habe mich nachher für dieses oberflächliche Glucksen ganz richtig geniert, und ich bitte Sie nur, mir das unbändige Vergnügen zugute zu halten, dem es entsprang. Abermals: *nicht* als ob ich Heiterkeit für eine unzulässige und unerwünschte Reaktion hielte; als *eine von vielen* wird sie, glaube ich, Ihnen sogar willkommen sein. Aber als *einzige* ist sie denn doch und mit Recht einer gewissen Mißdeutbarkeit ausgesetzt, und man muß, um *auch* so reagieren zu dürfen, sich erst eine umfänglichere Berechtigung erworben haben. Eben darum bemüht sich, nachträglich, mein Brief.

Sie können sich denken, zu welcher Dimension er mißraten würde, wenn ich nun tatsächlich alles, wovon ich mir solchen Berechtigungs-Nachweis erhoffe, Punkt für Punkt vorbrächte. Und Sie können sich denken, mit welcher Beklommenheit und Unruhe ich mich jetzt, nach tagelangem Kopfzerbrechen, endlich doch auf zwei Punkte beschränke, die mir ganz besonders am Herzen liegen geblieben sind, – ohne daß ich wüßte, ob derartige »Auswahl« sich in Ihren Augen nicht erst recht und aufs neue jenem Anschein bloßstellt, vor dem ich mich ja gerade sichern möchte: dem Anschein eines willkürlichen und verantwortungslosen Herumtappens und Herausgreifens.

Aber selbst auf diese Gefahr hin muß ich Ihnen sagen, wie glücklich mich die Kunst Ihrer Dialog-Führung gemacht hat; das Ausmaß und die Tiefe des vom Dialog her Bewältigten; und, über allem, die zwingende Vergegenwärtigung dessen was er betrifft, und derer die ihn führen: so daß, wenn die Personen und Gegenstände des Dialogs sich in ihm und durch ihn präsentieren, von selbst ein Präsens daraus wird. Das ist mir keine neue Wirkung, – ich habe sie in den bisher veröffentlichten Bänden Ihres Werks schon oftmals verkostet; aber noch nie schien sie mir so beglückend wie gerade in dieser Hof-Szene, wie gerade in diesem »Exquisit!« und »Merci« des Kämmerers, in Pharaos »Mamachen«, und in Mamachens Feststellung, daß die Segnung Jakobs »eine barocke Geschichte« sei. Das ist wahrhaftig eine Beglückung und wahrhaftig eine Erlösung, – nach all dem Unfug zumal, der da von flotten Trilogisten mit der Herstellung »historischer« Atmosphären getrieben wird und mit dem »Nahebringen« antiker Persönlichkeiten: welche, im emsigen Bestreben, sich dem Publikum nur ja recht vertraut zu machen, sogar in den Jargon des Romanischen Café verfallen, den

Herrn Doktor Flavius fragen, wann sein nächstes Buch erscheint, und sich überhaupt mit so verwegener Grandezza über die Jahrtausende hinwegsetzen, daß man sie tatsächlich nicht für Figuren des Autors hält, sondern für seine Leser.

Dieser exzessive Dilettantismus, diese Jahrmarkts-Technik im Vertuschen des faulen Zauberkunststücks ist mir gerade zu der königlichen Souveränität eingefallen, mit der in jener Hof-Szene, zwischen »Merci« und »Mamachen«, ausdrücklicher Hinweis auf die Jahrtausende geschieht und daß sie den Vergleich Pharaos mit einem jungen englischen Aristokraten nicht hindern können. Wie und woher es zustandekommt, daß solcher Hinweis, statt die Kluft der Vorzeiten zu öffnen, sie überbrückt; wie und woher, daß hernach die »Modernität« des Dialogs nicht etwa bloß legitim erscheint (das war sie schon vorher), sondern selbstverständlich und überhaupt als die einzig mögliche Art des Ausdrucks –: das ist mir ein dunkles Rätsel und ist der tiefste Quell meiner Beglückung.

Denn ich glaube zu spüren, daß so und hier, einmalig und endgültig, ein Unbehagen bereinigt ist, dessen Schlacken noch dem besten »historischen« Roman angehaftet haben: das Unbehagen in der Kultur einer Vergangenheit, für deren gültige Erfassung ein zuverlässiger Anhaltspunkt so wenig besteht wie etwa für die letzten Gedanken vor dem Einschlafen. Es ist in der Tat eine nachtwandlerische und sehr geheimnisvolle Ambivalenz, die hier eine Aufhebung der Sprache durch die Sprache bewirkt, – und auf der transparenten Kehrseite den Beweis der Sprache durch die Sprache. Es kommt auf die Sprache so sehr an, daß es auf die Sprache nicht mehr ankommt.

Mit sprachlichem Abenteuer hat auch der zweite Punkt zu schaffen, für dessen Darlegung ich Ihre hoffentlich noch nicht überanspruchte Geduld erbitte:

Bei Josephs Ankunft im Königspalast ist von einem Beamten die Rede, der Joseph oben am Ansatz der Stufen erwartet und der (ich glaube annähernd richtig zu zitieren) – »der zu seiner Begrüßung nicht mit dem Kopf nickte, sondern denselben schüttelte, und ihn dann ... aufforderte ... (ihm zu folgen)«. Es war mir, während Sie das lasen, einen Augenblick lang zumut, als läsen Sie es ungern oder mit einem geheimen Vorbehalt; jedenfalls kann ich das Gefühl nicht loswerden, daß Sie diesem Satz sehr viele Erwägung haben angedeihen lassen, und daß diese Erwägung sich während des Lesens wieder vorgetastet hat. Sie müßte – wenn anders ich mich nicht verhört habe oder sonstwie auf einen Holzweg geraten bin – dem zweifachen Relativ-Anschluß gelten, der einmal durch »denselben« hergestellt und auf den »Kopf« bezogen ist, andermal durch »ihn« und zu »seiner« (Josephs) Begrüßung gehört.

Nun ist nicht etwa bloß die »Situation« viel zu klar, sondern darüberhinaus das Satzgefüge viel zu ausbalanciert, die Gewichte seiner Verbindungen und Anschlüsse viel zu präzise verteilt, als daß eine Veränderung des Periodenbaus vorgestellt werden könnte.

Insoweit ich meinerseits den hier möglichen Erwägungen nachzuspüren unternahm, bin ich an einen Versuch geraten, zu dem meine eigene Hilflosigkeit, oder die Hilflosigkeit meines eigenen Sprachvermögens, oder, kurzum, die Not in der eigenen Sprache mich manchmal Zuflucht nehmen läßt: es ist, wie man bei einem Regenguß sich unter ein fremdes Dach stellt, ein Unterstellen unter eine fremde Sprache, – gewöhnlich die französische, die mir von allen Sprachen die erbarmungsloseste scheint, und auf eine merkwürdig fruchtbare Art. (Man kann da an langen Winterabenden gar schöne Spiele spielen, von der eigenen Armseligkeit bis hinauf zu des Türmers Lynkeus »großem Kahn«, der »im Begriffe« ist, »auf dem Kanale hier zu sein«, und der sich diesen »Begriff« im Französischen hartnäckig widersetzt.)

Jener hoffentlich richtig zitierten Stelle wäre dann etwa folgendes gemäß:

»... qui, pour le saluer, n'inclina pas sa tête, mais la hocha, et puis le demanda ...«

Das ist mit einer gewissen Absicht nicht so sehr französisch als eine Übersetzung. Französisch geschrieben, würde es wahrscheinlich zu heißen haben: »... qui (ne) le salua pas en inclinant sa tête, mais en la hochant, et puis l'invita ...« – aber damit wäre dem Problem des deutschen Satzes keine Parallele geboten. Schon die »übersetzte« Version hat es ja entschieden leichter, indem sie auf ein »celle-ci« zur Verstärkung des ersten Anschlusses (»sondern denselben schüttelte«) glatt verzichten darf.

Und gerade von hier aus ergibt sich – zu meiner nicht geringen sprachpatriotischen Freude – die Entdeckung, daß die französische Mühelosigkeit, die sich aus dem Glücksfall einer femininen »tête« zum Unterschied vom maskulinen »le« herleitet, im deutschen Glücksfall eines sächlichen »Hauptes« zum Unterschied vom männlichen »er« ein naheliegendes Gegenstück hat: »... der zu seiner Begrüßung nicht mit dem Haupt nickte, sondern es schüttelte, und ihn dann aufforderte ...«.

Ach, und damit ist des Weiterratens und Weiterlösens noch lange kein Ende: denn da bleibt aufs neue zu erwägen, ob nicht ein »Haupt« etwas zu Gewichtiges sei, um zu jemandes Begrüßung geschüttelt zu werden; ob anderseits einem pharaonischen Kämmerer, oben auf den Stufen des Palastes, solche Gewichtigkeit nicht zukomme und anstehe; ob er nicht, wie immer hier entschieden werde, hernach wohl eher den »Joseph« auffordern möchte als »ihn« ... noch lange kein Ende, und schon jetzt fürchte ich, viel zu weit gegangen zu sein und Ihre Zeit, Ihre Geduld und Ihr Wohlwollen beträchtlich über jene Gebühr beansprucht zu haben, mit der ein Danksager sich bescheiden sollte.

Aber manchmal kann es eben geschehen, daß aus längst vertrockneter Phrasen-Hülse Leben sprießt, und so ein Fall liegt Ihnen hier vor, verehrter Herr Doktor: ein Fall von »überströmendem Dank«, der sich nicht anders zu helfen wußte und der alle Mühe hat, sich endlich jetzt ein Halt zu gebieten.

Ich danke Ihnen, – entweder *nur* das zu sagen, oder dann *mindestens* diesen Brief zu schreiben: das war meine einzige Wahl; mögen Sie es nicht allzu unbillig finden, daß ich mich für den Brief entschieden habe. Darum bitte ich Sie, und dafür danke ich Ihnen im voraus.

In aufrichtiger Verehrung Ihnen ergeben:

Friedrich Torberg

1550 San Remo Drive
Pacific Palisades, California 23. April 1942

Sehr geehrter Herr Torberg,

Das ist ja wunderschön, daß Sie meine Vorlesung, die ich etwas zu gedehnt fand, gefesselt hat. Ich danke Ihnen vielmals für den warmen, klugen und lebendigen Ausdruck Ihrer Anteilnahme. Da ich im Joseph von jeher in erster Linie ein Sprachwerk gesehen habe, vielmehr als in meinen früheren Büchern, weiß ich Ihre Empfänglichkeit im Punkt der sprachlichen Formung und Färbung besonders dankbar zu schätzen.

Die logische Flüchtigkeit, die Sie gestört hat, und die auch mich beim Wieder-Lesen hätte stören sollen, ist ein Schönheitsfehler ja wirklich nur im Deutschen. Für die englische Übersetzung wäre sie ungefährlich, da der Unterschied zwischen »it« und »him« jedes Mißverständnis beseitigt. Im Deutschen ist der Schaden doch wohl am einfachsten durch die Einfügung des Namens Joseph zu beheben.

Haben Sie nochmals vielen Dank, daß Sie mich Ihre Eindrücke wissen ließen! Ich hoffe, Ihnen bald wiederzubegegnen.

Ihr ergebener
Thomas Mann

Alfred Neumann

150 West 55th St.
New York 19, N.Y. April 25, 1945

Cher Maitre,

...Jetzt aber muß ich Ihnen, mein Lieber und Verehrter, Mitteilung machen von einem absunderlichen Wahrnehmnis, als welches mir zustieß in Form eines Wurmfortsatzes jenes verquengelten Stil-Renkontres, das sich direkt unter Ihren Augen zwischen des Wirklichen Geheymbderaths Goethens derzeitiger Inkarnation einerseits und meiner unwürdigen Nichtigkeit anderseits zugetragen sowie auch abgespielt hat. Sie entsinnen sich. Die inkriminierte Stelle lautete: »... der zu seiner Begrüßung nicht mit dem Kopf nickte, sondern denselben (!) schüttelte, und ihn (!!) dann aufforderte ...« usw., Rufzeichen von mir, alle drei. Sie entsinnen sich auch des darauffolgenden Briefwechsels und des Unbehagens, das ich darob empfand und das mir weder durch Ihre freundlichen Bagatellisierungs-Versuche noch durch die (scheinbar nicht minder freundliche) Personal-Reaktion des Mann'schen Ehepaars verscheucht wurde (die *Brief*-Reaktion als freundlich zu empfinden schien mir von allem Anfang an nicht verstattet). Vielleicht entsinnen Sie sich auch noch, daß etwa ein Jahr später eine zweite Vorlesung in Ihrem Hause stattfand, bei der dasselbe Kapitel gelesen wurde – und daß es an derselben Stelle denselben Fehler enthielt.

Ich weiß nicht, ob wir damals wiederum darüber gesprochen haben, aber ich nehme an, daß es Ihnen aufgefallen und zwar befremdend aufgefallen ist (Thomas Mann gegenüber habe ich natürlich kein zweites Mal die Rede darauf gebracht). Nun, – was ich Ihnen berichten wollte, ist dieses: in der bei Bermann-Fischer in Stockholm erschienenen deutschen Ausgabe von »Joseph der Ernährer«, in die ich hier Einblick nehmen konnte, *steht auf Seite 160 noch immer derselbe Fehler.* Und wie sehr ich mich um eine halbwegs würdige Erklärung mühe und martere, – ich finde keine andre als die, daß Thomas Mann sich von einem andern einen Fehler nicht ausbessern, sondern denselben lieber drucken läßt, und ihn somit auffordert, ihn ... (schmeißt das Fenster zu und »Joseph den Ernährer« weg).

Für Literaturforscher, sowie für Anhänger der Theorie, daß etwas organisch Verhatschtes in jeglicher Form, Gestalt und Sprache verhatscht bleiben müsse, ist die englische Übersetzung nicht uninteressant: »... who did not nod but shook his head by way of greeting, but then invited Joseph to follow him«. Schön ist das nicht; hingegen mißverständlich. (Denn das zweite »but« ließe vermuten, daß das Kopfschütteln eine Abwehr bekunden wollte, indessen es doch lediglich die unter Amenotep IV. übliche Gruß-Gebärde war.)

Ich wollte noch sagen, daß mir das Ganze leidtut. –

Höre ich bald von Ihnen? Sie erwähnten am Schluß Ihres Briefs etwas von 1945 und nicht Florenz aber möglicherweise New York. Es wäre schön, wenn Sie mit New York genau so recht bekämen, wie Sie es mit Florenz schon haben ... Ich meinerseits werde den New Yorker Sommerhitzen jedenfalls zu entrinnen trachten, – ob ich aber gleich bis nach Hollywood geronnen komme, ist eher zweifelhaft. Und daß es nicht vor Juli der Fall wäre, ist sogar sicher. Vielleicht finden Sie bis dahin wieder einmal Zeit für mich, – aber Sie sollen sie *nicht* Ihrer Arbeit entziehen (and I don't mean pictures). – Alles Liebe und Gute Ihnen beiden, und die herzlichsten Grüße

Ihres Torberg

Los Angeles 46, Cal.
1527 No. Stanley Ave am 12. Mai 1945

Lieber Friedrich Torberg,

tausend Dank für Ihren Brief. Ich habe sie besonders gerne, Ihre Briefe: man hört Sie nämlich dabei sprechen – und das vermisse ich ja nun schon eine ganze Zeitlang ...

Der Olympier war vorgestern abend bei uns und las uns aus seinem Dr. Faustus vor, einem erschütternd deutschen

Alterswerk, einer deutschen Musiker- (ein Nietzsche als Musiker) und National-Tragödie, deren Entstehen ich in zahllosen Vorlesungen mitanhören durfte. Ich bin – um auf das Verhatschte im 4. Joseph zurückzukommen – nicht der Meinung, daß es götzisch gemeint ist. Der Olympier hat nicht nur das Recht des Siebzigjährigen – den Juni-Festtag verlebt er übrigens bei Bruno Walter in New York, und uns bleibt Nico, des Pudels Kern – also: nicht nur das Recht des Siebzigjährigen, eigensinnig zu sein (von welchem Recht er manchmal zu wenig Gebrauch macht), sondern auch das Recht, vergeßlich zu sein. Es ist erstaunlich, wieviel er zu vergessen beliebt und wievieles ihm gleichgültig ist, auf daß nichts an ihn und an seine gegenwärtige Arbeit herankomme. Ich glaube also, das Hatschige ist nur zu 25% Eigensinn – wenn überhaupt – und zu 75% pure Vergeßlichkeit. Überdies hat er, soviel ich weiß, die deutschen Druckbogen gar nicht korrigieren können; und um die englischen kümmert er sich nie …

Katharina und ich grüßen Sie von Herzen.

Ihr alter Alfred Neumann

150 West 55, NY 19, NY.

Junii Idibus, MCMXXXXV.

Der Sie nach immer höheren Sternen am Zelluloid-Himmel greifen …, mein Herr und Freund:

in der Beilage finden Sie, was immer ich an Ausschnitten erraffen konnte, ich nehme nicht an, daß Sie daraufhin Ihr nervös zerknülltes Taschentuch mit einem erleichterten »Endlich!« wieder glattstreichen werden, aber es ist immerhin ein urbaner Anlaß, Ihren sehr lieben Brief vom Vormonat zu beantworten.

Daß ich Anlaß und/oder Anstoß überhaupt brauche, wird Sie nach Ihren bisherigen Erfahrungen mit mir nicht mehr wundern. Und daß solcher Anstoß auch wirklich funktioniert: dafür muß ich sogar noch Lob und Anerkennung beanspruchen. Denn siehe, seit einigen Tagen ist hierorts ausgebrochen, was sie euphemistisch DIE SOMMERHITZE nennen, mit 90° im nicht vorhandenen Schatten und ebensoviel Prozenten dessen, was HUM. abgekürzt wird und HUMIDITY heißt, nicht, wie man glauben möchte, HUMILIATION. Es *ist* ein menschenunwürdiger Zustand, man hat das Gefühl, mindestens 200 m unter dem Meeresspiegel zu leben, und ich lasse mir nicht ausreden, daß gestern nachts an meinem Fenster ein riesiger Walfisch vorbeigeschwommen ist, der sekundenlang aus großen Augen hereingeglotzt hat und sodann mit einem angewiderten Steuerschlag seiner mächtigen Schwanzflosse wieder abschwamm.

Ich finde mich (wie meistens) in der üblen Situation, keinerlei Vorkehrungen getroffen zu haben, muß also die zur Flucht notwendigen Maßnahmen erst jetzt und unter unsäglich erschwerenden Umständen treffen, und werde wohl kaum vor Anfang nächsten Monats das Weite, das ich so dringend suche, gefunden haben. Mit Hollywood scheint es ja nun nichts zu sein, was zwar den Menschen in mir betrübt, nicht aber den auf Charakterfestigkeit bedachten Ex-Hollywood-Writer, – als welcher ich mir eine unterste Korruptionsgrenze festgesetzt habe, und die wurde also von keinem der mir gemachten Angebote erreicht. Wenn man schon trefe* ißt, pflegten meine Vorväter zu sagen, dann soll einem das Fett herunterrinnen. Was es Ihnen, wie ich Ihrem Brief zu meiner Freude entnehme, tut ...

Und wenn wir schon bei der Weisheit sind (resp. bei deren Mangel): da dank ich also recht sehr für Ihren klugen, nachsichtig-überlegenen Zuspruch in Sachen der olympischen Verhatschung und meiner Bitternis darüber. Wissen Sie – das ist schon sehr merkwürdig, das Ganze. Denn natürlich bedürfte er gar nicht seiner 70 Jahre, um »das Recht auf Eigensinn« zu haben; das hat er per se, und ich wäre wahrlich der letzte, der gerade ihm gerade es bestreiten wollte. Mir wäre, wenn wir die Sache schon so wichtig nehmen wollen, und wir wollen und sollen sie wichtig nehmen, denn von der Ba-

---

* nicht koscher

gatellisierung relativer Anschlüsse führt ein ziemlich direkter Weg zur Bagatellisierung der menschlichen, – mir wäre also sehr wohl und sehr friedlich zumut, wenn ich es bei jenem »Recht auf Eigensinn« bewenden lassen könnte, licet Jovi, ich meinerseits plane von der mir sodann und gegebenenfalls zuzubilligenden bovrilen Freizügigkeit ohnehin keinen Gebrauch zu machen, und damit gut. Leider lassen *Sie* es damit nicht gut sein, sondern tun mir den Tort einer perzentuellen Einteilung an, bei der sich der Eigensinn mit 25% zufriedengeben muß, und die restlichen 75 wären »pure Vergeßlichkeit«.

Bitte mißverstehn Sie mich nicht: ich will nicht etwa Ihre Verteidigung Thomas Manns angreifen, sondern ich will meinen Angriff auf ihn verteidigen. Und wenn es nicht Eigensinn sondern Vergeßlichkeit war, dann hat dieser Angriff recht, – es sei denn, wir hielten uns völlig an den großen Onkel Doktor aus Wien und einigten uns darauf, daß da also aus Eigensinn vergessen wurde. Ja, damit hat es aber noch *immer* nicht sein Bewenden, sondern dann kommt erst recht das Viele, das ihm gleichgültig ist »auf daß nichts an ihn und an seine gegenwärtige Arbeit herankommt«, und die Unmöglichkeit einer Korrektur der deutschen Druckbogen und was sich an technischen Mißhelligkeiten mit all dem etwa verbunden hätte.

Und dem möchte ich dann also entgegenhalten dürfen, daß zu jener Zeit doch eben der IV. Joseph seine »gegenwärtige Arbeit« war und von zu korrigierenden Druckbogen noch immer nicht die Spur, sondern es war ein Manuskript, und war noch immer ein Manuskript, als er es ein Jahr später wieder bei Ihnen vorlas und wieder mit dem zuerst geschüttelten und nachher aufgeforderten Kopf. Es bleibt, von wo immer man es beleuchtet, zum Schluß doch nur der nüchterne Tatbestand übrig, daß mein submissest unterbreiteter, auf 8 Seiten eigens handgestochener Hinweis mit ein paar maschingeschriebenen Zeilen zunächst demonstrativ abgetan und dann nicht minder demonstrativ ignoriert wurde.

Ich glaube Ihnen bereits angedeutet zu haben, daß eine

offene, unzweideutige Brüskierung und Verweisung in meine Schranken (wo immer die verlaufen mögen) mir dann schon viel lieber gewesen wäre. Dann nämlich hätte es mir wurscht oder geradezu willkommen sein können, daß ein Thomas Mann sich einer so hanebüchen verschraubten Konstruktion schuldig macht, und dann hätte ich sozusagen eine »Waffe« gegen ihn gehabt. Ich *will* doch aber keine Waffe gegen ihn haben – und da liegt ja *überhaupt* des Nicos Kern. Ich *will* mich nicht in eine Position hineinmanövriert finden, in der es mich freuen sollte, »Waffen« gegen Thomas Mann zu haben.

Falls ich es noch nicht ausdrücklich gesagt haben sollte, sage ich es jetzt und Ihnen: was mich Thomas Mann gegenüber ein bißchen »zurückhält«, sind ausschließlich *subjektive* Hemmungen, wie sie eben im Temperament und in der Wesensart liegen, vielleicht auch in den etwas beschwerlichen Kommunikationslinien zwischen Lübeck und Wien. *Objektiv* weiß ich mir keinen unter den heute in deutscher Sprache Schreibenden, den ich williger mit »Meister« anspräche, und nur sehr wenige, zu deren Produktionskonflikt und Produktionsprozeß ich eine nähere Beziehung hätte, – eine ganz ungleich nähere als ich sie etwa zu Werfel habe, mit dem ich mir doch in *allem* andern auf eine vollkommene, fast schon brüderliche Weise einig bin.

Trotzdem habe ich noch bei keiner Zeile Werfels das Gefühl gehabt, das ich bei Thomas Mann so oft habe – jenes »déjà vu«, von dem man in einer fremden Stadt manchmal heimgesucht wird (und das doppelt beunruhigend ist, wenn man selber auf Architekt gelernt hat). Ich glaube nicht, daß ich mich noch deutlicher machen kann, und ich glaube auch nicht, daß Sie meinen Exhibitionismus noch weiter mitmachen wollen. Aber Sie verstehen jetzt, warum ich mich so sehr dagegen wehre, gerade von Thomas Mann und gerade auf solche Weise verletzt worden zu sein. Ich werde mich weiter wehren, solange ich kann.

Bitte lassen Sie's jetzt dabei, und verschwenden Sie keinen weiteren Zuspruch auf mich. Sowieso habe ich Ihnen das alles nur deshalb präsentiert, weil Sie nun schon das Pech hatten, von Anfang an dabei zu sein. Es will weiter nichts bedeuten und bezwecken. Nur über das literarische Problem und Phänomen Thomas Mann werden wir uns noch sehr ausführlich und objektiv unterhalten müssen. Hoffentlich bald ...

Alle guten Wünsche für Ihre Arbeit, – ich grüße Sie herzlichst und Ihnen Beiden in Treue ergeben –

Ihr Torberg

10. September 1946

Mein lieber Herr und Freund,

ich weiß nicht, ob Sie den Max Brod persönlich kennen ... Max Brod besaß eine Gattin namens Elsa, welche einem alten israelitischen Raubrittergeschlecht entstammte und von einer so durchdringenden, allumfassenden Respektlosigkeit war, daß es fast schon an Ordinärheit grenzte, – ein Original jedenfalls, durch vielerlei markige Aussprüche berühmt, am berühmtesten vielleicht durch die Bemerkung, die sie in eine todernste theologische Diskussion einwarf (den böhmisch-jüdischen Tonfall müssen Sie sich dazudenken): »Was redt's ihr so viel. Der liebe Gott is ein Schlieferl.«

Mit dieser Gattin Elsa wohnte dieser Max Brod nun also eines Tags einem Pilgerempfang im Vatikan bei, und jeder Werfel-Leser weiß, wie pompös es da zugeht. Zuerst öffnete sich eine kleinere Türe und es erschien ein violett Gewandeter und klopfte mit einem langen Stabe zweimal, dann öffnete sich eine größere Türe und es erschien ein purpurrot Gewandeter und klopfte mit einem noch längeren Stabe dreimal, und dann also öffnete sich die größte Türe und es erschien der Statthalter Christi auf Erden, und das Ganze war so unantastbar überwältigend, daß auch Max Brod, der programmatische Jude, ein Gefühl der Weihe und Erhabenheit nicht unterdrücken konnte, während er in die Knie sank. Und während er so sank, sank auch seine Gattin Elsa, und beugte sich dabei an sein Ohr, und: »Ich *bitt* dich«, flüsterte sie, »ein *Geseres* was die machen mit dem Goj!«

Wenn Sie bedenken, daß es sich also um den Papst gehandelt hat, so werden Sie meine Hemmung verstehen. Ich wollte Ihnen nämlich vermittels dieses Briefs eigentlich nichts andres mitteilen, als daß mein Manuskript sich unterwegs zu Guggenheim befindet, in wenigen Tagen dort eintreffen wird, und in hoffentlich nicht viel mehren Tagen bei Ihnen ist. Ein Geseres ... Aber das kommt davon, wenn man zweimal zu früh klopft, nämlich zweimal verfrühte Bulletins über die Fertigstellung ausgibt ...

Mit einem Florentiner Bilderbuch

Es ist »Florenz und seine Kunst«
umweht von dunklem Schicksals-Dunst,
und präsentiert sich uns als Sphinx
gleich unten in der Ecke links.
»1.50« lautete der Preis,
von dem man weiter gar nichts weiß.
Mark? Lira? Pengö? Drachmen? Gulden?
Auf Schweizer Höh'n? In Frankreichs Mulden?
Wer war es, der es wo erstand?
In welcher Währung, welchem Land?
Verlagsneu oder antiquarisch?
Und war er jüdisch oder arisch?
Ein wappenfreudiges Ex libris
zeugt von vergangener Zeiten Hybris.
Doch über jenen ersten Kauf
klärt es uns Heutige nicht auf.
Mit Zuverlässigkeit erkennt
man nur die »25 c«.
Welch ein Symbol des Niederbruchs
birgt sich im Kaufpreis dieses Buchs!
Palast-Portale, Kirchen, Plätze,
des Quattrocento ganze Schätze –
für eines Dollars vierten Teil
sind sie dem Yankee-Trödler feil ...
Lorenzo und Savanarola
für eine Flasche Coca-Cola ...

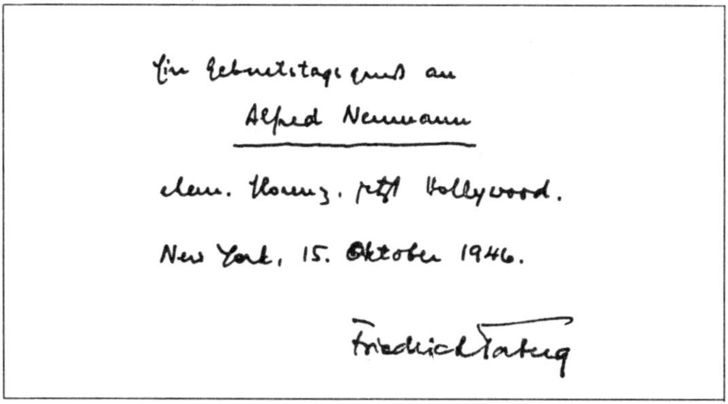
Ein Geburtstagsgruß an
Alfred Neumann
ehem. Florenz, jetzt Hollywood.
New York, 15. Oktober 1946.
Friedrich Torberg

19. Oktober 1946

Lieber Friedrich Torberg,

... Und nun zum Abendland, zum Nachtland Ihres Romans*. Ich habe ihn mit großer Sorgfalt gelesen, und es sind schon gute zehn Tage her, daß ich ihn beendete. Ich habe ihn in mir sitzen und wirken lassen, in der uneingestandenen Absicht (ich sage eingestandenermaßen nicht: in der Hoffnung), vor seiner Ausweglosigkeit *nicht* zu kapitulieren. Aber da auch Sie kapitulierten, muß es wohl auch sein, daß selbst der Freund die Arme sinken läßt.

Sie selbst wissen, daß Sie eine unlösbare Aufgabe auf sich genommen haben. Sie wollten es offenbar. Denn die ganze harte, grausame und rücksichtslose Konstruktion – hart, grausam und rücksichtslos gegen den Konstruktor an erster Stelle – ist ein komplettes Fort gegen den Einbruch einer Lösung oder Erlösung: sei es von der Psychologie her, von der Religion, oder einfach vom Menschlichen her. Es ist, als haben Sie sich in diesen vielen Jahren der Arbeit einen Bumerang gedrechselt – und nun halten Sie nicht die Hand hoch, ihn wieder aufzufangen, sondern den eigenen Kopf hin, daß es ihn treffe – in einem höchst sonderbaren, aber noch am

* »Hier bin ich, mein Vater«

ehesten verständlichen Sühneverlangen für die große, die ungeheure Zeitsünde, die viel zu groß und ungeheuer für Ihren kleinen Zeitsünder ist.

Sie selbst wollten diese Art des Berichts, diesen *grauen* Bericht, in dem selbst der Glanz und die Plastik *Ihrer* Sprache eingeebnet sind, diese grauwandige Taucherglocke des Berichts, dahinter sich keine Landschaft abzeichnet und auszeichnet, ob es Wien ist oder Paris. Sie verschmähten sogar die handgreiflichen Vorteile der Ich-Erzählung: die Innen-Beleuchtung, die dramatische Monologie, das Abenteuer der Innen-Entscheidung mit den bunten Runden des Selbst-Ringkampfes. Denn Ihre Taucherglocke ist auch im Innern grau.

Falsch wäre es, gänzlich falsch – und gar noch von mir, dem kein Funken jüdisches Nationalgefühl innewohnt –, das Judentum gegen Herrn Maier in Schutz zu nehmen oder Ihnen zu verargen, daß Otto ein Jude ist. Denn Sie geben meine eigene Antwort, wenn Sie fragen, warum zum Teufel ein Jude kein Schuft sein kann und ob die jüdische Übermoral keine Arroganz sei, also unmoralisch. Dann allerdings ist die ungemeine Irritabilität Ottos und des Buchs hinsichtlich des Jüdischen, Lau-Jüdischen und Anti-Jüdischen zumindest thematisch fehl am Platze. Denn diese Empfindlichkeit fordert füglich die »jüdische Moral«, also die Anti-Maier-Empfindlichkeit, also das Wehgeschrei über das Buch vom Juden-Spitzel heraus.

Ich gebe, nach zehn Tagen des Wartens und Prüfens, selbst den grundsätzlichen Einwand des erfahrenen und seinen Gestalten leidenschaftlich zugetanen Romanciers auf: nämlich daß keine Buch-Gestalt leben kann, ohne daß nicht die Liebe des Autors aus ihr und für sie spricht – bis zu dem Grade, daß der Leser früher oder später meint: dieser Teufel ist ja das Material eines Engels. Das wissen Sie so gut wie ich, und es ist kein Versäumnis und kein Kompositions-Fehler, daß Otto Maier kein anständiger und noch liebenswerter Knabe, Jüngling und Mann ist, über den, zu unserem Entsetzen und Mitleiden, das Schicksal mit der Gewalt einer griechischen Tragödie herfällt und den wir mit unserem Herzblut gegen alle Todsünden verteidigen.

Nein, Sie wollten es nicht, Sie legten es geradezu drauf an, daß kein Hauch der Sympathie dieses mauvais sujet treffen kann, diese von Grund auf verkorkste, verkommene, nicht heiße, nicht kalte, zum Speien laue und gänzlich uninteressante Kreatur – dieses Protoplasma des Prototyps des Informers, kurz und gut: den geborenen Spitzel. Und Sie legten es, mit der äußersten Selbsthärte, mit der außerordentlichsten soziologischen und politischen Bitterkeit, darauf an zu beweisen, daß nur Einer recht hatte und recht behielt: Gestapomann Franz Ferdinand Macholdt. Sie gehn so schaurig weit mit dem Pandämonium Ihrer Lieblosigkeit, daß Sie selbst die Vaterliebe durch diesen Sohn korrumpieren und denaturieren und unglaubhaft machen – ja daß selbst jener einzige Bruchteil einer menschlich schönen und obsiegenden Sekunde: das verschämte Lächeln und die verschämte Liebe des Religionsprofessors Jonas Bloch, ins lau-böse Grau-Meer fällt und verzischt.

Warum? Warum haben Sie sich mit allem Vorbedacht an das Ausweglose und Aufzuhängende herangemacht? Warum haben Sie dieses Buch geschrieben, mit etlichen außerordentlichen Scenen der Knabenjahre, des Frühlingserwachens, des Macholdt-Rencontres – ein Buch, das niemand lieben wird ...? Ich habe ... die Antwort schon angedeutet, die einzige Antwort zumindest für mich:

DAS OPFER ist ein viel zu großartiger – nein, ein falscher Titel für den Helden des Buchs, nicht aber für den Autor, der ein Flagellant ist im Hemd der Großen Buße. Und die Moral *dieses* Buchs, die Absolution und die Gnade, *muß* sein nächstes Buch sein. Dann hätte sich seine Qual verlohnt.

22.X.46

Mein Herr und Freund,

ich eile mich, Ihnen für Ihren Brief vom 19. vielen, herzlichen Dank zu sagen. Hätte ich noch irgendeinen Beweis gebraucht, daß es mit unsrer Freundschaft alles Richtige auf sich hat: die guten Gefühle, mit denen ich Ihren Brief bis zum Ende durchgelesen habe, hätten mir diesen Beweis erbracht. Und wenn *Sie* noch einen solchen Beweis gebraucht haben sollten, dann lassen Sie sich diese meine Mitteilung dazu dienen. Es gibt wirklich nur sehr Weniges, was ich mir über mein Buch so ungern sagen ließe wie das von Ihnen Gesagte. Und es gibt wirklich nur sehr Wenige, von denen ich es mir – wenn es denn schon gesagt sein muß – so gern sagen ließe wie von Ihnen. – Wie gerne ich mir erst das Gegenteil hätte von Ihnen sagen lassen, ist nicht auszurechnen.

Nun: das hat nicht sollen sein; und hier stock ich schon. Denn ähnlich wie vor manchen Werken der Kritiker verstummt, so bleibt vor mancher Kritik dem Kritisierten nichts andres übrig, als zu verstummen. Ich fürchte, daß der sofort herbeigerufene Arzt der Rettungsgesellschaft nur noch den Eintritt eines solchen Falles feststellen könnte. Was sollte ich auch sagen? Was hätte ich zu gewinnen wenn mir da und dort vielleicht ein kleiner Einbruch in das »komplette Fort« Ihrer Ablehnung gelänge? Gar nichts hätte ich zu gewinnen, und am Ende verlöre ich noch. Am Ende sollte mir Ihre Ablehnung, so, wie sie ist – und wie sie mir nicht einmal das erhoffte Detail-Benefit kollegialer Vor- oder Ratschläge erweist –: am Ende sollte sie mir so lieber sein. Da wäre dann eben, mir zum kargen Trost, nichts zu detaillieren. Da wäre mir das Buch danebengegangen, aber wenigstens wie aus einem Guß.

So kann ich denn der Totalität Ihres Urteils nur die Totalität meiner Absicht entgegenhalten, und für den Pudel meiner polemischen Leidenschaft, mag er auch noch so knurren, ist das kein Fressen. (Mit Guggenheimen konnte ich polemisieren; nicht etwa weil sein Urteil sich vom Ihren so sehr unterschiede, – das tut es mit einer schlechtweg beunruhigenden Loyalität zum Gesetz der Serie *nicht* –, sondern weil er rabulistisch genug war, mir Konzessionen zu machen.) Die Totalität meiner Absicht, oder meiner Konzeption, und jedenfalls meines Glaubens, lautet nun also: daß der Held des

Buchs *kein* mauvais sujet ist und *kein* »geborener Spitzel«, sondern daß alles, was an ihm mauvais geworden war, sich in direkter Progression zum Ablauf seines Spitzel-Schicksals ins Moralische kehrt, bis zur letzten menschlich erreichbaren Konsequenz; daß nicht der Gestapomann Franz Ferdinand Macholdt recht behält, sondern der Religionslehrer Jonas Bloch; daß Lösung und Erlösung sehr wohl erfolgen, ja daß ich den Selbstmord geradezu als Happy End empfinde; daß ich jene Leser, die in ein »Wehgeschrei über den Judenspitzel« (und in viel Schlimmeres noch dazu) einstimmen werden, geringer einschätzen darf als jene, denen die geradezu projüdischen Propagandawerte des Romans einleuchten sollten; daß ich mich zwar an ein unlösbares Problem, nicht aber an eine unlösbare Aufgabe herangemacht habe; und daß ich, kurzum, zwar nicht das unlösbare Problem gelöst habe, aber doch die Aufgabe, ein unlösbares Problem als solches darzustellen. Hier stehe ich, mit gesenkten Armen auch meinerseits, Gott helfe mir, und Alfred Neumann verstehe, daß und warum ich ihm dieses sagen mußte.

Natürlich möchte ich noch um vieles mehr sagen, es stichelt und es lockt mich, man sehnt sich nach des Lebens Bächen, ach! nach des Lebens Quelle hin ... Purre nicht, Knudel. – Und groß wäre die Versuchung, Ihnen die Abschrift eines unterm gleichen Datum eingetroffenen Briefs eines andern Manuskript-Lesers einzuschicken, der Punkt für Punkt die genau gegenteiligen Eindrücke gewonnen hat, wirklich Punkt für Punkt, so, als hätte er die Ihren als Vorlage oder (fototechnisch zu sprechen) als Negativ vor sich gehabt. Aber Sie glauben mir ganz gewiß auch ohne Beleg, daß mir eine solche Reaktion zugekommen ist, ja nicht nur eine. Und bewiesen wäre mit solcher Gegenüberstellung – ganz abgesehn davon, daß jenes Positiv-Reaktionärs spezifisches Gewicht das Ihrige nicht ausbalanciert – »bewiesen« wäre damit gar nichts. Oder höchstens: daß ich zumindest kein »laues« Buch geschrieben habe, sondern eines, auf das eben extrem reagiert wird. Lassen Sie mich auf diesem Minimal-Akkord einer natürlichen Selbstbehauptungstendenz schließen ...

Den eilften Augusti, MCMXLVIII.

Ew. Liebden

haben uns da gar frohe Zeyttung übersandt, – ist nur ein Jammer, daß Dero Epistola vom 22. Julii erst heutigentags vom Courier eingeliefert ward. Dem werden sie wohl im »Güldenen Lamm« ein unrechtes Numero gewiesen haben, die Lumpe. Tun das dort oftenmals, aus eyttel Schabernack, und sollten dieserhalb schon längsten das Post-Privilegium haben entzogen bekommen. Werd mich demnächst mit dem Statthalter unterreden ob dieses Unfugs, daß der nach dem Rechten sehe.

Daß Ew. Liebden nun doch die Reise ins Skandinavische antreten, ist ganz gewiß das Beste, was denen schwedischen Buchtrödlern nachzurühmen sey. Recht eine wackre Karavelle auch, die »Gripsholm«, ein Dreimaster wohl gar, und auf Strich und Knoten der geschwindesten einer auf den sieben Meeren. Und wird uns ein ganz erlauchtes Fest sein, Ew. Liebden vor Dero Ausfahrt hier noch zu letzen und zu laben, wie auch mit artig Mummenschantz und Schnurrpfeyfferey für Dero Zeyttvertreyb zu sorgen. Ein flinkes Jüdchen, des Handels mit Spezereyen und seltenen Gewürzen beflissen, ist kürzlich aus dem Burgundischen hier angekommen und hat uns als Gastgeschenk einen köstlichen Papst-Neunschlößler überbracht, Chateau-Neuf du Pape im Wellischen geheißen, den in der bauchigen Flasche und vom 43er Jahr. Der wartet.

So tut mein zierliches Gemahl, und, wann sie nicht just mit der Wartung ihres Tochterkinds befaßt ist, die Demoiselle Dietrichin.

Und so, vor allem, tut Ew. Liebden cordialiter und wolaffectionirt ergebener, wie auch allzeytt submissest zu Diensten stehender, als welcher sich zeichnet:

Kgl. Böheimbscher Hof- und Kammer-Poet, Frey-Eydgenössischer Aktuaryus in rebus pornographicis, etc.

Robert Neumann

Wien, 31.XII.37

Teurer Herr:

habend erhalten Ihren gütigen Brief, ich danke Ihnen sehr viel. Das war fein von Ihnen in der Tat, daß Sie haben gelesen meine Novelle in dem sehr Augenblick, mein Veröffentlicher schickte zu Ihnen die Nachahmung. Ich würde haben geantwortet allfertig lange Zeit vorüber, aber unglücklich, ich war zwischenzeitig sehr geschäftig in schreibend die Geschichte für ein Bewegungsbild, welches soll geschossen sein hier zu dem Beginnenden von Februar, so daß ich nicht konnte helfen anderklug. Als eine Ursache von Tatsache, ich sollte sein sehr freudig zu haben überzeugt Sie hiermit

von meiner tiefinneren Verbundenheit mit der englischen Sprache, welche eine derartige ist, daß es zumindest von geringer Weitsicht zeugt, mir in den 14 englischen Worten, die ich meinen Helden reden lasse, 15 Fehler nachzuweisen. Er spricht schon ganz richtig falsch, glauben Sie mir das. Denn natürlich hat auch *er* nicht Englisch zu »können« (wenngleich immer noch »eher« als die Andern, die Vollschwindler), und natürlich hat er im gleichen Augenblick, in dem er eine Kampfansage auf dem Niveau des überheblichen Backfisch-Hohns: »Können Sie denn nicht englisch?« akzeptiert, auch schon verloren (wenngleich es den Vollschwindlern gegenüber immer noch nach Sieg aussehen mag). Das alles und dergleichen, ich bin mir klar darüber, sind Spielereien von recht geringem Wert und Gewicht, und ihr übliches Schicksal ist, ganz einfach nicht bemerkt zu werden. Man übersieht sie, denn gewöhnlich glaubt der Mensch, wenn er nur Worte liest, es müsse sich dabei doch auch nichts denken lassen. Aber daß sie bemerkt werden und mißverstanden, das ist hart.

Erinnern Sie sich vielleicht, daß in meinem Roman »– und glauben, es wäre die Liebe« über den Tagebüchern der männlichen Figuren volle Namen standen, über denen der Frauen aber nur Vorname und Anfangsbuchstabe? Ich wurde da einmal allen Ernstes gefragt, ob ich das vielleicht aus Gründen der Diskretion so gemacht habe. Und unterließ es natürlich, solchem Fragesteller zu erläutern, daß damit sehr wohl etwas beabsichtigt war, nämlich hat dadurch zum Ausdruck kommen sollen, daß eine Frau oder ein Mädchen schon durch den Vornamen definiert ist, daß ihr Zuname, schon weil sie ihn im Fall der Verehelichung ohnehin ablegt, keine so große Rolle spielt, und so weiter bis zu Schopenhauer und Weininger. Nun sehen Sie: wenn Sie mir also zu jenem fehlerhaften Englisch gesagt hätten: »Sie Trottel, was bilden Sie sich eigentlich ein? Glauben Sie wirklich, daß man das so ausdrücken kann und daß man dem Leser zumuten darf, es zu verstehen?!«, so hätte ich zunächst einmal, aller Voraussicht nach und wie ich mich kenne, in kindischem Trotze aufbegehrt und behauptet, daß mir an Lesern, die das nicht verstünden, nichts gelegen wäre – und eine halbe Stunde später hätte ich genau gewußt und Ihnen eingestanden, daß Sie recht haben. So aber muß ich, um Ihnen recht geben zu können, erst auf dem mühsamen Umweg: »Um Gottes willen, wenn das nicht einmal der Robert Neumann versteht, dann verstehts doch also wirklich niemand, und dann war es natürlich falsch!« zu dem Schluß gelangen, daß Ihr Vorwurf, es wären da in 14 Worten 15 Fehler gemacht, in einem höheren dialektischen Sinn dennoch angebracht und gültig ist.

Bei all Ihren übrigen Vorwürfen bedarf es dieses Umwegs nicht, sondern ihre Berechtigung erweist sich auf direktestem Weg, ja eher noch ließe sich die Luftlinie verkürzen; indem z.B. Ihre Mahnung, ich möge kein Sedlatschek werden, dadurch überholt ist, daß ich es leider Gottes bereits bin. Allerdings bin ich auch fest entschlossen, von diesen totsicheren Schrauben in die Goalecke keinen Gebrauch mehr zu machen, und der Titel »Abschied« hatte für mich von allem Anfang an einen privaten Nebensinn. Ich habe jetzt annähernd durchgeführt, was ich mir vorgenommen hatte – nämlich die intellektuell entwurzelte Bürgerjugend des ersten Nachkriegs-Jahrzehnts in vier markanten Erlebniskreisen darzustellen (Pubertät, Schule, Liebe, Sport) –, ich bin sehr froh, daß ich das gemacht habe, besser konnte ich es leider nicht: aber jetzt genug, und meinen nächsten Roman wollte ich eigentlich im Greisenasyl zu Lainz spielen lassen. Da Sie mir nun strikte Ordre auf südamerikanische Piraten erteilt haben, und zwar erwachsene (ich kolportiere diese eherne Formulierung mit geradezu masochistischem Behagen), werde ich jetzt also in diese Richtung nachdenken. Ohnehin plante ich einmal eine Geschichte unter Schriftstellern und Verlegern. Aber was haben Sie gegen Südamerika?

Nein, im Ernst: ich danke Ihnen *sehr* für Ihren Brief, und obwohl ich das alles schon ungefähr wußte und mit mir herumtrug, war es doch sehr gut, es in unverblümter Striktheit an den Kopf geworfen zu bekommen. Und ich bin mir auch ganz genau (und nicht minder dankbar) dessen bewußt, warum und aus welchem Antrieb Sie nach mir werfen. Aber glauben Sie mir, bitte: die Gefahr, daß ich mich in diesem spezifizierten »Können« verlottere, bestand keinen Augenblick. Es geht mir selbst schon dermaßen auf alle übrigen Nerven (und ich besitze deren noch einige), daß ich mich nicht einmal der ungewöhnlich guten Rezensionen richtig freuen kann. Ich finde sie nicht vielleicht »unverdient«, dazu bin ich zu eitel, aber irgendwie »ungerecht« (gegen die »Mannschaft« z.B.) ...

Nochmals vielen aufrichtigen Dank, ein gutes neues Jahr, und die herzlichst ergebenen Grüße

Ihres Torberg

c/o Time Magazine
Rockefeller Plaza, New York, N.Y. Oct. 15, 1944

Lieber Meister Neumann,

und so hat es mich denn über die verschiedensten Grenzen, Kontinente und Ozeane tragen müssen, und hierauf von Hollywood am pazifischen wieder nach New York am atlantischen, und von da erst nach dem freundlichen Universitätsstädtchen Princeton: damit ich dann dort, endlich, vom

Hermann Broch ihre Adresse bekomme. Er hat mir auch Ihr letztes Buch gezeigt, The Inquest, und deshalb schreibe ich Ihnen deutsch; denn mein Englisch ist für einen englisch schreibenden Autor gewiß nicht gut genug, – es hat gerade noch für den Film ausgereicht, wo es nicht so sehr drauf ankommt *wie* etwas gesagt wird, weil ja schon das, *was* gesagt wird, vollkommen gleichgültig ist. Und damit habe ich mich fast vier Jahre lang beschäftigt. Äzämättärofäkt, wie die in Hollywood zahlreich ansässigen Ungarn zu sagen pflegen, habe ich mich erst vor zwei Monaten von dort loseisen können, und helfe jetzt dem Time Magazine, eine für das Nachkriegs-Europa geplante Ausgabe vorzubereiten. Es ist noch immer kein Traum, aber verglichen mit Hollywood sieht es einer Erlösung zum Verzweifeln ähnlich. Einer meiner Redaktions-Nachbarn ist Alfred Polgar, dem wir die nun schon klassisch gewordene Definition Hollywoods zu verdanken haben – »Ein Paradies, über dessen Eingangstor die Worte stehen: Ihr, die ihr hier eintretet, laßt alle Hoffnung fahren«.

Es grämt mich, in diesem Zusammenhang berichten zu müssen, daß unsre Freundin Gina sich dort völlig eingelebt hat. Ich also nicht, sondern ich habe nach Kräften gestrampelt, und ich schicke Ihnen mit gleicher Post ein paar Ergebnisse dieser geistesgymnastischen Tätigkeit: erstens eine Novelle, »Mein ist die Rache« ..., und zweitens eine Manuskript-Auswahl von Parodien, zum Teil älteren Datums oder rekonstruiert, aber es sind auch ein paar neuere drunter, mit denen ich mir aus den oben angedeuteten turnerischen Gründen Zeit und Öde zu vertreiben suchte, und die Ihnen hoffentlich Spaß machen werden, – in memoriam sowohl, wie ad futuram par-odis gloriam ...

Sie sehen: Ihr einstiger Ratschlag, mir etwas Wind um die Nase wehen zu lassen, ist zwar mittlerweile in reichlichem Ausmaß befolgt worden, und streckenweise (von Frankreich bis Portugal z.B.) war es sogar ein Hurricane – aber es ist nichts weiter dabei herausgekommen als ein vorübergehender Schnupfen, und aus den seelischen Gefilden hat es mich jedenfalls nicht verweht.

Broch, den ich erst vor wenigen Stunden verlassen habe (ich schreibe Ihnen tatsächlich sofort), arbeitet wütend und selbstverzehrerisch an einem umfänglichen Werk über Massen-Psychologie und ist – trotz schweren gesundheitlichen Anfechtungen – auf eine beglückende Weise der Alte. In Hollywood hatte ich den engsten Umgang mit Werfel, der zwei lebensgefährliche Herzattacken zu überwinden hatte und, wie ich fürchte, nie mehr ganz gesund werden wird. Auch der gleichnamige Alfred hat für mich zu den Lichtblikken und Tröstungen dieser vier Jahre gehört. Sonst gab es eigentlich nur traurige Anblicke, verbitterte Greise und unwürdige Lebenshaltungen. Ich bin sehr neugierig, wie das alles weitergehn wird, ob überhaupt, und wo. Sind Sie endgültig ins Englische übersiedelt? Und was würden Sie mir sonst von sich selbst berichten wollen? Hoffentlich viel, und hoffentlich bald – Sie würden mir wirklich eine große Freude damit machen, und soweit es an mir liegt, soll dann die Kontinuität auch nie wieder unterbrochen werden.

Seien Sie in alter Treue und Ergebenheit gegrüßt von Ihrem

Torberg

10. Februar 1961

Sehr geehrte Redaktion!

Aus Wien wird mir die Februarausgabe Ihrer Zeitschrift zugeschickt, in der Sie zu meinem Erstaunen einen Beitrag von mir ankündigen (Robert Neumann: Sie haben es gewußt). Ich kann mich nicht erinnern, Ihnen jemals eine Bewilligung hiefür erteilt zu haben. Trotzdem wäre ich vielleicht geneigt gewesen, dem von Ihnen widerrechtlich angekündigten Abdruck zuzustimmen. Die völlig unqualifizierte Art, in der Sie im gleichen Heft meinen guten Freund Friedrich Torberg anflegeln, veranlaßt mich jedoch, Ihnen die Zustimmung zum Abdruck meines Beitrags nicht nur ausdrücklich zu verweigern, sondern eine in der nächsten Nummer Ihrer Zeitschrift zu veröffentlichende Richtigstellung zu fordern, aus der klar hervorgehen muß, daß ich nicht zu den Mitarbeitern des »Tagebuch« gezählt zu werden wünsche. Hochachtungsvoll.

Die Absendung dieses Briefs, liebwerter N.N., soll durch die vorstehende Vorlage sowohl erleichtert als auch beschleunigt werden. Eine Unterlassung der Beschleunigung wäre unter Umständen statthaft. Eine Unterlassung der Absendung nicht. Denn ganz zu schweigen davon, daß diese offizielle KP-Monatsschrift unter völligem Ausschluß der Öffentlichkeit erscheint – also gut, schweigen wir davon.

Die Anrede »N.N.« steht für »Neffe Neumann«. Seit ich Sie in Ihrem jungen Eheheim und -hafen gesehen habe, ist es mit dem Onkel endgültig vorbei. Und wenn's so weitergeht, werde ich diese Anrede sogar für mich beanspruchen müssen.

Ihnen beiden alles Liebe von Marietta und mir –

Locarno-Monti, 15.2.61
La Giorgica

Mein lieber Torberg,

nein, ich bin noch immer nicht der KPÖ beigetreten. Die Leute haben gleich zahlreichen anderen um Erlaubnis zum Abdruck eines Abschnittes aus »Ausflüchte unseres Gewissens« gebeten, und das ist ihnen (unentgeltlich) bewilligt worden, vorausgesetzt daß es im Zusammenhang mit einer Besprechung der Broschüre geschieht. Daß derlei dann als »Beitrag« aufgemacht wird – so machen das ja doch alle kleinen Journalisten in kleinen Zeitungen in der ganzen Welt. Es ist ja allerdings schauerlich, mit wem man da gemeinsam auf der Beiträgerliste steht. Aber der junge Bismarck, ans unterste Ende der Galatafel verbannt, hat, hör' ich, gesagt: »Macht nichts, wo ich sitze, ist oben!« Was ich bedaure ist nur, daß diese kleinen Leute offenbar unter allen Zeitungen und Zeitschriften Österreichs bisher die einzigen gewesen sind, die von dieser Broschüre Kenntnis genommen haben – einer gerade für die Heimat Eichmanns wichtigen Broschüre, ich habe sie Ihnen geschickt, und haben Sie sie gekriegt? Wenn Sie daraus etwas drucken wollen – und so viel Sie nur wollen –, so steht Ihnen das natürlich zur Verfügung.

Dieser Herr Huppert ist ja allerdings ein meisterhafter Polemiker. Da können Sie und ich mal was lernen. Aber es geschieht Ihnen recht. Auch ein Würstchen krümmt sich, wenn es getreten wird. Wenn Sie mir nächstens telegrafieren, kündigen Sie doch bitte Ihre und Mariettas Ankunft an – nach Abbruch aller Brücken zu einer Welt, in der ein gewisser junger Freund von mir seine große Begabung perverserweise mit solchen Nichtigkeiten verzettelt.

Alles Liebe Euch beiden, von uns beiden,

Ihr Robert Neumann

17. Februar 1961

Verehrter Neffe,

eilends danke ich Ihnen für Ihren eben eingetroffenen Brief, den ich nach kurzer Verwirrung entschlüsselt und als par-odistisches Meisterwerk agnostiziert habe: erstens wegen der bewährten Diskrepanz zwischen Form und Gegenstand (indem etwas gar nicht so Lustiges lustig dargestellt wird); zweitens wegen der demonstrativen Verwendung aller in solchem Zusammenhang verfügbaren Klischees; und drittens, weil der Brief so tut, als ob Sie das Gegenteil von dem täten, was Sie doch in Wahrheit zu tun entschlossen sind. Für das Märzheft des »Tagebuch« ist es freilich schon zu spät geworden. Nun, macht nichts. Dann warte ich eben das Aprilheft ab.

Was die einzige offenbar ernst gemeinte Stelle Ihres Briefs betrifft: ja, die Broschüre habe ich bekommen, kann aber im

FORVM nichts damit anfangen. Ganz abgesehn davon, daß wir keine Nachdrucke bringen, schiene es mir auch taktisch verfehlt. In Deutschland mag dergleichen zweckmäßig sein – das wissen Sie vielleicht besser als ich und jedenfalls will ich Ihnen da nichts dreinreden, obwohl ich die Tunlichkeit dieser Art von Nazibekämpfung grundsätzlich anzweifle.

Ich halte nichts von einem Antinazismus, der nicht unzweifelhaft auch als Antikommunismus spürbar wird. Ich halte nichts davon, die Nazi so zu bekämpfen, daß sich die Kommunisten darüber freuen (und vice versa). Man muß sich's immer gleichzeitig mit *beiden* Spielarten der totalitären Pest verderben, sonst taugt die ganze Kämpfer-Attitude nichts. Zugegeben: es ist ein bißchen mühsam. Aber es geht. Schauen Sie sich zum Beispiel mich an. Die von mir geleitete Zeitschrift wurde im vergangenen Jahr gleich zweimal wegen scharf antinazistischer Artikel beschlagnahmt (was bei einer Monatsschrift einiges heißen will) und mußte nicht weniger als fünf Prozesse führen – und trotzdem werde ich von den Kommunisten bei jeder Gelegenheit auf eine so unflätige, ich möchte fast sagen: so nazistische Weise angerotzt, daß sogar Sie, bei all Ihrer Konzilianz und Souveränität, nicht umhin können, sich aus Gründen der geistigen und politischen Sauberkeit (wenn schon nicht aus Gründen der persönlichen Freundschaft) von diesem miesen Pack zu distanzieren.

Sollte ich daran auch nur eine Sekunde gezweifelt haben – was auf Grund Ihres meisterhaften Briefs immerhin möglich wäre –, dann schäme ich mich noch nachträglich und bitte Sie um Entschuldigung. Mir *so* einen Schrecken einzujagen! Das war wieder einmal echt Robert Neumann.

In diesem Sinn bis zum April und mit einem Handkuß an Madame –

Locarno-Monti, d. 4.3.61
La Giorgica

Lieber Friederich (»ein arger Wüterich«),

eben kommt das »TAGEBUCH« und erinnert mich daran, daß ich Ihren letzten Brief noch gar nicht beantwortet habe. Und nun, da das Blättchen auf meinem und gleichzeitig wohl auch auf Ihrem Tische liegt: Welche Zacke ist da wem aus der Krone gefallen?

Habe ich der Bolschewisierung der Welt Vorschub geleistet, indem ich wenigstens diesen fünfhundert oder fünfzig Österreichern gewisse Informationen vermittelte, die ich sehr viel lieber den fünftausend oder fünfzigtausend Lesern der »Kronenzeitung« (wenn's die noch geben sollte) vermittelt hätte – aber die druckt das nicht?

(Die Ansicht des Chefredakteurs des »FORUM«, daß man die Nazis nur angreifen darf, wenn man österreichisch-paritätischerweise gleichzeitig auch die Kommunisten angreift, teile ich deshalb nicht, weil diese flinke Gleichsetzung der stur-konsequenten Exekutionsbeamten der Ideen der Hölle mit den ebenso sturen Exekutionsbeamten des Verrates an einer der großen Ideen der Menschheit eine Simplifikation bedeutet, die nicht nur philosophisch sondern auch politisch falsch ist: denn derlei Ineinentopfwerfen öffnet gerade jene emotionelle Hintertür zur »Ausflucht des Gewissens«, zum Esnichtgewesensein, die ich verrammeln will.)

Nein, antworten Sie mir nicht. Kommen Sie her, zu Ostern, mit Marietta, und wir wollen's bereden.

Ihr alter R.N.

6. März 1961

Lieber, Verehrter und von mir zum letztenmal direkt Angeredeter,

es tut mir herzlich leid, daß Sie die guten Absichten meines Briefs vom 17. Februar brüskiert und eine immerhin dreißigjährige Beziehung auf solche Art beendet haben. Offenbar fällt Ihnen das leichter, als »Ihren Freunden, den Kommunisten« unangenehm zu werden. Daß Sie sich auf Ihren diesbezüglichen Scherzartikel nicht berufen können, muß Ihnen ja spätestens jetzt klar geworden sein: Sie sind bei den Kommunisten nach wie vor lieb Kind und werden von ihnen ... nach wie vor mit aller Ehrerbietung exploitiert. Nun, das mögen Sie in Hinkunft ganz nach Belieben halten und verharmlosen – aber nicht mehr mir gegenüber. So billig, wie Sie sich's da machen wollten, ist meine Freundschaft nicht zu haben. Es tut mir leid. Es tut mir herzlich leid.

Ihr Manuskript, das ich gerne gedruckt hätte, retourniere ich Ihnen in der Beilage. FORVM ist, wie Sie wissen, eine scharf antitotalitäre Zeitschrift und kann seine Mitarbeiter weder mit nazistischen noch mit kommunistischen Publikationen teilen.

Ich wünsche Ihnen und Ihrer Frau alles Gute.

Locarno-Monti, 10.3.61
La Giorgica

Nein, mein Lieber, ganz genau so wollen wir das *nicht* machen. Ich könnte Ihnen überhaupt nicht antworten, oder humoristisch, oder zerschmetternd, oder größenwahnsinnig-pompös – wir haben's ja, wir können's ja. Aber wir können's uns nicht leisten. Ich nicht – denn Sie sind einer meiner sechs besten Freunde (wobei es mir schwer fiele, die anderen fünf zu nennen). Und Sie nicht – denn Sie müßten gar nicht erst versuchen, sich bezüglich Ihrer fünf anderen den Kopf zu zerbrechen. Seien Sie doch kein Narr. Wer sich im Kampf gegen die Diktaturen rechts und links Ihre anti-diktatorische Diktatur gefallen läßt, kann ja doch nur ein Würstchen sein; und verarge ich es Ihnen schon, wenn Sie Ihre stupende Begabung an die Vernichtung der Würstchen unter Ihren Gegnern verschwenden, so betrachte ich es geradezu als einen Charakterfehler, wenn ein Mann wie Sie sich mit Würstchen als Freunden zufrieden gibt.

Ich will Ihren Brief nicht bekommen haben, Torberg. Wenn Sie mir meinen Lebensunterhalt entziehen wollen, indem Sie mich nicht im FORUM drucken – gut. Mehr noch: ich habe nichts dagegen, daß Sie mich (gleich allen anderen, die sich am Kalten Krieg nicht beteiligen wollen) in aller Öffentlichkeit als den Schergen des Kreml entlarven, der ich nun einmal bin. Ich bin nicht empfindlich, und hoffentlich werden sie dann auch nicht empfindlich sein, wenn ich Ihnen das heimzahle. Aber erinnern Sie sich unseres Lebens unter den Angelsachsen und vermengen Sie Politisches nicht mit Privatem, und schreiben Sie mir nie wieder solche Abschiedsbriefe, sonst sag' ich es der Marietta, die Verständnis dafür haben wird, daß man sich Tyrannen nicht beugen darf. (Die meine, die Sie unbegreiflicherweise liebt und verehrt, wurde eben von mir dabei ertappt, wie sie Ihnen schreiben wollte. Ich habe das eben noch zu verhindern gewußt.)

Alles herzliche,
Ihr alter
Robert Neumann

14. März 1961

»Das mit dem Robert Neumann ist also danebengegangen«, lautete die diesbezügliche Bemerkung des Briefempfängers am Frühstückstisch, und seine Gattin quittierte das mit den von hämischen Untertönen nicht ganz freien Worten: »Recht geschieht dir, du Idiot, und ich hab's dir ja gleich gesagt.« Es sieht also ganz so aus, als müßten wir die Alten bleiben. Kann man halt nix machen. Das Eigengewicht unsrer Beziehung ist offenbar stärker als wir.

Dennoch, ja geradezu infolgedessen, kann ich es Ihnen nicht ersparen, meinen Brief vom 6. März bekommen zu haben. Sie *haben* ihn bekommen. Sie haben ihn nur nicht zur Kenntnis genommen – und das steht Ihnen selbstverständlich vollkommen frei. Ebenso wie es *mir* freisteht, auch Ihre beiden letzten Briefe als parodistische Meisterwerke zu deuten. Denn was Sie da alles sagen, *können* Sie doch nicht im Ernst gemeint haben. Sie können mir doch heute nicht mehr ernsthaft mit Argumenten aus der politischen Taferlklasse kommen wie etwa dem, daß es sich beim Kommunismus um den »Verrat an einer der großen Ideen der Menschheit« handelt. Das ist doch, um Himmels willen, für seine heutige politische Realität – und nur mit ihr haben wir's zu tun – genau so gleichgültig, wie es für einen an Blutvergiftung Sterbenden gleichgültig ist, ob er sich mit einem rostigen Nagel oder mit einer Hummerschere blutiggeritzt hat. Er stirbt. Und was ich sagen wollte, ist, daß unterm roten Faschismus genau so gestorben wird, genau so *krepiert* wird, wie unterm braunen.

Wir leben hier in etwa 30 Autominuten Entfernung vom Eisernen Vorhang, wissen Sie. Wenn Sie nächstens in Wien zu Besuch sind, führ ich Sie hin. Vielleicht haben wir Glück und kommen gerade zurecht, wie ein ungarischer Flüchtling im Drahtverhau an der Grenze auf eine Mine tritt und in Fetzen gerissen wird. Und vielleicht können Sie ihm dann noch rasch etwas von der Idealkonzeption des Urkommunismus erzählen. Und *mir* noch rasch etwas davon, daß es lauter Würstchen sind, die gegen diese Unmenschlichkeit kämpfen. Übrigens befindet sich unter meinen Freunden, den Würstchen, auch der Ihnen bekannte Milan Dubrovic und manch ein andrer, der dem Nazismus an Ort und Stelle getrotzt hat und der aus den gleichen Motiven auch dem Kommunismus trotzt. So einem könnte ich *nicht in die Augen schauen,* wenn ich mich auf den von Ihnen wahrgenommenen »Unterschied« zurückzöge – der in der Praxis doch nur noch darin besteht, daß mich der Kommunismus nicht deshalb umbringen will, weil ich eine krumme Nase hab, sondern unter irgendeinem andern Vorwand.

Ich finde nämlich, daß man *gerade* als Inhaber einer krummen Nase verpflichtet ist, *keinen* Unterschied zwischen den beiden Faschismen zu machen. Sonst setzt man sich nämlich dem Verdacht aus, daß man nur deshalb gegen den braunen Faschismus war, weil man infolge krummer Nase keine Wahl hatte. Aber kaum hat man die Wahl, kaum wechselt der Faschismus die Farbe und der Terror das Vorzeichen, ist man schon nicht mehr dagegen, sondern lehnt es ab, sich am »kalten Krieg« zu beteiligen ... Und ich soll Ihnen glauben, daß Sie das alles im Ernst gemeint hätten?! Nein, Sie *müssen* mir erlauben, es als Parodie zu verbuchen und ad acta zu legen – um der dann erst wirklich reinen und wirklich beglükkenden Gewißheit willen, daß persönliche Bindungen wie die unsre an solcherlei nicht zuschanden werden können. Denn *da* haben *Sie* wieder recht. *Da*zu sind solche Freundschaften zu rar und zu kostbar geworden.

In diesem Sinne halte ich dieselbe hoch und grüße Sie, auch von der rechthaberischen Marietta. Und einen Handkuß an die Ihrige, deren nicht abgeschickten Brief ich im Gegenteil als erhalten betrachte.

Locarno-Monti, 21.3.61
La Giorgica

Mein lieber Friedrich,

nein, ich spreche mit Ihnen nicht mehr über Politik, obgleich das, was Sie sagen, zur Hälfte sehr überzeugend ist. Es ist eines der Prärogative eines vertrottelten Demokraten gleich mir, daß er feine Unterschiede zwischen Genickschüssen macht, bis es ihn selber trifft. Daß es für den Erschossenen auf dasselbe hinausläuft, ist zweifellos richtig – aber das liegt auf einer anderen Ebene. Lassen Sie mir also meine politische Narrenfreiheit – und ich lasse Ihnen die Ihre. Und umarmen Sie mir die Marietta und sagen Sie ihr, ich hätte immer schon gewußt, daß ich mich auf sie verlassen kann. Sie ist ein gescheites Mädchen. Und vor allem: ich danke Ihnen für Ihren Brief. Er hat mir einen Stein von der Seele gewälzt. Es wäre ein großer Kummer für mich gewesen, hätte ich Sie verloren.

Kommt bald einmal her – und inzwischen alles Herzliche Euch beiden von uns beiden,

Ihr alter R.N.

Kaplan
Johannes Österreicher

New York, 23.II.1946

Hochwürden,

entschuldigen Sie bitte, daß ich erst heute auf Ihren telephonischen Anruf zurückkommen kann, für den ich Ihnen nochmals danken möchte; ebenso dafür, daß Sie mir Ihre »Epistle to Sholem Asch« zugänglich gemacht haben; und schließlich für Ihr ehrendes Interesse an meiner Meinung.

Leider werde ich da nicht sehr viel zu sagen haben, und fürchte überhaupt, daß ich keinen sehr brauchbaren Partner für eine Diskussion über dieses Thema abgäbe: denn damit sie in Gang käme, müßte ich doch wohl für Asch Partei ergreifen, und dazu bin ich eben nicht gut in der Lage. Wie ich Ihnen schon sagte, kenne ich Asch's »Epistle to the Christians« nur teilweise; im wesentlichen stützte ich mich auf das Kernstück, das deutsch unter dem Titel »Der Sohn Gottes und der Sohn Satans« im Januar-Heft der »Neuen Rundschau«, Stockholm, erschienen ist, sowie auf Ihre Gegen-Epistel. Alles das hat mir nur bestätigt, was ich schon vorher wußte. Schalom Asch hat sich seit dem »Nazarener« und vollends seit dem »Apostel« von der jüdischen Idee zu weit entfernt, um noch als Sprachrohr oder gar als Repräsentant des Judentums auftreten zu können. Daß seine Gedankengänge, wie Sie feststellen, auch für die Kirche nicht akzeptabel sind, macht sie für die Synagoge um nichts akzeptabler. Soviel ich beurteilen kann, haben Sie mit allem, was Sie gegen Asch vom katholischen Standpunkt aus einwenden, vollkommen recht. Nur daß es eben nicht mein Standpunkt ist. Nur daß ich von seiner »Epistle« zwar gleichfalls »disappointed and not a little disturbed« bin – aber von einer andern Richtung her. (Nicht durchwegs und notwendigerweise von einer entgegengesetzten. Von einer andern.)

Ich kann mich also, wenn ich meine Kompetenz nicht überschreiten will, nur zu jenen Stellen Ihrer »Epistle« äußern, die unabhängig von Asch's Kontroverse mit den

Juden und mit den Christen, und unabhängig von Ihrer Kontroverse mit Asch, Gültigkeit und Interesse behalten. Hier desgleichen haben Sie in vielem recht. Zum Beispiel ist Prof. Klausner zweifellos ein zuverlässigerer Historiker als Asch, und auch sonst viel ernster zu nehmen. Schon die Christus- und Paulus-Beispiele sind Beweis genug; aber daß Asch gar noch auf Luther hereinfällt – von dem er offenbar nur die Werbung kennt, nicht aber die Wutausbrüche über ihre Erfolglosigkeit –: das disqualifiziert ihn vollends. (Übrigens eröffnet es ganz interessante Perspektiven, daß er da in Heine einen Vorgänger besitzt.)

Und was es mit dem Sowjet-Mythos unter den Juden auf sich hat, dem also auch Asch erlegen ist: darüber haben wir uns ja schon unterhalten und geeinigt. Da müßte wohl ein neuer Maimonides kommen und einen neuen »Führer der Verirrten« schreiben, um dieses gigantische Mißverständnis aufzuklären. Ich weiß nicht, ob Sie szt. meine Polemik mit Ludwig Marcuse in Sachen Werfel verfolgt haben; sie lief darauf hinaus, daß ich das, was Judentum und Katholizismus gegeneinander haben, für eine urbane Meinungsverschiedenheit halte im Vergleich zu dem, was Stalin gegen beide hat. Oder, um eine alte, wohl auch Ihnen bekannte Formulierung abzuwandeln: was Judentum und Christentum betrifft, so ist die Lage zwar hoffnungslos, aber nicht ernst; was Judentum und Christentum einerseits und Stalin anderseits betrifft, so ist sie ernst, aber nicht hoffnungslos.

Zu jenen Ihrer Feststellungen, denen ich freudig zustimmen darf, gehört auch noch die Zurückweisung der von Asch gegen die Christen erhobenen Anklage: »It lay in your power to stop him (Hitler), and yet you were silent«. Es scheint mir nämlich sehr wesentlich, daß gerade »power« den Christen *als Christen* nicht zu Gebote stand. Mit anderen Worten, und auf die Gefahr hin, daß es sich hier desgleichen um einen »nicht akzeptablen« Gedankengang handelt: ein Pauschal-Vorwurf gegen die Christen trifft deshalb daneben, weil sie nicht als Christen zu Hitler geschwiegen haben, sondern als Deutsche, als Engländer, als Franzosen.

Das ändert aber nichts daran, daß in der pauschalen Schuldfrage den Christen die Priorität zukommt und nicht den Deutschen, daß Antisemitismus und antisemitische Exzesse schon lange vor dem Münchner Bürgerbräu von der Katholischen Kirche ausgegangen sind. Ich bin damit bei jenen Stellen Ihrer »Epistle« angelangt, die ich, ermutigt durch Ihre Aufforderung, meine Meinung zu äußern, dann also nicht unwidersprochen hingehen lassen kann. »The crimes committed against the Jewish people during the past decade were not acts of Christians but apostates, who abominated the Church no less than the Jews« –: das zu betonen hat doch nur dann einen Sinn, wenn der Ton auf »during the decade« liegt; denn vorher, die ganzen neunzehn Jahrhunderte vorher, wurden die Verbrechen gegen das jüdische Volk doch wahrhaftig nicht von den Apostaten der Kirche verübt sondern von ihren Zeloten.

Ja selbst was diese modernen Apostaten betrifft, scheint es mir zumindest fraglich und, wie Sie selbst es tun, nur hypothetisch zu beweisen (»they *would have* wiped out Christianity«) ob sie wirklich »no less« gegen die Kirche waren als gegen die Juden. Vielleicht ist es zu viel verlangt: aber ich meine, daß in solchen Dingen die klarste Formulierung gerade klar genug wäre. Ich meine, daß es statt »many Christians were deaf to the groaning of the Jews« doch klarer heißen sollte: »*few* Christians were *not* deaf to the groaning of the Jews«. Ich meine, daß die schäbige Handvoll der (übrigens zum Großteil getauften) jüdischen Bankiers, die »during Hitler's rise to power ... contributed to his financial support« doch nicht in einem Atem genannt werden sollte mit den »deluded people of many lands«. Ich meine, daß der unter Zwang und zur Rettung von Menschenleben abgeschlossene Handelsvertrag der Palestine Trust Company mit Hitler doch nicht als vollwertiges Gegenstück dargestellt werden sollte zu den vielen für Hitler viel wichtigeren Verträgen, in denen viel mächtigere Organisationen als die Palestine Trust Company auf eine Partnerschaft mit Hitler eingingen (auch ein Konkordat mit dem Vatikan befand sich darunter). Ich meine, kurzum, daß eine Feststellung wie »Jews have suffered manifold wrongs from Christians, and Christians have been wronged by Jews« den Anschein einer Balance erweckt, die doch bei weitem nicht gegeben ist.

Sie machen diese Feststellung im Anschluß an ein Zitat aus Asch's »Epistle«, und Sie schreiben: »You have found the core of the problem when you say, ›We are suffering for the sins of our fathers‹.« Ich weiß nicht, ob das wirklich »the core of the problem« ist, und meine theologische Bildung reicht leider nicht aus, um zu untersuchen, wie weit die jüdische Berechtigung geht, sich auf Vatersünden auszureden, und wie weit die jüdische Verpflichtung, den Grund für unsre Leiden in unsern eigenen Sünden zu suchen. Alle Anhaltspunkte – und nicht zuletzt die Tatsache, daß Sie da mit Asch einer Meinung sind – sprechen jedenfalls dafür, daß die »sins of our fathers« in jener »stubbornness« bestünden, die Sie an einer andern Stelle erwähnen: »Israel as a whole was kept from its peace by its own stubbornness« heißt es da, und was Asch noch offenläßt: »Christ *would have* become the hope of Israel«, wird von Ihnen zu der ausdrücklichen Feststellung erhärtet: »He *is* the hope of Israel, whether recognized or not«.

Ich könnte mir denken, daß »the core of the problem« viel eher als in der akzeptierten Vätersünde in eben diesem »whether or not« zu suchen sei, nämlich whether or not es sich da überhaupt um eine Sünde handelt. Den Grund für unser Leiden darin zu erblicken, *daß* unsre Väter eine Sünde begangen haben, indem sie Christum nicht als Messias anerkannten, würde sich sodann als eine Art petitio principii erweisen: denn die Nicht-Anerkennung als Sünde zu werten, impliziert ja bereits die Anerkennung. An diesem Punkt kann ich also nicht mehr mit, und an diesem Punkt mußte ich auch meinem verstorbenen Freund Franz Werfel die Gefolgschaft verweigern, der die Taufe (siehe seine »Theologumena«) geradezu deshalb *nicht* annahm, weil sie ihm als eine »Desertion« von dem Leiden erschien, das uns Juden für die Nicht-anerkennung Christi als Messias auferlegt ist, – der also Christum gerade deshalb, weil er ihn als Messias anerkennt, nicht als Messias anerkennt. – Aber auch darüber haben wir, wenn ich nicht irre, schon kurz gesprochen, und in meiner Werfel-Gedenkrede habe ich auch zu diesem Punkt einiges gesagt.

Daß ich mich auf Grund der Anschauungen, die ich Ihnen im Vorstehenden angedeutet habe, bereits für einen »religiösen Juden« halten darf, wage ich nicht zu behaupten. Wenn es so wäre, wie Sie es gegen Schluß Ihrer »Epistle« sagen: »His Second Coming, awaited by every true Christian, is what the religious Jew unknowingly longs for too«, dann würde ich der Berechtigung dazu in jedem Fall ermangeln. Aber ich glaube zu wissen, daß es eben nicht die Wiederkunft Christi ist, auf die ich warte, sondern die Ankunft des Messias. Ja ich glaube sogar zu wissen, daß gerade der »religious Jew« sich seiner religiösen Konzeption viel zu gründlich versichert hat, als daß ihm irgendetwas, und schon gar eine Verwechslung seiner zentralen Sehnsucht, »unknowingly« unterlaufen könnte. Es muß einer wohl das Gegenteil von »religious Jew« sein, um von der Eröffnung, daß er ja eigentlich auf die Wiederkunft Christi wartet und es bloß nicht gewußt hat, überzeugt und bekehrt zu werden.

Aber das führt mich zu weit, und darüber zu diskutieren ist nicht meine Absicht – denn wie schon gesagt: ich bin kein Theologe. Ich wollte nur ein paar grundsätzliche Bemerkungen zu einem gewaltigen Thema vorbringen, das mir gewaltig am Herzen liegt. Da ich auf der Plattform, von der Sie und Asch es diskutieren, keine Position beziehen kann, blieb mir nur wenig zu sagen. Umso mehr glaubte ich es dem Thema im allgemeinen und Ihrem Interesse im besonderen schuldig zu sein, dieses Wenige dann wenigstens so klar und offen zu sagen, als ich es vermochte. Ich hoffe, daß mir das annähernd gelungen ist, und ich hoffe auf Ihr Verständnis.

Mit wiederholtem Dank für Ihre Freundlichkeit und mit sehr ergebenen Grüßen bin ich

Ihr
Torberg

Heinz Politzer

Jerusalem, Deir Abou Tor, House Dajani

17. Jänner 1945

Lieber Torberg,

meine Schwester schreibt eben, daß Sie die Zeilen über »Mein ist die Rache« erhalten und daß sie Ihnen offenbar Freude bereitet haben. Ich fand das Buch, sobald es nach Palästina kam, vor einem Jahr also etwa, kaufte es sogleich und hatte nicht eher Ruhe, als bis ich einiges von meiner Erregung niedergeschrieben hatte …

Wenn ich mich heute, nach all diesen Jahren der Not, der Bedrückung und der Verzweifelung nach einem Weg frage, für uns vier hier und das, was wir vorstellen, so antwortet eine Düsternis, die sehr in Gegensatz steht zu den amtlichen Versprechungen, die man der Welt macht. Daß es in einer so totalisierten Welt wie dieser Generallösungen nicht gibt, sehen wir hierzulande deutlich. Je uniformer die Menschen, desto verschütteter alles, wozu man die Uniform eigentlich trüge. Man wird wohl versuchen zurückzugehen dahin, wo es zwar kein Zurück, aber zumindest nicht mehr den Zustand des halben Exils gibt, in den man hier geraten ist, der zu der Neurose der Fremde die Pflichtansprüche einer nicht bestehenden Zugehörigkeit schlägt. Man wird versuchen, die Kinder europäisch zu erziehen und vielleicht sogar in der Sprache, in der die eigenen Dinge geschaffen sind, und man wird weiter von der Tatsache träumen, daß man einmal mit der Westbahn in sieben Stunden nach Salzburg und mit der Südbahn in zweien auf den Semmering fahren konnte. Man wird sich einzureden versuchen, was ja zudem die lautere Wahrheit ist, daß dieses unser Leben der Sehnsucht und Vereitelung sinnbildlich ist für den Wandel des Geistes auf dieser Erde, ja in unserer Zeit für das Fortdauern des Anstands und der Gesittung. Die Morgenlandfahrt ist schließlich zur Abendlandfahrt geworden und Samarkand liegt wohl irgendwo zwischen Aign-Voglhub und Rekawinkel.

Lieber Torberg, ich habe Sie noch gar nicht nach Ihren eigenen Erlebnissen und Arbeiten gefragt, aber der ganze Brief ist eine Frage danach. Oberflächlich hat Ihre Schwester wohl dann und wann Bericht erstattet, aber Sie können sich gewiß vorstellen, nein, Sie können es nicht, wie willkommen ein ausführlicher Brief wäre. Ein naheliegendes Bild zu gebrauchen: wie ein Schluck Wasser in der Wüste.

Also, Mac Torberg, seien Sie gnädig, setzen Sie sich hin, zünden Sie eine Pfeife an und schreiben Sie mir.

Immer Ihr
Heinz Politzer

c/o TIME Magazine
Rockefeller Plaza, New York, N.Y.

Ende Mai 1945

Lieber Freund Politzer,

jetzt ist es schon hübsch ein paar Monate her seit Ihr Brief angekommen ist – und sonderbarerweise habe ich gar nicht das Gefühl, als ob ich mich für die lang verzögerte Antwort bei Ihnen entschuldigen müßte. Das liegt wohl ausschließlich an Ihrem Brief: der etwas so undefinierbar Selbstverständliches und Zeitloses an sich hat, daß er mir gar keiner »Antwort« zu bedürfen scheint, – höchstens einer Bestätigung daß er angekommen und zwar mit jedem Wort an der richtigen Adresse angekommen ist.

Stellenweise war es mir sogar ein bißchen unheimlich, wie haargenau Ihre Erlebnisse und Verarbeitungen und Reaktionen mit den meinen übereinstimmen, – in einer inneren Landschaft freilich, für die es dann schon ohne Belang bleibt, daß die äußere Landschaft bei mir Amerika heißt und bei Ihnen, immerhin, Palästina. Darüber wollen wir also erst gar nicht reden, es würde und könnte und dürfte zu gar nichts führen, denn ich *dürfte* mir Palästina (»and everything it stands for«) von Ihrer Düsternis so wenig ausreden lassen, wie ich es mir von Ihrer etwaigen Helligkeit einreden lassen dürfte.

Das spielt sich anderswo ab, und so schmerzlich es mir ist,

Sie etwa von den »Pflichtansprüchen einer nicht bestehenden Zugehörigkeit« reden zu hören: so klar erkenne ich auch das nur als die besondere Einkleidung, in der die größere Katastrophe sich gerade Ihnen präsentiert – jene Katastrophe, die Sie (ob bewußt oder unbewußt) am schauerlichsten im *Auftakt* eines Ihrer Sätze eingefangen haben: »Man wird sich einzureden versuchen, was ja zudem die lautere Wahrheit ist, daß ...« – was dann nachkommt und was Sie eigentlich aussagen wollten ist gar nicht mehr wichtig in diesem Zusammenhang, wichtig ist, daß man sich die lautere Wahrheit tatsächlich noch einreden muß, weil es sie sonst nicht gibt.

Ich glaube wir können noch gar nicht absehen auf was für einem tollen Über-Dreh wir unser Leben einzurichten haben werden — das bekannte »Du fährst doch aber *wirklich* nach Krakau, also warum lügst Du?« schrumpft daneben zur einfältigen Gradheit eines schwäbischen Bäuerleins. Nicht nur muß man sich die Wahrheit einreden – man muß sich auch noch einreden, daß es wirklich die Wahrheit ist, weil es niemanden gibt, der einen dessen versichert, weil sich von jeglicher Bundesgenossenschaft nach einer kurzen Strecke gemeinsamen Wegs herausstellt, daß auch sie sich der Wahrheit nur als einer Abkürzung bedient hat, nur weil die Wahrheit mitunter bequemer ist als die Lüge – und das gilt nun, wie alle unentrinnbare Richtigkeit, fürs Allerprivateste genauso wie für das sogenannte Weltgeschehen. Man wird, Sie sagen es, von der siebenstündigen Westbahnfahrt nach Salzburg noch dann zu träumen haben wenn man sie unternimmt, man wird die Gewißheit und wohl auch den Erweis, daß es kein Zurück gibt, dem »Zustand des halben Exils« vorzuziehen haben, und so ist des kleineren Übels kein Ende.

Man muß sich, wie einst gegen Hitler sogar mit Stalin, hierauf gegen Stalin sogar mit Churchill verbünden, und gegen Churchill sogar mit de Gaulle, und gegen de Gaulle sogar mit den Syrern, und so weiter und so lange bis man selbst als das kleinere Übel übrigbleibt, und da halten wir nun. Ich habe Ihnen *nichts* zu bieten, Heinz Politzer, rein gar nichts – höchstens, wenn es Sie interessiert, und wenn Sie noch manchmal das Gefühl haben, daß es ein Albtraum ist – und wenn Sie wissen möchten, ob Sie dann nach dem Erwachen jemanden treffen werden der zufällig dasselbe geträumt hat – dann also kann ich Ihnen sagen: *ja*, ich *habe* dasselbe geträumt.

Zwischendurch, im Halbschlaf, begeben sich die Dinge die uns den Halbschlaf halbschlafenswert machen, und deren sehe ich vielleicht etliche mehr als Sie. Die »Fortdauer des Anstands und der Gesittung« ist, solange man noch darüber reden kann, und *indem* man darüber redet, gewahrt, und ist vor dem Schicksal der übrigen Underground-Bewegungen dadurch gefeit, daß sie niemals an die Macht kommen wird, das kann ich Ihnen garantieren und das ist schon was. Auch daß Sie Ihr Leben mit einer Frau und mit Kindern teilen können, ist mehr als den meisten zukommt, weil die meisten gar nicht mehr wissen was es ist. Und solange Sie sich das wache Bewußtsein Ihrer Sprachabenteuer so erhalten können, wie es mir aus Ihrem Brief und seinen Beilagen hervorgeht, habe ich überhaupt keine Angst um Sie, was wollen Sie eigentlich?

Die »Jungfräulichkeit« des Englischen leuchtet mir sehr ein, ich glaube in einer viel klobigeren Parallele etwas Ähnliches erlebt zu haben, nämlich an einer Eingeborenen, mit der es mir hier ein paar wirre Monate lang drunter und drüber ging: bis ich dahinterkam, daß es nur deshalb nach großer großer Liebe aussehn konnte, weil ich ihr (und mir) den Mund von Dingen übergehen ließ, die ich mir (und ihr) auf deutsch gar nicht auszusprechen erlaubt hätte. Natürlich ist es viel, viel besser und anständiger, dergleichen in keiner Parallele zu erleben sondern in der Sache selbst, also in der Sprache, und ich glaube auch zu wissen, was Sie da mit den »Möglichkeiten unmittelbaren Ausdrucks« meinen: das Englische hat tatsächlich eine Qualität, die man ihrerseits am besten auf englisch ausdrückt, mit »down to earth«, auf deutsch wüßte ich es nur so zu sagen, daß man auf englisch den Dingen besser zuleibe rücken kann als auf deutsch. Na ja.

Da fragt sich's aber: wer will schon zuleibe rücken . . .? Sehr viel erwarte ich mir von Ihren Übersetzungen, überhaupt möchte ich möglichst viel von dem lesen was Sie gearbeitet haben, Ihre Schwester hat mir zwar einiges geschickt, als ich sie um eine Abschrift des von mir so sehr geliebten »Jede Quelle will in's Meer sich gießen« bat, aber ich möchte mehr. Was mir bis jetzt zugegangen ist, ist alles sehr aufregend und langer Gespräche dringend bedürftig, ich bin auch sehr sicher, daß es über kurz oder lang zu solchen Gesprächen kommen wird und daß sie mir dann ebenso selbstverständlich sein werden wie Ihr Brief es war.

Jetzt weiß ich nicht, ob wir uns szt. über Moriz Seeler geeinigt haben – sonst könnte ich Ihnen allein über ein Gedicht wie »Der Mondgott« mehr sagen als in einem Brief Platz hat. Oder, um etwas ganz andres herauszugreifen, über den fundamentalen Unterschied zwischen den »Gefallenen« und dem »Sterbenden Soldat« (zugunsten der »Gefallenen«). Und mir scheint, als wären Sie wirklich dort am glücklichsten, wo Sie es mit Kindern und Märchen zu tun haben. Aber das ist alles so jammervoll unzulänglich und am Ende arrogant, daß wir's wohl wirklich besser für mündlich lassen, oder für einen sehr viel geruhsameren Briefwechsel, also doch für mündlich. Lassen Sie mich Ihnen nur noch sagen, daß *jedes einzelne* Ihrer Gedichte mich froh gemacht hat, und daß Sie meine Freude mit jedem weitern steigern werden.

Ja, und was soll ich Ihnen denn von mir erzählen? Die Ballade des Äußeren Lebens? Daß es uns darauf nicht ankommt und nicht ankommen soll – darüber haben wir uns ja eingangs geeinigt. Ich war bis vor ungefähr einem Jahr in Hollywood, was ein Sonderkapitel des Petit Guignol darstellt, wurde dann von TIME behufs Mit-Vorbereitung einer deutschen Ausgabe hergeholt, der Plan wurde seither fallen gelassen und ich mit ihm (lassen Sie sich von der Postadresse nicht irremachen), ich möchte aber, solange ich's finanziell vermeiden kann, nicht nach Hollywood zurück, und bis jetzt konnte ich's also vermeiden.

Innerhalb der deutschschreibenden Literatur-Emigration sitze ich pünktlich zwischen allen erreichbaren Sesseln, einerseits weil das, was ich an »credit« aus Europa mitgebracht habe, zum Leben zu wenig ist und zum Sterben zu viel, und anderseits weil ich mich weder stalinisieren noch amerikanisieren will. Was unter solchen Umständen herauskommen kann, haben Sie ja gelesen und haben *alles* dazu gesagt, was ich mir jemals zu hören gewünscht habe, ich danke Ihnen noch einmal ganz ausdrücklich dafür, und zwar genau von dorther wo ich Ihnen auch für Ihre Gedichte danke. Eine Zeitlang, obwohl es bekanntlich just another concentration camp story ist, sah es nach einer amerikanischen Ausgabe aus – falls sie doch noch zustandekommen sollte, werde ich mein Egoistischestes tun, um Ihren Aufsatz dem Druck zuzuführen. Angeblich erscheint jetzt in Argentinien eine spanische Übersetzung und die hebräische ist ja wirklich erschienen. (Ich weiß leider gar nichts von der Reaktion darauf – können Sie mir zu irgendetwas dergleichen verhelfen?)

Die große Zuflucht und Rettung sind, wie sich's gebührt, die Gedichte, – zwei, nebst einer Übersetzung aus dem Tschechischen, erschienen kürzlich in einer Londoner Anthologie, solche jüdischer Observanz übergebe ich gelegentlich dem »Aufbau« zur Verstümmelung, und in den Mappen liegt vieles Heimweh, ein Altausseer Gedicht, eine Reihe »Wiener Sonette«, und mannigfacher Zorn. Ich schikke Ihnen nächster Tage mit gesonderter und langsamer Post eine Auswahl. Zur »kleinen Prosa« (wie Sie sie in diesem sehr beunruhigenden »Turm« beneidenswerter Weise wahren) habe ich immer sehr schweren Zutritt gehabt, und dazu reicht's momentan einfach nicht. Offenbar auch zur »großen« nicht – denn ich arbeite jetzt schon das dritte Jahr an einem Roman, bei dem ich nicht einmal die Ausrede habe, daß ich nicht weiß, ob er erscheinen wird, denn ich bin für die nächsten Jahre bereits nach Schweden verkauft. Am Ende liegt's doch am Thema? Es ist nämlich wieder einmal eine ganz zarte, duftige Sommergeschichte, so richtig das, was die Leute gern zur Entspannung lesen: die Beichte eines Selbstmörders, und der Selbstmörder war ein jüdischer Nazi-Agent.

Ab und zu, in einer unbehaglichen englischen Prosa (denn mein Englisch ist in Hollywood hoffllungslos commercial geworden), schreibe ich etwas für abseitige Literatur-Magazine, warum weiß ich eigentlich nicht, wahrscheinlich aus Ventilationsgründen. Das alles habe ich Ihnen aber wirklich nur deshalb gesagt, um anstandshalber Bericht zu geben. Wir lassen es jetzt dabei bewenden und beschäftigen uns mit dem *Thema*, – es ist unermeßlich und Sie müssen mir sehr rasch sehr viel dazu sagen, ich warte.

Allerherzlichst Ihr
F.T.

150 West 55 St.
New York 19, N.Y.

25. August 1945

Lieber Politzer,

diesmal antworte ich Ihnen aber wirklich sofort, obwohl ja auch dieser Ihr Brief vom 25. Juli Gott sei Dank von solcher Art ist, daß man monatelang mit der Antwort warten könnte und sie wäre dann ganz genau so aktuell wie eine sofortige ... Daß er mir wieder sehr große Freude gemacht hat, brauche ich Ihnen wohl nicht zu sagen und werde es auch in Hinkunft nicht mehr tun: da ja die Herstellung vertrauter Atmosphäre entweder ein für alle Mal glückt oder garnicht.

Das scheint mir übrigens einer der »acid tests« dieser (für uns nunmehr sieben) Exilsjahre: ob zwischen Menschen, die einmal miteinander im Einklang waren, in welchem immer, die von Ihnen so genannte Chiffre- und Sigel-Sprache weiter funktioniert, und zwar gleichgültig ob es sich um etwas schon seinerzeit in Einklang Gebrachtes handelt oder um etwas ganz Neues. Es gibt auch noch andre solche tests, und das Exil ist ja überhaupt eine zuverlässige und unbarmherzige Scheidemühle, unbarmherzig deshalb, weil sie zwischen gültigster Bewährung und enttäuschendster Unbrauchbarkeit keinen Übergang kennt, weil sie entweder das feinste Doppelnullermehl herstellt oder dann eben sofort die blanke Scheiße.

In diesen sieben Jahren sind Beziehungen zugrundegegangen und Beziehungen gewachsen, von denen man sich beides niemals hätte vorstellen können (zur zweiten Gruppe, zu den neu entstandenen, gehört für mich z.B. meine Freundschaft mit Werfel), – aber das schönste, finde ich, sind doch die bestätigten Beziehungen, die intermittierenden Flüsse, die nach noch so weiten Strecken unter der Erde wieder hervorkommen und so sind wie sie zu sein haben, sie können gar nicht anders. Auf die Gefahr hin, daß ich damit bei Ihnen gegen eine gewissen Aufnahms-Unwilligkeit anrenne, muß ich Ihnen z.B. sagen, daß Max Brod für mich so ein intermittierender Fluß ist. Aber das ist dann schon ein andres und eigenes Kapitel.

Was uns betrifft, so hat, nicht minder als Ihnen mein Brief, mir seine Charakterisierung durch Sie wohlgetan: ja, Sie haben recht, zwei Juden treffen sich, sagt der eine. Daß sie behufs noch genauerer Umschreibung der Atmosphäre sich gar noch in die Bahn setzen und mit mir an die Grenze bei Lundenburg fahren, ist vollends von einer fast schon unheimlichen Pikanterie: vielleicht erinnern Sie sich, daß die Parodie, mit der ich einmal in geruhsameren Zeiten nach Ihnen gezielt habe, in einem Zug spielte und mit einer Grenzkontrolle schloß. Es stimmt also alles.

Bleiben wir schon bei den zwei Juden, und zwar bei denen, die, wenn sie sich in Palästina treffen, Schalom sagen »und was dann kommt, ist kein Spaß«. *Da* haben sie den eklatantesten Beweis einer unmißverständlich weiterfunktionierenden Chiffre. Denn eigentlich dürfte mich doch sowas garnicht freuen. Es freut mich aber trotzdem, und ich verstehe es, und es ist Ihnen – was wieder *Sie* zu verstehen haben – bewilligt. Ich merke bei solchen Anlässen am zuverlässigsten, wie tief und sicher und feist ich in meinen jüdischen Überzeugungen ruhe. Es grenzt, wie es sich ja für jüdische Überzeugungen gebührt, bereits an Arroganz. Sie hat *nichts* mit den Vordergründen der Wirklichkeit zu tun, und entzieht sich der wahrhaftig nahe genug liegenden Anfechtung, die von den Tschechen in einer merkwürdig prägnanten Wendung ausgedrückt wird, die Sie sich hoffentlich noch übersetzen können: »Vono se říká Wacht am Rhein – ale *stát* tam celou noc!« (Auf deutsch wirkt es unglaublich schwerfällig: »Da sagt man so Wacht am Rhein – aber *steh* du dort die ganze Nacht!«) So billig, daß man ihr *da*mit beikommen könnte, ist diese Arroganz also *nicht* (wie ja auch Ihre Ablehnung Palästinas nicht von solcher Art ist, daß man ihr etwa die landwirtschaftlichen Erreichnisse des Kibbuz Kfar Saba entgegenhalten dürfte, und nicht einmal die Anzahl der geretteten Juden).

Es ist, wenn Sie wollen, viel eher die Arroganz des Joseph Aschkenasy: sie hört aus dem seit 3000 Jahren gültigen Notruf des 94. Psalms eben nicht die Not heraus sondern die 3000 Jahre. »Und was dann kommt, ist kein Spaß« – wahrscheinlich meinten Sie das noch viel umfänglicher, und wahrscheinlich gehört der Mangel an Humor tatsächlich zu den bedrohlicheren Aspekten der palästinensischen Wirklichkeit. (Wobei abermals auf das Argument zu verzichten ist, ob es denn nicht ein bißchen viel von den Juden in Palästina verlangt wäre, daß sie auch noch Humor haben sollen; ich würde jedem, der mir dieses Argument vorbrächte, ohne Zaudern antworten: »Da haben Sie aber wirklich recht, Sie Trottel!«, und würde mir nicht einmal die Mühe machen, ihn auf jene Phasen und Stationen der 3000 jüdischen Jahre hinzuweisen, gegen die das heutige Palästina wirklich eitel Heiterkeit ist.) Die Arroganz, die ich meine, ist also bereit, die Humorlosigkeit Palästinas genauso zu akzeptieren, wie sie den – vom Vulgär-Zionismus denn auch pünktlich und rüde abgelehnten – mährisch-budapesterischen Humor akzeptiert hat, der seine Hauptmotive aus Geschäftsraffinement und Wasserscheuheit bezog und dessen Weisheit letzte Pointe es war, daß ein Jud ins Kaffeehaus gehört. Sie ist, diese Arroganz, ihres Humors so sicher, daß ihr auch die Humorlosigkeit nichts anhaben kann: und vice versa …

Von hier aus, wenn's Ihnen so recht ist, möchte ich Ihren Brief hiemit vollinhaltlich unterschrieben haben, jedes Wort, sogar die »extreme Resignation« (die sich im Kahlenbergerdorf natürlich anders lebt als in der Wüste, fragen Sie den nächsten Scheich der Ihnen begegnet), sogar die verwegene Hoffnung, daß Sie anderswo *nicht* das »Politikum« sein werden als das Sie sich dort fühlen (es verhält sich damit so wie mit dem Alter: man ist so politisch wie man sich fühlt), und sogar die Gewißheit, daß Sie im Unmöglichen eher etwas Unerwartetes finden werden als dort, wo Sie offenbar schon durch alle Möglichkeiten hindurchgegangen sind.

Das Buch, mit dem Sie sich beschäftigen*, verursacht mir geilste Neugier: es ist *das* Thema für unsereinen, und es beschäftigt mich seit ich als Schreibender denke, – ich glaube, daß ich Ihnen schon vor Jahren von meinem (schon damals alten) Plan eines Süßkind von Trimberg-Romans erzählt habe: und wenn Sie sich jetzt vorstellen, wie gut sich das auf englisch machen wird und mit welch nervöser Erwartung man einem solchen Buch speziell in Amerika entgegensieht, so wird es Sie nicht wundern dürfen, wenn ich Ihnen davon in aber sieben Jahren noch immer als von einem Plan erzähle ...

12.II.46

Lieber Politzer,

daß ich Ihnen diesmal so verhältnismäßig prompt antworte, – Ihr Brief vom 6. v.M. ist höchstens drei Wochen hier –, soll Sie bitte zu keinen Rückschlüssen auf die Glätte oder Geruhsamkeit meiner Umstände verleiten.

Ich sage das, weil Sie Ihr langes Schweigen damit begründen, daß es bei Ihnen »drunter und drüber« ging. Und ich fürchte: wenn wir uns *das* als Begründung einwirtschaften, so

* über die deutsch-jüdische Symbiose in der Literatur

wird unsre Korrespondenz immer mehr ins Stocken geraten und schließlich für die nächsten hundert Jahre ganz einschlafen, einem jüdischen Dornröschen nicht übel vergleichbar, und der Prinz, der es zu wecken käme, würde das natürlich nicht vermittels eines Kusses besorgen, sondern am ehesten durch Vorlesung eines Leitartikels aus dem wiedererscheinenden »Prager Tagblatt«.

Das war übrigens eines der schnurrigen Spielchen, mit denen ich den armen Werfel am Krankenlager vergnügte, wir haben uns da alles mögliche ausgerechnet, z.B. wie die »Neue Freie Presse« der Neunzigerjahre sich zu den heutigen Ereignissen äußern würde, oder Karl Kraus zum amerikanischen Journalismus, oder eben wie die erste wiedererscheinende Nummer des »Prager Tagblatt« aussähe: links natürlich ein Leitartikel aus der bewährten Feder Professor Steiners und von der bewährten »Einerseits–Anderseits« Prägung, einerseits ist manches Unerfreuliche geschehen, anderseits ist dadurch eine gewisse Klärung der verworrenen Situation eingetreten ... auf der ersten Seite, eingebaut, ein Begrüßungs-Schreiben des Präsidenten Beneš ... auf Seite 3, ebenso, eine Abonnements-Einladung für das Neue Deutsche Theater (Direktion Hans Regina von Nack) ... Feuilleton: »Hollywood von hinten«, Aus dem Nachlaß von Alfred Polgar ... und so weiter bis zum Roman, über den wir uns allerdings nicht einigen konnten, weil wir nicht wußten, ob das Tagblatt genug Format besäße, um den Roman genau an der bei Hitlers Einzug unterbrochenen Stelle wieder aufzunehmen, ohne die leiseste Bezugnahme darauf, nicht einmal mit einem petit vorangesetzten »Was bisher geschah«, ganz einfach und selbstverständlich, 37. Fortsetzung, Ich liebe diese Frau, dachte Direktor Bondy. Wie erschütternd falsch diese Prognose war, darüber werden Sie ja die mittlerweile aus der Tschechoslowakei kommenden Nachrichten belehrt haben. Mit Prag ist es endgültig und hoffnungslos vorbei. Es ist nicht länger aus solchem Stoff wie dem zu Träumen.

Ich komme vom Thema ab. Nein, ich komme nicht vom Thema ab – denn genau das *ist* ja das Thema. Ich wollte nur etwas andres dazu sagen. Ja, das mit dem »drunter und drüber«. Ich will mich da auf gar keine Konkurrenz mit Ihnen einlassen, obwohl auch *mein* Mitmachometer – ich weiß nicht, ob ich Ihnen szt. über diesen von meinem Freund Poldi Beck erfundenen »Sorgenmessungs-Apparat« berichtet habe, die Grundeinheit, nach der gemessen wird, ist das Oj – obwohl also, ich beharre darauf, auch mein Mitmachometer häufig bis zu 5 Oj pro Minute registriert. Was das betrifft, so dürfte ich Sie also ruhig noch vier bis sechs Wochen warten lassen.

Wenn ich Ihnen dennoch schon heute schreibe, so liegt das also nicht an einem Mangel meiner Oj, sondern an der Abundanz der Ihren. Manches verstehe ich ohne es zu billigen, manches billige ich ohne es zu verstehen – aber manches scheint mir ganz einfach ein Mißverständnis. Zum Beispiel müssen Sie mir jetzt endlich sagen, was Sie gegen den Brod haben und warum Sie auf seine (sehr schöne und haltbare) These vom »edlen und unedlen Unglück« so erbittert losgehn, als behauptete sie die bereits *vollzogene* Scheidung – indessen sie diese Scheidung doch nur *postuliert*, indessen sie doch nur behauptet, daß edles und unedles Unglück geschieden werden *sollen* und geschieden werden *können*.

Glauben Sie mir, und glauben Sie es mir *ohne* mich eines Konkurrenzneids zu verdächtigen: auch mir gibt das Unedle ganz schön zu schaffen, und ich meine *nicht* die Plackereien und Widernisse und Entwürdigungen des sog. »Existenzkampfs« (auf dessen strahlender Unbarmherzigkeit z.B. die ganze Attraktivität des Landes hier beruht). Viel eher denke ich an meinen Roman, mit dem ich seit nunmehr vier Jahren nicht fertigwerden kann, weil es mir in diesen ganzen vier Jahren noch nie vergönnt war, mich länger als einen Monat auf ihn zu konzentrieren (und was noch schlimmer ist: in *jeder* dieser Konzentrationsfristen hat sich noch gezeigt, daß ich ihn in weiteren zweien oder dreien solchen Monaten wirklich fertigmachen könnte). Ich *kann* arbeiten, ich weiß es und habe Beweise dafür, und es sind keine organischen Defekte, die mich nicht zu Ende kommen lassen, sondern eben anorganische. Aber daß dem so ist, würde ich doch nicht dem Brod zur Last legen? Ja es spricht doch eher sogar *für* seine These als gegen sie?

Was Palästina betrifft, so setze ich meinerseits den Hut auf vor Ihrem »Es mag nötig sein, aber nicht für mich«. Das sollte nun ein für alle Mal geklärt und vor Mißverständnissen gesichert sein, und jeder kehre vor seinem eigenen Aschkenasy, Sie haben ganz recht. Ich habe als mir vor zwei Jahren das Ergebnis einer Kibbuz-Diskussion über eben diesen Aschkenasy mitgeteilt wurde, nämlich: daß er »selbstverständlich« zu schießen gehabt hätte und daß die dort gar nicht verstünden, was das für ein Problem wäre – ich habe meine Antwort sehr eindeutig auf den Satz hinauslaufen lassen: »Bauern, Bomberpiloten und Boxweltmeister haben wir schon genug; es wird langsam Zeit, daß wir uns wieder ein bißchen mit den Büchern beschäftigen.« Und ich bin durchaus der Meinung (die ich denen dort auch deutlich zu machen versuchte), daß wir doch seinerzeit hauptsächlich deshalb Zionisten geworden sind, weil die Anweisung unsrer Eltern und verantwortlichen Aufseher, uns auf »Religionsbekenntis: mosaisch« zu beschränken, uns falsch und feig und unappetitlich und gefährlich vorkam; daß es aber ganz genau so gefährlich ist, aus dem Judentum, wie zuvor »nur eine Religion«, jetzt »nur eine Nation« machen zu wollen ...

Wenn Sie lieber mit dem alten Jeremias und mit Franz Kafka »in der Mitte des magischen Kreises« sitzen wollen, so kann ich nur sagen: Wer nicht? Es ist doch aber die Peripherie, durch die ein Punkt zum Mittelpunkt eines Kreises wird? Sonst wäre er doch eben eindimensional? Und sind Sie, im übrigen, gar so sicher, daß es eine »Privatfehde« ist, was den »Ringverein« von mutatis mutandis Tel Aviv eine Polizeistation in die Luft sprengen heißt? Sind Sie gar so sicher, daß Sie sich der Diskussion darüber und der Beteiligung daran durch Ortsveränderung entziehen können? ...

In jedem Fall: das »Gefühl der Unzugehörigkeit«, auf das es Ihnen ankommt, wird Ihnen hier in allen gewünschten Größen geliefert werden (und es ist nur sonderbar, daß selbst *das* bei mir verkehrt ausschlägt: *wenn* ich mich für den Rest meines Lebens schon irgendwo fremdfühlen muß, dann doch lieber im Land meiner Väter, – das mir immer mehr als der Ausweg aus dem unentwirrbaren Dilemma zwischen Kaffeemühle und airconditioning erscheinen will). Ich habe in den letzten Monaten mehrmals an Europäer über Amerika Auskunft geben müssen. Sie sind tatsächlich der erste, bei dem ich mir das ersparen kann. Aber deshalb sollen Sie nicht um das Heine-Gedicht* kommen, das ich den andern allen beigelegt habe. Sie brauchen nur »Tabak« in »Gummi« zu ändern — und es ist, wie alles von Heine, soeben erschienen.

Ein merkwürdiger Fall, das. Er hat nicht die zeitlose Gültigkeit des Genies, sondern eine rätselhafte und bestürzende *zeitgebundene* Gültigkeit, – wahrscheinlich das Höchstausmaß dessen, was dem Talent überhaupt erreichbar ist. Er ist gleichzeitig veraltet und verfrüht, und seine Gültigkeit ist das Mittel daraus. Ich bin ganz fest überzeugt, daß ein guter Teil seines Oeuvres, der uns heute nichts sagt, den in wieder 100 Jahren Lebenden als »soeben erschienen« vorkommen wird.

Kennen Sie aus der »Geschichte der Religion und Philosophie« – nein, haben Sie keine Angst, *nicht* die flexibel-banalen Anwendbarkeiten über die Deutschen, sondern die Stelle über den lothringischen Scharfrichter, der während seiner Amtstätigkeit etliche 600 Hexen ins Jenseits befördert hat? Er ließ sie mit gebundenen Gliedern ins Wasser werfen, – wenn sie ertranken, waren sie sowieso tot, und wenn sie sich über Wasser hielten, so war das ein Beweis für ihre übernatürlichen Kräfte und sie wurden verbrannt. Heine erzählt das lediglich zu illustrativen Zwecken. Ich finde, daß es das perfekte Gleichnis für die jüdische Situation ist. – Ich bin sehr, sehr neugierig, was Sie in Ihrem Buch über Heine zu sagen haben werden. Es ist, soviel *ich* weiß, noch nichts Zulängliches über ihn geschrieben worden ...

---

* »Jetzt wohin?«

Jerusalem, Deir Abou Tor, House Dajani

6. März 1946

Lieber Torberg,

tatsächlich antworte ich Ihnen sofort, schon um Ihnen zu sagen, was Sie ja selbst auch wissen, nämlich, wie gut Ihre Rede auf Werfel ist. (Daß Buber mir das Heft der Neuen Rundschau für einen Abend geliehen hat, soll Sie nicht Ihres Versprechens entheben, mir den Aufsatz zuzusenden, er gehört, mit »Mein ist die Rache«, zu den wenigen Dingen, die ich auf die berühmte Insel mitnehmen würde.) Der Aufsatz ist gut, nicht nur in dem Sinn, daß er gelungen ist, sondern auch, und weit mehr noch, in einem moralisch-persönlichen. Der die Rede hielt und dem sie gilt, taugen. Er ist eine Beschwörung sowohl im unheimlichsten wie im heitersten Verstande. Lassen Sie mich hinzufügen, daß ich Ihre Kunst bewundere, mit den Mitteln der Vernunft und der rationalen Disziplin das Unsagbare darzustellen, so daß es unter, hinter und schließlich im Wort plastisch wird.

Und wenn wir schon mitten in einem Mischeberach* sind, will ich auch von Ihren Gedichten sprechen, die ich darum solange bewahrt und gehütet habe, weil ich fürchtete, ihnen vor allzuviel Drunter nicht gerecht zu werden. Nun da das Unedle wieder erträgliches Ausmaß angenommen hat, seit ich in meinem Ämtlein sitze, habe ich sie oft gelesen und sehr lieb gewonnen. Sie sind – ich rede von den Wiener Sonetten – genau das, was ich nicht machen kann, vielleicht auch gar nicht machen können wollte, wozu ich aber die völlig neidlose Sympathie der Kameradschaft unterhalte. Hier, wenn irgendwo, ist meine Generation, bin ich, mit meiner Angst, meiner Sehnsucht. Hier ist Wien und Jugend, wie das Insekt im Bernstein: aufbewahrt. Manches stille sprachliche Wunder geschieht in ihnen – aber wem sage ich das? – und sie sind im höchsten Grad sauber, ohne an die Gefahr der Sterilität auch nur zu rühren. (Ein Lob, das ich weder auf alle

---

* Lobhudelei

Gedichte von Väterchen Kraus, noch, genau aus entgegengesetzten Gründen, auf alle von Werfel anwenden wollte.) Auch in ihnen sind Unaussprechbarkeiten so auf die Fläche des Rationalen gebannt, daß diese hintergründig, das Gefährliche, Dumpfe aber klar und durchscheinend wird. Ich würde auch sie gerne besitzen …

Was Brod anlangt, so haben Sie ganz recht, wenn Sie annehmen, daß ich mehr »den Brod« meine als eines seiner Werke oder etwa den Strich, der das Annerl vom tschechischen Dienstmädchen aufs abschüssigste unterscheidet. Mit den Jahren erkenne ich immer deutlicher, daß gerade für die komplexen Reaktionen die banalen Deutungen die richtigen sind. Nun denn, ich bekenne, wer sich frei weiß von Sünde, werfe den ersten Stein auf mich: Brod ist der geliebte Lehrer, der den Schüler enttäuscht hat. Er hat Frieden mit der Welt gemacht, gegen deren schlechten Krieg er einen guten Krieg zu führen gehabt hätte, Frieden gemacht auf Grund einer Prager Allgemein-Menschlichkeit, eines Prager Tagblatt-Einerseits-Andererseits, wie es sich eben in der von Ihnen verteidigten Scheidung des Edlen vom Unedlen ausdrückt. Er ist, was einer in diesem Lande weder im Für noch im Wider sein darf, und was etwa Buber bei aller Zärtlichkeit seines Denkens und Sagens so ganz und gar nicht ist, erbittlich.

Daß Sie den Versuch, das Abwendbare vom Unabwendbaren zu scheiden, für »schön und haltbar« ansprechen, scheint mir vor allem von der vergleichsweisen Helligkeit des amerikanischen Lebens zu zeugen. Wir hier haben gelernt, daß es da nichts zu scheiden gibt, daß da alles verknüpft, verschlungen, verfilzt ist, daß erst die ganze gemeinsame Last von Tragischem und randhaft Überflüssigem Leben heißt und daß erst der, dem der Geschmack vor lauter Unedlem nicht vergangen ist, die Chance hat, das Edle dann in seiner ganzen Bitterkeit zu kosten. Chemisch rein darzustellen ist das alles nur zum Luxus, unter den ja auch die Kunst fällt, erlebbar, wenn auch schwer erträglich, ist es ausschließlich im trüben Gemenge. Und als solches scheint es uns auch aufgegeben zu sein, nicht daß wirs in Gold fassen, sondern daß wirs als Staub fressen. Lassen Sie mich aus mit dem Wagnis der Mitte, dem Nationalhumanismus, dem goldenen Mittelweg, wer hat denn sowas nötig? Was es gibt, ist die äußerste Verzweiflung an dem ganzen Sein in seiner grauenhaften Fülle, und dann das Lächeln, das es uns da und dann entlockt.

Nicht daran also hat der Brod schuld, daß Ihr Roman nicht fertig wird und daß ich, statt mein Buch über ihn (unter anderem) zu schreiben, Bücher katalogisieren muß (was mir übrigens den vollen Spaß des schlechten Gewissens macht), sondern daß er zweigeleisig die falsche Richtung fährt. Wie er's in seinem neuen Buch hält, weiß ich nicht, in seinen öffentlichen Äußerungen jedenfalls herrscht unabwendbar ein Unedles, mit dem verglichen der trübste Gschlader Wiener Hochquellwasser ist. Ein Vogel, und nicht der Einzige hier, der den eignen Flug beschmutzt. Kommen Sie her, Torberg, versuchen Sie's, aber kommen Sie nicht als Tourist! Nur wenn Sie dem Leben hier wirklich auf Verderb ausgeliefert sind, so wie wir, auf Jahre, ohne die Hoffnung des Entrinnens, werden Sie den Griff um ihre Kehle erfahren. Und auch, ich gebe es Ihnen gerne zu, die gräßliche Schönheit dieses Landes, das, wie Sie wissen, seine Kinder frißt. Sind sie stark und weise wie ich hier nur Einen kenne, dann werden Sie das Edle nicht übersehen, sind Sie's nicht, und ich bin es sicher nicht, dann wird Ihnen über der Verzweiflung das Lächeln vergehen. Sie haben recht, mit allem, was Sie sagen, nur eben aus der Entfernung ...

24. Juli 1946

Lieber Politzer,

Es ist jetzt schon ein paar Monate her, daß ich Ihnen Antwort schulde, und weil ich wußte, daß es eine richtige Antwort zu werden hätte, konnte ich mich nicht früher an

Sie heranmachen, – nämlich nicht ehe ich mit meinem Roman fertig war. Sie werden mir glauben, daß das keine Ausrede ist. Sie werden mir auch glauben, daß Sie unter den allerersten sind, denen ich jetzt schreibe.

Wahrscheinlich haben Sie Ihren Brief zum großen Teil bereits vergessen und wissen vielleicht nicht sofort, was ich damit meine: daß er mich sehr bedrückt hat. Angefangen hat's mit dem Brod, und wenn ich Sie recht verstehe, könnte es auch gleich mit ihm enden. So wie Sie es schildern, scheint er ja alles in sich zu personifizieren, was Sie in Palästina unglücklich macht. Indessen bin ich mir noch immer nicht klar darüber, was das eigentlich ist, und »eigentlich« steht hier nicht als Füllwort. Sondern ich habe den Eindruck, daß sie überall anders auf der Welt aus genau den gleichen Ursachen genau so unglücklich wären, und daß Sie dem Brod geben, was des Brods nicht ist.

Ich stelle mich da keineswegs dumm oder trotzig; ich kann mir schon einiges darunter vorstellen, wenn Sie sagen, daß er »erbittlich« ist. Ich kann mir sogar noch allerhand andres vorstellen. Aber ich glaube, es trifft den Kern seines Wesens so wenig, wie etwa Ihre Feststellung: »Was es gibt, ist die äußerste Verzweiflung an dem ganzen Sein in seiner grauenhaften Fülle, und dann das Lächeln, das es uns entlockt« – wie diese Feststellung etwa den Wesenskern Palästinas trifft.

Es verwirrt mich in diesem Zusammenhang nicht wenig, daß Sie meine Bereitschaft, die Scheidung von Abwendbarem und Unabwendbarem zu akzeptieren, mit irgendwelcher »Helligkeit des amerikanischen Lebens« in Zusammenhang bringen, – von der ich nun ganz und gar nichts weiß, und die, wenn es sie gibt, auf mich und mein Denken ganz und gar ohne Einfluß geblieben wäre. Irgendwo muß sich da ein Mißverständnis eingeschlichen haben, – und da alles, was Sie sagen, zueinander paßt, kann es wohl nur an mir liegen. Oder vielleicht daran, daß ich das Glück hatte, von Brod also *nicht* enttäuscht zu werden (was Sie bitte mit keiner hemmungs- und bedingungslosen Gefolgschaft verwechseln wollen). Oder vielleicht daran, daß ich Palästina nicht kenne,

– obschon ich diesem Umstand, begreiflicherweise, nicht die Wichtigkeit beimessen möchte wie Sie. Besser gesagt: ich habe den Ehrgeiz, derlei Diskussionen auf einer Ebene zu führen, die sich dem Zugriff der (gewöhnlich hämisch gestellten) Frage: »Waren Sie dort? Dann reden Sie nicht!« a priori entziehen. (Das Hämische, um Himmels willen, bezieht sich nicht auf Sie; ich dachte dabei an die vorwiegend israelitischen Partisanen Stalins, deren ultima ratio jene Frage ist.)

Aber zum Schluß geht es uns ja garnicht um den Brod, und vielleicht nicht einmal um Palästina. Um was es uns geht, und womit ich Sie leider *nicht* »auslassen« kann, ist das, wofür ich die Bezeichnung »Wagnis der Mitte« auch ganz ohne Anführungszeichen akzeptiere. Das heißt: ich akzeptiere die Mitte überhaupt nur als Wagnis, und keinesfalls als Ausrede. Man hat gegen die »Einerseits-Anderseits«-Verwaschenheit des »Prager Tagblatt« Stellung zu beziehen: aber nicht auf der Plattform der »Bohemia«. Und man hat sich in die Mitte zu stellen: aber nicht, weil man sich's mit keinem der beiden Extreme verderben will, sondern gerade um sich's mit beiden zu verderben. Oder wo wollen Sie sonst hin mit sich? Wo landen Sie mit Ihrer Unbarmherzigkeit gegen die palästinensische Realität? Geht die Richtigkeit der »banalen Deutungen für komplexe Reaktionen« am Ende bis zur Bundesgenossenschaft mit jenem letzten Kaffeehaus-Absud, dessen Argument gegen den Zionismus darin besteht, daß ihm mies davor ist, unter lauter Juden zu leben? Ich fürchte, Sie haben sich auf etwas sehr Gefährliches eingelassen, wenn sie dem Zionismus vorwerfen, daß er »ins Politische reißt, was ganz und gar eine Forderung des Lebens und seiner Not ist«, und daß ihm »das Zertifikat mehr gilt als die Seele, der es doch eigentlich bestimmt ist«. Selbst wenn Sie mit diesem Vorwurf recht haben, ist es noch immer kein Vorwurf.

Es verhält sich nämlich so – oder mindestens glaube ich, daß es sich so verhält, und könnte ich das nicht glauben, so würde ich den Kollektivselbstmord als die Lösung der Judenfrage anstreben ..., es verhält sich, glaube ich, so, daß zwischen den von Ihnen gegeneinander ausgespielten »politischen« und »humanitären« Aspekten des Zionismus nicht nur kein Gegensatz besteht, sondern daß sie schlechtweg miteinander identisch sind; daß ein Zertifikat ohne Seele für uns genau so verloren ist wie eine Seele ohne Zertifikat; und daß eine verantwortliche zionistische Führung das (von Scholastikern so gern herbeizitierte) Angebot, sämtliche derzeit am Leben bedrohten Juden sofort nach Madagaskar zu schaffen, wenn wir uns bereit erklären, die zionistische Idee aufzugeben – daß sie ein solches Anbot selbstverständlich abzulehnen hätte; schon deshalb, weil sie sonst in 50 Jahren, wenn man die nach Madagaskar geretteten Juden aus Madagaskar retten muß, nichts mehr aufgeben könnte.

Denn so wahr Palästina keine »Lösung der Judenfrage« darstellt (weil eine »Lösung der Judenfrage« überhaupt nicht vorgesehen ist, solange es Juden gibt – rak im acharon hajehudi*, wie es im anders gemeinten Liede heißt): so wahr ist Palästina die einzige Position, die wir auf dieser Welt beziehen können, nicht die beste sondern *die einzige*, der Pegel, der Fokus, hic Jordan hic salta, und ich würde mich in der letzten Alternative (wirklich erst in der allerletzten, und nur unter Krümmen und Winden) lieber dem ahnungslosesten Schalom-Sager anschließen als dem frömmsten Zadik, der sich ganz und gar im Sinne des Herrn von irdischer Macht nicht ins Gelobte Land führen lassen will.

Denn der Zadik endet mir noch am Scheiterhaufen, – aber der Schalom-Sager hat so Gott will einen Sohn, und dem kann ich dann wieder beibringen, daß der Papa ein bisserl über die Schnur gehaut hat. Ich fürchte, siehe oben, daß Sie auf dem besten Weg zum Kollektivselbstmord sind, wenn Sie sich mit so maßvollen Formulierungen begnügen wie: »Daß wir überleben wollen, ist unser gutes Recht«. Als gutes Recht konzediert es uns ja sogar dieser unaussprechliche Bevin (ein lothringischer Scharfrichter if there ever was one) – nur wenn wir's ausüben wollen, wird er schiach. Da bin ich also rabiater, was das Überleben betrifft. Da kann es ge-

---

* nur wenn der letzte Jude

schehn, daß es mir von einer Rechtsfrage zu einer, ich möchte sagen: Lebensfrage wird. Und ich bin eben der Meinung, daß wir ohne Palästina nicht überleben können.

Das heißt *nicht*, daß »alle Juden nach Palästina« gehen sollen. Das heißt *nicht*, das der Galuth nicht ebenso vitale Funktionen hätte wie der Jischuw. Und das heißt infolgedessen auch nicht, daß ich mit Ihnen den mindesten Streit hätte, weil Ihnen die palästinensische Realität als Lebensbasis nicht zusagt. Man muß nicht in Palästina sein. Aber man muß, glaube ich, *für* Palästina sein ...

Department of German, Bryn Mawr College
Bryn Mawr, PA.

25. März 1949

Lieber Torberg:

heute ist der erste Tag der Frühlingsferien, die Jungfräulein sind, ein heller und törichter Schwarm, in die zuständigen Zephire zerstoben, und ich eile Ihnen zu sagen, daß Sie im Grunde Ihres Herzens genau wissen, daß ich kein solcher Schubiak und Vergeßlicher bin, wie Sie wahrscheinlich etwas weiter oben glauben.

Aber der Autor des Torbergschen Frühwerks weiß immer noch, daß die Kehrseite der Hingabe Verrat ist, und was da so an Hingabe zwischen mir und der Institution Bryn Mawr passiert ist, spottet jeder Beschreibung und sollte einmal ernst werden in einer Novelle. Es war eine sehr seltsame und durchaus erwiderte Amour, diese geradezu mittelalterliche Minne zu Luithlen als der Jungfrau Maria und ecclesia militans, und mir will wiederum einmal scheinen, die erste glückliche Liaison meines Lebens.

Dies die innere Biographie, die äußere besagt, daß ich für's nächste Jahr bestätigt bin, einen Kurs über das deutsche Gedicht lese, sozusagen von Merseburg bis Moabit, daß ich im Sommer in Middlebury, Vermont lehre und im Herbst in

Stanford, Calif., einen Kafka-Vortrag halte. Und wenn ich in der Nacht nicht schlafen kann, dann höre ich schon, wie das Messer gewetzt wird. Es kann nicht gut gehen, es wird demnächst mit Flieder und Schwefel auffliegen, denn der Gott, der Kafka wachsen ließ, der wollte auch, daß die Bäume mit dem Wipfel voran in die Erde versinken.

Bekenntnisse. Wollen Sie mir nun gefälligst mitteilen, daß Sie mir nicht böser sind als sonst, daß Sie mir dies mitzuteilen leider verhindert sind, weil Ihr Roman am 1. Mai fertig wird, daß sie am 2. Mai nach St. Wolfgang fahren und daß es also zumindest mit Ihnen soweit seine Richtigkeit hat.

Thomas Mann in der letzten NR war eine große Freude. Denn ich habe zwischen jeder Zeile Ihr Gesicht gesehen. Schöner hätte er Sie gar nicht bestätigen können, Sie Schuft. Oder doch: wir haben mit den Kindern im Elementarunterricht ein Kapitel Buddenbrook gelesen, und man braucht kein Liegler zu sein, um da den Bruder Hitler präformiert grinsen zu sehen.

Grüßen Sie Sarastron. Haben Sie's leichter!

Politzer

28. III. 1949

Ih bin din,
mawr bryn,
der campuzz ist daz sluezzelin
heißt es im mittelalterlichen Minnesang, und wer verstünde Ihre mawrische Minne besser als ich, des süskints von trimperg selfappointed nachfahr und fictitioneer presumptive. Er soll übrigens gar kein Jud sein, herich. Auch der Moses war ja keiner. Von Jeschu Nazareni ganz zu schweigen. Es scheint, als hätten wir wirklich nur einen einzigen Großen hervorgebracht, der keinen Zweifel an seiner jüdischen Identität gestattet: Kafka. Merken Sie sich das, bitte, für Ihren Vortrag in Stanford.

Lieber Politzer, nicht nur bin ich Ihnen, wie Sie aus diesen kurzen, anwärmenden Worten ersehen, nicht böser als sonst, sondern Sie fehlen mir gar sehr, Sie ad personam, also keineswegs im Sinne von »mais tu penses moins á moi qu'á l'amour«. Was mich tröstet, ist lediglich, daß ich auch wenn Sie hier wären nicht mehr von Ihnen hätte als sowieso. Denn ich befinde mich in einem Zustand hysterischer Arbeits-Isolation, wobei die Hysterie darin besteht, daß ich immer noch glaube, mit meiner Arbeit annähernd termingerecht fertigwerden zu können. Wie hysterisch diese Annahme ist, geht, wenn aus gar nichts andrem, schon daraus hervor, daß ich diesen Brief trotz ausdrücklicher Aufforderung nicht auf die Mitteilung beschränke, daß ich ihn nicht schreiben kann, sondern daß ich ihn schreibe.

Ähnlich verhält es sich, mutatis mutandis, mit Ihrer glücklichen Liaison zum Amerika der freundlichen Camporum und Almarum Matrum. Sie ist, wie jegliche Liebe die Kreation ihres Schöpfers, und ihr Glück oder Unglück bestimmt sich aus seiner aprioristischen Liebesfähigkeit oder -unfähigkeit. Da Sie liebesfähig sind haben Sie recht. Da ich liebesunfähig bin, habe ich zwar auch recht, bin aber mit meinem Rechthaben bedeutend schlechter dran als Sie mit dem Ihren.

Was aber die just verwendeten Genitivos betrifft, so teile ich Ihnen mit, daß der Thomas Mann nicht lateinisch kann, sondern sich auch damit nur aufpudelt, wie mit so vielem. Der in der NR in neckischer Abwandlung des Delphins aufscheinende Genitiv »ad usum parentum« ist *kein* Druckfehler, sondern eine mißglückte Bildungsprotzerei. Überhaupt habe ich ihn im Verdacht, daß er ein Realschüler ist; die besonders bei Zivilingenieuren häufig zu beobachtende Tendenz, bei jeder Gelegenheit lateinische Zitate anzubringen, grenzt bei ihm an eine Zwangsneurose. Daß er den Delphin für einen Fisch hält, versteht sich von selbst.

Aber Telegramme an kommunistische Frontorganisationen schicken, das ja. Ich war hart daran, ihm eine Umkehrung des bekannten Western-Union-Slogans nahezulegen:

»Don't telegraphe – write!«, habe dann aber davon Abstand genommen, weil er darin vielleicht eine Ermutigung zur Abfassung eines Doktor Faustus II oder eines Joseph V erblicken könnte, und da sei Gott vor.

Sehen Sie: und so fällt es aus, wenn ich Ihnen *nicht* schreiben kann. Also provozieren Sie mich nicht länger. Wann kommen Sie? Sarastro schließt sich dieser Frage grüßend an, und so auch ich mich als der Ihre –

F.T.

24. XI. 50

Lieber HP,

es ist schon ein Jammer, daß Sie sich so rar machen, oder daß ich Ihre Rarmacherei so lange anstehn ließ. Weiß ich mir doch, wie sich an Ihrem Brief, an Ihrem Kafka-Reprint, und an dem ungefähr gleichzeitig eingelangten 3. Heft der »Neuen Rundschau« aufs prompteste zeigt – weiß ich mir doch kaum einen zweiten, an dem ich mir lieber so Maul wie Klinge wetzte denn an Ihnen, und scheinen bei mir doch ganze elektrische Kraftfelder brach zu liegen, die nur durch von Ihnen ausgehende Gegenströme aktiviert werden können. Eine genauere Untersuchung dieses Phänomens – das als die sog. »Politzersche Induktions-Theorie« in einem künftigen Lehrbuch der Polemik für die Oberen Klassen der Mittelschulen enthalten sein müßte – behalte ich mir vor. Für heute muß ich mich fassen.

Daß Sie die »Zweite Begegnung« bereits gelesen haben, beruhigt mich, daß Sie sich mit dem ordnungsgemäß gelösten Lektüreschein erst über Verlangen des Kontrollors ausweisen, beunruhigt mich, und daß Sie die Lektüre wiederholen wollen, halte ich für überflüssig. Sie wird – schwarz hin, schwarz her – um nichts ergiebiger sein als die erste, weder im Negativen noch im Positiven, denn siehe, und ach! wem sage ich das: es ist ein vordergründiges Buch, bar jeglichen Doppelbodens den es erst zu erforschen gälte, ich habe vor kurzem mehrere Briefseiten damit zugebracht, einem wohlmeinend Tiefschürferischen beizubringen, daß es sich bei den zwei Polizisten, die als Jan Dvorskys unsichtbar bleibende Begleiter den Besuch bei Martin mitmachen, wirklich nur um zwei Polizisten handelt, nicht um Engel noch um Dämonen und schon garnicht um Kafkasche Boten, nix is.

Da wird nix austeilt was nicht sowieso auf der Hand läge, da deckt sich das Gesagte durchaus mit dem Gemeinten, und ich möchte zwar das Gemeinte für richtig befunden wissen und das Gesagte für gut gesagt, aber damit hat sich's auch schon. Ich geselle mich, kurzum, mit diesem Buch zu jener kaum merklichen Gruppe von Autoren, die nicht ihr letztes Buch für ihr bestes halten, sondern ihr vorletztes. »Mit diesem Buch in der Hand betritt X den hohen Bezirk der Meister«, hieß es vor annähernd einem Vierteljahrhundert in einer erlauchten Rezension, die nachmals denn auch auf dem Schutzumschlag der Neuauflagen zitiert wurde und die mir ihrer Plastik wegen so aufdringlich im Gedächtnis geblieben ist, daß sie sich auch dieser Gelegenheit sofort assoziiert. X: Hr. Brod.

Wahrscheinlich hab ich den Kontrast zum »hohen« Bezirk nie so recht überwinden können. »Schosulan, sprach Hochdieselbe« (und zwar als sie auf dem musikalischen Leibstuhl saß, der »Die Eroberung von Pampeluna« spielen konnte), »Schosulan, sprach die Kaiserin zu meiner, höre Sie, hat die hoche Dame gesagt, höre Sie, wie traurig daß heunt die Tschinellen tun. Meiner Seel, heunt is was g'schehn, was gräßlich für unsre hochen Ohren zu hören sein wird.« Aus dem Gedächtnis zitiert. Das »hoch« hat's in sich. Es kommen dort auch die kleinen hohen Herren vor, die in Schönbrunn Reifen spielen. Der hohe Bezirk hingegen ist, wie denn auch anders, von Willy Haas und galt dem »Tycho Brahe«. In der »Literarischen Welt«.

Ja ja, mein Lieber. Das alles hat's gegeben. Oh du arms verwunschnes Schloß – Wirst den Spuk ja nimmer los. Mit der »Zweiten Begegnung« hat das alles aber fast gar nichts mehr zu tun, und Sie sollen mir selbstverständlich, so wie er ist, den Abstand hineinsagen und nicht die Zustimmung. Und darum bitte ich nicht etwa deshalb, weil es mich interessiert, wie man einen Abstand hineinsagt (und weil die strenge Gotik dieses Bilds fast schon in hohe Bezirke weist), sondern weil Abstand, ist er erst zur ursprünglich angetippten »Ablehnung« gediehen, mich überhaupt mehr interessiert als Zustimmung ...

Auch bitte ich dringend um Auskunft, warum von Ihren beiden Gedichten in der »Rundschau« das zweite um so vieles schöner ist als das erste – oder ist es das nicht? Stört mich am ersten vielleicht nur (oder stört vielleicht nur mich), daß ich die Wirklichkeit herauszuspüren glaube, der es entstammt und auf die es (was schwerer wiegt und gedichtfeindlicher ist) – auf die es hinzielt? Ist ein Verlust, der sich nur als Trennung wahrhaben will, elegiefähig? Sind Bilder, die sich ihrer insgeheimen Hoffnung auf Wirklichkeit noch nicht gänzlich begeben haben, wirklich? Glauben Sie bitte *nicht*, daß ich da etwas angehn will, was mich nichts angeht, so einfach ist das nicht, und ich messe auch nicht etwa mit den Anmaß-Stäben der eigenen Erfahrung (der wirklichen wie der lyrischen). Unterm Weh zu leiden, ist ganz gewiß ein lyrisches Motiv kat exochen – aber Wehleidigkeit ist kein lyrisches Ergebnis. Das lyrische Ergebnis ist Trauer. Versuchen Sie sich dieses Gedicht ohne die erste Strophe und als Elegie auf eine Tote vorzustellen, dann werden Sie wissen was ich meine. Dann ist es nämlich auch ein vollkommen schönes Gedicht. (Nebenbei, wirklich nebenbei: sind Sie ganz sicher, daß dieses »Was«, mit dem es beginnt, sprachlich haltbar ist?)

»Der Herr des Brunnens« ist eine reine Freude, die nur noch reiner wird durch einen rein formalen Anklang an einen der reinsten Dichter, die ich kenne, Auflösung folgt in der nächsten Nummer:

Dem Hirtenknaben haben die Genossen
Das schön geschwungne Horn des Monds geschenkt.
Ihm ist die süße Milch des Ruhms erflossen
Und hat sein Herz, das dürstend war, getränkt.

Hat weiter gar nichts mit Ihnen zu tun, weder es, noch er. Bedarf aber auch keiner Entschuldigung. Deren bedürfte einer, der sich von den Lämmern und ihrem Rhythmus etwa an George erinnert fühlte. Wenn Ihnen ein solcher einmal zustößt, schicken Sie ihn zu mir. Dem erzähl ich was.

Auch was Sie über den »Konsul« aussagen, hat mir sehr gemundet, *noch* besser als das szt. im »Monat« von Ihnen Ausgesagte (»Commentary« ist mir leider entgangen), und Formulierungen wie die von der traumatischen Herkunft der amerikanischen Opern-Abneigung, oder daß Amerika, hélas, das Abendland des 20. Jahrhunderts ist, weiß ich mir besonders zu schätzen. Ich für meine Person hab ja auf diesen »Konsul« noch einen zusätzlichen Zorn, der sich allerdings mehr gegen das Libretto richtet und am meisten eigentlich gegen die Emigranten, die's »aufgeregt« hat. Die waren nämlich nie auf einem Konsulat, und wenn sie bei »Affidavit« zu schwitzen beginnen, so vermutlich deshalb, weil sie selbst eines ausgestellt haben und seither die Angst nicht loswerden, daß der Empfänger ihnen zur Last fallen könnte. Es verhält sich mit denen ganz ähnlich wie mit den »unversöhnlichen« Juden, den sog. Salzgriesgrämigen*, die dem Hitler in Wahrheit nichts weiter übelnehmen, als daß er sie in flagranti dabei erwischt hat, wie sie Juden waren – wo sie sich doch *so* sehr bemüht haben, es nicht zu sein. Übrigens dürften die beiden Gruppen weitgehend identisch sein.

Dem Menotti und seinem handfesten Showman- (nicht Theater-)Griff würde ich die tiefere Bedeutung der Taschenspieler-Szene nur ungern konzedieren. Ich tät's mit Freuden, wenn der Taschenspieler *nur* ein Hypnotiseur wäre. Aber da er auch, und vor allem, ein gelernter Zauberkünstler ist, und sein muß, da er nicht so sehr die Wartenden am Konsulat zu unterhalten hat wie das Publikum, stinkt mir das Ganze verdächtig nach »entertainment value« und ich kann keinerlei Cocteau zulassen.

Auch daß es eine »Kafka«-Lösung gewesen wäre, wenn

* Salzgries: jüdisches Textilviertel in Wien

Magda im Augenblick ihres Selbstmords das Visum bekommen hätte, kann ich selbstverständlich nicht zulassen, und zwar auf eigene Kosten nicht, in memoriam discipuli Gerberis – und daß *das* vielleicht eine Kafka-Lösung war, könnte mir nicht einmal der fanatischeste Kafka-Säkularisierer einreden, also nicht einmal Sie. Kafka-Lösungen gibt es eben nur bei Kafka. Ja ich möchte mich sogar bis zu der Behauptung versteigen, daß es auch Kafka nur bei Kafka gibt.

Lieber Politzer, und ich möchte Ihnen mit einem Zitat aufwarten: »Within a reasonable time, these various / trends/ will be equilibrated by experts given to the sober business of putting things in the right place; and what they will put in the right place will, of course, not be the trendists but Kafka himself. And a fine job they will do, employing a marksmanship which might as well blast Beethoven for having been played at the Reichsparteitag ...«

Lieber Politzer, es betrübt mich im Herzen wie im Hirne, daß Sie sich diesen Experts und Marksmen angeschlossen haben und Ihren Pursuit of Happiness – die Entbrodung und Entjudung Kafkas – bis dorthin treiben, wo Ihnen vor gar nichts mehr graust, nicht vor dem provokanten (und, wie Sie ganz genau wissen, als Provokation gemeinten) »Proud Lowbrowism« des Kafka-Experten Edmund Wilson, der (wie Sie gleichfalls ganz genau wissen) in keiner Weise und am allerwenigsten »deutlich« darum »bemüht« war, Kafka »Gerechtigkeit widerfahren zu lassen«, was übrigens, selbst wenn er's getan hätte, erst recht eine Chuzpe gewesen wäre, denn Kafka ist kein Angeklagter; und nicht vor den vulgärmarxistischen Sottisen dieses gewissen Günther Anders, der die Chuzpe tatsächlich in den Indikativ überführt und dem Kafka tatsächlich einen Prozeß gemacht hat, aber keinen Kafkaschen sondern einen Moskauer.

Nun mag ja das Bestreben, Kafka zu entbroden, durchaus zulässig sein und verdienstlich wohl gar, und mit der Vermutung, daß dem Testamentsvollstrecker die Paradoxie dieses Testaments, dieses auf Entdeckung berechneten Selbstmords, bis heute nicht aufgegangen ist, haben Sie einen Blattschuß gelandet, um den Sie künftige Kafka-Entbroder innigst beneiden werden: weil er es ein für alle Mal und a priori überflüssig macht, den Mangel an Kongenialität erst nachzuweisen – und bei der Frage, ob dieser Mangel denn auch ein Nachteil war, halten wir ja noch nicht. Dort aber, wo wir jetzt halten, soll man den Kafka doch nicht mit dem Brode ausgießen.

Man soll, mit andern Worten, nicht deshalb gegen den Brod sein, weil man eigentlich dagegen ist, daß der Kafka ein Jud war und daß man ihn nicht richtig sehen kann, wenn man ihn nicht als Juden sieht, – wie man ja auch nicht deshalb gegen Koestler sein soll, um sich einer klaren Stellungnahme gegen den Kommunismus zu entziehen und ungestört für Thomas Mann sein zu können. Was sich zumindest im Mittelschiff gar nicht gegen Sie richtet (sondern gegen den Kesten, mit dem ich dieserhalb vor kurzem zusammengewachsen bin), und wobei Ihnen gut und gerne konzediert ist, daß der Abstand zwischen Brod und Kafka um nichts geringer ist als der zwischen Koestler und Thomas Mann, vom Abstand zwischen Thomas Mann und Kafka gar nicht zu reden – denn der ist schlechthin unüberbrückbar und schließt jeglichen Zutritt kategorisch aus, und ich sage »kategorisch« genau so, wie Sie von einer »unmittelbaren« Übersetzung in die Sprache der Theologie sprechen. Unmittelbar geht's natürlich nicht. Aber mittelbar geht's gar nicht anders, und wenn die Übersetzbarkeit ins Theologische einen dichterischen Wert verflacht, dann weiß ich nicht, was ihn erhöhen sollte – zum Unterschied eben vom Soziologischen oder Psychologischen, das Sie mit argem Bedacht in einem Atem damit nennen.

Kafka *ist* ein theologisches Phänomen, und, da er ein Jud war, ein jüdisch-theologisches to boot, wenn auch nicht unbedingt jenes, das der Brod aus ihm machen will oder sogar der Zangerle (aber das Mißverständnis eines Innsbrucker Pfäffleins ist weiß Gott noch immer hundertmal gültiger als das Verständnis eines lübeckerischen Lutheraners – der übrigens die Kennzeichnung »religiöser Humorist« nicht geprägt sondern nur zitiert hat, sie stammt entweder von Felix Weltsch oder von Kafka selbst, ich kann das im Augenblick nicht feststellen).

Eine Methodologie, die Kafka à tout prix in die Literatur »einordnen« will, will ihn in Wahrheit gar nicht einordnen sondern auf Literatur reduzieren, mit dem nolens volens (und meistens volens) mitschwingenden Unterton: »Erzählen Sie mir nix, Herr Kafka, ich bin aus der Brantsch«. Und dann kommt plötzlich heraus, daß er, wie nur irgendein Thomas Mann, and I do mean »irgendein«, »eines der Endwerke der bürgerlichen Zivilisation« geschaffen hat – was natürlich *auch* stimmt, warum denn nicht und wie denn nicht, schließlich war ja auch die Bibel ein Endwerk der pharaonischen Zivilisation und Shakespeare eines der elisabethinischen: aber zu dem Schabbes, den wir damit machen können, wird uns Kafka die Lichter nicht einmal ausblasen. Und auf dem Platz, den wir ihm in der österreichischen Erzähler-Tradition, säuberlich gegen Stifter abgegrenzt, neben Hofmannsthals »Andreas«-Fragment einräumen wollen, wird dann, weil's finster ist, vielleicht schon der Ferdinand von Saar sitzen. A net schlecht.

So. Da bin ich, Herr Gerstl, weil ich so zufrieden war. Denn natürlich *war* ich zufrieden und weite Strecken hindurch sogar glücklich, besonders dort, wo Sie dem metaphorischen, symbolischen und sonstigen Unfug einen Garaus machen, von dem er sich nie wieder erholen dürfte – aber wenn ich dann zum Abschluß einer solch fachmännischen, ja geradezu rituellen Abschlachtung die ehern endgültige Feststellung finde, daß Kafkas »Realismus« auf ein »Überwirkliches« hindeutet, »das er deutlich machen weder kann noch soll«, also eine perfekte Formulierung des Gottesgeheimnisses – und mir gleich darauf sagen lassen muß, daß die Übersetzung ins Theologische das Ur-Übel aller Kafka-Interpretation sei –: dann holt mich der Teufel.

Als welcher sich zeichnet

Alt-Aussee, 23. Juli 1977

Lieber Politzer,

als wir noch Leutnant bei den Husaren waren, Musik von Robert Stolz, gab es eine bestimmte Art von Nachtlokalen mit Programm, die sorglichen Bedacht darauf nahmen, das Publikum »einzustimmen«. Meistens taten sie das in Form einer Bauchtänzerin zu den Klängen von »Auf einem persischen Markt« und sind seither, ebenso wie wir, verschwunden. Aber wir können, nun im Gegenteil dem Maggid von Meseritz vergleichbar, noch davon erzählen. Wie wäre es also, wenn ich Ihnen zur Einstimmung berichte, daß mein Gesundheitszustand mich genötigt hat, den für Herbst angekündigten Ergänzungsband zur »Tante Jolesch«, der vom Publikum mit Ungeduld und vom Buchhandel mit gewaltigen Vorbestellungen erwartet wurde, auf das Frühjahr 1978 zu verschieben?

Ich berichte das deshalb, weil ich Ihrem Begleitbrief zum »Hiob in Amerika« entnehme, daß Sie by now Ihre Operation bereits hinter sich haben müßten, und weil ich gerne wüßte, ob das a) der Fall ist und wie es Ihnen b) geht. Falls a) wegfällt, will ich nur b) wissen. Mit Ihrer Nichtkunft nach Salzburg habe ich mich, wenngleich schweren kreislaufgestörten Herzens, abgefunden; jedoch mit nichts, was darüber hinausginge und zu einer Rückverwandlung der Zores in Kummer führen würde (ein Formulierungsblattschuß – in Ihrer Fassung –, zu dem ich neidvoll gratuliere).

Was nun den amerikanischen Hiob betrifft, so habe ich Ihren Essay mit Aufmerksamkeit, mit Respekt und streckenweise mit Bewunderung gelesen, ertappte mich aber schon während der Lektüre bei einem merkwürdigen Mangel an Nachfühlungsvermögen, an Aufnahmsbereitschaft, ja wohl gar an Interesse.

Damit kein Mißverständnis entsteht, und mit ungebührlicher Plumpheit gesagt: mich interessiert der MacLeish nicht, und das rührt, fürchte ich, daher, daß mich ganz Amerika nicht interessiert – in geistiger und künstlerischer Hinsicht, wohlgemerkt, nicht etwa in politischer, soziologischer und manch einer andern noch dazu.

Aber wie sich der MacLeish mit dem Hiob-Problem auseinandersetzt, läßt mich kalt, wobei ich mir völlig klar darüber bin, daß das weder gegen MacLeish noch gar gegen Hiob spricht, sondern ausschließlich gegen mich, der ich damit Ihren aufmunternden Zuspruch, der Essay würde mir »nebst vielem Alten auch das Eine oder Andere Neue sagen«, schmählich enttäuscht habe. Warm geworden bin ich immer beim vorgeblich »Alten«, also z.B. bei der von Ihnen auf S. 9 zitierten Tagebuchaufzeichnung Kafkas. Gleichgültig jetzt, ob er sich auf Christus tatsächlich »beruft«: just die von Ihnen als »überraschend« klassifizierte Wendung scheint mir zu beweisen, daß sich ihm das Hiobsproblem sehr wohl als »Prärogativ des Judentums« darstellt und daß hinter der Wendung »... aber die Menschheit muß für Christus leiden« ein unausgesprochenes »Wie komm *ich* dazu?!« nachklingt. Nämlich: auch noch *da*zu. Wo sich doch jeder hergelaufene Goj darauf ausreden darf, daß Christus für ihn am Kreuz gestorben ist. Wer stirbt für *uns*? Nicht einmal Hiob.

Übrigens führe ich seit Jahren mit einer Schwester aus einem kontemplativen Orden eine Korrespondenz, in der es gerade jetzt um ein nicht ganz unverwandtes Problem geht, verursacht dadurch, daß ich die Subvertreter der Tochterreligion bezichtigt habe, »Erlösung« mit »Enthebung« zu verwechseln ...

Daß Sie sich (S. 14) auf den höchst dubiosen Gustav Janouch berufen und wenige Zeilen später seine wackelige Auskunft bereits zur Stützung einer These heranziehen, will mir nicht behagen. Der Gegensatz zwischen Karl Rossmann und Mendel Singer liegt darin, daß jener – eben »im Gegensatz« zu diesem – kein frommer, kein bewußter, kein praktizierender Jude ist (oder wie immer Sie das nennen wollen), keine als Jude *gedachte* Figur ist, keine auf ihr Jude-Sein hin *angelegte*. Aber solche Figuren gibt es, soviel ich weiß, bei Kafka – wenn überhaupt – nur am Rande. Seine Zentralfiguren sind, wie man hier füglich sagen darf, »natürlich« Juden, auch wenn sie Gregor Samsa heißen oder sonstwie. Und das gilt, mutatis mutandissimis, für fast alle Zentralfiguren fast aller jüdischen Autoren. Sie können gar nicht anders. (»Fräulein Else«, hat der Werfel einmal gesagt, »müßte eigentlich Fräulein Else Wertheimer heißen.«) Zu untersuchen wäre – aber wirklich nur dann, wenn wir eines Tags *gar* nichts andres zu tun haben, also frühestens am Ende der Tage – das Vorhandensein Mendel Singerscher Elemente in den Figuren Franz Kafkas.

Denn so wahr Roth und Kafka »ein unvergleichlich reines Deutsch geschrieben haben« (Roth das reinere) – es ist *nicht* ihre einzige Gemeinsamkeit, und die in ihnen personifizierte Scheidung zwischen Ost- und Westjudentum ist nicht so groß, wie Sie glauben. Hiezu vgl. Politzer, Heinz, Über den Geist des Schtetls im altösterreichischen Kaffeehaus, eine der tiefstschürfenden Beobachtungen dieses tiefschürfenden Beobachters. (Haben Sie mein Singer-Fotostat bekommen?) Seine Schürfungen holen auch sonst gar Wundersames aus dem tiefen Erdreich der Sprache hervor, die Definition der Heimat (S. 17), den Unterschied zwischen Hadern und Keifen (S. 19), die Wechselbeziehung zwischen Phantasiearmut und Verläßlichkeit (S. 28) und noch manches mehr. Was hingegen den »Kitsch« der Wiedersehens-Szene zwischen Mendel und Menuchim betrifft, so erlaube ich mir die höfl. Mitteilung, daß das die einzige Stelle der gesamten Weltliteratur ist, bei der ich geweint habe, ich meine: Tränen. Nun ist ja die Möglichkeit, daß Kitsch mich zum Weinen bringt, nicht gänzlich auszuschließen; aber daß mir das dann gerade bei Joseph Roth geschähe, kommt mir doch ein bißchen unwahrscheinlich vor. Ändert jedoch nichts an meinem Resumé, daß ich weder Amerika noch Archibald MacLeish gebraucht habe, um von Ihrem Essay angeregt und erschüttert zu werden. Wofür ich Ihnen denn auch ergebenst danke.

Für den soeben in der FAZ entdeckten Politzer gilt zum Teil das Obige. In bezug auf Rilke stecke ich, nach Überwindung des puerilen Begeisterungsgneises, noch immer im Granit der zweiten Schicht: er interessiert mich nicht, ja mehr als das, er geht mir auf die Nerven. Ob ich jemals bis zum Glimmerschiefer der ihm zweifellos gebührenden Wertschätzung durchstoßen werde, weiß ich nicht. Vorläufig halte ich es mit einem Ausspruch Rudolf Forsters, dem man sowas gar nicht zugetraut hätte, aber es ist authentisch. Auf einer Tournée durch Schleswig-Holstein, wo es bekanntlich von Schlössern wimmelt, äußerte er, versonnen zum Coupéfenster herausblickend: »Ein beruhigendes Gefühl, daß auf keinem dieser Schlösser Rilke zu Gast war ...«

So auch ich und womit ich mich in Erwartung Ihres Baldigen sowie mit Herzlgrüßen von Seiten der Damen empfehle

Breitenfurth, 8. September 1977

Lieber Politzer,

soeben aus Venedig zurückgekehrt, wo ich mit Paolen weniger in Gondeln schaukelte als vor häufigen Regengüssen Schutz suchen mußte, finde ich hier Ihren Brief vom 31. August vor und kann mich des Eindrucks nicht erwehren, daß Sie ihn noch unter der Nachwirkung Ihrer fünftägigen Narkose geschrieben haben. Der einzige Satz, den ich restlos verstanden habe, lautet: »Verrückt ist, wenn man tatsächlich glaubt, was man sich einbildet.«

Er erinnert mich an den Ausspruch meines auch sonst oftmals zitierenswerten (und in der »Tante Jolesch« tatsächlich zitierten) Ernst Stern, als er erfuhr, daß meine Versuche, mich mittels organischer Defekte vom böhmischen Militärdienst zu drücken bzw. ihm wieder zu entrinnen – das Ganze spielt 1932 – der also auf die Nachricht, ich hätte meine letzte Zuflucht zur militärischen Irrenanstalt genommen, zu eben jener übrigens, auf der sich der Schwejk als Cyrill und Method ausgegeben hatte, um beim Essen zwei Portionen zu fassen – der also, auch ich scheine unter Narkose zu stehen, auf diese Nachricht hin äußerte: »Der Torberg ist im Irrenhaus, weil er sich einbildet, daß er verrückt spielt«.

Wo sind wir stehen bzw. liegengeblieben? Richtig, auf Ihrem Operationstisch. Nein, noch nicht. Der Lateinprofessor, dem Sie die Verbalform »credidi« verdanken, schrieb sich Keyl, nicht Keil. Anzüglichkeiten auf »grob« unterlasse ich im Hinblick auf Ihre Rekonvaleszenz.

Ich freue mich, und damit bin ich beim Thema, daß dieselbe eingetreten ist. Offen gesagt herrschte hier schon einiges Bangen, weil wir so lange nichts von Ihnen zu hören bekamen. Aber da Sie jetzt schon wieder von der Fertigstellung Ihres Freud-Buches sprechen, scheint das Ärgste ja wirklich vorüber zu sein und Sie befinden sich im gewohnten Zustand des Zweitärgsten. Auf Ihre Mitteilung, daß Sie sich wie eine Hesse-Figur vorkommen, paßt weder »verrückt« noch »meschugge«, sondern am ehesten »nebbich«. Suchen Sie sich bitte einen tragfähigeren Autor.

Den von Ihnen angetönten Berg'schen Hymnus: »Ich heirat, spricht der Herr von Blau« kenne ich nicht, bin jedoch ziemlich sicher, daß es nicht »Herr von Blau« heißen kann, sondern allenfalls »spricht Herr Siegmund Blau«, wobei Siegmund notfalls durch Bernhard oder Oskar ersetzt werden könnte. Ein »Herr von« war man in solchen Fällen zuletzt bei Nestroy. – Eine mir bekannte Blau-Strophe (aus den »Trommelversen«) lautet

Ich laß mich scheiden, sagt Herr Blau,
Von Tisch und Bett, zu seiner Frau.
Du tust mir leid, sagt sie, auf Ehr!
Also essen kannst du auch nicht mehr.

Man beachte die Inversionen. Sie grenzen an Kasimir Edschmid, dessen Stil von Robert Neumann mit Recht und geradezu blattschüssig durch die Wendung parodiert wurde: »Über die Grande«, dachte er, »Corniche werde ich nicht fahren ...«

Auf der Rückreise aus Venedig haben wir, wie gleichfalls schon traditionell gesichert, in Bozen Station gemacht und aus den Dolomiten kamen, gestützt auf ihre knorrigen Bergstöcke, unter Führung Erich Hellers, die Damen Christiane Zimmer* und Gerti Herzfelder herabgestiegen um mit uns das Abendbrot zu brechen. Wir haben viel von Ihnen gesprochen, größtenteils gut, und die von mir besonders geschätzte Christiane wußte allerlei Erbauliches von – wie sie sagt – Pappa zu erzählen, u.a. eine Begegnung mit dem Evangelimann-Kienzl, die ich für Sie im Gedächtnis behalte (für die »Tante Jolesch« ist sie leider nicht geeignet). Im übrigen sollten Sie sich die soeben erwähnte Tradition zu eigen machen und zwar in beiderlei Gestalt, d.h. Venedig und Bozen.

Behalten Sie das gefl. für nächstes Jahr im Auge und seien Sie für heute, auch im Namen der an Ihrem Wohlbefund rührend interessierten Damen, herzlichst gegrüßt von Ihrem immer noch mehr zu Dostojewski oder Gide als zu Hesse tendierenden

F.T.

University of California, Berkeley
Department of German

4. Oktober 1977

Lieber Torberg,

Ich heirat, spricht der Herr von Blau,
Nur eine tätowierte Frau.
Und wenn ich nachts nicht schlafen kann,
So schau ich mir die Bilder an.

Ich hab das, wie ich Ihnen unterm 31. August mitteilte, nicht nötig. Mir genügt die eigene Vorderseite, die außerdem dem Schlachtplan von Fehrbellin ähnelt, was wiederum erklärt, warum sich der Prinz seiner nicht erinnern kann.

Dies zur Beantwortung Ihrer frdl. Frage, wie es mir geht. Laufen tu ich wie eine Lope (wie schon der Name sagt, *hinkt* die Antilope). Aber die Frage, ob ich verrückt bin oder nur

* Tochter Hugo von Hofmannsthals

meschugge, ist ungeklärt, wird es auch bleiben, nachdem ich morgen einen Neurologen aufgesucht habe. Einen Reifen um die Stirn, das bitterste »Hauptweh«, wie der Knabe Echo, der Schmock, das nennt, und vor allem ein Gedächtnisschwund, trotz dem ich gehalten bin, Lyrik zu unterrichten. »Erreicht den Hof mit Not und Müh ...«

Sehr neugierig bin ich zu lesen, was Sie über den Singer zu sagen haben. Er ist der schönste mieße Baldower und daß er um ein Haar den Nobelpreis gekriegt hätte, geschieht der amerikanischen Literatur recht. Also bitte um Express-Zusendung. Und alles Gute zu den »Erben der Tante Jolesch«. Mich überläufts. Unlängst schrieb ich einiges über die Milena und den Haschel Menjou Polak, und da fiel mir ein, daß ich beinah auch ein Erbe bin mit Adler, Lamm und Pfau.

Ich bin geneigt, die eingangs gestellte Frage, ob ich verrückt bin oder nur meschugge, doch eher in ersterem Sinn zu beantworten.

Immer Ihr
(jetzt fällt mir der Name nicht ein.
Ahso:) Politzer

Alt-Aussee, 10.10.1977

Lieber Politzer,

Gott sei Dank geht es Ihnen schon wieder sehr gut, sonst würden Sie wohl kaum die Widerstandskraft aufbringen, sich über meine Vorhaltungen bezüglich des Herrn von Blau hinwegzusetzen. Auch in der von Ihnen gemeinten und als Motto zitierten Armin Berg-Strophe hat es nicht »Herr von Blau« geheißen, sondern mit großer Wahrscheinlichkeit »Ich heirat', sagt Herr Siegmund Blau«. Herr von Blau, ich wiederhole es, heißt man bei Nestroy.

Daß die Antilope hinkt, nehme ich mit lebhaftem Interesse zur Kenntnis. Schade, daß sich das nicht auch auf die Antisemiten anwenden läßt.

Übrigens gab es vor grauen Jahren, als sowohl auf den Bühnen der Wiener Cabarets wie im Zuschauerraum der Mann vom Osten noch in erdrückender Überzahl war, eine Paraphrase über den von Ihnen beregten Erlkönig, in der Charlotte Waldow ihre mit Recht namhafteren Brettlkollegen imitierte, darunter auch den Grünbaum und den Armin Berg. Ich bin bereit, Ihnen auf Wunsch den Wortlaut beider Imitationen mitzuteilen. Auch zahlreiche längst nicht mehr bestehende Telephonnummern habe ich noch im Gedächtnis ...

Selbstverständlich sind auch Sie ein Erbe der Tante Jolesch, und nicht nur mit Adler, Lamm und Pfau, von denen Hofmannsthal auf (lästiges) Befragen nach ihrer Bedeutung einmal gesagt haben soll, daß es sich um Gasthöfe handelt. Hätte ich von Ihnen auch nur etwas annähernd so anekdotisches zu berichten – es käme in den Nachtragsband. Können Sie mir helfen?

Hier spielt der Herbst alle farbigen Stückeln, fast möchte man sagen: er läßt sein buntes Band wieder flattern durch die Lüfte. Was Mörikes Originalgedicht betrifft, so zählt es zu jenen Meisterwerken, die ihre Meisterwürde durch ein einziges überflüssiges Wort gefährden. Ich meine die Zeile: »Horch, von fern ein leiser Harfenton«. Harfentöne von fern sind ipso facto leise. Es gibt noch mehrere solche Beispiele, eines davon, was man nicht glauben sollte, bei Hugo Zuckermann. Genaueres, wie in Sachen Grünbaum und Armin Berg, auf Wunsch ...

University of Carlifornia, Berkeley
Department of German

27. Oktober 1977

Lieber Torberg,

für vielerlei habe zu danken: für Ihren Brief vom 10. dieses, für die vortreffliche Singer-Anzeige und nun auch für die

Kleist-Beilage der NZZ, aus der ich schließe, daß Sie meinen Mischeberach in der FAZ gesehen haben.

Vergeben Sie mir die Insistenz auf dem »Herrn von Blau.« Obwohl mein Sprachgefühl und meine literarische Kenntnis Ihnen recht gibt, handelt es sich offenbar um ein meinem Gedächtnis seit Kindertagen eingeprägtes Engramm, so daß sich die Maschine weigert, »Si(e)gmund« zu schreiben, wo mein Unbewußtes »Herr von« diktiert. Machen Sie etwas gegen Ihr Unbewußtes! Ich kann es nicht, umso weniger, als es das Einzige ist, was bei mir noch so einigermaßen funktioniert.

Lassen Sie also Gnade vor Recht ergehen und teilen Sie mir umgehend die Charlotte Waldowsche (gab es nicht, und zwar in Berlin, auch eine Claire?) Paraphrase der Grünbaum und Berg'schen Erlkönig-Parodie mit, sowie den leisen Harfenton vom Zuckermann. Ich kenn nur: »Hauptsach, ich sterb.« ...

Was Adler und Lamm anlangt, so kann ich Ihnen leider nicht helfen, was aber den Pfau betrifft, so will ich den Herrn an den von ihm mir zugeschriebenen Ausspruch vom 13. März 1938 erinnert haben: »In meiner nächsten Existenz möcht ich Botanik erleben, statt Geschichte.« Es ist wirklich nur wegen dem Adabei.

Wollen Sie mich bitte sowohl der Tante Jolesch wie den beiden Damen höflichst und selbst gegrüßt sein
von Ihrem

Politzer

P.S. Also gut geht's mir nicht. *Botanik* hab ich erleben wollen, nicht Geographie. Hieß der in der Wasagasse Geographie unterrichtet habende Lehrer nicht Kral? Jedenfalls hat er mich in der Quarta durchfallen lassen. So bin ich nach Amerika gekommen.

Alt-Aussee, 23.11.1977

Lieber Politzer,

Ihr Beilagendank ist dankend zur Kenntnis genommen, und damit's nicht abreißt, liegt heute wieder etwas bei. (In einem Marx Brothers-Film gab es einmal eine Szene, in dem sie aus dem »Thank you« – »Thank *you*« – »*I* thank you« minutenlang nicht herauskamen.)

Was den Herrn von Blau betrifft, so scheinen Sie mich an einer neuralgisch-traumatischen Stelle erwischt zu haben, die einer näheren Untersuchung durch den ohne e geschriebenen Sigmund wohl wert wäre (der Blau vom Berg schreibt sich *mit* e). Und ich muß leider darauf beharren, daß er, der vom Berg, ein Siegmund ist und kein Herr von.*

Übrigens: wer im Oberbewußtsein die Claire Waldow kennt, darf im Unterbewußtsein den Berg nicht mit dem Nestroy verwechseln. Denn jawohl, es gab eine Claire Waldow, die mit der gleichnamigen Charlotte, welche in Wahrheit Wertheimer hieß, nicht verwandt war. Sie wirkte in Berlin und ihre berühmte Glanznummer war ein Couplet mit der Kehrzeile »Hermann heeßt er«, dessen Absingung zu Beginn der Hitler–Ära bereits als Résistance galt. Demgegenüber lautete die auf Armin Berg gemünzte Strophe der Erlkönig-Paraphrase von Charlotte Waldow wie folgt (gesungen nach der Einleitungsmelodie des »Überziehers«):

Kennen Sie denn die Geschichte
Von dem Erlkönig schon,
Der im Walde ist geritten
Bei der Nacht mit seinem Sohn?
Er erreicht, das weiß doch jeder,
Dann den Hof mit Müh und Not,
Und da hat er die Machloike,
Denn das kleine Kind war tot.

---

* Warum haben die beiden mich damals nicht gefragt? Ich hätte es ihnen sagen können. Es heißt: »Ich heirat', sagt der Sami Blau...«
H.W.

Akribisch korrekt müßte es in der zweiten Zeile heißen: »von de*n* Erlkönig ...« (hiezu vgl. die von Fritz Grünbaum geplante und in der »Tante Jolesch« erwähnte Dissertation »Über die brünnerische Abneigung gegen das Dativ-m«). Die Waldow'sche Grünbaum-Strophe jedoch hatte den folgenden Wortlaut, ohne jede Melodie, d.h. tunlichst mit der Grünbaum'schen Sprech-Melodik:

Bei Nacht und Wind, von Nebel umstritten
Is der Vatter mitn Sohn ... auf a Pferd ... geritten.
Also ich als Vatter – ich möcht mich schämen.
Hätt er sich nicht können ... weiß ich ... ein Taxi nehmen?
Dann wär das alles nicht geschehn,
Der Bub hätt kan Erlkönig gesehn,
Keine singenden Töchter, ka Nebelstreif,
Ganz zu schweigen von Kron und Schweif,
Er hätt sich erspart das Zittern und Beben –
Mit einem Wort: er wär heut noch am Leben.

Es gab noch eine Reihe anderer und fast ebenso geglückter Text-Persiflagen und Darsteller-Imitationen, und es gab, komme zu denken von es, eine ähnlich paraphrasierte Version der »Bürgschaft«, jede Strophe von einem andern, aber das würde zu weit führen. In die Nähe hingegen führt der von mir erwähnte und von Ihnen aufgegriffene Zuckermann, von dem Sie laut eigener Angabe nur »Hauptsach, ich sterb« kennen, und zwar in Ihrem Unbewußten, dort, wo sich hart im Raum die falschen Zitate stoßen. Es handelt sich um sein im Ersten Weltkrieg berühmt gewordenes »Reiterlied«, das mehrfach vertont und auf Postkarten verbreitet wurde, deren eine mir so gut in Erinnerung ist, daß ich sie aufzeichnen könnte, wenn ich zeichnen könnte. Sie zeigte einen neben seinem grasenden Schlachtroß rastenden Angehörigen der k.u.k. Kavallerie, der sinnend zum vis à vis gelegenen Wiesenrand hinüberblickte, und das war auch durchaus angebracht, denn:

Drüben am Wiesenrand
Hocken zwei Dohlen.
Fall ich am Donaustrand?

Fall ich in Polen?
Mir is wurscht –
Hauptsach, ich fall.

Nicht: ich sterb. Und im Original hieß es natürlich ganz anders, nämlich: »Eh sie meine Seele holen/Kämpf ich als Reitersmann«. Das Ganze war nicht annähernd so schlecht, wie es sich heute liest, sondern besaß – zumal in den beiden folgenden Strophen – eine durchaus echte, naive Melancholie und Todesverachtung, deren Echtheit sich zumindest rückwirkend darauf berufen darf, daß Zuckermann tatsächlich als Ulanenleutnant gekämpft hat und tatsächlich gefallen ist. Dies wollen Sie sich bitte auch vor Augen halten, wenn Sie nunmehr jenes »Harfenton«-Gedicht lesen. Es heißt »Soldatengrab« und lautet:

Ein Kreuz
Zwischen zwei Ackerfalten.
Bald schneit's
Und deckt die letzte Spur
Von einem, der zur Fahne schwur
Und seinen Schwur gehalten.
Der Regen wäscht den Namen ab.
Versunken und vergessen.
Soldatengrab, Soldatengrab,
Das keine Tränen nässen.

Der Harfenton, und zwar der leise von fern, besteht darin, daß die erste Zeile nicht »Ein Kreuz« heißt, sondern leider »Ein schlichtes Kreuz«. Wäre ihm dieser Schnitzer, für den auch der Mörike keine Ausrede ist, nicht unterlaufen, dann würde ich nicht anstehen, das Gedicht als ein wirklich großes zu bezeichnen. Und würde über das zweimalige »Soldatengrab« einen dem Karl Kraus gewidmeten Essay schreiben.

Bleibt noch festzustellen, daß ich den »Botanik«-Absatz Ihres Briefs nicht verstehe. Wieso, warum und vor allem wozu »Botanik« (die überdies kein eigener Gegenstand war)? Sie haben – Ihr Tonfall ist mir noch im Ohr – auf meinen damals zu Prag erfolgten Zuspruch, daß wir doch schließlich Geschichte erleben, mit dem Stoßseufzer reagiert, daß Sie lieber

Geographie erleben möchten, und Sie taten das deshalb, weil uns der Begriff »Geographie/Geschichte« vom Gymnasium her noch als Junktim erinnerlich war. Wollen Sie sich, Jahrzehnte später, Ihre eigenen Pointen ruinieren?

Ihre abschließende Feststellung: »So bin ich nach Amerika gekommen« ist von elementarer Wucht und grenzt an Hyperion.

Der Komplettierung halber: ob es am Wasa-Gymnasium einen einschlägigen Professor namens Kral gegeben hat, weiß ich nicht. Mein Geographieprofessor hieß Beer. Aber wenn Sie bei ihm durchgefallen sind, wird er schon Kral geheißen haben. So etwas verwechselt man nicht, nicht einmal im Unbewußten, wo man sogar Armin Berg ... aber lassen wir das.

Bin ich am Ende? Gewiß, ich bin es, ebenso wie Sie, und das müßte nicht eigens gesagt werden. Ich meinte jedoch das Ende des Briefs, welches erst jetzt nachkommt, und zwar als dickes: Im nächsten Herbst, wir sprachen schon davon, erwischt mich der Siebziger. Mit der Herausgabe der Festschrift, die der Verlag Langen-Müller zu diesem Anlaß plant, ist der auch Ihnen geläufige Strelka in Albany betraut. Er wird sich, damit Sie's nur wissen, demnächst um einen Beitrag an Sie wenden. Vielleicht wird er Sie auch noch fragen, an wen er sich sonst noch wenden könnte. Oder warten Sie, ich frag Sie gleich selber und bitte um Antwort.
Herzlichst Ihr

F.T.

Nelly Sachs

Stockholm d. 12.4.48
Bergsundsstrand 23

Lieber Herr Friedrich Torberg!

Lange habe ich still gesessen und nachgesonnen nachdem ich Ihren Aufsatz gelesen hatte in dem Sie meinen Dingen so große Ehre antaten. Ihre Worte haben mich tief ergriffen. Sie haben etwas berührt was von Kindheit auf geheimnisvoll in mir lebte wie ein fremdes und doch heimatliches Element. Und dann: es ist mir der Tod durch nächste geliebteste Menschen ins Herz gewachsen. In meiner neuen Gedichtsammlung versuchte ich den künstlichen den »Golem« Tod jenem wirklichen lang erwarteten, wie eine »Quelle« rinnenden, einander gegenüber zu stellen. Meine Übung geht weiter, denn ich pflege den letzten geliebtesten Menschen der mir blieb: meine Mutter!

Sie haben, lieber Herr Torberg, nicht nur meinen Dingen bis an die Wurzeln gegriffen, Sie haben mir selbst ein seltenes Erlebnis geschenkt: Einem Menschen in jenem Dämmerungslande zu begegnen der mit solcher Zartheit, Weisheit sich zwischen »Hier« und »Dort« bewegt und mir manche vorher verhüllte Aussicht geklärt hat.

Ich kann wenig englisch, aber mir schienen Ihre Übertragungen ganz die Originalmelodie festzuhalten. Vielleicht kann so etwas wie eine englische Ausgabe einmal zu Stande kommen. Falls es mit Ihrer Hilfe wäre, welch Glück für mich!

Ich arbeite nun an einem Drama »Der Mann aus Ur«. In der mondversiegelten Stadt wird das Vorspiel beginnen um dann in das Heute hinüber zu führen. Ob es mit meinen schwachen Kräften gelingt das Ewige in einer Seitenspiegelung, wie Sie ergreifend sagten, festzuhalten, weiß ich nicht, aber daß es gesagt werden muß, weiß ich.

Leben Sie wohl! und meines Herzens Dank!

Ihre Nelly Sachs

22.VII.48

Liebe, verehrte Frau Sachs,

haben Sie vielen, herzlichen Dank für Ihren Brief und lassen Sie sich die Verspätung, mit der er mich erreicht hat, nicht zu nahe gehn, – so ein Brief kann nicht »zu spät« kommen, nicht mehr als Ihre Gedichte, er hat auf all seinen Umwegen nichts von seiner Unmittelbarkeit verloren, und ich bin glücklich, den großen Eindruck, den Ihre Gedichte auf mich gemacht haben, nun eben durch Ihren Brief bestätigt zu bekommen.

Was ich in der »Jewish Frontier« über Ihre Gedichte sagen konnte, hat mir natürlich bei weitem nicht genügt, – ich möchte viel mehr dazu sagen, Ihnen sowohl, wie einem Publikum, von dem ich gar nicht weiß, ob es überhaupt noch existiert: und damit sind wir ja auch schon bei dem einen Punkt, aus dem sich unser ganzes Weh und Ach nicht kurieren läßt, bei der Unmöglichkeit, Menschen zu erreichen, Menschen anzurühren, hörbar zu werden und wiederzuhören. Im luftleeren Raum gibt es keine Resonanz. Man muß schon froh sein, wenn ab und zu eine kleine atmosphärische Irregularität auftritt und eine Verständigungs-Welle zwischen zwei Punkten zustandekommen läßt. (Physikalisch dürfte das ein vollkommen verhatschtes Bild sein – aber damit entspräche es ja nur unsrer Situation.)

Übrigens könnte ich mir vorstellen, daß da in Europa ein etwas erfreulicherer Aspekt vorliegt und daß Ihre Gedichte kräftigeren Widerhall gefunden haben, als ich es von hier aus vermuten kann. Das würde mich freuen und ermutigen. – Meinerseits habe ich mich mit der »Neuen Rundschau« dahin verständigt, daß ich in einem der nächsten Hefte über Ihre Gedichte und die im Vorjahr unter dem neuen Titel »1933« erschienenen des kürzlich verstorbenen Karl Wolfskehl schreiben werde, abermals durch Raummangel beengt, aber diesmal wenigstens nicht durch die Sprache.

Was die in meinem englischen Aufsatz enthaltenen Übersetzungsproben betrifft, so ist es mit ihnen nicht sehr weit her; ich würde dergleichen auf größerer Basis niemals wagen, und meine »Hilfe« für eine englische Ausgabe könnte höchstens darin bestehen, daß ich einen Verleger für Sie finde. Ob mir das gelingen wird, ist freilich eine andre Frage. Daß ich mich darum bemühen werde, verspreche ich Ihnen. – Haben Sie schon etwas wegen einer hebräischen Übersetzung versucht? Das wäre doch das Gegebene. Max Brod, als ich ihn szt. auf Ihre Gedichte aufmerksam machte, kannte sie schon und schätzte sie. Vielleicht schreiben Sie ihm jetzt selbst: 16 Hayarden Street, Tel-Aviv, Medinat Israel.

Sie sprechen, im Zusammenhang mit der Konfrontation von »Golem«-Tod und dem wirklichen, erwarteten, heranrinnenden (und eigentlich müßte das schon wieder ein Gedicht werden) – Sie sprechen da von einer »neuen« Gedichtsammlung. Wenn das die »Wohnungen des Todes« sind, dann muß es ja vorher eine Sammlung gegeben haben? Oder ist jetzt eine neue entstanden? In beiden Fällen wüßte ich gerne mehr und am liebsten alles.

Hoffentlich werden Sie es mir nicht als Unzartheit oder als oberflächliche Neugier auslegen, wenn ich auch über Sie und Ihr Leben ein bißchen erfahren möchte – gerade genug, damit ich den Menschen, die sich für Sie interessieren, die Ihnen erwünschten Auskünfte geben kann. Es versteht sich, daß ich damit das »alte« Leben meine, das vorherige. Was nachgekommen ist, weiß ich aus Ihren Gedichten und weiß ich aus der einen, kleinen Mitteilung, die Sie mir schon gemacht haben: daß »die Übung weitergeht«.

Es erschüttert mich sehr und es scheint mir einen großen und schönen Sinn zu haben, daß Sie gerade diesen Ausdruck dafür finden. Ich habe meine Mutter in den Wohnungen des Todes verloren, und fast meine ganze Familie und eine Menge liebster Freunde dazu. Den Sinn, den ich darin suche (und zu suchen angewiesen bin), verstehen Sie aus dem beigelegten Gedicht*, – es fanden damals, 1943, in ganz Amerika Trauerwochen statt für die in den Vernichtungslagern Umge-

* »Kaddisch 1943«

kommenen, von denen man damals erst zu hören begann.

Meinen kürzlich erschienenen neuen Roman, »Hier bin ich, mein Vater«, und eine vorher erschienene Novelle, »Mein ist die Rache« – beides von verwandter Thematik – lasse ich Ihnen mit gesonderter Post zugehen.

Schreiben Sie mir, bitte, sehr bald wieder, über den »Mann aus Ur«, über Ihre Gedichte, und was immer Sie über sich selbst sagen wollen, – es wird mir eine große Freude sein, das muß ich Ihnen nicht erst sagen.

Mit allen guten Wünschen für Ihre Arbeit, Ihre Übung und Ihr Leben –

Ihr aufrichtig ergebener

Friedrich Torberg

Stockholm d. 1.8.48
Bergsundsstrand 23

Lieber, verehrter Friedrich Torberg!

Ihr Brief, der schöne, warme, kam als erstes Zeichen in unsere neue Wohnung. Mit der Wohnung ist es so, daß meine Mutter und ich bisher in einem Zimmer wohnten, von wo aus unser Blick den Gang der Gestirne nur in den gegenüberliegenden Fenstern der Hofhäuser erblicken konnte, nun aber sehen wir Sonne, Mond und Sterne und das blaue Wasser des Mälarsees. Wir können es kaum fassen, halten uns, des Abends wenn die Sonne mit Purpur und Veilchen in einen fast seegrünen Himmel sinkt, an den Händen und wissen nichts zu sagen. Und da hinein kam Ihr Brief. Ja es ist das ewige Menschenwort das aus Ihnen spricht und es beglückte mich dieser doppelte Segen.

Ich danke Ihnen für das wunderbare Gedicht und ich freue mich nun auf die Post, daß sie mir bald Ihre Werke bringt. Mag sein, daß hier in Schweden der Dichter und sein Wort mehr Resonanz empfängt als bei Ihnen in dem großen

Lande, aber dennoch die Einsamkeit ist auch hier unser Element. Anbei lege ich Ihnen, lieber Freund, einige Gedichte aus der neuen Sammlung, die Dr. Bermann für seinen Verlag oder Suhrkamp, ich weiß es nicht, nach Holland mitnahm. Sie soll »Die Muschel saust« heißen. »Der Mann aus Ur« ist erst im Entstehn und muß so vorsichtig aus seiner Mondversiegelung genommen werden und ich denke oft an die Ausgrabungen, wo die Materie unter den Händen zerfällt, aber das Wesen der Dinge sich unveränderlich im Staube eingezeichnet hat. Aber ob es wird, ich weiß es nicht. Meine geliebte Mutter ist so leidend und ihr gehöre ich zu allererst. Aber ich bete darum, daß es wird.

Es ist so wenig von mir zu sagen. Vor 33 war es der Literaturhistoriker an der Berliner Universität, Max Hermann, der sich meiner ersten Versuche annahm und dann der auch umgekommene Leo Hirsch vom Berliner Tageblatt. Nach 33 der Jüdische Kulturbund in Berlin, wo man Leseabende veranstaltete und wir Alle eine Schar Todgeweihter sich noch bemühten, die Worte zu finden, die die Horizonte in die wahren Himmel rücken sollten und mit ihrer abgewandten Seite wie eine Maske dahinter die Nacht gähnt, die Sterne gebären helfen.

Niemand ist wohl mehr am Leben von diesem Kreis. Ein Schicksal, das mein Leben lange vor 33 zeichnete schloß wie ich es in den »Gebeten an den toten Bräutigam« niederschrieb. Von meinem Vater habe ich wohl viel geerbt. Von seinem Beruf heimgekehrt spielte er auf dem Klavier, komponierte und ich dachte mir als Kind Tänze dazu aus. Wir verbanden eine heimliche Schwermut mit unserem Spiel, es war als schiene immer die Abendsonne zu uns hinein. Meine Mutter war leichter, froher und noch heute kehrt sie oft zu ihrem süßen schmetterlingshaften Gaukelspiel zurück, sobald sie ohne Qual ist.

Schön ist es, daß ich nun weit über dem Meer zu einem Fremden, der mir doch kein Fremder ist, solche Worte schreiben kann, die ich selbst kaum je bedachte. Haben Sie Dank, ich bin bei mir selber eingekehrt durch Sie.

An Max Brod will ich schreiben. Wie mag es mit den Brüdern in Israel werden? Hier fahren die Schiffe mit den glücklichen Menschen in der Sommerwärme vorbei. Darf das natürliche selbstverständliche Leben, dieses Umarmtwerden vom Dasein nie zu den Unsrigen kommen? Ist ihre Arche im Himmel gebaut?

Leben Sie wohl, lieber Friedrich Torberg, wir wollen die Hoffnung behalten, möge der Segen bei Ihnen sein!

Ihre in Dank ergebene
Nelly Sachs

4.10.48

Lieber, verehrter Freund Friedrich Torberg!

Zum neuen Jahr sende ich Ihnen die herzlichsten Glück- und Segenswünsche, möge es ein Friedensjahr für die Menschheit und Israel sein.

Wir waren hier so traurig wegen Bernadotte. Nun haben sowohl Inder wie Juden jenes geheime Gesetz verletzt das diese beiden Völker grade gegen den Mord am Menschengeschöpf verband. Wohin wandert dieser Stern? Von Max Brod kam ein Brief der mich sehr glücklich machte. Aus der neuen Sammlung sollen die beigelegten Gedichte zu Ihnen kommen. Ich warte mit Sehnsucht auf Ihre Bücher, auch möchte ich alles, was ich kann, in Schweden für Ihr Werk tun.

Leben Sie wohl und alles erdenklich Gute!

Ihre
Nelly Sachs

P.S. Ich versuchte noch einige Ex. von den »Wohnungen« zu senden, aber die Auflage ist zu Ende und eine neue ungewiß.

27.X.48

Liebe, verehrte Frau Nelly Sachs,

ich habe ein sehr schlechtes Gewissen Ihnen gegenüber, besonders seit Sie – obgleich ich schon damals in Briefschuld bei Ihnen stand– sich zu Rosh Hashanah mit so lieben Wünschen meiner erinnert haben. Nun sind aber Ihre Briefe nicht so geartet, daß man sie rasch oder innerhalb der »laufenden Korrespondenz« beantworten könnte – oder vielleicht ginge das sogar, aber ich möchte es nicht gerne. Ich möchte Ihnen lange und ausführlich schreiben, und dazu bedarf ich der Muße des Zwiegesprächs. Sie werden das verstehen, und werden mir auch glauben, daß es nicht Nachlässigkeit ist sondern das genaue Gegenteil, wenn ich erst abwarten will, bis diese Muße mir wieder gegönnt ist. Im Augenblick ist sie das nicht.

Ich lebe seit einigen Wochen, und wohl noch auf ihrer mehr hinaus, in völliger Arbeits-Klausur auf dem Lande, tief in die Arbeit an meinem nächsten Roman vergraben, dessen Ablieferungstermin mir drohend zu Häupten schwebt. Lassen Sie mich also heute nur in aller Eile sagen, daß ich Ihrer gedenke, daß Ihre beiden Briefe und all deren Beilagen mich sehr beglückt haben, und daß ich mit Dr. Bermann-Fischer vor seiner Abreise nach Amsterdam übereingekommen bin, die geplante Besprechung Ihres lyrischen Werks in der »Neuen Rundschau« zurückzustellen, bis Ihr nächster Band erscheint. Und seien Sie gewiß, daß die Anzahl derer, die ihn mit Sehnsucht und Hoffnung erwarten, inzwischen wieder gewachsen ist und noch weiter wachsen wird.

Darf ich Ihre Neujahrswünsche so spät noch erwidern. Ich tue es aufrichtigen Herzens, – und sie sind an kein Datum gebunden.

Alles Gute für Ihr Werk und Ihr Leben, ich melde mich, sowie ich wieder zu Atem und nach New York zurückkomme.

Stockholm d. 14.12.48
Bergsundsstrand 23

Verehrter Dichter, lieber Freund!

Ihr Buch »Hier bin ich, mein Vater« ist so, daß es den Herzschlag aussetzen läßt. Welch ungeheures Thema aus dunklem Blutgemisch aufgerufen. Unschuldig-schuldige Antike, mit Otto Maier aber biegt sich das zu Ende gehende Jahrtausend mit aller Schärfe des Bewußtseins seiner Schuld ins Grab. Aber »wer weiß was drüben für Gesetze herrschen« wer weiß was da von Schuld und Unschuld übrig bleibt? Wie weit kann Liebe gehn, Opferbereitschaft, wie weit Versessenheit sich Sterne aus dem Rinnsteinwasser zu fischen, und schließlich die verzweifelnde Sehnsucht des Juden, sein Anderssein los zu werden und sich anzugleichen, am liebsten an das fahle Mittelmaß. Wohin kann Verfolgung, Demütigung, die ganze Meute rasender Hunde den flüchtenden treiben durch die Dschungel-Verstecke.

Ganz außer mir gebracht, habe ich fassungslos über Ihrem Buch geweint. Lieber, lieber Dichter, Sie haben den dunkelsten Teil der Tragödie angefaßt und Sie haben sie überstanden in jeder Zeile in jedem Wort bis hin zu dem großartigen Zwiegespräch zwischen Bloch und Maier das wie mit einem Wunder alle Tiefe und Schönheit des wahren Judentumes hereinholt.

So danke ich Ihnen aus meinem Herzen tief und innig und hoffe auf Ihr neues Werk wie auf etwas, das Erlösung bringen kann.

Wenn Israel seine Heimat, seinen Frieden und seine Quellen wieder erreicht, so muß seine Verstrickung fallen, wie könnte es anders sein.

Hier oben hat man gestern das Lucia Fest gefeiert, das Fest der Lichtbringerin, die durch die nächtlichen Straßen zog mit dem Kerzenkranz auf dem Haupte. Denn es ist nun sehr dunkel hier, schon von 3 Uhr ist es fast Nacht. Lieber Friedrich Torberg, ich danke Ihnen für Ihren schönen Brief, ich möchte Ihnen sehr lange schreiben, aber meine kranke geliebte Mutter hat Angst, allein zu sein im Nebenzimmer, und ich schreibe in der Küche und wir kämpfen in den Nächten so viel, ich, um sie zu halten, sie, weil sie bei mir bleiben will; um unseren letzten, leuchtenden Erdenrest, kämpfen wir Beide. Darum sage ich Ihnen lebe wohl für heute und sage Ihnen, daß meine Gedanken sehr viel bei Ihnen sind, wie bei einem Bruder im Leide, bei einem Bruder, der schon bald, bald an der tiefen klaren Quelle ist.

Ihre
Nelly Sachs

Stockholm d. 2.10.52
Bergsundsstrand 23

Lieber Friedrich Torberg,

wie mich Ihr Brief gefreut hat und Ihr Gedenken zum neuen Jahr. Ich danke Ihnen sehr von Herzen. So schön, sich nicht zu verlieren in der weiten Welt, die wenigen Freunde, die wenigen übriggebliebenen. Sie sind also in Wien. Werden Sie nicht mehr nach Amerika zurückkehren?

Nun, es ist schwer, wie sehr weiß ich das selber, abhängig von der deutschen Sprache als Schriftsteller im fremden Land. Vielleicht werden diese Zufluchtsländer für Andere eine Heimat, aber als Schriftsteller muß dann das Meiste stumm bleiben. Und Israel mit der Sehnsucht suchen aber nicht in der Realität lebend. Die Jungen dort mit der Sprache von Anbeginn Verlobten sollen es und werden es haben ganz und gar. Und Sie haben den »Eli« nicht bekommen. Wie schade. Es war nur eine kleine numerierte Auflage, die vergriffen ist. Aber ich habe Neues geschrieben. Ein Oratorium für Scene Abram's Erwachen. Ein Traumspiel: »Wer hat überlebt«. Eine neue Sammlung Gedichte: »Und Niemand weiß weiter«. Und dann Übersetzungen, Tagebuchanzeichnungen, alles in die Luft gesprochen, denn wohin. Und doch hat es vor dem Ersticken gerettet.

Albrecht Goes, der feine deutsche Pfarrer und Dichter, hat wieder eine ergreifende Einleitung für ein kleines Büchlein

Talmudlegenden, bei Eugen Salzer Heilbronn erschienen, geschrieben. Und ein deutscher Verlag riskiert finanziellen Einsatz, für das, was schon wieder »veraltet« ist und vergessen.

Lieber Friedrich Torberg, ich wünsche Ihnen ein gutes, gesegnetes neues Jahr und hoffe, bald von Ihnen zu hören.

Ihre mit vielen Grüßen
Nelly Sachs

Wien, 14. November 1952

Liebe, verehrte Frau Nelly Sachs,

dies soll nichts weiter sein als eine eilige Bestätigung Ihrer lieben Zeilen vom 2. Oktober. Daß Sie mir von Ihren neuen Schöpfungen schreiben, ohne mir irgendetwas davon zugänglich zu machen, ist doppelt schmerzlich, weil ich mich noch garnicht so geschwind mit dem Verzicht auf den »Eli« abfinden kann. Ich hatte seinerzeit, wenn ich nicht irre, bei Professor Berendson subskribiert und kann mir eigentlich nicht erklären, warum ich da nun zu kurz kommen sollte. Überflüssig zu sagen, daß mich ausschließlich der Verlust des Werkes bekümmern würde und kein anderer. Haben Sie eine Möglichkeit, bei Professor B. oder sonst wie noch etwas zu unternehmen? Ich wäre Ihnen sehr dankbar.

Albrecht Goes, den Sie in Ihrem Brief erwähnen, kenne ich sowohl aus seinem Werk als auch persönlich. Er ist tatsächlich ganz genau so, wie man sich einen dichtenden Pfarrer wünscht und vorstellt, ein legitimer Nachfahre von Matthias Claudius und in jeder Hinsicht einer der besten, die es im heutigen Deutschland gibt.

Bitte lassen Sie bald wieder von sich hören und schicken Sie mir, falls Sie Manuskripte entbehren können, doch wenigstens einige von Ihren neuen Gedichten.

Vielen Dank und wie immer alles Schöne und Gute,

Ihr aufrichtig ergebener
Friedrich Torberg

Stockholm d. 14.8.56.
Bergsundsstrand 23

Lieber Freund Friedrich Torberg,

eine große Freude geschah mir mit einem wunderbaren Brief des Herrn Professor Ludwig von Ficker. Ich danke Ihnen sehr von Herzen, daß dieses Glück durch Ihre Vermittlung geschah. Anbei habe ich Ihnen als kleinen Dank noch vier Gedichte gelegt, die auch meiner neuen Sammlung zugehören.

Gerne würde ich Ihnen zur Durchsicht meine Abram-Dichtung einmal senden, die für Scene geschrieben ist und ich mir träume dramatisch-mimisch aufgeführt. In Deutschland ist ein Regisseur interessiert, aber die Musik ist noch nicht fertig.

Ein sehr idealistischer Verleger (so etwas giebt es noch auf Erden) erbot sich, nächstes Jahr eine Auswahl meiner ungedruckten Gedichte herauszugeben. Er kann immer nur eine Gedichtsammlung jedes Jahr herausgeben, die er privat finanziert. Dies hat mich tief ergriffen. Aber ich fürchte, daß er sein Geld einbüßen wird. Es ist so, daß ich gar keinen Mut mehr habe.

Lieber Friedrich Torberg, alle guten Wünsche sollen zu Ihnen kommen; dieser neue Kontakt mit Ihnen macht mich sehr froh!

Ihre
Nelly Sachs

Wien, 21. August 1956

Verehrte, liebe Nelly Sachs,

es beschämt mich sehr, daß Sie den »neuen Kontakt« mit mir so wichtig nehmen, und ich möchte ihn, auch wenn mir das leider nur in der dürftigsten Form möglich ist, unbedingt aufrechterhalten; ich danke Ihnen also sehr herzlich für

Ihren Brief vom 14. August, und wüßte gern etwas mehr über den Verleger, der sich Ihrer Gedichte annehmen will. Vielleicht kann man da ein wenig nachhelfen oder ihn sonstwie ermutigen? Sie selbst, das lassen Sie mich bitte in aller Eile und mit allem Nachdruck sagen, bedürfen der Ermutigung nicht und haben zur Mutlosigkeit keinen Anlaß. Sie sind auf eine Weise vorhanden, die völlig unabhängig ist von so läppischen Äußerlichkeiten wie einem früheren oder späteren »Erscheinungstermin«. Was heißt da überhaupt »Erscheinung« und was heißt »Termin«? Man *hat* die Zeitlosigkeit oder man hat sie nicht. Zweifeln Sie daran, daß Sie sie haben? Das wäre, wenn ich mir einen so rüden Ausdruck gestatten darf, eine Vermessenheit. Denn Rahels Grab ist längst Musik geworden.

Ihren Dank für irgendwelche »Vermittlung« zwischen Ihnen und Prof. Ludwig von Ficker darf ich weiß Gott nicht akzeptieren. Ich habe da lediglich als Postumschlagplatz fungiert.

Bitte lassen Sie bald wieder von sich hören und seien Sie nachsichtig mit mir, wenn ich Sie einmal ein wenig länger auf Antwort warten lasse. Es geschieht nicht aus Gleichgültigkeit.

Immer Ihr

11.4.60

Lieber Freund Friedrich Torberg,

wie lieb Sie an mich dachten mit Ihren lieben Zeilen vom 7. März. Jedes Wort von Ihnen bedeutet mir so viel! Nun ist es so, daß ich mich dieses Mal entschließen werde, zum 29. Mai nach Meersburg zu kommen. Dr. Hilty vom »Hortulus« holt mich in Zürich und wird mich nach der Preisentgegennahme wieder in die Schweiz fahren, wo ich bei Alfred Andersch und seiner Frau einige Zeit im Tessin verbringen soll.

Noch geht alles nicht richtig in meinen Kopf. Es ist das erste Mal nach der Flucht vor 20 Jahren daß ich Schweden verlasse. Aber die jungen Dichter schrieben so ergreifend, sie wollen dort hinkommen, so hat man ja nicht das Herz, wieder nein zu sagen. Dieses Mal ist ja auch Österreich, Schweiz und Deutschland beteiligt. Ach, wenn wir uns treffen könnten!

Ihre

Nelly Sachs

Wien, 16. April 1960

Liebe, Verehrte,

das ist ja eine *wunderbare* Nachricht und da muß ich Ihnen *sofort* schreiben, wie froh und glücklich ich darüber bin, daß Sie sich zu dieser Reise entschlossen haben! Es ist ein guter und richtiger Entschluß, Sie werden es merken und werden sich hernach kaum noch vorstellen können, daß Sie ihn *nicht* gefaßt hätten.

Damit sollen die Bedenken, die Hemmnisse, die Ängste, die Ihnen so viel zu schaffen machen, in keiner Weise desavouiert sein. Auch *die* hatten ihren guten und richtigen Platz auf dem strapaziösen Holperweg, den zu gehen uns nun einmal beschieden ist – und gerade Ihnen brauche ich nicht erst zu sagen, wen ich mit »uns« und was ich mit »nun einmal« meine. Um die *Überwindung* all dieser Holprigkeiten ist der Weg dann eben reicher. Wahrscheinlich auch schöner, aber reicher ganz bestimmt.

Sie werden staunen, wieviel ehrliche Liebe und wieviel echte Bereitschaft Ihnen entgegenkommen wird – und sie bleibt selbst dort noch echt, wo sie aus Mißverstand kommen mag, ja aus Unverstand: denn wer, um Gottes willen, wer *weiß* denn schon, wie unsereinem wirklich zumut ist bei solcher Wiederbegegnung. Wir wissen's ja nicht einmal voneinander, ich weiß es ja nicht einmal von Ihnen, wir müssen's ja – und das haben wir ihnen allen voraus – immer wieder für uns selbst entscheiden, jeder für sich. *Da*rin, in dieser entsetzlichen Verpflichtung und in der Kraft, ihr gewachsen zu sein, habe ich seit jeher unsere »Auserwähltheit« beschlossen gesehn, in nichts andrem. Aber wem sage ich das. Doch nicht der Dichterin des »Eli«?

Nach Meersburg werde ich leider nicht kommen können, weil ich um die Monatswende immer hier festgebunden bin, um das jeweils neue Heft meiner Zeitschrift herauszubringen. Aber *ganz* bestimmt besuche ich Sie im Tessin. Bitte lassen Sie mich möglichst bald wissen, wie lange Sie dort bleiben, damit ich's mir mit meiner spärlichen Freizeit entsprechend einrichten kann. Alfred Andersch kenne ich leider nur flüchtig, ich bin ihm kurz nach meiner Rückkehr einmal in Frankfurt begegnet (das wird nun allmählich zehn Jahre her sein) und seither ergaben sich keine Berührungen mehr, aber ich weiß aus seinen Publikationen, daß er ein begabter und anständiger Mann ist, und das ist eine rare Koppelung. Dr. Hilty hat neulich ein ganzes Heft seines »Hortulus« der neuen israelischen Dichtung gewidmet, und sicherlich wird auch Karl Schwedhelm aus Stuttgart zur Stelle sein, von dem ich aus einem Briefwechsel weiß, wie sehr er Sie schätzt. Und viele junge Dichter werden Sie umschwärmen und werden Ihnen viele schlechte Gedichte überreichen und plötzlich werden Sie wieder lächeln können und es wird sehr schön sein.

Ich warte auf Ihre Terminangaben und wünsche Ihnen schon jetzt eine gute Reise!

Immer Ihr
Friedrich Torberg

WIEN 15/10/1965

NELLY SACHS PAULSKIRCHE FRANKFURT/MAIN*

ALS EINER DER ERSTEN DIE ES SO KOMMEN SAHEN UND ALS EINER DER GLÜCKLICHSTEN DASS

* Glückwunschtelegramm anläßlich der Verleihung des Friedenspreises des Deutschen Buchhandels

ES SO GEKOMMEN IST BIN ICH AN IHREM HEUTIGEN EHRENTAG IN GEDANKEN IM HERZEN UND IN GROSSER VEREHRUNG BEI IHNEN
FRIEDRICH TORBERG

WIEN 21/10/66

NOBELPREISTRÄGERIN NELLY SACHS BERGSSUNDSTRAND 23 STOCKHOLM*

WÄCHTER WÄCHTER DIE NACHT IST NOCH NICHT UM ABER SIE HAT EIN GROSSES LICHT BEKOMMEN UND ICH BIN GLÜCKLICH DASS ICH ES FRÜHZEITIG LEUCHTEN SAH. NEHMEN SIE DIE AUFRICHTIGSTEN GLÜCKWÜNSCHE IHRES GETREUEN
FRIEDRICH TORBERG

---

* Glückwunschtelegramm anläßlich der Verleihung des Nobelpreises für Literatur

Gershom Scholem

Jerusalem, 7.5.1972

Mein lieber Torberg,

meine Frau und ich haben nicht nur mit großer Freude Ihr Buch über Süßkind von Trimberg empfangen, das Sie uns so freundlich gewidmet haben, sondern auch mit großer Anteilnahme und nicht wenig beeindruckt gelesen. Wir finden es in der Tat sehr eindrucksvoll und sind überzeugt, daß Sie hier Ihre ganze Seele hineingelegt haben. Ich sehe Ihr Buch als eine Allegorie auf das Schicksal der deutsch schreibenden jüdischen Schriftsteller überhaupt, von Süßkind bis Torberg. Obwohl wir so gar nichts über den Helden Ihres Romanes in historischer Hinsicht wissen, glaube ich Ihnen, nach der Lektüre, daß seine Gedichte wirklich von einem Juden stammen.

Die Darstellung der Reaktion der Juden seiner Zeit auf eine solche Erscheinung – die der Gojim verstünde sich von selbst – scheint uns eine der großen Stärken Ihres Buches zu sein. Und da ich zugestandenerweise gerne konservative Prosa lese, auch wenn sie jetzt bei den jungen Leuten nicht hoch im Kurs steht, so hat die sorgfältige und bedachte Sprache Ihres Buches mich sehr angesprochen.

Zum Historischen bleiben mir zwei Fragen: In den Quellen über Süßkind finde ich immer nur 6 Gedichte erwähnt, die sich erhalten haben, während Sie derer 12 anführen. Wo kommt die Differenz her? Dichten Sie etwa im Geheimen auch mittelhochdeutsch, wie unser unfreiwilliger Stammesgenosse Rudolf Borchardt? Ich vermute nein, obwohl ich Sie dafür doppelt bewundern würde. Zum zweiten glaube ich, daß Sie die Schärfe des Widerstandes gegen einen Mann unterschätzen, jedenfalls herabspielen, der in jener Zeit sich in seinem Verhältnis zur Halacha und den Vorschriften der Tora so verhält, wie Sie es notwendigerweise für Süßkind annehmen. Andrerseits finde ich die Psychologie der jüdischen Gemeinden zur Zeit des seligen Rabbi Meir von Rothenburg bei Ihnen sehr überzeugend dargestellt, im Guten und im Bösen.

Fania, die von Ihrem Buch sehr ergriffen ist, staunte darüber, daß ein Autor, der dieses Buch sich von der Seele schrieb, in Wien leben kann. Wir hatten darüber eine Disputation, in der ich, auf die Gefahr, Ihnen zu mißfallen, die These verteidigte, daß nur jemand, der in diesen Jahren nach der Katastrophe in Wien lebt, dieses Buch schreiben konnte.

Wenn Sie uns das Vergnügen machen würden, uns hier in Jerusalem wieder einmal zu besuchen, könnten wir diese Unterhaltung mehr oder weniger stürmisch weiterführen. Jedenfalls möchten wir sagen, daß Sie uns sehr willkommen wären. Kann eine Karriere, die mit dem Urahn und Schiffsrabbiner bei den Vikingern angefangen hat, denn in Wien enden?

Mit dieser, leicht apokalyptisch angehauchten Frage müssen wir für heute schließen und schicken Ihnen unsere herzlichsten Grüße und nochmaligen Dank.

Ihr alter
Gershom Scholem

24. März 1974

Lieber, verehrter Herr Professor Scholem,

dieser Tage wurde im Österreichischen Rundfunk vom Studio Salzburg Ihr Vortrag »Über die Situation der jüdischen Theologie« gesendet, genauer gesagt, Ihr Vortrags*text*, denn er wurde von jemand anderm gesprochen (übrigens sehr artikuliert und so, als wüßte der Betreffende – ein nichtjüdischer Nichttheologe namens Wolfgang Besch – wovon er spricht). Das Interesse, mit dem ich zugehört habe, war mit freiem Auge von Faszination nicht zu unterscheiden.

Besonders fasziniert haben mich die Stellen, an denen Sie vom »bildlosen Gott« sprachen, von der »Unanschaulichkeit der Welt« und – wenn ich richtig verstanden habe – von der daraus resultierenden Hinwendung allen jüdischen Denkens zum Wort und zur Sprache.

Das rief mir eine Unterhaltung ins Gedächtnis, die wir einmal – ich glaube, nach einem Vortrag von Ihnen in Köln – miteinander hatten und in deren Verlauf Sie meiner ein wenig riskanten Formulierung, daß das Hebräische eine »Rösselsprung-Sprache« sei, nachsichtige Anerkennung zollten. Sie erzählten mir dann die denkwürdige, seither sehr oft und immer mit Quellenangabe von mir zitierte Geschichte jenes kgl. preußischen Generals der Infantrie, der im Zusammenhang mit einem durchschnittenen Eruf-Draht* jüdischer dachte als die Delegation der jüdischen Gemeinde von Insterburg ... aber ich gerate schon wieder vom Hundertsten ins Tausendste, was mir in solchen Zusammenhängen gerne passiert und wofür ich um Entschuldigung bitte.

Der eigentliche Anlaß meines Briefs besteht darin, daß ich gerade jetzt an einem Vortrag arbeite, den ich Ende April zur hundertsten Wiederkehr des Geburtstags von Karl Kraus halten werde, wobei natürlich auch die Beziehung KKs zur Sprache eine große Rolle spielen wird. Ich möchte sie gerne als eines seiner jüdischen Merkmale darstellen, und dabei kämen mir Ihre Ausführungen sehr zustatten. Wäre es sehr unverschämt, wenn ich Sie bitte, mir die betreffenden Stellen Ihres Vortrags – Sie wissen bestimmt, um welche es sich handelt – zuzuschicken oder mir einen Weg zu weisen, wie ich anders in ihren Besitz kommen könnte? Schon damit ich mich keines falschen Zitats schuldig mache.

Ich danke Ihnen im voraus, hoffe Sie und Ihre Gattin bei bestem Wohlergehen und freue mich schon jetzt darauf, Sie beide im Herbst wiederzusehen, wenn ich als Delegierter des Österreichischen PEN-Clubs zum Internationalen PEN-Kongreß nach Jerusalem komme.

Mit allen guten Wünschen und herzlich ergebenen Grüßen

Ihr
Torberg

---

* Kette, mit der abends das Ghetto verschlossen wurde.

Jerusalem, 4.4.1974

Lieber Herr Torberg,

Ihr Brief hat mich sehr gefreut, sowohl als Lebenszeichen von Ihnen als auch als Nachricht über die Sendung meines Vortrages durch den Österreichischen Rundfunk, von der mir andererseits nichts bekannt geworden ist. Wie lang hat man denn da geredet? Der Text, den ich vor vielen Monaten, ich glaube im Spätsommer 1973, Herrn Dr. Roček vom Österreichischen Rundfunk eingeschickt habe, war fast so lang wie das Exil unserer Väter. Daher habe ich auch keine Ahnung, welche Stellen über Sprache aus meinem besagten Manuskript Sie aktuell gehört haben. Ich werde aber bei sich in den nächsten Tagen ergebender Durchsicht dieses meines eigenen Manuskripts notieren, um welche Stücke es sich handeln könnte und Ihnen eventuell XEROX davon machen lassen und zuschicken.

Die hundertjährige Wiederkehr des Geburtstags von Karl Kraus scheint ja von Jud und Christ mit großem Hallo begangen zu werden, wobei ich zwar die Juden leidlich verstehen kann, mit der Begeisterung der Germanen oder Bajuvaren, von Österreichern ganz zu schweigen, aber nur schwer zu Rande komme. Die haben mit dem Juden sowieso nicht viel anfangen können. Vielleicht werde ich aber meine Meinung ändern, wenn es mir gelingt, zu halbem Preis oder bei anderer Gelegenheit umsonst den jüngst veröffentlichten Riesenbriefwechsel von Karl Kraus mit seiner böhmischen Liebsten aus den ganz feinen Kreisen zu erlangen, von dessen Studium ich mir beträchtliche Einsichten in die Kraus'sche Seele und was sonst damit zusammenhängt, erwarte. Ich habe gelesen, daß sein Rivale, der alte Riehlke, die Baronin ernstlich wenn auch in obskurem Stil, vor der Heirat mit einem Juden, und noch grade diesem, gewarnt haben soll. Das scheinen ja schöne Geschichten zu sein.

Wenn wir uns nicht früher in der Schweiz wiedersehen, wird es uns beide sehr freuen, Sie später im Jahre in Jerusalem begrüßen zu können. Inzwischen bereite ich eine ernstlich lange Rede für Ascona vor, wo ich vor genau 25 Jahren zum ersten Mal die Luft erschüttert habe.

Mit herzlichen Grüßen von meiner Frau und mir

Ihr
Gershom Scholem

12. Mai 1974

Lieber Herr Torberg, vielen Dank!

ich weiß zwar nicht, was ein »Blattschuß« ist, sollte damit aber etwa im Buchdruckergewerbe (aus dem ich stamme, drei Generationen Buchdrucker!) ein Fehler gemeint sein, so darf ich ergebenst darauf hinweisen, daß die Schreibung Riehlke bei mir kein Fehler ist sondern in konstantem Sprachgebrauch die Aspekte von Rilke bezeichnet, die ich nun mal nicht leiden kann, deren es mehrere gibt, darunter auch seine Vorliebe für die von mir als »Riehlkes Ziegen« bezeichneten aristokratischen Liebsten oder in Reserve gehaltenen Pseudo-Liebsten, die mit den jüdischen Liebsten sich so intermittierend verweben (wie die sorgfältigst ihren Ursprung verbergende Tochter des Vorbeters der großen Synagoge in Breslau, die als Merline zeichnet). Dennoch war er ein großer Dichter und wird wieder hochkommen, trotz sehr vieler schrecklicher oder schlechter Gedichte. Es mag sein, daß der Pantheismus nicht viel wert ist, aber man muß schon sagen, daß seit Dschelal ed-Din Rumi in Persien er keinen besseren Sänger gehabt hat als Rilke. Und ich gehöre zu der Generation, die der »Archaische Torso Apollos« angesprochen hat.

Wenn Sie Ihren Vortrag über Kraus einmal drucken, schicken Sie ihn mir doch. Bis dahin kann ich warten ...

Herzliche Grüße Ihr
G. Scholem

24. Mai 1974

Fürchten Sie nicht, Verehrtester, daß ich Sie jetzt in eine Korrespondenz verwickeln will, oder, wie es bei Hofmannsthal heißt, in einen Briefwechsel. (»Wenn Herr von Hofmannsthal eine Korrespondenz beginnt, artet sie alsbald in einen Briefwechsel aus«, schrieb Karl Kraus schon 1896, und wie recht er hatte, ersieht man heute aus dem Programm des Fischer Verlags.)

Ich will mich nur für Ihren Brief vom 12. Mai bedanken und wollte mich für die Verwendung des offenbar unziemlichen Ausdrucks »Blattschuß« entschuldigen; unziemlich nicht so sehr deshalb, weil Sie vorgeben, ihn nicht zu verstehen, sondern vielmehr weil er der Jägersprache entstammt und weil ich mit dem Waidwerk tatsächlich nicht das Geringste zu tun habe. Ich hätte statt »Blattschuß« auch »Volltreffer« sagen können, aber dann wäre ich wieder dem Verdacht ausgesetzt gewesen, mich einer kriegerischen Terminologie zu bedienen. Vielleicht einigen wir uns darauf, daß Sie mit der Schreibweise »Riehlke« ins Schwarze getroffen haben – *das* werden Sie doch verstehen und werden auch meine Freude darüber akzeptieren.

Begründet habe ich sie ja schon in meinem letzten Brief. Denn ich kann ihn, den »Riehlke«, nochmals sei's gesagt, nicht schmecken und bedarf dazu nicht einmal seiner »in Reserve gehaltenen Pseudo-Liebsten«, aristokratisch oder nicht. Er war von Haus aus ein sogenanntes »Jausentalent«, d.h. der Sohn vom Haus, der zu festlichen Familienanlässen Gedichte verfaßte und sie dann bei der Jause vorgetragen hat. Und das bezieht sich nicht nur auf seine allerersten, noch mit dem affektierten Verfassernamen Rainer René Rilke gezeichneten Reimereien. Mit den Jahren allerdings, das muß ich zugeben, hat er das Dichten sozusagen erlernt, und sowohl in den »Sonetten an Orpheus« wie in den »Duineser Elegien« finden sich Stücke, die mit freiem Auge von echter Lyrik nicht zu unterscheiden sind.

Zum Abschluß dieses für uns doch eher sekundären Themas erlaube ich mir ein Zitat aus einer parodistischen Sammlung, die ich im reifen Alter von 24 Jahren unter dem Titel »Angewandte Lyrik« veröffentlicht habe; dort hieß es unter dem Kennwort Rilke wie folgt:

Strophen gibt es, die singen
sich von selber zu Bett.
Und du träumst von verblichenen Dingen,
von Bändern und wie sie sich schlingen
durch einer Madonna Korsett.

Damit wende ich mich Wichtigerem zu, nämlich Ihrem Europa-Fahrplan, den ich sorgfältig notiert habe. In Ascona sind Sie vor mir völlig sicher, weil ich um diese Zeit bei den Salzburger Festspielen (mit einer Karl Kraus-Matinée) beschäftigt bin und hernach an den Alpbacher Hochschulwochen teilnehme. Aber im Anschluß daran könnte ich nach Zürich vorstoßen, wovon ich Sie gegebenenfalls noch ins Bodmer-Haus, Gastzimmer 1, verständigen werde.

Ihre taktvolle Mitteilung, daß Sie auf meinen Kraus-Vortrag warten können, bis er im Druck erscheint, habe ich mir zu Herzen genommen. Da er aber erst Ende des Jahres in einem einschlägigen Sammelband erscheinen wird, bin ich imstand und bringe Ihnen eine Abschrift mit. Sie sollen sich dadurch unter keinerlei Druck gesetzt fühlen.

Von meiner Frau und mir alle guten Wünsche für Sie beide und die ergebensten Grüße

Ihres
Torberg

Arnold Schönberg

12. September 1943

Lieber, verehrter Herr Professor Schoenberg,

hoffentlich werden Sie es nicht als Zudringlichkeit betrachten, wenn ich mich zu Ihrem Geburtstag nicht bloß mit ein paar Gratulations-Zeilen zufrieden geben will, wie sie unsern gelegentlichen Zusammenkünften gemäß wären. Ich möchte Ihnen gerne einmal ganz ausdrücklich sagen, was diese Zusammenkünfte mir bestenfalls anzudeuten erlaubt haben: nämlich daß ich Sie sehr verehre und sehr bewundere, und daß ich die persönliche Bekanntschaft mit Ihnen zu den großen Glücksfällen meiner Emigration und meines Lebens rechne.

Ich weiß nicht, ob es für Sie überhaupt interessant ist, dergleichen von einem musikalischen Analphabeten wie mir zu hören, – aber vielleicht konzedieren Sie mir gerade von hier aus eine gewisse Berechtigung, es zu sagen, und vielleicht kann ich Ihnen gerade von hier aus glaubhaft machen, daß ich damit wirklich etwas meine, etwas sehr Wichtiges und Umfassendes, das Ihnen gehört: die *innere Kompromißlosigkeit*, die ja schließlich für *jedes* künstlerische Oeuvre das Entscheidende ist, – weil erst durch sie hindurch und vermittels ihrer, die Ebene jener letzten Balance erreicht wird, auf der dann der Geist Charakter hat und der Charakter Geist, auf der (weit jenseits des Lesebuch-Postulats nach einer »Einheit von Mensch und Künstler«) das Werk tatsächlich »eins« wird mit dem Schöpfer: so daß man zum Schluß Beides verstehen und bejahen darf, auch wenn man unterwegs die noch so beklemmenden Tunnelle der eigenen Ahnungslosigkeit zu passieren hatte. Es ist diese bezwingende End-Gültigkeit, die von Ihnen ausgeht und für deren Erlebnis ich Ihnen so dankbar bin, – und um derentwillen ich Sie auch dann verehren und bewundern müßte, wenn ich völlig taub wäre.

Ich schicke Ihnen mit gleicher Post ein Exemplar meines letzten Buchs, — nicht vielleicht weil ich es für wichtig genug halte, um ein »Geschenk« abzugeben, sondern in einer ganz bestimmten Absicht und Hoffnung: Sie möchten mir nach der Lektüre (wenn Sie einmal Zeit dazu finden) williger glauben, daß ich weiß wovon ich spreche und daß ich Ihnen diesen Brief nicht »nur so« geschrieben habe.

Lassen Sie mich ihn jetzt schließen, mit allen guten Wünschen zu Ihrem Geburtstag, mit allen guten Wünschen für Ihr Werk und Ihr Leben, und mit aufrichtig ergebenen Grüßen.

Friedrich Torberg

5. Oktober 1947

Sehr verehrter Herr Professor,

in den Zeitschriften, die mir aus Europa (besonders aus Wien und aus der amerikanischen Zone Deutschlands) zugehen, finde ich immer wieder Artikel und Nachrichten über Sie; einige davon hatte ich im Verlauf der letzten Monate meinen Briefen an unsre Freundin Alma* beigelegt, mit der Bitte, sie Ihnen weiterzugeben. Gelegentlich ihrer Durchreise nach Europa erzählte mir Alma, daß diese Ausschnitte Sie sehr interessiert hätten und daß Sie, entgegen meiner Annahme, aus Europa nichts oder nur wenig dergleichen zugeschickt bekämen. Ich habe nun meinen Zeitschriften-Bestand nochmals durchstöbert und lege Ihnen das Ergebnis bei; vielleicht macht es Ihnen Spaß, oder gar Freude.

Darf ich Ihnen bei dieser Gelegenheit mit einem Ansinnen nahen, mit einer Anfrage, einer Anregung, einer Bitte. Ich trage sie schon seit geraumer Zeit mit mir herum, – frühestens seit Sie mir einmal, noch bei Werfel, von dem Aron-Stoff sprachen, der Sie beschäftigt, spätestens seit ich vor ungefähr drei Jahren hier in der Carnegie-Hall Ihre Napoleon-Kantate gehört habe. Meine Bitte: Sie möchten das beigelegte »Kaddisch«-Gedicht durchlesen (das zuerst 1943 im »Aufbau« erschienen ist und seither verschiedentlich

---

* Alma Mahler-Werfel

nachgedruckt wurde). Sollte meine Vorstellung, daß es für Sie brauchbar wäre, allzu abwegig oder sonstwie Ihnen unwillkommen sein, dann möchte ich gleich noch eine zweite Bitte angefügt haben, nämlich die um Entschuldigung.

Sobald sich wieder einiges Material aus europäischen Zeitschriften angesammelt hat, schicke ich's Ihnen zu, und wenn Sie in diesem Zusammenhang irgendwelche Wünsche haben, dann zögern Sie bitte nicht, sie mich wissen zu lassen.

Ich hoffe Sie und die Ihren bei bester Gesundheit, und bin mit schönen Empfehlungen an Ihre Frau und allen guten Wünschen für Sie und Ihre Arbeit ...

116 N. Rockingham Avenue
Los Angeles, Calif. 24

10. Oct. 1947

Lieber Herr Torberg:

Wenn ich nicht kurz und sofort schreibe, so verschwindet Ihr Brief in dem Haufen unbeantworteter auf Nimmerwiedersehn. – Ihr Kaddisch-Gedicht ist erschütternd. Wenn ich wieder einmal Zeit zum Komponieren finde – neben allem, was ich fertig zu machen plane – so ist es höchstwahrscheinlich, daß ich es mache. – Besten Dank für die deutschen und österreichischen Zeitungen. Die beweisen mir, daß ich unter allen Umständen dort ausgeschaltet bin – wie nur je zuvor.

Viele herzliche Grüße

Ihr
Arnold Schoenberg

116 N. Rockingham Ave.
Los Angeles 24.

März 4, 1949

Lieber Herr Torberg:

Ihr Gedicht »Kaddisch« ist wirklich ein wundervolles

und höchst ergreifendes Werk. Und wenn ich einmal viel Zeit vor mir sehen würde, daß ich an eine größere Komposition denken könnte, würde ich es einmal gelegentlich vielleicht in Betracht ziehen.

Aber Sie wissen, mein anderer Plan wäre das (ich weiß nicht, ob das eine Hymne sein sollte oder etwas ähnliches): den Anlaß der eventuellen Festlichkeiten, die durch den Friedensschluß und durch die Begründung des neuen Staates Israel veranlaßt sind, zu feiern. Ein Stück also, mit einem Wort, das für diesen Zweck geeignet wäre. Ich war eigentlich früher kein Freund des Zionismus und habe andere Pläne entwickelt. Aber ich freue mich natürlich über den Erfolg und über allem, daß sie mein Gesetz erfüllt haben, daß man ein Land mit seinem eigenen Blut erwerben muß.

Sehr gerne würde ich so eine Komposition dem neuen Staat widmen. Vielleicht haben Sie ein paar Ideen und machen mir paar Vorschläge was es sein könnte. Vielleicht ist eine Hymne das Richtige; aber das weiß ich nicht. Ich möchte doch etwas finden, was zu meinen ganzen Tendenzen paßt, die nicht gerade dem konventionellen Weg entsprechen.

Lassen Sie mich hören von sich. Viele herzliche Grüße,

Ihr

Arnold Schoenberg

116 N. Rockingham Ave.
Los Angeles 24, California.

March 29, 1949.

Lieber Herr Torberg:

Lesen Sie, was in diesem Intelligence Digest über Israel steht. Ich finde das gibt mir eine Idee wie das Stück, das ich dem Staat Israel zu widmen schon so lange vorhabe, beschaffen sein müßte.

Erstens, scheint es mir enorm wichtig, diese Idee, daß Israel zum Christentum übertreten wird, in irgend einer Weise indirekt wenigstens zu bekämpfen. Das kann man tun ohne es direkt zu sagen. Und zwar insbesondere dadurch, daß diese Hymne irgendwie die Idee: Jehova hat Hitler geschlagen, Jehova hat Bevin geschlagen und er wird alle unsere Feinde schlagen. Das als die Grundstütze des Judentums hinsetzt und die ganze Hymne, oder was es immer werden wird darauf stellt. Es entspricht meiner religiösen Überzeugung, und mir wird es nicht schwer fallen, das auch in Musik zum Ausdruck zu bringen.

Ob es Ihnen möglich ist ohneweiters einen solchen Text zu schreiben, den ich komponieren kann, muß ich zunächst bezweifeln. Ich glaube wir müssen da eigentlich auf Grund von Skizzen in Beratungen so lange fortfahren bis wir das Richtige gefunden haben. Sind Sie geneigt so etwas zu unternehmen? Lassen Sie mich bald Ihre Meinung wissen.

Mit vielen herzlichen Grüßen,

Ihr
Arnold Schoenberg

P.S. Sie haben wohl inzwischen meinen letzten Brief bekommen.

4. April 1949

Ich muß Sie vielmals um Entschuldigung bitten, verehrter Herr Professor, daß ich Ihren Brief von Anfang März so lange unbeantwortet ließ, – es war keine Vergeßlichkeit und keine Ungezogenheit, sondern ich stehe unter dem kaum noch zu bewältigenden Druck eines immer näher heranrückenden Ablieferungstermins, den mir ein amerikanischer Verlag für meinen nächsten Roman gesetzt hat, und bin deshalb im Augenblick und noch auf ungefähr zwei Monate hinaus völlig unverwendbar zu irgendetwas andrem. Verstehen Sie das, bitte, und verstehen Sie auch, daß ich auf Ihren Vorschlag heute noch nicht so gründlich eingehen kann wie ich gerne möchte.

An sich sagt mir Ihre Anregung sehr viel, ich glaube zu wissen, wo sie hinaus will, und ich bin sicher, daß sie noch deutlichere Gestalt annehmen wird. Die Meldung des »Intelligence Digest« halte ich zwar in dieser Form (in der sie mir noch von nirgendsher untergekommen ist) für vollkommen schwachsinnig – aber die Idee, daß Israel in den Schoß der allein seligmachenden Kirche einkehren sollte oder würde, ist ja ohnedies ein alter und weit verbreiteter Spuk, und wohl wert, daß man ihm auch künstlerisch entgegentrete.

Ich wäre glücklich, wenn es mir gelänge, Ihnen dafür eine Basis zu schaffen, und ich habe schon begonnen, sie mir durch den Kopf gehen zu lassen – so gut es unter den oben angedeuteten Umständen eben gehen will. Daß so etwas vieler Skizzen und vielen Gedankenaustausches bedarf, ist mir natürlich klar. Sowie mir etwas weit genug gedeiht, daß ich es skizzieren kann, werde ich es Ihnen vorlegen. Hoffentlich bald. Und keinesfalls werden Sie mich mahnen müssen. Für heute, mit allen guten Wünschen für Ihre Arbeit und Ihr Wohlergehen und mit den besten Empfehlungen an Ihre Frau Gemahlin, –

Ihr sehr ergebener
Friedrich Torberg

116 N Rockingham Ave.
Los Angeles 24, California.

10. Juni, 1949

Lieber Herr Torberg,

Ich glaube nicht, daß ich so lange warten kann. Das heißt, ich habe schon Konsequenzen aus diesem Nichtglauben gezogen, indem ich angefangen habe mir etwas selbst zu schreiben. Es ist nicht sehr gut und ich sende es Ihnen ein. Vielleicht können Sie es verbessern und wir können es dann als eine gemeinsame Arbeit bezeichnen.

Der Fehler ist der, daß das nicht ganz heraus kommt: die Beziehung zwischen dem Wiederdasein Israels und dem Immergottgesehenhaben und Immerexistierthaben, das müßte besser herauskommen. Ich schreibe es mindestens zum sechsten oder siebentenmal und es ist immer schlecht.

Vielleicht können Sie mir, aber dann sehr bald, denn sonst mache ich es schließlich und endlich doch selbst, Ihre Vorschläge senden.

Also, hoffentlich gelingt es. Mit besten Grüßen,

Ihr

Arnold Schoenberg

P.S.: Die ersten drei Zeilen können Sie nicht ändern; die habe ich schon komponiert!

Israel exists again.
It has always existed,
though invisibly.
And since the beginning of time,
since the creation of the world
we have always seen the Lord,
and have never ceased to see him.
Adam saw Him.
Noah saw Him.
Abraham saw Him.
Jacob saw Him.
But Moses
saw He was our God
and we His elected people:
elected to testify
that there is only one eternal God.
Israel has returned
and will see the Lord again.

16. Juni 1949

Verehrter Herr Professor,

Ihr Brief hat mich sehr beschämt, und ich habe meine Arbeit (die mich sonst wirklich Tag und Nacht in Anspruch nimmt) sofort beiseitegestellt, um gutzumachen, was noch gutzumachen ist. Das wurde mir allerdings durch Ihren Text sehr erleichtert, weil ich ja bis dahin nicht recht wußte, worauf es Ihnen ankommt. Jetzt habe ich mich bemüht, entlang der von Ihnen angegebenen Linie weiterzuarbeiten, und lege Ihnen das Ergebnis dieser Bemühung bei.

Es ist länger geraten, als es gemeint ist, wahrscheinlich auch länger, als Sie es brauchen können, aber es war mir zunächst nur darum zu tun, eine Basis oder einen Rahmen zu schaffen, in dem alles Wesentliche gesagt ist. Das heißt noch nicht, daß auch alles Gesagte wesentlich ist. Immerhin könnte ich mir vorstellen, daß der eine oder andre Gedankengang Ihnen zusagt, – leider auch, daß ich vollkommen danebengehaut habe, ich weiß es nicht und warte auf Ihre Antwort. Der Text liegt in zwei Kopien bei, damit Sie mir gegebenenfalls die eine, mit Ihren Anmerkungen versehen, zurückschicken können.

Ergebenst Ihr
Friedrich Torberg

The people of Israel,
The land of Israel,
The spirit of Israel
Have always been.
And though they might not always have been together,
God the Almighty has always gathered them.
The land of Israel might have been without the people,
The spirit of Israel without the land,
They might have been separated from each other,
But never, never from God.

Ever since time began,
Ever since Adam, since Noah,
Ever since Abraham, Isaak und Jacob,
Ever since Moses and all our teachers and prophets
Have we seen the Lord,
Have we stood face to face with Him,
Has He spoken to us.
Whosoever ventured to silence this eternal discourse of ours,
Whosoever tried to destroy us,
Haman of Persia, or the Pharao of Egypt,
Titus of Rome, or the Fuehrer of Germany,
Has only succeeded in destroying himself.
It cannot be otherwise.
Nobody can destroy God.
Nobody can destroy Israel, His witness.
And now, that the people of Israel has come back to the land,
And the spirit of Israel is back with the people,
We shall see the Lord again,
And stand face to face with Him,
So that the eternal discourse may be resumed,
And the spirit shall prevail
Forever and ever.

20. Juni 1949

Lieber Herr Torberg:

Ihr Entwurf ist sicherlich schon ein großer Fortschritt. Nur ist er zu lang – wie Sie ja vorausgesehen haben, und die ersten drei Zeilen, die ich schon komponiert habe, können kaum entfallen. Ich will aber dennoch versuchen, ob ich es ändern kann.

Dagegen möchte ich die politischen Zeilen: Haman, Pharao, Titus, Hitler bestimmt auslassen. – Auch sonst sind Kürzungen nötig. – Ich war jetzt ein paar Tage krank und kann erst heute (29.) diesen Brief vollenden und Ihnen meinen letzten (vom 20.) gemachten Entwurf senden. Er ist noch nicht ganz gut. Aber vieles, das mir in meiner ersten Fassung unlogisch schien, ist eliminiert. Dagegen scheint es mir zulässig, daß man das »Israel exists again« (als Staat) und »it has always existed« (als Idee) ohne weitere Begründung anwendet.

Lassen Sie mich bald hören, was Sie davon halten, denn ich möchte das gerne bald komponieren.
Mit herzlichen Grüßen

Ihr
Arnold Schoenberg

Israel exists again!
It has always existed.
Though the people had been separated
from the land,
the spirit never ceased to exist.
Ever since the beginning of time,
ever since Adam, Noah,
Abraham and Jacob
have seen the Lord –
ever since Moses
and all our prophets
have heard His word –
the spirit has never left us.

Now, that the spirit has reconquered the land
we shall hear and see the Lord again.

Israel, the people elected,
as a living testimony:
that there is only o n e eternal God –
Israel exists again.

Vielleicht würden Sie auch in Ihrer Antwort, die Interpunktion und Einteilung in Zeilen verbessern. Ich bin wirklich ganz im Unklaren darüber, wie man das schreiben soll. Es sind ja keine Verse und doch ist es auch nicht Prosa.

dzt. Haines Falls, N.Y.

30. Juni 1949

Verehrter Herr Professor,

Ihr Brief ist mir hieher nachgeschickt worden (wo ich in ganz strenger Klausur mit meiner Arbeit nun endlich fertig zu werden hoffe) – und ich kann abermals nichts besseres tun, als sofort zu antworten und lieber nicht ganz so gründlich. Diesmal ist das sogar noch leichter zu rechtfertigen als letztens, denn ich müßte wirklich *sehr* gründlich nachdenken und tüfteln, um an Ihrem neuen Text noch etwas zu ändern. Er enthält alles, was mir an meinem Entwurf wesentlich erschien, und hat alles eliminiert, worauf ich bei einer verantwortungsvollen Ausarbeitung selbst verzichtet hätte, – vor allem die Namen, deren Erwähnung zu wenig Kunst und zu viel Kowed* gewesen wäre. (Ich habe sie eigentlich nur als Zuwaag hineingetan, weil Sie in einem Ihrer früheren Briefe ausdrücklich von den frustrierten Feinden Israels incl. Bevins gesprochen hatten und weil ich immerhin in Rechnung ziehen mußte, daß das für Sie ein Teil-Motiv darstellen könnte.) Wenn der Text so, wie er jetzt ist, das ausdrückt was Sie ausdrücken wollen, dann ist es bestimmt am besten, ihn so zu lassen, – was sich an eleganten Abschleifungen etwa noch erzwingen ließe, fiele gegen seine Klarheit und Komprimiertheit ohnehin nicht ins Gewicht.

Nur zwei kleine technische Anmerkungen: in den Zeilen 9 und 12 des ersten Absatzes scheint mir je ein »we« zu fehlen (have *we* seen the Lord, have *we* heard His word), und zwischen Abraham und Jacob läßt sich auf Isaak nicht gut verzichten. – Übrigens gibt es bei Martin Buber, in »Des Baal

* Ehre

Schem Tow Unterweisung im Umgang mit Gott«, eine sehr schöne und poetische Erklärung dafür, warum es immer »Gott Abrahams, Gott Isaaks und Gott Jakobs« heißt, niemals »Gott Abrahams, Isaaks und Jakobs«. Wenn Sie das interessiert, kann ich's Ihnen nach meiner Rückkehr abschreiben und zuschicken.

Die »Einteilung in Strophen und Zeilen« soll Ihnen keine Sorgen machen. Ich würde glauben, daß sich das ganz nach *Ihrem* Gutdünken und *Ihren* Erfordernissen richtet, nicht nach denen einer formalistischen Regel für selbständigen Gedichtbau (der ja in der Tat nicht vorliegt). Aber ich bleibe Ihnen in diesem Punkt, – wie in jedem andern, für den Sie meiner noch bedürfen sollten, – selbstverständlich weiter zur Verfügung.

Hoffentlich habe ich sehr bald gute Nachricht von Ihnen, – meine aufrichtigsten Wünsche, auch für Ihr persönliches Wohlbefinden, sind stets um Sie.

Ergebenst Ihr
Friedrich Torberg

Haines Falls, N.Y.

14. August 1949

Verehrter Herr Professor,

vor einiger Zeit bekam ich von Ihnen ein (seither retourniertes) Exemplar eines in Washington erscheinenden »News Bulletine«, in dem irgendein obskurer Wirrkopf vorauszusagen wußte, daß im Zusammenhang mit der Errichtung des Staates Israel nun endlich auch die Heimkehr des Judentums in den Schoß der Kirche erfolgen würde; und wenn ich mich richtig erinnere, hat diese Prognose Sie sogar beunruhigt. Der Bildbericht, den ich Ihnen heute beilege, wird Sie sicherlich interessieren. Er deutet auf eine genau gegenteilige Entwicklung hin, und hat überdies den Vorzug, nicht auf Spekulation zu beruhen sondern auf Tatsachen.

Ich meinerseits glaube ja nicht, daß sich das zu einer Massenbewegung entwickeln wird. Aber es ist immerhin etwas, was bis vor kurzem noch gänzlich undenkbar gewesen wäre, weil es ja bis vor kurzem auch die Flagge mit der hebräischen Inschrift Israel noch nicht gegeben hat. Und es ist immerhin des Betrachtens, und zwar des freudigen Betrachtens, wert. Hernach erbitte ich es wieder zurück.

Über das Fortschreiten Ihrer Arbeit habe ich seit Ende Juni nichts mehr gehört und wollte mich durch Anfragen nicht lästig machen. Die heutige Gelegenheit kann ich allerdings nicht gut unausgenützt lassen. Aber damit ist für Sie natürlich keine Verpflichtung zur Antwort verbunden. Es würde mich nur sehr freuen, von Ihnen zu hören.

Verehrungsvoll und ergeben
Ihr Friedrich Torberg

116 N. Rockingsham Ave.
Los Angeles 24, California.

August 16, 1949.

Dear Mr. Torberg:

Mr. Schoenberg asks me to thank you on his behalf for the newspaper clipping enclosed in your recent letter.

Sincerely yours,
R.H.

Herzlichen Dank!

Ich habe soviel zu tun gehabt, daß ich gar nicht komponieren konnte. Aber vielleicht wird es in ein paar Wochen besser werden.

Ihr
Arnold Schoenberg

Schwester aus einem kontemplativen Orden

23.11.75

Lieber Herr Professor!

Es sieht verfrüht aus – und ist es vielleicht auch – wenn ich heute schon etwas zu Ihrem Buch, für das ich sehr danke! – sage …

Ich verstehe, ich begreife, ich kenne sozusagen von innen her die Gedankengänge des Joseph Aschkenasy. Ich glaube nur nicht, daß er – wie es im Klappentext heißt – zerbrochen ist, sondern an seiner »Schuld« (die mich an griechische Tragödien erinnert) in andere Dimensionen hineinwächst, die unsrem Verstehen nicht zugänglich sind. Nur im Lichte Gottes öffnen sie sich hie und da ein wenig.

»Golems Wiederkehr« ist differenzierter. Reinheit und Bosheit sind in verschiedenen Abstufungen spürbar. Wellemin und Vorderegger sind gleich »dumm« (im biblischen Sinn: oberflächlich, auf den eigenen Vorteil bedacht und darum in verschiedenen Graden Mitläufer des Bösen). Vielleicht entsprechen sich auch ein wenig Fischl und Hainisch, obwohl es Ihnen sicher nicht um eine so geometrische Aufteilung geht, denn wenn sich auch die Konsequenz Kaczorskis und die Gläubigkeit Taussigs der Intensität nach ähneln, so ist hier doch ein Abwägen nicht mehr möglich. Die Ergriffenheit des Tölpels bei der »Heiligung des Namens« geht aber wieder über alles Be-greifen hinaus; er ist wohl auch das reine Opfer, nach dem sich Joseph Aschkenasy sehnte und das er nicht bringen konnte, weil von ihm ein anderes, viel schwierigeres und schwerer zu ertragendes gefordert war.

Ich meine auch zu verstehen, warum Ihnen die beiden anderen Erzählungen nicht so sehr am Herzen liegen; der Durchbruch in die Dimension des Mystischen geschieht hier nicht, nicht eigentlich. Oder irre ich mich? Die Tragik der Schuld, ohne bewußt schuldig geworden zu sein; die Ahnung eines drohenden Schicksals, dem man trotz aller warnenden Zeichen entgegendrängt – das alles berüht menschlich sehr stark, aber darüber kann man reden. Über die erste und die letzte Erzählung kann man aber nicht reden; ich fürchte, schon zu viel gesagt zu haben. Und wenn Sie nicht ausdrücklich darum gebeten hätten, hätte ich es vermutlich auch nie getan.

Dabei ist aber gerade die Geschichte des Joseph Aschkenasy die Antwort auf eine Frage, die mich in letzter Zeit stark beschäftigt hat. Pater ... hat für mich die »Illustrierte Neue Welt« abonniert; Sie kennen ja sicher diese jüdische Monatszeitung. Mich interessieren die Nachrichten aus Israel sehr und auch die verschiedenen geistigen Strömungen, die man aus den verschiedenen Berichten heraussspürt. Nun war vor einiger Zeit eine Leserzuschrift drinnen, in der es wörtlich heißt: »Sie (die Juden) sind nur auserwählt, um diese zehn Gebote zu halten. Also in Bezug auf ihre Pflichten.« So, hab ich mir gedacht, das wird schon auch stimmen; aber was ist dann mit Deuteronomium 7,6–9? Ist das nicht der eigentliche Grund der Auserwählung, alles andere ist dann nur die Folge daraus ...

Aber Dr. Akiba Eisenberg hat dann in seinem Leitartikel zu Rosch Haschanna ähnliches gesagt: »In Wahrheit fassen *wir* die Auserwählung nicht als Bevorrechtung auf, sondern als ein Mehr an Pflichten. Auserwählt wurde das jüdische Volk dadurch, daß es sich als erstes Volk zu dem Einen und Einzigen Gott bekannte.« Naja, nach meinem Gefühl zäumt der das Roß von hinten her auf; aber ich kenn das ja. Bei uns ists ja auch nicht viel anders. Die meisten Leute schneidern sich ja einen Gott nach den eigenen Maßen, vielleicht entsprechend vergrößert, aber eben doch so, wie sie es begreifen können. Mir wäre aber Gott, wenn ich ihn so verstehen könnte wie etwa eine chemische Formel, sehr bald uninteressant ...

Jetzt bin ich aber schön weit abgekommen.

Aber es ist einfach so, daß mich diese Dinge mehr beschäftigen als eigentlich sonst alles; ich halte es zwar für eine Gnade, ebenso unerwartet und unvorhersehbar wie meine Berufung ..., aber manchmal möchte ich gern ein wenig davonlaufen. Denn sie ist auch eine Last, die mit den grauenhaften Ereignissen rund um Israel zunimmt; und doch möchte ich sie im Grund nicht missen. Vermutlich, weil ich auch keine andere Wahlmöglichkeit habe – und mich doch immer wieder dafür entscheiden muß. Und darf.

Nun hab ich viel von mir geredet; und doch schäme ich mich eigentlich nicht. Nicht einmal dann, wenn es dumm und unzutreffend wäre. Aber mir kommt vor, daß Sie von mir nicht so sehr die Würdigung der literarischen Kunstwerke erwartet haben, obwohl ich dafür vielleicht ein ganz gutes Gespür hab, ohne mich aber fachlich exakt ausdrücken zu können. Aber das tun sowieso andere und tun es hoffentlich auch in gebührender Weise; ich wünsch es Ihnen jedenfalls vom Herzen ...

Breitenfurth, 14. Dezember 1975

Ich hab's mir ein bißchen bequem gemacht, ehrwürdige Schwester, indem ich Ihrem Wunsch nach der »Tante Jolesch« sozusagen wortlos nachgekommen bin (und insgeheim mit einer kleinen Besorgnis dazu: ob ich mir mit diesem Buch bei Ihnen nicht vielleicht schaden würde). Indessen geht's mir nicht um die Entkräftung dieser Besorgnis, sondern um die Wiedergutmachung meiner Bequemlichkeit. Denn Ihre Chanukah-Wünsche und Ihr Brief von Ende November dürfen nun wirklich nicht ohne Antwort bleiben. Dazu haben Sie mir über meine Geschichten in »Golems Wiederkehr« zu viel, zu Schönes und zu Eindringliches gesagt. Und wissen Sie, was für mich das Schönste war? Daß man wohl über die zweite und dritte Erzählung »reden kann«, nicht aber über »Mein ist die Rache« und über die Titelgeschichte. Damit sind diese beiden auf eine Ebene gestellt (um nicht zu sagen: gehoben), die sich dem »Darüber-Reden« – dem ja eine gewisse unterschwellige Leichtfertigkeit anhaftet – gründlich, nämlich von Grund auf, verschließt.

Ich führe gerade eine sehr strapaziöse Korrespondenz mit

Professor Ernst Simon in Jerusalem, einem unserer bedeutenden Religionsphilosophen, dessen Einstellung (kurz gesagt) darauf hinausläuft, daß man über solche Themen nicht nur nicht reden, sondern eigentlich auch nicht schreiben dürfte, weil man sie dadurch auf ein literarisches, also unstatthaft weltliches Niveau hinabdrückt. Wie Sie sehen, sind Sie mit Ihrem »nicht darüber reden«, das ja obendrein positiv gemeint war (oder doch so auf mich gewirkt hat), noch sehr nachsichtig. Simon – dies zum Verständnis seiner Haltung – ist allerdings ein orthodoxer Jude und geht als solcher von einem andern »ani jodea«* aus als Sie. Merkwürdig, wenngleich in keiner Weise einmalig, daß der Katholizismus sich hier gewissermaßen liberaler zeigt als das Judentum (das ja in Simons Anschauung überhaupt nur orthodox existieren kann).

Tief und dankbar beeindruckt haben mich auch die Vergleiche, die Sie zwischen bestimmten Figuren-Paaren in »Golems Wiederkehr« ziehen und die vermeintlich polar entgegengesetzte Charaktere zu Partnern in biblischer Dummheit machen. Da haben Sie mehr verstanden, als mir inne war. Solches Mehr-Verständnis ist mir schon wiederholt zugestoßen, und es sind nicht die schlechtesten Stellen, denen es gilt ...

Der »Neuen Welt« wollen wir immerhin zugute halten, daß sie die von Ihnen zitierte – und offenbar diskutable – Leserzuschrift veröffentlicht hat. Steht sie wirklich im Widerspruch zu den von Ihnen erwähnten Versen aus dem Deuteronomium (VII/6–9)? Oder hat der Doktor Luther da wieder einmal falsch übersetzt? Ich meine vor allem Vers 7: »... nicht daß euer mehr wäre denn alle Völker; denn du bist das Wenigste unter allen Völkern.« Warum er vorher den Plural gebraucht, ist mir rätselhaft. »... nicht daß du mehr bist« wäre ganz eindeutig. Wie heißt es denn in der Vulgata (die ich leider nicht zur Hand habe)?

Zur Frage der »Auserwähltheit«: mein Roman »Hier bin

* »ich weiß«

ich, mein Vater«, die Geschichte eines jüdischen Nazi-Spitzels, enthält ein Gespräch zwischen dem (Anti-)Helden und seinem alten Religionslehrer, das sich um eine – wie ich nachträglich erfuhr: tannaitische – Deutung dieses Begriffs bemüht. Wenn Sie das Buch nicht kennen und es haben wollen, wird es mir eine große Freude sein, Ihnen ein Exemplar zu schicken und Ihre Meinung darüber zu hören. Sollte ich's Ihnen schon früher einmal geschickt haben, dann muß ich Sie freilich bitten, mit meinem arg überlasteten Gedächtnis nicht allzu streng ins Gericht zu gehen.

Seien Sie nochmals bedankt für alle Ihre guten Worte, und wenn Ihre Zeit es gestattet, dann lassen Sie's nicht bei der Beantwortung meiner konkreten Anfragen bewenden, sondern machen Sie mir bald wieder die Freude eines ausführlichen Briefs. Es ist gut und trostreich zu wissen, daß auch Sie für eine schon getroffene Wahl »sich immer wieder entscheiden müssen *und dürfen*«. Das ist es, was die Heilige Schrift meint, wenn sie – die Erkenntnis stammt nicht von mir – vom »Gott Abrahams, Gott Isaaks und Gott Jakobs« spricht, nicht vom »Gott Abrahams, Isaaks und Jakobs«: weil nämlich jeder sich aufs neue und für sich entscheiden mußte und durfte.

Ich ziehe mich demnächst wieder in meine Arbeitsklausur nach Alt-Aussee zurück und möchte Ihnen schon heute ein Gesegnetes Weihnachtsfest und ein gutes, glückliches neues Jahr wünschen.

Immer Ihr
Torberg

30.3.77

Lieber Herr Professor,

beinahe hätte ich dieses Jahr Pessach übersehen; Gott sei Dank aber doch nur beinahe. Vielleicht erreicht Sie mein kleiner Brief noch am Seder-Abend? (Wissen Sie, daß ich eine Hagadah – Hebräisch/Englisch – habe und mich gerade an den Kartagen ein wenig darein vertiefe? Aber mir kommt vor, daß ich Ihnen das schon einmal geschrieben hab; und daß mich besonders die Kinder(?)lieder am Schluß besonders ergreifen …

Aber vielleicht habe ich Ihnen noch nicht oder nicht »richtig« gesagt, daß ich durch Ihr »Seder 1944«-Gedicht eigentlich erst so richtig einen Zugang zu Eurem höchsten Festtag bekommen habe? Und das Paradox hier und dort, bei Euch und bei uns: Rettung, Erlösung ist schon geschehen, real und endgültig; aber dennoch stehn wir immer noch in der Situation, als ob gar nichts geschehen wäre. In dieser Spannung stehen wir, Juden und Christen, sobald wir versuchen, es mit unsrem Glauben ernst zu nehmen. Haben sich viele deshalb, weil sie diese Spannung nicht ertragen konnten, an Euch gerächt? Ein schrecklicher Gedanke!

Aber ich wollte Ihnen ja ein frohes Fest wünschen, ein gesegnetes und schönes Fest –

und ich wollte Ihnen auch dafür danken, daß Sie mich auf das schöne Interview in der Jüdischen Rundschau aufmerksam gemacht haben. Ich hab es natürlich sofort gelesen und mich darüber gefreut. Ich mag dieses klare Bekenntnis, das übrigens aus allen Ihren Werken spricht – so weit ich sie halt kenne – so gern; auch dieses leise Unterspielen, das bei allem Ernst so gar nichts dramatisiert …

Ich hätte Ihnen noch viel zu danken – aber nehmen Sie all das Unausgesprochene auch so an! Morgen Abend werde ich besonders herzlich an Sie und die Ihren denken!

Alt-Aussee, 4. April 1977

Seien Sie herzlichst bedankt für Ihre lieben Zeilen zum Pessach, ehrwürdige Schwester – ja, sie haben mich rechtzeitig zum Seder-Abend erreicht: nur habe ich leider keinen Seder-Abend, schon seit vielen Jahren nicht mehr. Dazu bedürfte es eines jüdischen Familienlebens, entweder in der eigenen Familie oder in einer befreundeten, und mir mangelt's an beidem ...

Daß es mein Seder-Gedicht war, dem ich die Verbindung mit Ihnen zu verdanken habe, ist mir sehr wohl erinnerlich, und daß Sie meinem Interview in der »Jüdischen Rundschau« etwas abgewinnen konnten, ist mir sehr wichtig ...

Die »Spannung«, die von einer nur äußerlich wahrgenommenen Rettung herrührt (bei uns) und von einer Erlösung, die mit Entlastung verwechselt wird (bei Euch): das ist ein für mich ganz neuer und aufregender Gedanke, dem ich erst noch nachgehen muß. Aber daß die uns auferlegten Verfolgungen hier ihre Wurzel hätten, glaube ich nicht; damit verhält sich's zugleich primitiver und geheimnisvoller. Es ist – damit sich hier kein Mißverständnis einschleicht – auch nicht die Rache oder Bestrafung für die »Nichtanerkennung« Christi. Wenn *das* genügt hätte, um die christliche Konzeption zu gefährden oder gar scheitern zu lassen, dann müßten wir ja noch rückwirkend größenwahnsinnig werden. Nein, der tiefere Grund (und zwar wirklich der tiefere) muß anderswo liegen. Aber wo? Ich suche ihn in der Gegend einer »unerwünschten Zeugenschaft«.

Gegen Schluß Ihres Briefs sprechen Sie (nicht zum erstenmal) von meinen Büchern, soweit sie Ihnen bekannt sind. Am Schluß der »Tante Jolesch« – die ich Ihnen freiwillig nie geschickt hätte – finden Sie ein Werkverzeichnis. Bitte lassen Sie mich wissen, ob Sie da etwas finden, was Sie interessiert und was ich Ihnen schicken könnte.

Nochmals Dank, und alle guten Wünsche für ein gesegnetes Osterfest.

Ihr aufrichtig ergebener
Torberg

Manès Sperber

12. Oktober 1960

Lieber Freund Sperber,

... Daß Sie sich meine schizophrene Problematik – hie Zeitschrift, hie Roman – so ernsthaft durch den Kopf gehen lassen, rührt und ehrt und freut mich. Die Ejzes, die Sie mir in diesem Zusammenhang geben resp. nicht geben, erinnern mich an eine um 1930 in Umlauf gewesene Adler-Anekdote, deren notariell beglaubigter, wenngleich passiver Held niemand andrer war als ich. Die Pointe hatte natürlich der Adler.

Es war nach dem Erscheinen meines ersten Romans, über den in der »Monatsschrift für Individualpsychologie« ein viele Seiten langer Artikel erschien, dem ich zu meiner namenlosen Verblüffung entnahm, daß der »Schüler Gerber« geradezu ein individualpsychologisches Paradigma darstellte. Die Verblüffung rührte daher, daß ich damals, 21jährig wie ich war, von der Individualpsychologie überhaupt keine Ahnung hatte. Bald darauf wurde ich dem Adler »gebracht« und hatte die verwirrende Freude, von ihm in ein ungemein menschliches Gespräch verwickelt zu werden, das binnen kurzem bei meinen damals sehr vehementen Pubertätsnöten anlangte.

Jetzt, dachte ich mir, muß alles gesagt sein, jetzt sitze ich dem Wunderrabbi persönlich gegenüber, und jetzt wird er mir helfen. Ich kotzte also alle meine Bedrängnisse auf den Tisch – daß ich die Mädchen, die ich haben will, nicht bekomme, und die Mädchen, die ich bekomme, nicht haben will – daß darunter mein Lebensgefühl erbärmlich litte, ja daß ich überhaupt mit dem Leben nicht zurecht käme, nicht richtig arbeiten könne, mit niemandem Kontakt fände – und dergleichen Banalitäten mehr, von denen ich natürlich glaubte, daß sie erst- und einmalige Tragödien seien. Der Wunderrabbi glaubte das offenbar nicht, denn er wurde zusehends von jener gelangweilten Nervosität befallen, die sich bei ihm in immer häufigeren Zügen an der Virginia und in leisem Scharren mit dem rechten Fuß zu äußern pflegte.

Schließlich, als ich in der Katastrophenschilderung eine erschöpfte Pause machte, fragte er mit raschem Zugriff: »Und Sie finden das alles in Ordnung?« Ich, erwartungsvoll bis zum Bersten, weil mir doch nun die geheime Erlösungsformel zuteil werden sollte: »Natürlich nicht, Herr Professor!« Und er, sichtlich befriedigt: »No alsdann.«

Wenn Sie aber *wirklich* nach Wien kommen wollen, dann könnte ich nämlich versuchen, mit dem »Österreichischen College« oder einer andern mit uns cooperierenden Stelle einen Vortrag oder einen Diskussionsabend oder sonst einen Pretext zu arrangieren. Soll ich? Bitte um Nachricht, und nochmals vielen Dank.

Alles Herzliche von uns beiden –

Immer Ihr
Torberg

6 Rue Voisembert
Issy-les-Moulineaux (Seine)

Den 2/7/64

Mein lieber Torberg,

seit 36 Stunden wieder zuhause, spiele ich mit Briefen Lotterie wie seinerzeit der Schammes von der Nikolsburger Schul' mit den eingelaufenen Rechnungen. Und ausgerechnet Sie gewinnen; daher antworte ich auf Ihren Brief vom 22. Juni.

An Ihrem Gedicht habe ich die paar kleinen Korrekturen angebracht. Man könnte manche von ihnen auch auslassen; man könnte auch anders korrigieren.

Darf ich Ihnen als ein etwas älterer Zeit- und Unglaubensgenosse etwas sagen, wofür Sie mir zumindest während einiger 1000 Sekunden böse sein werden (außerdem werden Sie dann überzeugt sein, daß mir für manches der Sinn fehlt): es wäre ein Fehler, dieses Gedicht als Vorspruch zu verwenden.

Jedem Schriftsteller passiert es wenigstens einmal im Leben, daß er in der Einschätzung eines Buchs, eines Aufsatzes, eines Gedichts vollkommen in die Irre geht. Ihre »leck mich im Arsch«-Platte und dieses Gedicht drücken in einer an sich durchaus gemäßen, barocken Übertreibung eine grenzenlose Verzweiflung aus. Sie drücken sie aus und machen sie zugleich kaputt. Am Ende bleibt auch dem verständnisvollen und freundschaftlich gesonnenen Leser nur ein gefrorenes Lächeln auf den Lippen. Und, Torberg, das gefrorene Lächeln ist als Effekt nicht anstrebenswert.

(Natürlich werde ich in den Wind gesprochen haben, aber das sind wir ja, Sie und ich und einige andere, gewohnt.)

Unsere Reise in den USA war sehr schön in vielen Hinsichten, überaus interessant und fast immer sehr erfreulich. Ich werde fast sicher einen langen Essay schreiben.

Da Sie mich freundlicherweise daran erinnern, daß ich eigentlich, wenn auch nur im Nebenberuf, ein Mitarbeiter des Forum bin, so verrate ich Ihnen, daß ich einen Aufsatz über Schalom Aleichem in der Schublade habe; bisher ist er nur französisch und englisch erschienen, doch inédit in deutsch. Ich würde ihn Ihnen unter einer Bedingung geben: daß die Redaktion des FORUM mir jede Form von Mitarbeit an diesem Aufsatze versage. Seit meinem 15. Lebensjahr halte ich es so, daß ich allein schreibe, kürze oder verlängere, was ich veröffentlichen lasse. Solche Gunst kann ich aber vom FORUM nicht immer erwarten. Daher die ausdrückliche Bedingung ...

16. Juli 1964

Lieber Sperber,

Sie haben meinen Dank, and what's more: Sie haben recht. An sich wäre das noch nicht more. More ist, daß ich es glatt zugebe. And what's most: ich werde mich danach richten. Sie unterschätzen mich. Ich kann Ihnen zahlreiche notarielle Beglaubigungsschreiben dafür beibringen, daß ich Ratschläge und Kritiken durchaus beherzige, wenn ich von ihrer

Kompetenz überzeugt bin. Daß das so selten geschieht, ist nicht meine Schuld, sondern die Schuld derer, die sich zu Ratschlag und Kritik erdreisten.

Sie hingegen – und deshalb sind Sie ja bei mir als Wunderrabbinatskandidat registriert, d.h. als einer der wenigen, denen ich überhaupt noch zuhöre – wissen doch *immer* ganz genau, wovon Sie reden. Das ist noch keine Garantie dafür, daß Sie auch immer recht haben. Aber Sie haben es meistens und Sie haben es diesmal. Ich werde das Gedicht also *nicht* als Vorspruch verwenden, sondern es unauffällig unter die viel weiter hinten kommenden »Gereimten Pamphlete« stellen, und ich danke Ihnen sehr für diese wertvolle Ejze. Mit den rein stilistischen ist mir leider weniger geholfen, obwohl Sie da natürlich erst recht recht haben; aber die von Ihnen angebrachten Korrekturen stellen den Rhythmus der betreffenden Zeilen derartig auf den Kopf, daß ich entweder nach andern Möglichkeiten suchen oder die Fehler stehnlassen muß.

Eine *ganz* andre, sozusagen objektiv interessante und daher im vorliegenden Rahmen nicht abzuhandelnde Frage ist das »gefrorene Lächeln«, das Sie als Effekt nicht für anstrebenswert halten. Ich auch nicht. Aber ich halte es in manchen Fällen – zu denen, auf würdigere Art, z.B. auch die »Lebensgeschichte des Friedrich Israel T.« gehört – für einen adäquaten, ja eigentlich für den einzig zulässigen Effekt, für ein Symptom eben des Zustands, in dem sich die Menschheit seit ihren Letzten Tagen befindet, und das mit Grund ...

Ob ich Ihren (ung'schauter hervorragenden) Aufsatz über Scholem Alejchem im FORVM drucken soll bzw. kann, weiß ich nicht recht. Ich habe sowohl für rein literarische wie für rein jüdische Themen wenig Platz, den ich mir zumal im zweiten Fall für die Themen Antisemitismus und Israel aufsparen muß. Bitte schicken Sie mir das Manuskript trotzdem. Bitte auch die deutsche Version Ihres Amerika-Berichts. Die von Ihnen gestellte Bedingung, daß keine Änderungen vorgenommen werden dürfen, ist hiemit akzeptiert. Ich bin gerne bereit, Ihnen Rede und Antwort zu stehen, warum ich solche Bedingungen nur auf ausdrücklichen Wunsch des Autors akzeptiere.

Ich wußte es sehr zu schätzen, daß Sie mir so rasch nach Ihrer Rückkehr geantwortet haben. Vom Nikolsburger Schammes kenne ich allerdings eine ganz andre Geschichte. Sie folgt nächstens. Für heute und wie immer alles Gute, und nochmals Dank.

Herzlichst Ihr
Torberg

6 Rue Voisembert
Issy-les-Moulineaux (Seine)

Le 3/4/68

Mein sehr Lieber,

hier also der versprochene Brief.

Der Mann, der nie über Kafka schrieb. – Ich habe Deine Erzählung mit größter Aufmerksamkeit gelesen, plutôt deux fois qu'une. Sie ist sehr eindrucksvoll, überzeugend. Die Kritik, die ich zu formulieren hätte, würde die Sprache betreffen. Natürlich ist das Ganze, obschon in dritter Person geschrieben, als ein innerer, den Vorgang relatierender Monolog aufzufassen, aber eben da finde ich mancherlei schwierig; der Stil ist, wie man französisch sagen würde, häufig »heurté«, was etwas anderes ist als gehemmt, und nicht selten »emprunté«, was gleichermaßen gewollte und ungewollte Schwerfälligkeit (Umwegigkeit) bezeichnet.

Gegen diese Kritik läßt sich einwenden, daß ja die Traumdramaturgie viel Pedantisches fördert, ja erfordert und damit eben solche sozusagen bürokratische Sprache (»... nach Passanten Ausschau, die zur Befragung geeignet wären«). Was man indes von dem Charakter des Helden, eben dieses Monologisten, erfaßt, legt die Vermutung nahe, daß seine eigene Sprache anders sein müßte, besonders wenn sie nicht überwacht ist.

Was ich da aussetze, gilt nicht für den zweiten Teil. Da ist alles viel aufgelockerter, die Sprache ist gelöster: die subjazente Poesie der wahrgenommenen Wirklichkeit und die der erlebenden Person werden auch sprachlich kongruent.

Diese Bemerkungen haben nicht viel Gewicht, nicht zuletzt, weil sie aufgrund einer durchaus untypischen Lektüre zustande gekommen sind. Man liest gewöhnlich anders, schneller.

Was den Inhalt der Erzählung selbst betrifft, so wüßte ich nichts zu sagen, was von Interesse wäre, da Du ja alles selbst weißt: Es ist eine höchst merkwürdige, am Ende erschütternde Sterbeszene. Daß der Sterbende und der Leser sehr spät, knapp vor dem Schuß erst, merken, daß es ein Sterben ist, ist ganz ausgezeichnet. Allerdings könnte man, wenn meine Deutung zutreffend ist, auf den Schuß verzichten. Irgendeine harmlose, kaum merkliche Gebärde des Freundes sollte genügen.

Kafka? Eh bien, on ne prête qu'aux riches. Lange vor Kafka haben die Romantiker die Entfremdung mitten im alltäglichen Sein, das Entschwinden der Realität oder das Entschwinden aus ihr, oder die Verbindung der beiden Bewegungen gestaltet. Und auch Du brauchtest Kafka nicht dafür: das Ganze ist aus einer tiefen Depression geschöpft, aus der allertiefsten, in der das Sein dem Nichts am nächsten ist.

Manches wäre über das onirische Element zu sagen, besonders wenn es so realistisch und detailliert dargeboten wird. Aber darüber wollen wir ein anderes Mal, wenn Dich eine ästhetische Diskussion interessiert, ausführlich sprechen. Inzwischen möchte ich nur hoffen, daß Dir meine Kritik nicht das Gefühl einflößt, mißverstanden worden zu sein. Schlimmeres gibt es nicht ...

5. April 1968

Mein Lieber und Wissender,

Dein Brief erreicht mich bereits im israelischen Reisefieber, weshalb ich Dir nur in Eile danken und antworten kann – und das ist gut so, denn sonst würde ich auf jeden Deiner Sätze mit einer Seite replizieren und auf manche mit zwei. Ich habe nämlich in keiner Weise das von Dir vorsorglich desavouierte Gefühl, daß Du mich »mißverstanden« hättest, sondern Du hast mich *zu gut* verstanden, Du bist den inneren Brüchen, die diese Geschichte hat (und wahrscheinlich haben *mußte*) zu genau auf den Grund gekommen oder auf die Gründe, und es wäre mir ein wahres Fest, Dir jeden einzelnen dieser Gründe auseinanderzulegen. Aber wer weiß, ob Du ein solches Fest mit mir würdest feiern wollen. Um so besser, daß ich es aus Mangel an Zeit und Konzentration erst gar nicht veranstalten kann ...

Nur so viel: Deine stilistischen Vorbehalte sind *vollkommen richtig* und sind es einfach deshalb, weil ich die Geschichte unter einem andern Leitmotiv (fast hätte ich gesagt: unter einem andern Stern) zu schreiben begann, als ich sie zu schreiben aufhörte. Sie verwandelte sich mir unter der Hand (und das ist die einzige Legitimation für eine solche Verwandlung) aus einer – plump gesagt – Kafka-Parodie zu einem – ebenso plump gesagt – persönlichen Befreiungsversuch. Daher auch die »Pedanterie« im ersten Teil und die »Auflockerung« im zweiten: weil ich da schon wußte, um was es mir in Wahrheit ging, und weil ich mich zu der Geschichte sozusagen »bekannte«, also auch zur eigenen Sprache des getarnten Monologisten.

Auf den Schuß werde ich allerdings so wenig verzichten können wie auf den Titel. Hier, so scheint mir, heben Deine Vorbehalte einander auf, obwohl jeder für sich richtig ist. Die »kaum merkliche Gebärde des Freundes«, die Dir (und vermutlich auch der Geschichte) an Stelle des Schusses genügen würde, wäre dann wieder allzu sehr von Kafka. Außerdem muß er dem Freund ja noch sagen wollen, daß der Tod nicht weh tut. Das ist ja der einzige Trost in diesem Vereinsamungs-Konzentrat.

Mit alledem möchte ich lediglich die Geschäftsordnung für eine kommende Generaldebatte festgelegt haben. Aber wir können uns auch auf den Standpunkt stellen, daß die Debatte bereits stattgefunden hat. Es verhält sich damit so ähnlich wie mit der berühmten Extraausgabe, die Anfang 1933 von einem Juden auf dem Kurfürstendamm feilgeboten wurde und die nur aus einem einzigen leeren Blatt bestand; von den ersten gierigen Käufern befragt, was das bedeuten solle, antwortete er: »Die Juden werden sich schon das Richtige denken.« – Und gar so leer ist das Blatt ja nicht...

Breitenfurth, 1. August 1971

Lieber Munju,

... Der »Süßkind« ist also fertig. Das heißt, *wirklich* fertig ist er natürlich noch nicht, auch nicht im Sinne Flauberts... Aber er ist es immerhin so weit, daß eine erste, in *jeder* Hinsicht unkorrigierte Maschin-Abschrift vorliegt, und die möchte ich Dir jetzt also raschest zugehen lassen, um sie ebenso raschest, mit Deinen Annotationen und Ejzes versehen, von Dir zurückzubekommen. Härtling behauptet, daß das Buch, das er als sozusagen Star-Vehikel der Frühjahrsproduktion in Szene setzen und entsprechend vorbereiten will, zu diesem Zweck (Lese-Exemplare für Vertreter und Buchhändler, Vor-Exemplare für die Kritik und einen evtl. Vorabdruck als Fortsetzungsroman etc.) schon im September in Satz gehen muß. Er hat das Manuskript, das er ungefähr so weit gekannt hat wie Du, gleich hier in Breitenfurth zu Ende gelesen, ist hoch zufrieden (um nicht zu sagen begeistert) und meint, daß wirklich nur ein paar Kleinigkeiten – Flüchtigkeitsfehler, Wiederholungen, technische Irrtümer, Durcheinander in der Namensgebung und dergleichen – korrigiert werden müssen, daß aber die von mir immer noch als »erste« Fassung empfundene schon die definitive ist.

Wahrscheinlich hat er recht und weiß nur nicht, warum. Wahrscheinlich würde ich, wenn ich jetzt wieder zu basteln beginne, auch noch den Frühjahrstermin versäumen. Und würde wahrscheinlich der Höheren Protektion, die mir da offenbar und rätselhafterweise zuteil geworden ist, zuwiderhandeln. Mir ist das Ganze ein bißchen unheimlich. Bei allen meinen bisherigen Romanen ist im Verlauf der Überarbeitungen mindestens die Hälfte dessen, was ich niedergeschrieben hatte, weggefallen. Diesmal sind von insgesamt etwa 600 doppelseitig beschriebenen Blättern etwa 550 stehen geblieben, und ich *kann* mir nicht vorstellen, daß mir das alles auf Anhieb geglückt wäre. Anderseits hat dieser Anhieb jahrelang und seine Vorbereitung sogar jahrzehntelang gedauert (die Schluß-Szene z.B. stammt beinahe wörtlich aus dem Jahr 1955), so daß ich mich eigentlich nicht wundern darf, wenn die Arbeitsprozedur als solche sich dann ganz anders abgewickelt hat, als ich's bisher gewohnt war. Ich wunder mich trotzdem.

Ob unser letztes Wiener Gespräch in diese Prozedur noch sehr tief eingegriffen hat, weiß ich nicht (um diese Zeit stand ja schon alles ziemlich fest), aber Deine Bedenken – wenn ich sie richtig verstanden habe, betrafen sie die Vergeblichkeit des jüdischen Assimilationsversuchs an die Deutschen und Süßkinds Scheitern als Jude – glaube ich in jedem Fall zerstreuen zu können. Es scheitert allerdings nicht nur der deutsche, sondern gewissermaßen auch der jüdische Assimilationsversuch. Auch die Juden wollen zum Schluß nichts mehr von ihm wissen, fühlen sich durch sein Aufbegehren gegen den Adel gefährdet und nehmen seine verspätete Heimkehr (»Ich will nach alter Judenart ...«) nicht mehr zur Kenntnis.

Zum Schluß ist er ziemlich genau das, was 700 Jahre später auch jeder von uns war: ein »Wanderer zwischen zwei Welten«, weder Deutscher noch Jude, und zwar *un*abhängig davon, als was er sich fühlt und was er sein *möchte*. Also das ziemlich genaue Gegenteil der Schlußpointe eines satirischen Gedichts des vermutlich auch von Dir unterschätzten Beda, aus der Zeit vor dem Ersten Weltkrieg, als ein (selbstverständlich jüdischer) Abgeordneter der Deutschliberalen

Partei von der tschechischen Bevölkerung seines gemischtsprachigen Wahlkreises verprügelt wurde: »Denn selten trifft es sich so gut – Ein Deutscher und dazu ein Jud.«

Aber natürlich behält die Ablehnung durch den Adel die Oberhand und bleibt das entscheidende Moment. Natürlich wär ihm das alles nicht passiert, wenn sich die Deutschen von ihm hätten Lieder machen lassen und ihm nicht im gleichen Augenblick, in dem er ihnen unangenehm wurde, einen Strick daraus gedreht hätten, daß er ein Jud ist. Und genau darum, genau um dieses Handicap geht's ja. Nämlich um die Selbstverständlichkeit, mit der es als Handicap in Erscheinung tritt.

Weiter möchte ich Dir nicht vorgreifen, obwohl ich nicht den Eindruck habe, daß Du einer bist, der sich was vorgreifen läßt ...

Alpbach Böglerhof

20.8.71

Mio Caro,

Brief und MS habe ich vorgestern mittags erhalten und lange vor Mitternacht zu Ende gelesen. Gestern versuchte ich, Dich telephonisch im »Palace« zu erreichen – zweimal. Man sagte das erstemal, Du kämest in einer Stunde zurück, das zweitemal, Du wärest schon abgereist.

Nun zum einzig Wichtigen; also: Maseltow und Jejaschér koach*. Du hast allen Grund, mit Dir, d.h. mit Deinem »Süßkind«, zufrieden, mehr: auf ihn – im besten Sinne – stolz zu sein. Dieses dritte Drittel ist nicht nur wegen seiner vielen Qualitäten ganz ausgezeichnet, sondern von einer Wirkung, die *fast* alles Vorhergehende retroaktiv verstärkt und dem Ganzen jedenfalls, scheint mir, eine Signifikation gibt, die vorher nicht so, nicht deutlich genug zutage trat.

---

* aufgerichtet sei deine Kraft

Hätte ich eine Schreibmaschine, würde ich an dieser oder jener Einzelheit Winziges auszusetzen haben – fast ausschließlich Sprachliches. Sans importance!

Wir bleiben hier bis zum 29. früh ...

Mein Liebster, ich danke Dir für Dein Buch: es ist sehr klug, schön und gut. Es wird seinen Platz finden: einen bedeutenden Platz.

Herzlichst Dein alter Freund und Leser
Munju

Alt-Aussee, 6.12.1977

Mein Caro,

... Was Du über das »eigenartige Erlebnis« der römischen Seminarvorträge sagst, scheint mir erheblich interessanter und diskussionswerter als das Thema Literaturkritik und Literaturprofessoren.

Die Wirkung, die man mittels Druckerschwärze auf Andre ausübt – vorausgesetzt, daß sie sich mit dem Gedruckten wirklich ernsthaft auseinandersetzen – hat ja immer etwas Befremdendes an sich, und ich bin nicht einmal sicher, wer in solchen Fällen recht hat: man selber oder die Interpreten.

Meine eigenen und eher bescheidenen Erfahrungen in dieser Richtung beschränken sich auf Dissertationen oder dissertationsähnliche Arbeiten, deren Verfasser sich an mich um Auskunft wenden und Dinge erklärt haben wollen, von denen ich gar nicht wußte, daß ich für sie verantwortlich bin. Trotzdem haben manche dieser Fragen Hand und Fuß, um nicht zu sagen sechel*. An der Frankfurter Universität arbeitet ein strebsamer Sonderling an einer Dissertation mit dem Titel »Das satyrische Element im Werk F.T's«. Man sollte gar nicht glauben, auf was für Elemente er mir draufgekommen

* Verstand

ist. So kann man sich täuschen, auch über sich selbst. Unter diesem Aspekt habe ich auch Deine in den diversen Berichten vermerkten Widersprüche gegen die in Deinen Büchern vorgenommenen Deutungen betrachtet. Damit, daß Du »etwas andres« sagen wolltest, ist noch nicht gesagt, daß Du es auch wirklich gesagt hast.

Übrigens muß ich Dir noch eine weitere Wahrnehmungsparallele aufbrummen. Du wunderst Dich, daß manches, was der Bub vor Jahrzehnten formuliert hat, gültig geblieben ist. Du solltest Dich um so weniger wundern, als Deine Frühreife sich erst verhältnismäßig spät literarisch auszudrücken begann. Was mich betrifft, so war ich nebbich schon mit 25 routiniert. Und die Tagebuchaufzeichnungen in der vor dreißig Jahren entstandenen »Zweiten Begegnung« lesen sich wie ein gestern geschriebener Beitrag zur Diskussion über die deutsche Sympathisantenszene. Der Ausdruck »Frühreife« schlägt auf seltsame Weise in die gleiche Kerbe wie das, was Hermann Broch mit dem »Altersstil« gemeint hat. Merk Dir dieses Stichwort. Es ist ein guter Ansatzpunkt für ein weiteres Gespräch, sogar ein besserer als die vorhin erwähnte »Befremdung« ...

Deine handschriftliche Anmerkung am Schluß Deines Briefs übergehe ich nicht ihrer Unleserlichkeit wegen, sondern, nachdem ich sie dechiffriert habe, mit Absicht. Wenn wir erst einmal anfangen, das politische Tagesgeschehen – welcher Art immer (incl. Sadat und Begin) – in unsere Korrespondenz eindringen zu lassen, ist sie auch schon beim Teufel. Denn dann wird eben das, worüber wir korrespondieren, zum Verzweifeln unwichtig. Und zum Schluß müßten wir vielleicht überhaupt mit dem Schreiben aufhören, nicht nur mit dem Schreiben von Briefen, auch mit den Büchern. Und damit wäre weder dem Sadat noch dem Begin geholfen.

In diesem Sinne freue ich mich auf Deinen nächsten Brief, übermittle Dir und Jenka die herzlichsten Grüße und Wünsche beider Damen ...

83. Rue Notre-Dame des Champs
75006 Paris

28/12/77

Mio Caro,

... Deinen Artikel über das Buch von Hülsenrath hatte ich schon gelesen; er ist gescheit, doch hätte ich einiges einzuwenden: bis zur Mitte des nächsten Jahrhunderts werde ich allergisch bleiben gegenüber jedem literarischen Versuch, unsere Katastrophe mit Gags zu behandeln. Sogar Freunden gegenüber, wie Hermann Kesten und Robert Neumann, ebenso Jacov Lind, habe ich so reagiert; dies, obschon es mir in den ersten zwei Fällen leid getan hat, es aussprechen zu müssen. Es ist die falsche Ätzsäure am falschen Gegenstand; sie zersetzt ihn und verwandelt ihn bis zur äußersten Entstellung in eine bösartige Posse ...

Alt-Aussee, 10.1.1978

Mein Caro,

es läßt tief blicken, daß Du im Namen eines von Dir nicht gemochten Autors gleich zwei Fehler unterbringst und nur den einen handschriftlich korrigierst, also aus dem Hülsenrad nur einen Hülsenrath machst statt eines komplett richtigen Hilsenrath. Aber was Du über sein Buch sagst, schlägt bei mir trotzdem in eine Kerbe, die schon mehr eine Narbe ist.

Auch ich habe mich bei der Lektüre dieses Romans nicht wohlgefühlt und bekenne mich nachträglich zu Deiner Allergie, die ich offenbar verdrängt hatte. Du hast recht: man kann unsre Katastrophe nicht mit Gags behandeln, auch nicht mit so geglückten, wie es mir hier der Fall zu sein schien (und ein bißchen immer noch scheint). Ernst Simon in Jerusalem ist der Meinung, daß man sie überhaupt nicht mit Romanen behandeln kann. Er hat mir diese Meinung nach der Lektüre von »Hier bin ich, mein Vater« kundgetan und ich habe ihm nicht widersprochen, obwohl ich sie in dem von ihm geäußerten Pauschalumfang *nicht* teile. Von hier aus wird's dann aber kompliziert. Wo verläuft die Grenze? Ich meine: wenn es zulässig ist, unserer Katastrophe mit erfundenen Schmonzes – also mit dem, was Hermann Broch als »Geschichtelerzählen« abqualifiziert hat – beikommen zu wollen, dann muß man doch auch »Gags« akzeptieren, wenn sie dem erzählten Geschichtel förderlich sind?

Vielleicht darf ich mich in diesem Zusammenhang darauf berufen, daß ich einen in Amerika begonnenen und schon ziemlich weit gediehenen Romanentwurf, betitelt »Ich heiße, wenn Sie gestatten, Kohn« weggeworfen habe, als 1943 die ersten Nachrichten von den Vergasungen eintrafen. Es war die Geschichte eines kleinen jüdischen Handlungsgehilfen vom Salzgries, der auf die Frage nach seinem Namen immer mit der gallig herausfordernden Titelwendung antwortet. Er kommt durch alle Gefährdungen der Hitlerzeit durch, ohne daß ihm ein Haar gekrümmt wird, und endet in Palästina, wo er dem Funktionär, der den illegalen Einwanderertransport in Empfang nimmt, abermals das übliche »Kohn, wenn Sie gestatten« unter die Nase reibt. Und dieser Funktionär haut ihm dann die erste Ohrfeige herunter, weil auch er Kohn heißt. Es wäre vielleicht ein ganz guter Roman geworden, eine Art jüdischer Schwejk. Aber ich konnte und wollte ihn angesichts des inzwischen ruchbar gewordenen Katastrophen-Ausmaßes nicht mehr schreiben. Der Hilsenrath konnte. – Das Ganze wäre vielleicht ein Thema für einen Essay oder vielleicht für ein Seminar, glaubst Du nicht?

Was mich ein wenig verwirrt: daß Du unter den Freunden, denen gegenüber Du so reagiert hast wie oben gesagt, Hermann Kesten, Robert Neumann und Jacov Lind nennst und daß Dir Deine Reaktion »in den ersten zwei Fällen leid getan hat«. Warum nicht auch im dritten? Ich weiß nicht, ob Lind von den dreien der Begabteste ist. Der in jüdischen Dingen Anständigste ist er ganz bestimmt ...

Breitenfurth, 26. Juni 1979

Lieber Caro,

... Was die Selbsttäuschung der linken Intellektuellen betrifft, so bist Du leider im Irrtum, wenn Du das »Ende der Illusionen« (ein schon vor vielen Jahren von Leopold Schwarzschild gebrauchter Buchtitel) gekommen siehst. Zum Beispiel haben in Amerika die seinerzeitigen Vietnam-Protestierer jetzt energisch gegen die von Vietnam verursachte kambodschanische Flüchtlingstragödie protestiert, aber sofort hinzugefügt, daß es sich hier in der Hauptsache um ein Verbrechen der kapitalistischen Staaten handelt, die sich weigern, kambodschanische oder auch vietnamesische Flüchtlinge aufzunehmen. Daß die vietnamesischen Flüchtlinge durch eine superkapitalistische Aktion Hanois zu Flüchtlingen gemacht werden, bleibt unbemerkt.

Es sind also der Selbsttäuschung keine Grenzen gesetzt und es ist auch nicht zu erwarten, daß sie jemals aufhören wird. Ich habe das – gleichfalls schon vor Jahren – als einen organischen Defekt charakterisiert: Ähnlich wie man vor der Aufnahme in die jüdische Gemeinschaft am Gliede beschnitten wird, erfolgt vor dem Eintritt in die kommunistische Gemeinschaft eine Beschneidung des Gehirns, und die läßt sich nie wieder gutmachen. Die wenigen Ausnahmen, zu denen Gott sei Dank auch Du gehörst, lassen sich an den Fingern einer Hand abzählen. Und ich bin nicht einmal sicher, ob man da nicht mit dem einen Finger für Dich auskäme.

Daß der Willi Schlamm vor ein paar Monaten gestorben ist, weißt Du wahrscheinlich schon. Jetzt ist in Zürich auch mein guter (Dir bekannter?) Freund Klaus Dohrn gestorben. Da meine Freunde Peter Heller und Franzi von Hildebrandt schon seit Jahren tot sind, bin ich jetzt als einziger der damaligen Emigrations-Kumpanei noch am Leben. Es wird kalt ...

Bruno Walter

New York 7.2.1945

Lieber Herr Torberg!

Bitte verzeihen Sie diese Zeilen und beantworten Sie sie nicht wenn Sie Ihnen unangenehm sind. Ich weiß, daß Sie in Wohnungsnot sind und muß annehmen, daß sie mit irgend einer anderen Verlegenheit zusammenhängt. Sie müssen aber verstehen, daß ich darunter leide, jemandem, dem ich Dank schulde, in solcher Lage nicht behilflich sein zu können. Wären Sie kein so harter Mann, so könnte uns Beiden ein wenig geholfen oder mindestens unsere Situation erleichtert werden. Lassen Sie mich in der Hoffnung, daß Sie noch nicht bis ins Mark verhärtet sind, versuchen mit einem Alternativ-Vorschlag Ihr Herz zu rühren: entweder den Plan noch einmal zu erwägen, den Lotte Ihnen damals übermittelt hat, oder vielleicht meinem moralischen Schuldgefühl wenigstens in der Form Erleichterung zu verschaffen, daß Sie mir erlauben Ihnen borgend aus einer augenblicklichen Verlegenheit zu helfen. Ich bin nicht so hart wie andere Leute und bin bereit, wenn Sie darauf bestehen, mir den Beutel von Ihnen wieder füllen zu lassen so hoch Sie wollen.

Bitte überlegen Sie, wählen Sie, telephonieren Sie Lotte und verzeihen Sie

Ihrem dankbar ergebenen und daher verlegenen
und undelikaten
Bruno Walter

New York 12.2.1945

Lieber Herr Torberg!

Ich freue mich, daß es mir gelungen ist, Ihren Aggregatzustand aufzulockern und sende Ihnen herzliche Grüße

Ihr treulich ergebener
Bruno Walter

150 West 55th St.
New York 19, N.Y.

July 13, 1945.

Verehrter Herr Professor,

ich weiß nicht genau, wie unsre Vereinbarung war, und ob ich besser hätte warten sollen, bis Sie mir die noch ausstehenden Kapitel schicken. Ich schicke Ihnen heute jedenfalls das eine, das Sie mir hier zurückgelassen haben, weil ich in den nächsten Tagen New York verlasse und die noch vorhandenen Sommerwochen auf der Farm unsres Freundes Walter Slezak verbringen will, um dort zu arbeiten (mit der Füllfeder, nicht mit der Sense). Ich bleibe natürlich zu Ihrer Verfügung, und wenn Sie sich etwas davon versprechen, mich auch an den restlichen Kapiteln noch herumnörgeln zu lassen, dann schicken Sie sie mir bitte (an die obige Adresse).

In der heutigen Beilage habe ich die wenigen Stellen, zu denen ich etwas zu bemerken hatte, am Rand angekreuzt, um Ihnen das Auszählen der Zeilen von unten und von oben zu ersparen. Ein Radiergummi wirkt Wunder.

Alma schrieb mir in ihrem letzten Brief u.a., daß sie das Manuskript* gelesen hat und begeistert davon ist. Ich hatte sie nicht danach gefragt, und es ist also eine spontane Mitteilung. Was nicht zu unterschätzen ist.

Noch etwas, das Sie als Jean Paul-Liebhaber interessieren wird; ich hatte kürzlich in seiner »Vorschule der Ästhetik« etwas nachzulesen und stieß dabei auf folgende Stelle: »Etwas der Keckheit des vernichtenden Humors Ähnliches, gleichsam einen Ausdruck der Weltverachtung, kann man bei mancher Musik, z.B. der Haydnschen vernehmen, welche ganze Tonreihen durch eine fremde vernichtet und zwischen Pianissimo und Fortissimo, Presto und Andante wechselnd stürmt.«

Ich weiß nicht, – aber mir will das nicht recht einleuchten; mir ist der Humor der Haydnschen Musik (den ich durchaus

---

* »Thema und Variationen«

als solchen empfinde) immer eher lieblich erschienen als keck oder gar vernichtend.

Einen Handkuß an Lotte, und hoffentlich genießen Sie beide Ihren Sommer. Ich bin, mit allen guten Wünschen und Grüßen,

Ihr dankbar ergebener
Friedrich Torberg

... (Der »überwältigend menschenfreundliche Boxer« auf Seite 712 ist schon wieder eine Trouvaille. Was ist aus ihm geworden? Und was aus dem Igel? Und was aus Europa?)

Hotel Bel-Air, Los Angeles 24, California

23. Juli 1945

Lieber Herr Torberg!

Tausend Dank für Kritik und Brief. Mit allem was Sie auszusetzen hatten, sind Sie so völlig im Recht, daß ich mich schämen muß, nicht selber darauf gekommen zu sein. Sehr interessant ist mir Ihr Jean Paul-Zitat. Ich füge aus dem Gedächtnis ein ähnliches aus den Flegeljahren hinzu: Walt hört eine Haydn'sche Symphonie und Jean Paul schreibt: »Da entfesselte Haydn die unbändige Schar seiner Streitrosse« (oder so ähnlich).

Da Haydns Musik nicht die Wildheit hat, die ihr in beiden Zitaten zugeschrieben wird, so beweisen sie die Überempfindlichkeit Jean Pauls für musikalische Emotion, d.h. eine seelische Zartheit ohne gleichen. Ich gebe Ihnen recht, wenn Sie Haydn eher lieblich finden und wir beide müssen vor Jean Pauls feiner Besaitung erröten; ich spreche von der »sympathischen«, da mitklingenden Nebensaite.

Sie werden im hiesigen Freundeskreis zu dem ich mich rechne (sowohl wegen der Gesinnung als wegen des »hiesig«, denn wir planen uns hier anzusiedeln) sehr vermißt und Ihre

Briefe werden freudig-schmerzlich genossen. Dabei kam mir die Idee wegen deren Indiskretion ich mich entschuldige, ob Ihr außergewöhnliches Talent für den Brief, statt mit Ihrem eigentlichen Beruf zu konkurrieren, nicht in seinen Dienst gestellt werden könnte: Novelle in Briefen? Ich dachte an eine vortreffliche Arbeit dieser Art: »Address unknown« – ist sie Ihnen bekannt? – Der Rest meines Buches wird etwa Ende der Woche zur freundlichen Abgabe Ihrer Veto und Placet an Sie abgehen – beide freuen mich in gleicher Weise. Erholen Sie sich gut auf dem Lande – ich glaube, der Wechsel wird Ihnen wohl tun.

Herzliche Grüße, auch von Lotte, Ihr aufrichtig ergebener

Bruno Walter

Ich sehe, ich habe Ihre Fragen noch zu beantworten: der Boxer starb an einem Schlangenbiß – die Igel im Tessin sind zu Hundefeinden geworden und auch die Welt strebt vergeblich zur Normalität zurück.

September 1946

Lieber, sehr verehrter Herr Professor,

ich kann mir wenige Geburtstage denken, die von so vielen Menschen mit so hemmungslos egoistischen Gefühlen begangen werden, wie Ihr 70. Natürlich hält man diesen Egoismus – ich spreche da aus eigener Erfahrung – für Dankbarkeit. Aber das, wofür man Ihnen dankbar zu sein hat, versteht sich ja nachgerade von selbst; und was darüber hinausgeht, das Besondere eben und Ihnen allein Gehörige, empfindet man, ob man will oder nicht, auch »sich zur Feier«.

Denn für alle, deren geistige und künstlerische Kinderstube noch irgendwo im Europäisch-Humanistischen liegt, sind Sie der große Beweis, daß es eine gute Kinderstube war, – die große Bestätigung aller Werte, die seit Jahr und Tag von barbarischer Deflation bedroht sind, – der Groß-Siegelbewahrer einer Kontinuität, an deren Gültigkeit man sonst vielleicht verzweifeln müßte. Weil *Sie* da sind, und weil Sie heute genau so da sind wie seit je, muß man also *nicht* verzweifeln. Das ist ja das Wunderbare: daß der Begriff, der Sie geworden sind, und die Assoziationen, die sich diesem Begriff beigesellen, *unverändert* fortbestehen; daß nicht etwa Sie sich an eine aus den Fugen geratene Zeit »adaptiert« haben, um sich in ihr behaupten zu können, sondern daß Sie sich die Zeit gefügig machen. Und welche Bewandtnis es mit Fugen hat, wissen Sie besser als ich.

Ob Thomas Mann, wenn er ein Dirigent geworden wäre, so dirigiert hätte wie Sie, weiß ich nicht. In der Tat ist er kein Dirigent geworden und dirigiert infolgedessen nicht so wie Sie. In der Tat dirigiert keiner so wie Sie: weil nämlich die andern, soweit ich das abschätzen kann (und vielleicht kann gerade das vom Laien besser abgeschätzt werden als vom Fachmann) – weil die andern, wenn man genauer hinsieht, Isolationisten der Musik sind; weil sie ihren Standort, ja ihr Weltbild, *in* der Musik haben, nicht *aus* der Musik; weil sie sich's an der Universalität ihres Mediums genügen lassen, ohne dessen Wechselbeziehung zum Universum herzustellen. Und wenn ich sagen sollte, wodurch Bruno Walter sich von allen andern unterscheidet, so würde ich ganz einfach sagen, daß er nicht nur die »moralischen Kräfte der Musik« spürbar macht, sondern auch die musikalischen Kräfte der Moral.

Daß ich mich dieser Wechsel-Beziehung obendrein aus der persönlichen Beziehung zu Ihnen vergewissern durfte, werde ich immer als eine der großen Bereicherungen meines Lebens verbucht halten. Ich danke Ihnen, und möchte Ihnen noch sehr oft danken, noch sehr oft zuhören können, und noch sehr oft aus der Tatsache, daß Sie sich in der Pause die Krawatte nicht allein binden können, den beglückenden Schluß ziehen, daß Sie noch viele, viele Jahre vor sich haben, um es zu lernen.

Mit allen erdenklichen guten Wünschen und in inniger Verehrung –

Ihr Friedrich Torberg

Hans Weigel

12. Mai 1946

Lieber Weigel,

haben Sie vielen Dank für Ihren ausführlichen und aufschlußreichen Brief, den mir die Hilde Spiel auf langsamstem Weg zukommen ließ; auch die Schweizer Version ist inzwischen eingetroffen, und ich habe jetzt also ein ziemlich vollständiges Bild – das bei weitem vollständigste, das mir oder irgendjemandem meiner Bekanntschaft bis jetzt vermittelt wurde. Und das mindeste, was ich Ihnen jetzt schuldig bin, ist eine ausführliche Antwort.

Sicherlich waren Sie sich klar darüber, daß Ihr Brief nicht nur Interesse und Wehmut hervorrufen würde, sondern auch Widerspruch. Und damit meine ich nicht den Widerspruch derer, die hier, wie man so sagt, Fuß gefaßt haben, aus ihrem gutgehenden Sockengeschäft eine Gesinnung machen (wobei unter Socken alles Mögliche zu verstehen ist, auch Filme), und die auf jede österreichische oder europäische Proposition mit so indigniertem Mißmut reagieren, als würde ihnen zugemutet, die Socken unterm Gestehungspreis abzugeben. Ich habe diese Spezies, schon um nicht aus der Übung zu kommen, die Salzgriesgrämigen genannt, und von denen oder für die spreche ich also nicht. Für wen ich eigentlich spreche, kann ich zum Unterschied von Ihnen nicht mit Bestimmtheit sagen. Wahrscheinlich nur für mich. Es mag zwar sein, daß mein Standpunkt sich da und dort mit dem Standpunkt einiger andrer deckt, aber im ganzen ist er keinesfalls so typisch und so gültig für die Haltung des Emigranten – ja nicht einmal für die Haltung des an Österreich und an einer Rückkehr nach Österreich interessierten Emigranten –, wie der Ihrige typisch und gültig für die Haltung des Zurückgekehrten ist.

Ich habe nach Lekture Ihrer beiden Briefe ein durchaus authentisches Gefühl: »So ist das also, wenn man zurückkommt.« Die Angst und die Wiedersehensfreude, die menschliche und die geographische Selbstverständlichkeit, die Unversehrtheit der »unsrigen« Atmosphäre –: das alles leuchtet mir ein und überzeugt mich, das alles ist so, wie ich es mir gewünscht und vorgestellt habe (und Sie dürfen mir glauben, daß es bisweilen schwierig war, an dieser Vorstellung nicht irre zu werden). Ebenso überzeugend sind die Richtigstellungen der oft nur oberflächlichen, öfter tendenziös verzerrten Stimmungsbilder, die über Wien herumgeboten werden, besonders was die politische Situation und das Verhältnis zu den Okkupationsmächten betrifft. Und noch in vielen andern Punkten glaube ich Ihnen ung'schauter (im wahrsten Sinn dieses nützlichen Wortes), und glaube lieber Ihnen als irgendeinem meiner übrigen Gewährsmänner.

In einigen andern Punkten glaube ich Ihnen zwar ganz genau so, aber ich frage mich (oder eigentlich Sie), ob man sie so unterstreichen und so ausdeuten soll, wie Sie es tun. Zum Beispiel bin ich nicht so sicher, ob das »Bedürfnis nach Neuem«, von dem Sie schreiben, wirklich ein Bedürfnis nach etwas *Neuem* ist oder nicht nur das Bedürfnis nach *etwas*, Punkt. Wobei man sich freilich sofort zu fragen hat, was dieses »Neue« denn eigentlich wäre, und ob man ihm, wofern es programmatisch als solches daherkommt, nicht eher mißtrauisch gegenüberstehen soll. Aber darüber wäre viel mehr zu sagen, und in größeren Zusammenhängen, als es ein solcher Brief bewältigen könnte. Ich darf annehmen, daß wir da einer Meinung sind, und Sie haben mir zu meiner großen Freude (und kleinlichen Genugtuung) ein paar saftige Anhaltspunkte für diese Annahme gegeben. Nur möchte ich – schon damit ich nicht allzu kleinlich erscheine – mich dabei nicht auf das Benehmen einer Besatzungsarmee stützen; ich würde, auch wenn dieses Benehmen einwandfrei wäre, mein Mißtrauen nicht aufgeben – so wenig wie etwa die Dänen, trotz dem guten Benehmen der Reichswehr, ihr Mißtrauen gegen Hitler aufgegeben haben.

Ein andrer Punkt, dessen Deutung durch Sie ich nicht restlos akzeptieren möchte: daß Sie in Ihrer eigenen Karriere bereits eine Antwort auf verschiedene Fragen erblicken, über die ich und meinesgleichen sich draußen noch den Kopf zerbrechen. Ich möchte doch lieber glauben, daß Sie 1946 auf jeden Fall so weit gewesen wären, auch wenn man Sie 1938 nicht ins Exil gezwungen hätte. Und ich möchte aus der Tatsache, daß Sie jetzt also haben was Ihnen zukommt, nicht so ohneweiters auf die generelle Tunlichkeit einer Rückkehr und auf eine generelle Aufnahmsbereitschaft schließen. Mit andern Worten: ich möchte die Tatsache, »daß der Weigel auf diese Weise prominent« wird, doch lieber dem Weigel gutschreiben als den Österreichern. Zweifellos ist mit dieser Tatsache auch bewiesen, daß die Österreicher nichts gegen den Weigel haben, und ich kann des Weigels Freude darüber wahrhaftig nachempfinden. Aber sollte es nicht eigentlich umgekehrt liegen? Sollten sich nicht die Österreicher freuen, daß der Weigel nichts gegen sie hat? Und damit bin ich beim Kernpunkt meines Unbehagens.

Sie haben ganz recht: man soll, wenn man schon zurückkommt, ohne Ressentiment kommen, man darf auch keine Präferenz-Verträge erwarten, und man muß sogar – wie Sie es sind, und wie Sie es auch ausdrücklich gesagt haben – bereit sein, die Rechnung als abgeschlossen zu betrachten. Die Erfüllung dieser letzten Forderung, ich will es gestehn, macht mir bereits einige Schwierigkeiten, und ich kann nur mit Mühe die Frage unterdrücken, ob denn die Chance, zugrundezugehn, wirklich auf beide Seiten gleichmäßig verteilt war, und wer – selbst wenn das der Fall war – mit dem Chancenverteilen eigentlich angefangen hat. Aber das fällt vielleicht schon unter den Begriff des Ressentiments, und jedenfalls führt es zu nichts. Ich betrachte also die Rechnung als abgeschlossen, auch wenn es für mich ein Verlust-Abschluß ist, und ich sage, wie Sie sagen: Wir sind quitt.

Und daraufhin – dieses Unbehagens kann ich mich also nicht erwehren – daraufhin sagt mir der Partner des für mich ohnehin schon verlustreichen Abschlusses nicht etwa: »Das ist aber nett von Ihnen, daß Sie die Rechnung als abgeschlossen betrachten, und ich weiß es mir zu schätzen«. Sondern er sagt: »Einen Moment, wir sind *nicht* quitt – Sie bekommen noch zwei Ohrfeigen«. Oder er sagt: »Was heißt das? Ob wir quitt sind, bestimme ich«. Oder er sagt: »Ja, gut, wir sind quitt – aber Sie sind natürlich nicht als Jud zurückgekommen, sondern als Österreicher«. Kurzum: er stellt Bedingungen. *Er* stellt Bedingungen! (Jüdeln erwünscht.)

Und wenn ich sie nicht erfüllen will, so wird er mir sehr deutlich zu verstehen geben, daß er mich ja schließlich nicht gerufen hat. Ich finde aber – und hoffentlich muß ich mich da gegen keinerlei wörtliches Mißverständnis sichern – ich finde aber: er *hat* mich zu rufen. Wenn er das nämlich nicht tut, so gibt er damit meinem seinerzeit erzwungenen Abgang (der doch angeblich ihm genau so aufgezwungen wurde wie mir) seine nachträgliche Billigung, und von ihm aus kann ich also ruhig bleiben wo ich bin. Wenn ich von mir aus trotzdem zurückkommen will, so ist das eben meine Sache, und er empfindet es bereits als eine Konzession, wenn er mich nicht daran hindert. Und das ist nun ganz und gar nicht das, was ich mir unter einer abgeschlossenen Rechnung vorstelle.

Vielleicht sind meine Vorstellungen falsch. Vieles in Ihrem Brief deutet darauf hin, daß sie es wären; manches scheint sie sogar ausdrücklich zu dementieren. Trotzdem glaube ich nicht, daß ich mir mein Unbehagen aus der blauen Luft greife. Keinesfalls konstruiere ich es mir aus tendenziösen Gründen, und noch weniger aus jüdischer Hysterie. Die liegt mir genau so fern wie Ihnen, wenn auch aus genau entgegengesetzten Motiven. Sie sagen – mit einer Offenheit, die ich nur respektieren kann –, daß Sie »am Jüdischen nicht hängen«. Ich hänge sehr daran und habe es immer getan, seit meinen frühesten Hakoah-Kindesbeinen. (A propos Hakoah: es wurde hier und in England ungeheuer viel damit hergemacht, daß es vor ein paar Wochen bei einem Hakoahmatch zu »antisemitischen Ausschreitungen« gekommen ist, und der brave Kleinwächter* in Washington hat es sogar dementiert – statt es als erfreuliches Zeichen einer Rückkehr zu normalen Verhältnissen zu begrüßen.

Es sind nämlich keineswegs solche und ähnliche Vorfälle,

---

* österreichischer Gesandter in den USA

derentwegen Ihre Feststellung, daß es in Österreich »keine Spur von Antisemitismus« gibt, mir so riskant erscheint. Sondern ich halte den Antisemitismus für einen integralen Zug des österreichischen Wesens. Er gehört so natürlich zu Österreich wie – nun eben: wie die Juden. Und wer der Meinung war, daß der Antisemitismus mit Hitler aussterben würde, muß offenbar der Meinung gewesen sein, daß Hitler den Antisemitismus erfunden hat. (Ich sage es den eingangs erwähnten Gesinnungs-Socken immer wieder, daß sie, wenn eine antisemitische Rede Kunschaks ihnen die Rückkehr unmöglich erscheinen läßt, doch eigentlich schon unter Lueger hätten auswandern müssen, und womöglich nicht nach Amerika, wo wieder die Senatoren Nye und Bilbo antisemitische Reden halten; wie man ja überhaupt mit der Begründung, daß die Juden sich dort allgemeiner Beliebtheit erfreuen, nur in die Stratosphäre auswandern könnte.)

Aber gerade weil Hitler den Antisemitismus nicht erfunden hat, soll man sich nicht zu viel auf ihn berufen, auch im Negativen nicht. »Daß ich kein Österreicher bin, hat Hitler behauptet – wenn ich, nachdem Hitler ausgespielt hat, weiterhin behaupte, daß ich kein Österreicher bin, gebe ich ihm recht« –: diese Ihre Feststellung scheint mir im Grund kaum weniger riskant als die vorhin erwähnte vom nicht vorhandenen Antisemitismus. Ich finde, daß uns der Hitler da gar nichts dreinzureden hat. Ich finde, daß »österreichisch« – zum glückseligen Unterschied von »deutsch« – ein übernationaler Begriff ist, und ich stütze mich dabei auf meine eigene, ziemlich unerbittliche Lebenserfahrung. Daß ich, als Jude (nicht *obwohl* Jude – *als*) mich mein Leben lang in Wien zuhause fühlen konnte, ist mir Beweis genug für die Natürlichkeit dieser Symbiose – aber es gibt noch hundert andre und objektivere Beweise, nicht nur für ihre Natürlichkeit, sondern schlechtweg für ihre Notwendigkeit, ja ihre Dringlichkeit.

Ich glaube in der Tat, daß die Juden eher auf Österreich verzichten können, als Österreich auf die Juden. Wenn ich für meine Person »als Jude« zurückkommen will, weil ich »jüdisch« für keinen Gegensatz von »österreichisch« halte sondern für einen Bestandteil, so ist das schließlich meine Privatsache – genau so wie es Ihre Privatsache ist, wenn Sie da einen Gegensatz spüren. Wenn aber, zum Unterschied von dieser unsrer individuellen Einstellung, die kollektive Einstellung Österreichs etwa dahin ginge, die zur Rückkehr bereiten Juden ausdrücklich *nur* als Österreicher zu akzeptieren, so wäre das meiner Meinung nach sehr verhängnisvoll. (Genau das tut z.B. die Tschechoslowakei; es wird sich ihr, Böhmeln erwünscht, nicht auszahlen.)

Ich bin vielleicht ein bißchen vom Thema abgekommen, und ich bitte um Ihre Nachsicht. Auch um Ihr Verständnis bitte ich – es ist heikel, dergleichen brieflich zu sagen, und daß wir uns über dieses Thema niemals mündlich ausgesprochen haben, macht es nur noch heikler. Aber ich bin sicher, daß Sie alles so verstanden haben, wie es gemeint war: als eine ehrliche Aufdeckung aller Hemmungen, gegen die ich in Gedanken an eine Rückkehr anzukämpfen habe und die ich für meine Person erst überwinden muß. Sie laufen insgesamt darauf hinaus, daß ich zwar keinen Augenblick an der Ehrlichkeit zweifle, mit der Sie Ihrerseits diese Hemmungen überwunden haben – aber ich bin nicht sicher, ob das eben nicht nur für Ihre Person gilt.

Mit andern Worten: ich zweifle nicht, daß Sie sich in Wien mit Recht wohlfühlen und daß Sie mit Recht Erfolg haben. Ich würde sogar glauben, daß es auch dem nächsten und dem übernächsten möglich sein wird, sich wohlzufühlen und Erfolg zu haben. Aber ich fürchte, daß sich damit das schlechte Gewissen derer, von denen Wohlgefühl und Erfolg abhängen, beruhigt haben wird, und daß wir eines Tags im besten Fall vor einer Art Numerus Clausus stünden und im schlimmsten Fall vor einem zweiten Exodus. – Bitte widersprechen Sie mir.

Franz Werfel

... Also die Feuchtwanger-Geschichte, und das ist wirklich eine Pracht. Er war also wieder einmal zu einem Bankett geladen – erinnerst Du Dich noch an diese Gelegenheitsdichter, die sich für Hochzeiten, Geburts- und Todesfälle »u. dgl.« empfohlen hielten? –, und zwar wurde dieses Bankett von irgendeinem jüdischen Women's Club behufs Erhaltung, Ausgestaltung oder Verzierung irgendeines Homes for Jewish War Veterans veranstaltet (wobei vielleicht der Schluß nicht ganz unerlaubt ist, daß Lion selber sich auf Grund seiner Abenteuer in Frankreich für einen Kriegsveteranen hält).

Da die Veranstaltung Downtown stattfand, mußte er erst eine schriftliche Erlaubnis von den Behörden einholen, sich unter Überschreitung der 5 Meilen-Zone dorthin begeben zu dürfen, – und das wird wohl demnächst wieder in einem Brief an die NY-Times gebührlich verwendet werden: wie soll dieses Land den Krieg gewinnen, wenn ich, Feuchtwanger, erst um Erlaubnis bitten muß, vor einer eben deshalb einberufenen kriegswichtigen Versammlung eine Rede zu halten ...? Und zwar wird er das so darstellen, obwohl es ganz, ganz anders ausfiel. Und zwar. (Bericht von Prof. Arlts Sekretärin, die aus Gott weiß welchen Gründen der schaurigschönen Festlichkeit anwohnte).

Es begann also um 12 Uhr mit einem Lunch, dessen er aus Diätgründen nicht genoß, sondern er hörte den Jüdinnen lediglich beim Essen zu und wetzte unruhig zwischen Chairwoman und Acting Secretary hin und her. Um 1 wurde endlich ans Glas geklopft, jedoch weit gefehlt. Es erhob sich das Chairwoman und pries die Tätigkeit des Vereins. Es erhob sich ein greises Ehrenmitglied und pries die Veteranen. Es erhob sich eine Dritte und pries die Verdienste der einzelnen Mitglieder, welche sie denn auch beim Namen nannte. Und es erhob sich jede der genannten, es traten nacheinander etwa hundert geschminkte israelitische Tigerinnen ans Mikrophon, und jede erzählte, was sie geleistet hatte, warum, und unter welchen Mühen, auch hoben sie die Decken hoch die sie gestrickt, die Schecks die sie gezahlt hatten, Beifall über Beifall brauste auf, und bei einigen besonders generösen Spenderinnen eilten die Blitzlichtler herzu und lichteten blitz.

Über dem wurde es 4 (vier) Uhr, – und noch allerweil keine Spur vom Lion: dessen Permit um 5 ablief. Und so geschah es denn auch. Als die Oberjüdin ihn endlich, auf sein immer nervöseres Gestikulieren hin, ans Mikrophon ließ, konnte er gerade noch sein Manuskript schwenken (ähnlich wie seine Vorgängerinnen Decken und Pulswärmer geschwenkt hatten), teilte mit, daß er es leider nicht mehr zu Gehör bringen könne, und ging ab.

Schon gut. Aber das Beste kam erst am nächsten Tag in der Presse. Nämlich ein ausführlicher Bericht über die Veranstaltung, gekrönt vom Blitzfoto des Chairwoman und einer besonders generösen Spenderin, gespickt mit Aufzählungen und Titeln, und ganz, ganz zum Schluß: »Present also was Mr. Lion Feuchtwanger.«! Also der geronnene Albtraum seiner gesamten Existenz: daß er irgendwo einmal nichts weiter gewesen sein könnte als »also present«. – Wahrlich, noch selten hat das Unwesen der Womenclubs, gepaart mit jüdischer Manierlosigkeit (die es im Grunde ja ist), ein vortrefflicheres Ergebnis gezeitigt, und wir wollen es ihnen danken für und für …

16. April 1943

Lieber Werfel,

es handelt sich um die Korrektur meiner Novelle, – nämlich hat sich da eine Situation ergeben, über die ich Dir, glaube ich, Rechenschaft ablegen muß. Bitte hab auch noch *diese* Geduld mit mir.

Zunächst: die Seiten waren bereits umbrochen, und die Korrektur wäre daher nur unter größten Schwierigkeiten durchführbar gewesen. Ich hätte sie trotzdem durchgesetzt –

wenn ich meiner Sache ganz sicher gewesen wäre. Und das war ich also nicht. Als ich die betreffende Stelle umschrieb, habe ich tatsächlich nur *die betreffende Stelle* umgeschrieben, und Du hast auch nur diese Stelle neu gelesen. Wahrscheinlich *ist* sie in der neuen Fassung »an sich« besser. Das Unglück, das mir seither immer unabweislicher bewußt wurde, besteht nun darin, daß man eine Stelle eben nicht »an sich« neu fassen kann – besonders wenn eine solche Neufassung *nicht* stilistisch motiviert ist, also mehr oder weniger an der Oberfläche bleibt, sondern so tief reicht, daß sie eben die Wurzeln der Geschichte anfrißt. Genau das ist der Fall, *muß* der Fall sein, – denn Dein Mißbehagen und Deine Einwendungen richteten sich ja nicht in erster Linie gegen das (nach wie vor anfechtbare) »expressionistische Stil-Experiment«, ja nicht einmal so sehr gegen die Tatsache, daß ich dem Leser eine explosive Befriedigung vorenthalte, – sondern Du bist mit der ganzen Auffassung oder Anschauung oder Haltung nicht einverstanden, die in der Schluß-Szene zum Ausdruck kommt. Da diese Schluß–Szene sich aber keineswegs willkürlich ergeben hat, müßte ich nicht nur sie ändern, sondern eben gleich die ganze Geschichte – oder die Schluß-Szene paßt nicht zur Geschichte (resp. umgekehrt).

Erinnere Dich: Deine Einwendungen und Deine Änderungs-Vorschläge waren im wesentlichen darauf gegründet, daß Wagenseil »um sein Leben spielen«, ja daß er den Schuß geradezu »herbeiwünschen« soll. Es ist leider gar kein Zweifel, daß er dadurch zu einer interessanteren, tiefern, und wohl auch echteren Figur würde. Nur hätte er dann eben, gegen Schluß und ziemlich unvermittelt, eine Tiefe und eine Echtheit, die er – aus meiner geheimnislosen Schuld – die ganze Zeit hindurch nicht gehabt hat. So, wie dieser Wagenseil angelegt und geschildert ist, *muß* er in der Schluß-Szene überzeugt sein, daß der zertretene Dreckhaufen da vor ihm *gar nicht auf die Idee kommen kann* (geschweige denn die Kraft und den Mut hätte) auf ihn zu schießen. Dazu stimmt und paßt es ja auch, daß Aschkenasy den Revolver zuerst gar nicht ergreift, sondern fallen läßt. Wie und warum es dann doch dazu kommt, daß A. schießt, schildert er im abschließenden Rückblick seines Berichts – und ich kann jetzt nur hoffen, daß die Befriedigung, zu der der Leser im atemlos überhetzten Geschehen vielleicht nicht gekommen ist, in diesem Rückblick desto stärker akzentuiert wird. »Und dann habe ich geschossen«, sagt (und schließt) Aschkenasy, und wer nicht schon vorher »Gott sei Dank!« gesagt hat, wird es also hoffentlich jetzt sagen.

Ich weiß, daß ich mich durch diese Apologie vor Deinem Urteil nicht retten kann – denn »letztendlich« (wie sie in Zürich sagen) geht Dein Urteil ja dahin, daß die Novelle »Mein ist die Rache« überhaupt nicht dazu geeignet ist, das Bibelwort »Mein ist die Rache« abzuhandeln. Wenn Du damit recht hast – und in den vielen grauen Zweifelstunden seit unsrem letzten Gespräch sah es mir mehrmals bitterlich danach aus –: dann müßte ich in der Tat die ganze Geschichte anders schreiben (oder gar nicht). Keinesfalls wäre ihr damit zu helfen, daß ich sie zum Schluß so abrupt herum- und auf eine andere Ebene herüberreiße. *Das* wenigstens möchte ich von Dir beglaubigt haben, und eine Lektüre der Neufassung *im Zusammenhang* würde Dich sicherlich davon überzeugen. Das ist natürlich nur akademisch gesagt, – ich hoffe, Du bist Dir klar darüber, und ich fürchte schon in bezug auf diesen Rechenschaftsbericht, daß Du es so genau gar nicht wissen wolltest. Anderseits schien er mir aber das mindeste, was ich Deiner Anteilnahme und Deinen Ratschlägen schuldig war. Und ich wollte beim nächsten Mal nicht schuldbewußt vor Dir stehen.

F.T.

Hollywood, 17. Mai 1944

Lieber Werfel,

jetzt bin ich sehr aufgeregt, weil ich gerade die »Theologumena« zu Ende gelesen habe, mit großem Herzklopfen, mit viel größerem als z.B. das »Blaubuch«, dessen Autor – bitte sag's *nicht* der Alma – zum Schluß eben doch in Komotau wurzelt statt in Prag. Der Liebe Gott, der ihn während seines emsigen Schaffens milde betrachtet hat, wird zum Schluß mit dem Kopf nicken und »Brav!« sagen. Bei Dir bin ich dessen gar nicht so sicher. Ich könnte mir sogar vorstellen, daß Du IHN nervös machst. Manche Deiner Feststellungen ritzen IHN geradezu unter der Haut. Es ist ein wahres Glück, daß ER keine hat.

Ich werde jetzt die »Theologumena« noch einmal von vorne durchgehen und werde alles, was ich gern dazu sagen möchte, aufschreiben. Das ist, glaube ich, besser als ein Gespräch. Wenigstens habe ich für meine Person die Erfahrung gemacht, daß dergleichen, wenn es aufgeschrieben ist, eine unterirdische Lebendigkeit behält, die selbst das beste Gespräch nicht »behalten« kann; oder wenn schon keine Lebendigkeit, so doch die *Möglichkeit*, wieder lebendig zu werden, wieder an die Oberfläche zu kommen, und vielleicht – wenn wir schon beim Bild des intermittierenden Flusses bleiben wollen – sogar weiterzufließen. Das heißt: vielleicht fällt Dir dieses hier gelegentlich einmal in die Hand und regt Dich zu etwas an, worauf Du Dich sonst erst lange und schwiericht besinnen müßtest. – Dies zur Erklärung, warum ich Dir das alles nicht sage sondern schreibe.

Um ganz sicher zu gehen, muß ich Dir auch noch ein paar Worte zum »Standpunkt« dieser meiner Fußnoten sagen. Es hat mich nämlich an den »Theologumena« zweierlei besonders glücklich gemacht. Das erste ist ganz persönlich. Es ist das Glück, das jeder Schreibende empfindet, wenn er einen andern Schreibenden – zudem einen, dem er sich ohnehin verbunden fühlt – mit gleichen oder ähnlichen Problemen befaßt findet wie sich selbst; und wenn er ihn dann gar noch zu gleichen oder ähnlichen Ergebnissen gelangen sieht, so ist das Glück vollkommen. Mir ist das während der Lekture der »Theologumena« mehrmals passiert, und zu einigen Malen kann ich sogar den Nachweis beibringen: den Du Dir also gefallen lassen mußt.

Das zweite Glück ist zwar auch noch persönlich, aber schon mit gewissen überpersönlichen Ambitionen. Ich bin, seit ich denken kann, dem Phantom der Lebens-Dominante auf der Spur, für das ich noch keinen besseren Namen gefunden habe als »Die Universelle Richtigkeit«. Damit meine ich, daß etwas, was richtig ist, *in jedem Maßstab und in jeder Anwendung richtig sein muß*, also daß z.B. eine logische Erkenntnis auch moralisch haltbar zu sein hat, ein sittliches Postulat sich auch auf eine geistige Entscheidung anwenden läßt, usw. Das führt natürlich noch viel weiter, am Ende zu einem »absoluten Maßstab«, zu einem Nenner, auf den sich *alles* bringen läßt und auf dem sich *alles* miteinander vergleichen läßt, auch eine Beethoven-Symphonie mit einem Rembrandt-Gemälde, und zwar so sehr vergleichen läßt, daß es gar nicht mehr grotesk ist zu sagen: Die Eroica ist besser (oder schlechter) als die Nachtwache.

Des Hilfsbegriffs, den ich mir *da*zu geschaffen habe, bin ich auch viel sicherer als der »universellen Richtigkeit«, weil er viel menschlicher und faßbarer ist, faßbar als etwas, das aller menschlichen Hervorbringung zugrunde liegt: der Auftrag der eigenen Hundertprozentigkeit. Das ist etwas *andres* als das »Gesetz nach dem du angetreten« (ja es kann diesem Gesetz sogar völlig zuwiderlaufen). Es ist das Höchstmaß dessen, was ein Mensch *in seinem eigenen Auftrag* leisten kann, wobei *jede* seiner Leistungen – und *das* tendiert schon wieder zur »universellen Richtigkeit« – *aufs neue* dem Auftrag der Hundertprozentigkeit unterliegt: die natürlich *unerreichbar* ist.

Ich könnte mir denken, daß ich eines Tags, von dilettantischem Ummichschlagen zu Tod erschöpft, die »universelle Richtigkeit« als Gott erkenne, – der dann, sozusagen automatisch, auch zum »Auftraggeber« werden müßte, weil dann also der Mensch gar keinen »eigenen« Auftrag hat, sondern nur den von Gott erhaltenen, erborgten, erschlichenen, was weiß ich. Die »Theologumena« haben mir diese Vermutung näher gebracht als irgendjemand und irgendetwas zuvor. Deshalb bin ich so aufgeregt.

Und jetzt die Fußnoten. Da ich der Reihe nach, also unsystematisch, vorgehe, beginnen sie leider mit einem der eingangs angedrohten Selbstzitate zu Deiner »Engelsbrücke für Agnostiker«, zur einleitenden Erkenntnis von der Unkenntnis seiner eigenen Bedeutung im »großen, dicken Roman« und zum Bewußtsein, »immerhin ein Buchstabe des großen Ganzen« zu sein. Das war also *schon* ein prächtiger Anfang für mich. Eine der Figuren, aus deren Tagebüchern mein zweiter Roman zusammengestückelt ist, geht als eine Art »Commentator« durch die Handlung oder eigentlich neben ihr einher, denn er als einziger ist nicht in sie verstrickt; er ist einem »geometrischen Weltbild« auf der Spur, das aus »Kreisen und Parallelen« besteht, er hat für das, was bei Dir auf Seite 39 vorkommt (»Was ist jenseits der Welt? Der gesamte Kosmos kann ja nur ein Ausschnitt der Welt sein«) eine Parabel vom »ewigen Horizont«, und versucht die Egozentrik des Einzelnen damit zu erklären und zu entschuldigen, daß »vom Horizont aus« jeder im Mittelpunkt steht. Und er kommt an einer Stelle – sie entspricht am ehesten dem, was in Deiner »Engelsbrücke« der »ununterbrochene Duktus der verborgenen Geschichte« heißt – hinter die Billigkeit des sogenannten »Über-den-Dingen-Stehens«, auf die es also nicht ankommt.

Das, worauf es ankommt, nennt er (»der Lockung des Wortkontrasts und dem Vertrauen in die Sprache« folgend – und zu meinem Zusatz-Glück tust Du an einigen Stellen ganz ausdrücklich ebenso) – er nennt es »Unterlegenheit«. Und dann geht es fast ganz genau so weiter wie in der »Engelsbrücke«, so »fast«, daß es bei Dir »geheimnisvoller Reigen« heißt und bei mir, weil ich damals noch jünger war als Du, »wahnwitziges Ringelspiel«, er weiß, daß er mitten drin steht, und weiß, daß das schon das Äußerste ist (»immerhin ein Buchstabe«): denn *wo* er steht und warum er gerade dort steht, weiß er schon nicht mehr. »Aber du und ich, wo sind wir? Wohin haben wir uns verloren? Nicht weil wir ›Sandkörner‹, nicht weil wir klein und ›nur Menschen‹ sind – wir sind sehr groß, so groß, daß wir ja alles, alles das zu sehen vermögen. Nur uns selbst sehen wir nicht ... Du und ich, wir sollten unsrer nicht so sicher sein. Wir sollten uns, meine ich, nicht so radikal gebärden.« Ich kann doch nicht *sehr* weit danebengetroffen haben, wenn ich mir einbilde, daß Du ziemlich genau dasselbe gemeint hast?

Vielleicht soll ich gleich jetzt, wenn ich schon bei Deinem »Vertrauen in die Sprache« bin, anfragen, ob man solches Vertrauen nicht wirklich nur in jene Sprache haben kann, in der sich die Sachen reimen müssen. Den *Gedanken*, den Du mit der »Beleidigung« Gottes durch unsre Sünden ausdrückst (Seite 19), kannst Du in *jeder* Sprache haben; aber das Wort »beleidigen« kommt Dir *nur* auf deutsch zu Hilfe. Das ist ein Sprach-*Gewinn*. Hingegen ist »gerecht *gegen* uns«, so schön es ist (S. 33), eher einer Sprach-Armut zuzuschreiben: weil das Deutsche eben nicht wie das Englische zwischen »against« und »toward« oder wie das Französische zwischen »contre« und »envers« unterscheidet.

Interessant ist, daß es das Verbum »zeiten« (S. 4) im Englischen gibt, to time, the right timing, etc. Es bedeutet allerdings etwas ganz andres, Vordergründiges, und wird denn auch mit besonderer Vorliebe den Komikern nachgerühmt, die ihre Pointen gut bringen. – Aber daß Dir in einem solchen Buch *so* etwas von »heiliger Poesie« glücken kann wie »das sonderbar süße Lächeln der Schwerverwundeten«, ist fast schon ein Exempel von universeller Richtigkeit ...

Sehr, sehr schön und geglückt sind auch die Vergleiche wie der eine auf Seite 5, zwischen Theologie und Harmonielehre; andre, die ich im Gedächtnis behalten habe, sind z.B. das aus der Leihbibliothek entlehnte Ego, und die Rolle Israels als des Schurken auf der Vorstadtbühne.

Die Seite 5 hat mich auch ein wenig erschreckt. Mir scheint die Deutung von »Leiden und Tod«, und von der Gottheit »eigenem Interesse« am Tod, nicht gut vereinbar mit dem, was Du vorher (S. 2/3) über die »Zulassung des Tötens« sagst. Wenn es sich so verhält, daß der Tod – zum Unterschied vom Mißbrauch der kosmischen Kräfte – im Belieben der Kreatur liegt (S. 3), so wird es schwer akzeptabel, daß die Menschwerdung Gottes nur deshalb erfolgt wäre, damit der Mensch ihm die Erfahrung des Todes – die doch, S. 3, »nichts Entscheidendes« ist – nicht voraushabe. Auch die Lehre vom Tod als der »Frucht der Sünde« (S. 18) will mir da nicht hineinpassen. Wäre in all diesen Zusammenhängen nicht auch vom Tod die Rede, sondern *nur* vom Leiden, so ließe sich mit dem Schluß des »Jungen Kätzchens« (S. 11) wunderbar auskommen, denn an *dieser* Erkenntnis – ich meine den letzten Absatz – ist nicht zu rütteln.

Noch zu Seite 3, zum »Mißbrauch der kosmischen Kräfte«: es ist sehr die Frage, ob solcher Mißbrauch nicht bereits erfolgt, und ob es nicht genau die (»universelle«) *Unmenschlichkeit* etwa des ferngesteuerten Torpedos ist, in der sich die *Gottlosigkeit der Technik* offenbart.

Auf Seite 7, Nr. 17: »Der Logos steigt herab in die Welt der Metaphern, um diese zu ihm selbst, das heißt zur Identität, das heißt zur letzten Realität zurückzuführen«. Dazu müßte Dich eine Stelle aus dem »Buch der Betrachtungen« von José Ortega y Gasset interessieren und freuen:

»Da die Metapher in der Wissenschaft lediglich Hilfsdienst tut, hat man sie immer nur vom Standpunkt der Poesie aus betrachtet, in welcher sie hauptamtlich fungiert. Aber in der Ästhetik interessiert uns die Metapher einzig, weil sie schön ist, weil sie leuchtet und funkelt. Darum hat man nie gebührend darauf hingewiesen, daß in ihr auch Wahrheit steckt, Erkenntnis von Realitäten. Das besagt aber, daß auch die Dichtung in einer ihrer Dimensionen Erkenntnis ist und ebenso handfeste Tatsachen entdeckt wie die theoretische Forschung.«

Ich gestehe (und wahrscheinlich wüßtest Du es auch ohne mein Geständnis), daß mich diese Ausführungen Ortegas *nicht* als Beitrag zum Thema »Metapher« interessiert haben, sondern als Beitrag zum Thema der »universellen Richtigkeit«: denn es ist klar, daß die Dichtung nicht nur *»ebenso* handfeste Tatsachen« entdeckt wie die Forschung, sondern schlechthin *dieselben*. Und ich für meine Person – das ist es ja, und darin bin ich der Unterstützung aller Gutgesinnten gewiß – erfahre »vier« als Resultat von »zwei mal zwei« eben lieber aus einem Sonett als aus einem Lehrbuch der Arithmetik.

Solche Einstellung erweist sich sogleich für Deinen nächsten Absatz (Nr. 18 auf Seite 7) als sehr nützlich, weil er sonst einfach damit abgetan werden könnte, daß er sich auf einer Basis bewegt, die, wenn ich nicht irre, dem »transzendentalen Idealismus« ziemlich geläufig ist, und auf der z.B. niemals gesagt werden dürfte, daß »noch weniger als unser Körper unser Geist uns angehört«, sondern sie gehören uns, ohne jeden Unterschied zwischen »nicht« und »noch weniger«, ganz einfach beide nicht an, und damit basta, nämlich basta für die Kantianer. *Uns* kommt es gerade auf diesen kleinen Unterschied an, auf die »petite différence« der französischen Anekdote, und wir wissen, daß in so einem kleinen Unterschied eine ganze Welt beschlossen sein kann. Deshalb lassen wir uns das alles lieber von einem *Dichter* sagen, dem das Recht gegeben ist, das Ego zum Schluß als den »nächstgelegenen und dürftigsten Gott« zu bezeichnen, dessen wir innewerden.

Bist Du in Deinem nächsten Absatz (19 auf Seite 8) nicht vielleicht ein bißchen von dem, was die Alma als »gietig« bezeichnet? Glaubst Du wirklich, daß wir im menschlichen Triumph eine »Analogie der göttlichen Herrlichkeit« erkennen und verehren? *Ich* glaub's nicht. Ich glaube, daß die übliche Menschenverehrung in nichts dergleichen Strahlendem und Metaphysischem wurzelt, sondern in einer ganz ordinären, vordergründigen Eitelkeit – deren motorische Funktion für *alles* menschliche Gebaren Du mir überhaupt ein wenig zu unterschätzen scheinst. Ich schäme mich sehr, daß mir die Reinheit solchen Unterschätzungs-Vermögens nicht gegeben ist, aber ich kann mir nicht helfen. Das heißt: ich *könnte* mir helfen, aber bei *mir* wäre es eine Lüge.

Ich *weiß*, aus objektiver *und* subjektiver Erfahrung, daß menschliches Verehrungs-Streben in neun Zehnteln seiner Fälle und neun Zehnteln seiner Dimension keinen »tieferen« Ursprung hat, als eine Beziehung zwischen der Schäbigkeit des eigenen Ego und dem Glanz des andern herzustellen, eine Beziehung auf *gleicher* Basis, weit jenseits auch nur des leisesten Gedankens an eine »Entsprechung der höchsten Glorie selbst«, eine *Wechsel*beziehung kurzum, und zwar eine parasitäre Wechselbeziehung. So stellt sich's einem dar, der jener Reinheit ermangelt ... *Dir* hingegen (um einmal etwas ganz Persönliches einzuflechten) macht es gerade diese Reinheit möglich, dem Sonnenbad-Bedürfnis noch der trostlosesten Nullen, die überhaupt noch nichts andres hervorgebracht haben als Reflexe, mit offenen Armen und brüderlichem Du entgegenzukommen. – Ich erlaube mir zum Abschluß den abendfüllenden Gedankensplitter, daß zwischen »Demut« und »Servilität« ein annähernd so großer Unterschied besteht wie zwischen »Ehre« und »Kowed«.

Über das »Junge Kätzchen« haben wir schon gesprochen, es ist eine große Pracht durchaus, eine Pracht mit Fleißaufgaben, wie etwa die »mutwillige und abgrundtiefe Bewußtlosigkeit des Kosmos«, die ja wirklich ein »blaues Nichts« ist: wieder einmal eine Erkenntnis, deren »Handfestigkeit«, weil sie eben *dichterisch* ist, weit über die Maße jener vermeintlichen »Exaktheit« hinausgeht, die vermutlich feststellen würde, daß ein Nichts eben ein Nichts ist und infolgedessen nicht blau sein kann. Es *kann*, es *ist*, und was wissen denn die.

Der Abschnitt »Von der Heiligkeit des Eigentums«, der sich in Santa Monica schon um des Titels willen großer Beliebtheit erfreuen wird, ist mir besonders wegen Nr. 3 sehr kostbar. Da bist Du aber wirklich auf Ekrasit gestoßen – von dem man doch bisher gar nicht gewußt hat, daß es in Bergwerken vorkommt, sondern man hat immer geglaubt, daß es erst künstlich hineingetan werden muß. »Wer nicht arbeitet, soll auch nicht essen« *ist* ein sadistischer Grundsatz und ist die komprimierteste »Readers Digest«-Entlarvung der ganzen Lehre, die sich daran hängt. Und die Gegenüberstellung von »metaphysischer Wichtigkeit« und »ökonomischer Nichtigkeit« ist ein epigrammatischer Blattschuß ...

»Über die Sünde« ist schon deshalb so schön, weil Du es bestimmt nicht hättest schreiben können, wenn Du nicht durch diese Krankheit hindurchgegangen wärest. Unsre Altvordern, die es noch gewußt haben, sagten in solchen Fällen »gam zuh letauwoh« – »auch dieses ist zum Guten« (vielleicht eine der merkwürdigsten Antithesen zum späteren Kismet-Glauben des Mohammedanismus, der genau so eine Verflachung des »gam zuh letauwoh« darstellt, wie die Beichte eine Verflachung der Jom Kippur-Idee).

Zum Körper als »heiligem und bedingtem Eigentum«, mit dem man also gottgefällig umgehen muß, weiß ich eine sehr schöne Geschichte aus einer dieser alten jüdischen Legendensammlungen, von denen eine dreibändige Ausgabe einmal im Insel-Verlag erschienen ist (ich weiß nicht, ob die folgende Abschrift schon meine Verkürzung darstellt oder das Original):

»Ein Jude, der lahm war, hörte von einem Götzentempel erzählen, in dem jeder Gelähmte, der hinkam, wieder genas. Da sprach er: Ich will dorthin, vielleicht werde auch ich geheilt. Also ging er hin und blieb eine Nacht an der Stätte, zusammen mit andern Kranken. Da sah er mitternachts, als alle schliefen, einen Teufel aus der Wand kommen, der hielt in der Hand einen Krug mit Öl und bestrich damit alle Siechen; allein den Judäer ließ er außer acht. Da fragte dieser: ›Warum salbst Du mich nicht?‹ Der Sohn Satans erwiderte: ›Bist Du nicht ein Judäer? Warum kommst Du hierher? Kommt denn ein Jude an einen Ort, wo Götzendienst getrieben wird? Weißt Du denn nicht, daß darin kein lebendiger Sinn enthalten ist? Diese da lasse ich nur gesunden, damit sie in ihrem Irrtum bestärkt werden und am künftigen Leben nicht teilhaben. Du aber, warum rufst du fremde Götter um Hilfe an und hast dich nicht vor den Heiligen, gelobt sei Er, hingestellt, daß Er dir helfe? So wisse denn, morgen hättest du geheilt werden sollen; weil du aber solches getan hast, wirst du nimmer Heilung finden.‹ – Darum vertraue der Mensch auf niemand als auf Gott, den Herrn und König, der allein ohne Entgelt Genesung finden läßt.«

Etwas ganz andres. Auf Seite 19, Nr. 6: »Der Heilige opfert sein Ich Gott auf, der Künstler opfert sich selbst seinem Ich auf.« Mein eingangs erwähnter Roman-Commentator versucht sich klar zu werden über des Künstlers sonderbaren Hang zum »Anrennen gegen die Welträtsel« und kommt zu der Vermutung, daß eben »der Künstler keinen Gott hat außer sich«, daß er aber »stillschweigend auf Gottes wohlwollendes Einverständnis mit seinem Unterfangen rechnet«. Hierher gehört wohl auch Nr. 22 von Seite 37: »Religion ist das unaufhörliche Zwiegespräch der Menschheit mit Gott. Kunst ist ihr Selbstgespräch.« Das ist mir von allen Definitionen von Kunst, die ich kenne, die liebste (einschließlich Zolas). Schade, daß sie nicht als These für sich bestehen kann, sondern der Religion als Antithese bedarf. – Ich unterbreite Dir zur Begutachtung die eine Definition, die mir als der relativ geglückteste meiner zahlreichen Definitions-Versuche erscheint: »Die Kunst ist das schlechte Gewissen der Wirklichkeit«.

Nr. 10 auf Seite 20 – war das nicht schon einmal ein Sinnspruch? (»Gott braucht unsre brenzliche Liebe mitnichten ...«)

»Von Christus und Israel« hat mich, wie Du Dir denken kannst, am tiefsten erregt und am tiefsten beglückt. Ich glaube, daß ich *jedes Wort* unterschreiben würde; und daß ich das tun kann ohne auch nur ein Jota von meinem »jüdischen Standpunkt« abzugehen (der doch wahrlich nicht der Deine ist): das macht die Übereinstimmung wirklich zu einer höheren Harmonie und Sphärenmusik, vorgetragen vom gemischten Chor des Seitenstettentempels und der Metropolitenkirche zu St. Stephan an jenem Punkt im Unendlichen, wo sich die Parallelen endlich schneiden ... Im Ernst: ich halte diesen Abschnitt nicht nur für den wichtigsten der »Theologumena«, sondern er gehört ganz bestimmt zum Wichtigsten, was jemals zu diesem Thema gesagt wurde, und wenn die beiderseitigen Flachköpfe lesen könnten, so müßte es helfen, Frieden auf Erden herzustellen.

Aber das wird schon nicht passieren, oder erst dann (wie es im Volksschullesebuch-Gedicht über den schwarzen Baumwollpflücker heißt) »wenn der Mississippi aufwärts fließet«. Ich hätte nie gedacht, daß Stolz so resigniert sein kann und

Hoffnungslosigkeit so vital – am Ende wäre das gar die Formel des jüdischen Zustands: vitale Hoffnungslosigkeit? (*Natürlich* ist Deine Haltung da immens »jüdisch« und *muß* es sein: weil ja die ganze Problemstellung jüdisch ist und dem Nichtjuden völlig fremd. Dem Nichtjuden stellt sich das Problem a priori ganz anders dar als dem Juden, er tritt an die Bewältigung des Problems ganz anders heran, er ist ganz anders ausgerüstet. Der Skiläufer balanciert anders als der Seiltänzer.)

Die Unmöglichkeit der richtigen Selbst-Interpretation, und das endlich richtige Interpretieren als messianische Funktion – ich würde Dich dringend bitten, von hier aus noch viel, viel mehr zu entwickeln, es ist eine so unglaublich fruchtbare Erkenntnis, daß ich überhaupt nicht weiß, wie man so lange ohne sie hat auskommen können. Und es ist bei weitem nicht die einzige. Nur daß es mit einigen von den andern auch schon ein endgültiges Bewenden hat, wenn sie ausgesagt sind, – etwa daß Israel nicht missionierbar ist wie die Papuas und Pigmäen. Was an dieser Erkenntnis etwa noch mißverständlich wirken könnte, ist im Abschnitt von der dreifachen Desertion völlig klargestellt. (*Mir* genügen ja schon die beiden ersten Desertionen, aber es leuchtet mir auch die dritte ein. Ja, es *muß* sogar so sein, daß der Jude, der die Taufe entgegennimmt, auch Christum desertiert – oder er desertiert *überhaupt nicht.* Das ist mir, zu allem andern, auch ein sehr willkommenes Beispiel für das, wo ich mit der »universellen Richtigkeit« hinsteuere.)

Besonders füllig und aufregend ist Nr. 15, über die »Reich-Gottes-Idee«. Zuerst zwei pedantische Bemerkungen. 1.) kann man nicht »Zabatai« Zewi schreiben, sondern entweder »Sabatai« oder »Schabatai« (mit nur einem »b« kann man, obwohl doppel-b üblich ist). 2.) ist schon weniger einfach, nämlich kein bloßer Tipfehler. Du schreibst: »Israel ... wie jede menschliche Gemeinschaft, die noch dazu über das Maß lange lebt ...«. Das ist natürlich vollkommen richtig und verfechtbar, aber vielleicht doch ein bißchen irritierend, wenn man vorher so oft und bedeutungsvoll gelesen hat, was es mit diesem »über das (irdische) Maß« für eine göttliche Bewandtnis hat.

Was Du nun also zum »Reich Gottes auf Erden« als vermeintlich jüdischer Perfektions-Idee sagst: das ist, glaube ich, für die theologische Disputation ebenso wichtig, wie dieser ganze »Christus und Israel«-Abschnitt für die Laiendisputation. Und zwar ist es die vom Judentum geforderte »Kooperation« des Geschöpfs mit seinem Schöpfer, auf der das ganze Mißverständnis basiert. Ja es läßt sich am Ende auf den berühmten Ausspruch Hillels zurückführen, dessen nähere Umstände Dir wahrscheinlich bekannt sind: ein Heide wollte zum Judentum übertreten, wenn Hillel ihm den Sinn der Torah erklären könnte, solange er (der Heide) auf einem Fuß stünde, und die Antwort war (ich zitiere lieber genau englisch als ungenau deutsch): »Do not unto your neighbor what you would not have him do unto you. This is the whole law; the rest is commentary.«

Natürlich erleichtert so etwas die (wie Du es sagst) »feindselige Interpretation« ganz bedeutend. Aber *da*raus schon auf eine vollkommene Vordergründigkeit und Erd-Borniertheit des Judentums zu schließen, ist fast so verwegen, als wollte man aus Jesus' ausweichendem »Du sagst es« nichts weiter heraushören als seine Besorgnis, andernfalls von der römischen FBI einer Irreführung der Behörden geziehen zu werden.

Ich glaube, hier liegt das Thema, und ich wäre begierig, von Dir noch viel mehr darüber zu hören: in der Aggression des irdischen Postulats, in der Vergewaltigung der menschlichen Ur-Natur, in der Aufforderung »Lebe wider dich selbst«, auf die sich zum Schluß nicht nur der Satz Hillels sondern schlechthin *alle* monotheistischen Manifestationen reduzieren ließen. Ich, wenn es mir darum zu tun wäre, würde von *hier* aus die tatsächliche Aggression und Vergewaltigung begründen, die den Siegesweg des Christentums kennzeichnen. Es war ganz in der Ordnung, ganz im Stil, und eigentlich nur eine strenge Konsequenz. Es ist freilich nicht jedermanns Sache, auf solche Weise konsequent zu sein. Zum Beispiel nicht die Sache des Judentums.

»An dieser Stelle« (wie es in einem Talmudkommentar heißen könnte) ist zu fragen: wer schreibt hier eigentlich die Theologumena – Du oder ich? Und das mit Recht. Wenn ich jetzt nicht sofort aufhöre, so nimmt es überhaupt kein Ende (was freilich *wieder* nur ein Beweis für die Richtigkeit wäre, denn es nimmt ja wirklich kein Ende). Ich füge also nur noch eine Stelle von Freud an, die sich zum Schluß Deines Abschnitts 14 fügt: »In einem Christen also, der Antisemit ist, haßt die mechanisch getaufte, aber essentiell unbekehrte und unbeschnittene Natur ihren Messias, ihren Erlöser.« Daß Du auch noch »unbeschnitten« sagst, macht die Verbindung geradezu zwingend; Du kannst Dir denken, was der um jene Zeit schon ziemlich greise Schöpfer der Psychoanalyse gerade aus diesem Punkt alles herausinterpretiert. Davon und von dergleichen abgesehen, befinden sich aber in jenem Buch (Der Mann Moses) ein paar Stellen von großartiger Einsicht und Klarsicht, u.a. eine über die heutige Rolle der katholischen Kirche als Hüterin der Denkfreiheit. – Ich habe das Buch nicht mehr zur Hand, sondern nur meine Abschrift.

Bleiben noch einige Ja und einige Amen zu den »Profanen Nachträgen« zu sagen, zu Nr. 13 etwa: »Die einzige Überlegenheit des Verfolgten ist es, nicht der Verfolger zu sein« (worüber in meinem Unglücksselcher-Roman vom jüdischen Nazispitzel des Ausführlicheren gehandelt wird), oder zum Gleichnis von der Lebenstechnik (Nr. 26), oder zu dieser immens wichtigen und wohltätigen Richtigstellung Nietzsches (Nr. 38), oder zu solchen aphoristischen Blattschüssen wie »Erfolge wollen unverdient sein«, zu solchen chirurgischen Bloßlegungen wie die des »Satanismus der Zeit-Teile«, zur »eisigen Einsamkeit« des Schriftstellers (ich erspare Dir, wie sehr es mich auch jückt, das Parallel-Zitat meines »Commentators«), oder zu Nr. 70 und 71 über Prüderie, Heuchelei und Kultur. Hiezu nur noch ein Hinweis auf Ortega y Gasset, von dem es einen Essay gibt, welcher »Phrase und Aufrichtigkeit« heißt und aus dem ich den folgenden Absatz zurückbehalten habe:

»Das neue Zeitalter beginnt mit einem Präludium der triumphierenden Gottlosigkeit. Wahrscheinlich werden sich unter ihrem Schutz vorübergehende Einbrüche von urweltlichen Seelen ereignen, von menschlichen Typen, die seit langem sozial begraben und in den Kellergewölben des Kollektivgebäudes gefangengehalten waren. *Durch die Spalten, die das Ausfallen der Phrasen hinterläßt*, werden sie an die Oberfläche des öffentlichen Lebens steigen und ein Schauspiel dessen bieten, was Rathenau die ›Vertikal-Invasion der Barbaren‹ nannte.«

Ich weiß nicht recht, warum mir die Berufung auf Rathenau die ganze Sache etwas weniger behaglich macht; wahrscheinlich weil der ein Preußenkohn war. – Immerhin. Und dieser Essay ist 1927 erschienen.

Bitte sei nachsichtig mit den Mängeln, die sich in solchen »Fußnoten« nicht gut vermeiden lassen, und gewähre mir Deine wohlwollende Mitarbeit, wenn das, was ich aus Eigenem vorzubringen hatte, da und dort einem Gelalle ähnlicher sein sollte als einem Gespräch. Ich wollte Dir wirklich nur ein paar Hölzeln hinwerfen, die Du mir bitte nach Belieben zurückwerfen sollst, oder vielleicht hebst Du das eine oder das andre für Dich auf. Zum Doppelsinn dieses »Aufhebens« vgl. Werfel, Franz, Sprache, Metaphysik der. Theologumena VI, 19.

18. Juni 1945

Lieber Torberg,

soeben bin ich von Santa Barbara zurück und finde Deinen Brief und das Memorandum.

Nach erster flüchtiger Durchsicht: *Großartig!* Das gerade fehlt. Bin völlig einverstanden.

Im Übrigen halte ich den Artikel Schlamms über Hitler

für das *größte Meisterstück*, das über dieses Thema je geschrieben wurde. Wahrhaftig klassisch in der Richtigkeit, Knappheit und sternenfernen Perspektive. Ich war ganz perplex nach der Lektüre. Von solcher Schriftstellerei möchte man mehr haben.

Ich selbst bin völlig *erdrückt* von meinem Buch*, dessen Dimensionen ich (wie gewöhnlich) unterschätzt habe. Ich bin jetzt schon nahe der Tausendsten Schreibmaschinseite. Dabei bekomme ich Schweißausbrüche der Angst und Verlegenheit, wenn ich an das *unmögliche* Abenteuer denke, das dieses Buch bedeutet. Es ist der Kampf mit einem Tyrannosaurus und wie wenig ich, zumindest physisch dazu geeignet bin, weißt Du. Dabei sind mir die Folgen schon jetzt bekannt: Die Partisanen aller Lager werden mich verkehrt aufhängen wie Mussolini, von den Moskauern bis zu den Katholen. Letztere, z.B. die Dominikaner, beginnen mich schon jetzt vor der Hölle zu warnen die ewig ist. »Verbis tuis justificaberis, verbis tuis damnaberis!« Und das alles, wo ich doch eh nur von der Pflanze Fingerhut Gnaden lebe.

Ich lese mit größter Freude die Briefe, die Du Alma schreibst. Warum liest man aber nichts von dem, was Du arbeitest und was Du planst? Ich hoffe, daß Dir mittlerweile die Lust vergangen ist, nach dem unseligen Europa zu wandern, um vielleicht dort zur Brigade Bekessy oder Klaus Mann oder Col. Dezider Pollak eingeteilt zu werden. Nicht einmal die Lockung, mit der wirklichen jüdischen Brigade im Klagenfurter Biwak zu liegen, dürfte Dir gefährlich werden. Unser Gewährsmann im »Aufbau« berichtet über den atemberaubenden Triumph Israels, wonach ein Soldat mit dem Mogen David von einem halbverwesten Nazi angeschnorrt wird: »Kamerad, schenk mir eine Zigarette!« Und der Sohn des k. u. k. Leutnants in der Reserve Sigmund Iserstein erwidert dem Sohne der väterlichen Köchin Ludmilla Nováková: »Ich bin nicht dein Kamerad. Ich bin ein Jude!« und dreht sich weg. Preisen wir Gott mit unserem besten La-

* »Stern der Ungeborenen«

chen für die Gnade, daß er unsere süßesten Wunschträume schon durch ihre bloße Erfüllung lächerlich macht!

Die meisten Feldpostbriefe von Emigranten, die ich zu sehen bekomme, sehnen sich nach der Heimat Hollywood. Und ich kann sie nicht schelten darob. Aber Du weißt, ich bin ein unverbesserlicher Zivilist, Konservativer, Reaktionär, mit einem Wort ein schlechter Kerl, der im Gegensatz zu Feuchtwanger nichts für den Aufstieg der Arbeitenden Klasse zur Weltherrschaft tut, sondern der den Nachweis führt, daß es in hunderttausend Jahren noch viel schlimmer zugehen wird als heute, hauptsächlich dadurch, daß es um soviel besser zugehen wird.

Du kannst daraus schließen, wie sehr ich mir selbst zur Last bin.

Vier Stunden später:

Mein Pessimismus ist ein bißchen aufgehellt und ich gestehe gerne, daß ich das jüdische Biwak zu Klagenfurt trotz allem genußvoll auskoste und dem Sergeant Iserstein rechtgebe. Es ist nur sonderbar, daß die unheimlichsten Wunscherfüllungen von der Tristitia post begleitet sind. Ich hab *zu viel* von mir geschrieben. Hoffe aber, *Dich* damit herauszulocken. Ich *bitte* um eine *Innere Biographie.* Ich werde das Programm jetzt genau studieren. Prinzipiell werde ich sehr gerne mitarbeiten. Was? Vorläufig hab ich keine Ahnung. Ich ächze unter meinem Buch, i.e. 2 Bücher, eines deutsch, eines englisch. –

Wann kommst Du hierher?

Immer Dein

Franz Werfel

150 West 55th St.
New York 19, N.Y.

27. Juni 1945

Lieber Werfel,

dankeschön für Deinen Brief, er war eine große Freude und es ist wirklich schade, daß Du sie mir nicht öfter machen kannst.

Die einschlägigen Stellen habe ich an Willi Schlamm weitergegeben; die auf seinen Hitler-Aufsatz bezügliche hat ihn natürlich zu wohligen Grunzlauten veranlaßt, die er Dir gegenüber zweifellos deutlicher artikulieren wird. Du hörst sehr bald von ihm, auch und vor allem wegen der Zeitschrift. Die Vorarbeiten machen gute Fortschritte, – es ist jetzt auch Ortega y Gasset zur Mitarbeit gewonnen worden und das Ganze bekommt ein immer deutlicheres und erfreulicheres Gesicht. – Mein Beitrag ist über »Krieg und Humor«, ein außerordentlich interessantes und außerordentlich komplexes Thema, und ich bin stark versucht, es gleich auf englisch zu schreiben, weil ich Angst habe, daß es auf deutsch zu professoral werden könnte. Es hat außerdem den Vorteil, daß schon das Quellenstudium sehr interessant ist; z.B. ist mir ein Ende 1933 von Putzi Hanfstängl im offiziellen Nazi-Verlag herausgegebenes Buch »Hitler in der Karikatur« untergekommen, und das ist schon eine atemberaubende Lekture. Es werden nämlich mit höhnischen Begleittexten die höhnischen Karikaturen aus der Zeit unmittelbar vor und nach dem Aufbruch der Nation veröffentlicht, – *so* sicher waren die damals ihres tausendjährigen Reichs; und jetzt liest man es also mit der Schadenfreude über die Verhöhnung des Hohns, gewissermaßen mit einem Etsch zum Kubus. Aber es ist auch hier ganz ähnlich wie mit den »erfüllten Wunschträumen«: denn der Hohn in seiner ersten Potenz war natürlich kläglich und hat so wenig »recht behalten« wie seine Verhöhnung durch die Nazi.

Überhaupt hat *niemand* recht behalten, und man müßte sich rein in einen Marsbewohner verwandeln können, um an dieser Leich seine Freud zu haben. Emil Ludwig, noted biographer and historian, über den Särgen Goethes und Schillers mit leiser Stimme Goethesche Verse deklamierend, indessen die hilflosen Einwohner Jenas stumm danebenstehen –: *noch* so eine geronnene Goebbels-Vision, und ich bin für einen soft peace. Auch Jung-Bekessy als Chefredakteur der Frankfurter Zeitung, und zwar expressis et officialibus verbis »to restore the pre-Hitler level of this famous newspaper«, ist – der Phrase die Ehre – nicht von schlechten Eltern. Sollte aber zur Herstellung des Vor-Hitler-Niveaus die »Stunde« allein nicht ausreichen, so steht ihm Jung-Bondy vom »Telegraf« zur Seite. Hiezu vgl. die Sieges-Proklamation der Alliierten: »We have come as conquerors, not as liberators«. Als liberators kommen offenbar die Russen. Es dreht sich einem wirklich der Kopf, und wenn er einem dann wieder stehnbleibt, weiß man gar nicht mehr wo man ist und wann.

Zum Beispiel wurde doch richtig zum österreichischen Gesandten in Prag wieder der Marek bestellt, der es dortselbst hinter den heruntergelassenen Rouleaux überstanden zu haben scheint. Dornröschen, Ende 1918 eingeschlafen, wacht auf, möchte gern nach Wien fahren – geht zum Marek – der Marek sagt einen Moment ich muß erst den Renner fragen ob er Ihnen ein Visum gibt – der Renner sagt bitte schön wenn der Beneš nix dagegen hat – und in Wien kommt sie gerade zurecht wie der Hoover sein Corned Beef verteilt. Es ist gespenstisch.

Da waltet ein Mißverständnis ob: ich will ja gar nicht nach Europa, weil ich glaub, daß dort so schön ist. Mich treibt eine Mischung aus Nervosität und Neugier, und mit dem Hinweis auf die Scheußlichkeiten, die mich dort erwarten, ist mir so wenig zu helfen, wie ein Pyromane, der vom Nachtmahl wegrennt, um einen Brand zu sehen, sich etwa dadurch zurückhalten ließe, daß er dort kein Dessert bekommt. – Aber es steht ja sowieso nur zum geringern Teil in meinem Ermessen, ob und wann ich hinübergehe, – was mir bis jetzt geboten wurde, schloß tatsächlich die Möglichkeit einer Instradierung zur Brigade Bekessy in sich, und da eß ich also lieber in Ruhe mein Dessert. Mit Wien ist ja bis auf weiteres jedenfalls oha. Da blickt der Kreml lächelnd auf uns nieder. Im Ural blühn wieder die Bäume, in Sibirien grünt schon der Wein. – Ich soll dieser Tage ein Exemplar der einen Wiener Tageszeitung bekommen; wenn etwas Interessantes drinsteht, werde ich berichten.

Was Du über Deine Arbeit schreibst, klingt *sehr* aufregend – ich habe ja, seit jenen Anfangskapiteln, keine Ahnung mehr, und ich möchte merkwürdigerweise vor allem wissen, ob das Buch die Heiterkeit, die *Serenität* behalten hat, auf die es angelegt war. Die tausend Seiten sollen Dich nicht anfechten. Was sind das überhaupt für anorganische Erwägungen. – Ich kann Dir gar nicht sagen *wie* gerne ich das Manuskript hätte. Glaubst Du, daß sich das machen lassen wird? Z.B. das dem Horch zugedachte, wenn's so weit ist?

Das »Abenteuer«, das Du meinst, versteh ich *genau*. Wenn Du willst, liefere ich Dir schon jetzt, und *ohne* das Buch zu kennen, die Entwürfe zu je einem linken und rechten Verriß. Das ist ja das Wundersüße am Weltverband der Schablonisierten Flachköpfe, e.V., daß man sie sich ausrechnen kann. Es ist – aber das wissen sie nicht und Du sollst es ihnen bitte *nicht* sagen – es ist anderseits ihre stärkste Waffe, weil es einen à la longue hoffnungslos *zermürbt*, immer wieder nachzuschaun ob sie *wirklich* so blöd sind, und sie sind es immer wieder wirklich. Man müßte sich also das Nachschaun abgewöhnen. Aber wer kann das schon.

Daß ich über meine Arbeit und meine Pläne nichts schreibe, hat viele und größtenteils häßliche Gründe. Es ist alles so vage und marklos, daß ich gar nicht genau wissen will *wie* sehr, – und das würde mir dann wahrscheinlich nicht erspart bleiben, wenn ich darüber berichte. So kann ich mir wenigstens vormachen, daß es die »äußeren Umstände« sind, die mich an konzentrierter Arbeit verhindern, – was sie natürlich *auch* sind, aber eben nur *auch*, und wenn es um meine sozusagen inneren Umstände arbeitsfreudiger bestellt wäre, so *könnten* mich die äußeren ganz einfach nicht unterkriegen.

Was mich in stillen Stunden (denen ich mich dieserhalb so selten wie möglich aussetze) noch zusätzlich beunruhigt, ist: daß ich da allem Anschein nach die materialistische Theorie vom »Menschen als Produkt seiner ökonomischen Verhältnisse« zu exemplifizieren habe, und es ist schon ein recht schäbiges Gefühl, als angewandter Marxismus herumzulaufen ...

Noch einem zweiten Phänomen bin ich – wie mein seliger bürgerl. Fleischhauermeister Karl Neidinger sagte: nolletzwolletz – auf die Spur gekommen. Nämlich kann ich *sofort* arbeiten, wenn ich weiß, daß es erscheinen wird. Das hat sich bei »Mein ist die Rache« gezeigt, und das zeigt sich jetzt wieder bei diesem Essay über »Krieg und Humor« – der natürlich eine Viechsarbeit ist und mich bereits die zweite Woche in völligem Beschlag hat. Aber das Bewußtsein, nicht ins Blaue hinein zu arbeiten, ist ein zuverlässiger Motor – indessen schon die bloße Möglichkeit, ins Blaue hinein gearbeitet zu haben, eine zuverlässige Ladehemmung auslöst.

Das Unglück, ich komme immer mehr dahinter, bestand darin, daß ich mit meinem ersten Buch die »gute Zeit« gerade noch am Zipfel erwischt hatte und infolgedessen einer Verwöhnung anheimfiel, deren rein äußere Voraussetzungen immer geringer wurden (man kann es geradezu in Quadratkm beziffern) – bis sie sich hier in Amerika auf Null komma Null periodisch reduzierten. Wie weit ich da mit etwaigen Wechsel- und Rückschlüssen gehen soll – wie weit Arbeitslust *für* eine Arbeit spricht und Mangel an Arbeitslust *gegen* sie –: das weiß ich nicht, und das läßt sich auch hoffentlich nicht herauskriegen. Ich kann mir nur sehr gut vorstellen, daß ich z.B. mit meinem Spitzel-Roman schon längst fertig wäre, wenn ich z.B. eine amerikanische Ausgabe, also eine intakte Leserschaft, garantiert hätte. Der Vertrag mit diesem schwedischen Verleger genügt offenbar *nicht*. –

Ich werde jetzt wieder einen Versuch machen, Anfang Juli, wenn ich auf die Farm vom Walter Slezak fahre. Wenn's wieder nichts wird (ich gebe mir bis zu zwei Monaten), so mach ich vielleicht etwas ganz andres, am liebsten etwas, wo ich gar keinen Anspruch auf »Garantien« hätte, z.B. etwas fürs Theater. Bitte warne mich. – Dies zur Erläuterung meiner Brief-Defekte. Ich werde mich sofort furchtbar wichtig nehmen (und dementsprechend berichten), wenn ich mir (und Euch) sagen darf, daß ich wirklich etwas *mache.* Solange das nicht vorliegt, haben meine Briefe völlig übergangslos keine andre Funktion, als Euch auf möglichst unterhaltsame Weise mit mir in Kontakt zu halten ...

Carl Zuckmayer

Chardonne, 1.2.39

Lieber Torberg,

Deine Anmerkung betreffs der »Zukunft«, die ich Dir eingebrockt haben solle, versetzte mich zunächst in Ratlosigkeit, da ich garnichts davon wußte ... was Du überhaupt meinst. Dann stellte sich heraus, daß Jobs – von der Redaktion der Zukunft, welche sie abonniert hat, um die Angabe von Adressen eventueller Abonnementskandidaten gebeten, auf einer kleinen Liste auch die Deine angegeben hat. Was hat sie damit eingebrockt, und was für ein Wirbel soll da herauskommen? Ich verstehe das alles nicht.

Ich bin in puncto Emigrations-Publizistik ein völlig unbescholtenes und ahnungsloses Kind, habe bis jetzt nie an einem dieser Blätter mitgearbeitet und kenne weder ihre Herausgeber, außer Schwarzschild, noch ihre Hintermänner usw. – von der Zukunft kennen wir auch Niemanden, sie wurde uns zugeschickt, und sowohl Jobs als ich fanden sie sehr gut, vor allem: überparteiisch, keineswegs kommunistisch (wenn das also »getarnter« Kommunismus sein soll, dann muß er sehr gut getarnt sein!), sondern Mitarbeiter aus der ganzen deutschen Opposition gegen die Nazis von rechts bis links, Thomasmänner, Katholiken und Protestanten, und ausländische Stimmen von Harold Nicolson bis Maurois, die wohl das Gegenteil von Kommunisten sind. Wir fanden die Zeitung propagandistisch geschickt und von gutem Niveau, und mich als alten Agr-arier und deutschnationales Rübenschwein bestach sonderlich das Fehlen jenes gewissen hetzerischen und prinzipiell antideutschen Tonfalls, den ich bei andren Blättern oft abstoßend fand, und daß überhaupt dort die ganze Nazisache nicht als vordringlich jüdische allein, sondern als deutsche Katastrophe gekennzeichnet wird.

Würdest Du mir, bitte, einmal Näheres über Deine Stellungnahme dazu mitteilen, mich interessiert das außerordentlich. Ich habe zwar bis jetzt, aus Zeitmangel, nichts für die Leute geschrieben, war aber eigentlich entschlossen, es bei Gelegenheit zu tun, da ich den Eindruck hatte, daß man hier außerhalb aller Partei- oder Gruppeninteressen nur um die deutsche Freiheit kämpft ...

Herzlichst Dein
Dick Hammerdull

Du erinnerst Dich hoffentlich, daß dieser und Pitt Holbus, wegen ihrer Kampfmethode, den Beinamen »Die umgekehrten Toast's« hatten. Ein invertierter Toast wäscht den Anderen.

Zürich, 2.2.39

Und jetzt, lieber Viscount of Persifal, stehe ich allen Ernstes vor der Frage: ob Du Dich über mich lustigmachen willst – oder ob Du, achtung achtung hier das Jahr 1939, den Charakter einer Zeitung tatsächlich nach dem beurteilen willst was drin steht (Brief Carl Zuckmayer vom 1.II. wie gesagt 1939) und tatsächlich mit Wahrnehmungen argumentieren willst wie z.B. daß Harold Nicolson und Maurois wohl das Gegenteil von Kommunisten sind (Brief Carl Zuckmayer vom 1.II. wie schon zweimal gesagt 1939). Wenn das so weitergeht, wird man Dich beim nächsten Schriftstellerkongreß in Moskau gegen relativ hohes Eintrittsgeld zeigen: das ist der, der uns das alles geglaubt und es sogar noch mit unsren eigenen Argumenten bewiesen hat!

Lieber Zuck, wolle es mir jetzt bitte *nicht* als Überheblichkeit oder Schmockerei auslegen, wenn ich Dir sage, daß ich Dich beneide. Ich meine das so fürchterlich ernst, wie Du es Dir gar nicht vorstellen kannst. Und eben dieser Dein Mangel an Vorstellungs-Fundament handicapt mich über alle Maßen. Es ist entsetzlich schwer, einem alten deutschnationalen Rübenschwein, also einem genau aus der entgegengesetzten Richtung Herkommenden, am tastenden Anbeginn eines (in *jedem* Fall) höchst dornenvollen Wegs zu erklären, was es mit dem allen auf sich hat. Dazu müßte ich Dir einen mehrstündigen Volkshochschulkurs über die allgemeinen und persönlichen Voraussetzungen halten, unter denen ich diese Dinge betrachte, betrachten *muß*, und zu betrachten ein bitteres *Recht* habe (was nämlich *auch* sehr stark ins Gewicht fällt: es ist ein himmelweiter Unterschied, ob man gegen die KP aus deutschnationalen oder aus sozialistischen Motiven etwas hat; der Gipfel der Verwirrung freilich ist erreicht, wenn man aus deutschnationalen Motiven *nichts* gegen sie hat – gerade das wollen sie ja, gerade das ist der Schwindel, und gerade das entspringt einer so tiefinneren sozialistischen Verlotterung, einer solchen moralischen und politischen Insanity: daß also einer, der das alles aus nächster Nähe verfolgt hat, eben nur noch die Hände überm Kopf zusammenschlagen kann, wenn ein andrer, bei dem diese Voraussetzungen nicht gegeben sind, darauf hineinfällt.)

Zuck: es geht nicht. Glaub mir, es geht nicht. Ich komm nicht weiter. Ich bitte um detaillierte Angaben, was ich Dir eigentlich erklären oder beweisen soll? Daß die »Zukunft« eine KP-Zeitschrift ist? Oder, dies bereits als bewiesen unterstellt, daß es doch keinesfalls etwas *für* sie, sondern immer nur *gegen* sie beweist, wenn ihr eine so vollkommene Tarnung glückt? Oder was noch? Daß denen ihr »Volksfront«-Gerede nichts als Bluff und Schwindel ist, das charakterloseste von »Der Zweck heiligt die Mittel«, das es bisher in der Politik gegeben hat? Nämlich, um es auf die primitivste »formal«-logische Weise zu sagen: entweder ist es denen mit ihrer Gemeinschaft mit den »Thomasmännern, Katholiken, Protestanten und all den übrigen wohl das Gegenteil von Kommunisten« *ernst* – möchtest Du mir dann vielleicht sagen, wozu man sie überhaupt noch braucht? warum sie sich nicht sofort und unter möglichst geringer Gestanksentwicklung auflösen? wenn sie doch offenbar draufgekommen sind, daß sie gar nicht die Diktatur des Proletariats haben wollen, sondern die Demokratie, gar nicht die kulturelle Neuordnung, sondern das humanistische Erbe, gar nicht den Religionskampf sondern Protestanten und Katholiken? Oder aber, verzeih den langen Zwischensatz und schraub Dich zurück, oder aber es ist ihnen mit dem allen nicht ernst – dann dürfte doch eo ipso bewiesen sein, daß es sich hier um eine Taktik handelt, über deren politische Zweckmäßigkeit sich vielleicht noch streiten läßt (ich meinerseits halte sie auch KP-politisch für verfehlt), die aber doch eines jedenfalls außer Zweifel stellt: daß alle, die da mitmachen *ohne* zu wissen daß es eine Taktik ist, eben hereingefallen sind und mißbraucht werden.

Natürlich ist das alles noch viel, viel komplizierter, und es will mich schier die Verzweiflung übermannen angesichts meiner lapidaren Unzulänglichkeit. Denn je genauer einer weiß, daß zwei mal zwei vier ist, umso zweifelhafter erscheint es ihm im Grund, und was sich an der Rechenmaschine von selbst versteht, darüber schreiben die Logistiker dicke Bücher. Immerhin bleibt die Annahme oder das Postulat, daß zwei mal zwei vier sei, auch ihnen von fundamentaler Bedeutung, und so wollen wir es denn für alle Zeiten festhalten. Die halbwegs mittlere Position, die ich da zwischen Rechenmaschine und Logistik einnehme, ist ohnehin mit einem viel latenteren Gewissenskonflikt verbunden, als Du es Dir, wieder einmal, vorstellst. Denn z.B. bin ich zwar von der Schäbigkeit all dieser KP-Machenschaften überzeugt, bin aber anderseits (und im Gegensatz zu einigen Freunden die den annähernd gleichen Weg gegangen sind) *nicht* der Meinung, daß ich dieser Überzeugung bereits heute öffentlichen Ausdruck zu geben hätte; wodurch ich mich des Anspruchs auf moral sanity meinerseits begeben habe und sehr häufig genötigt bin, Ausreden zu gebrauchen.

Aber das fluktuiert schon wieder mit einem ganz andern, eher schriftstellerisch determinierten Gebiet zusammen, und das wäre eine neue Diskussion (die wir hoffentlich noch führen werden). Genug daran, daß ich durch Erfahrungen, Erkenntnisse und unantastbare Überzeugungen genötigt bin, eine gemeinsame Frontstellung mit allem, was KP-Initiativen entspringt und daher letztlich KP-Zwecken dienen muß, für meine Person abzulehnen, und mich fallweise verpflichtet fühle, einen bedrohten Freund zu warnen. Was er mit dieser Warnung beginnt, muß ich dann schon ihm überlassen. Und wenn er mich etwa fragt: »Warum beziehst und deklarierst du diesen deinen Standpunkt nur fallweise und Freunden gegenüber, nicht aber in jener Öffentlichkeit, die dich z.B. als Mitarbeiter der ›Weltbühne‹ zur Kenntnis genommen oder deinen Namen auf der Mitarbeiterliste des Moskauer ›Wort‹ gelesen hat oder usw. usw.?« – dann werde ich beschämt die Achseln zucken müssen und irgendetwas murmeln, was ungefähr klingt wie: »Ich halte mich nicht für wichtig genug« oder »Die Sowjetunion ist heute, trotz allem, für die vom Faschismus direkt Beherrschten noch immer eine viel zu große Hoffnung, als daß man sie von der Emigration aus unterminieren sollte« oder sowas (woran ich ja zum Teil wirklich glaube und was dennoch kein Freibrief ist).

Lieber Zuck, ich fürchte, ich bin ein wenig daneben geraten, und ich merke eben, daß ich Dir die Grundlage oder Prämisse meines Beweisverfahrens – nämlich daß die »Zukunft« eine KP-Sache ist – gar nicht bewiesen habe, sondern bloß als bewiesen unterstellt. Nun: vielleicht wird mir Dein geschätztes Vertrauen nach dem allen schon eine Art Blanco-Scheck ausstellen, und wenn ich Dir sage: es *ist* so!, dann wirst Du es mir vielleicht schon glauben. Es ist so, ich weiß daß es so ist, und wäre dem anders, so hätte ich es Dir nicht gesagt.

Na ja. Aber woher nehm ich eigentlich den Vorschuß auf Deinen Blanco-Scheck?! Dann darf ich Dir also vielleicht die simple Gebrauchsanweisung überreichen: daß man die Observanz und eigentliche Absicht einer Zeitschrift, und ob sie etwas mit der KP zu tun hat, gemeinhin *nicht* an den noch so zahlreichen *nicht*kommunistischen Mitarbeitern erkennt, sondern an den noch so wenigen kommunistischen. Hundert Nicolsons machen noch keine nichtkommunistische Zeitschrift, hingegen macht *ein* Münzenberg schon eine kommunistische. Und der macht sie denn auch wirklich – was übrigens dem Leser der ersten Nummern gar nicht entgehen konnte.

Fragt sich nur – und aus der bloßen Möglichkeit solcher Frage erhellt schon die verdammte Schwierigkeit meiner

Situation Dir gegenüber –: ob Willi Münzenberg für Dich den Begriff darstellt, der er ist? Das allerdings wäre dann schon viel schwerer, und da müßte ich Dich für diesmal wirklich bitten, mir ganz einfach zu glauben. (Ich wurde z.B. gelegentlich einer polizeilichen Einvernahme einfach deshalb, weil ich auf die Frage »Kennen Sie Herrn M.?« mit »Ja« antwortete, schon mit unverkennbarer Scheelheit behandelt.) – Die nächste Gebrauchsanweisung, die ich Dir auf Wunsch exemplifizieren kann, wird Dir die Möglichkeit geben zu erkennen, wann eine Emigrantenzeitschrift garantiert *nichts* mit der KP zu tun hat. Indessen gibt es deren so wenige, daß das vielleicht gar nicht notwendig ist …

Wenn Du, der Vollständigkeit halber, vielleicht noch wissen willst was Du mir da »eingebrockt« hast: ich habe mich also diesmal nicht mehr mit der bloßen »Ausrede« begnügt, also z.B. mir die Probennummern ruhig zuschicken zu lassen und dann auf die Abonnementeinladung einfach nicht zu reagieren, sondern habe in einem Brief an die »Z.« energisch gebeten, die Zusendung sofort einzustellen (was auch geschehen ist). Die Tatsache, daß mir die Administration eine Abonnementeinladung geschickt hat, obwohl der Redaktion bekannt war, daß ich nicht mitarbeiten würde, läßt mich vermuten, daß hier eine bürokratische Instanzen-Trennung vorliegt, die mir den befürchteten »Wirbel« (nämlich eine interne oder gar öffentliche Begründung) vielleicht doch ersparen wird. Freilich ist, wie unglaubhaft Dir das scheinen mag, die Möglichkeit durchaus nicht auszuschließen, daß es sich bei der Einladung schon um eine Art Fangfrage gehandelt hat und daß die nur darauf gewartet haben, wie ich darauf reagieren würde. Nochmals, Zuck, und zum dritten Mal: Du machst Dir keine Vorstellung, was da alles gespielt wird, und wie …

In Deiner Eigenschaft als zweiter der umgekehrten Toasts habe ich Dir aber noch Dank und Respekt auszudrücken für Dein Wahrwort: »Ein invertierter Toast wäscht den andern«! Ich nehme es feierlich in die Sammlung jener »Sprüche der Väter« auf, die in der von uns seither versprengten Herrenhöflern geplanten Zeitschrift »Die Binse, Zeitschrift zur Verbreitung von Licht und Weisheit« hätten veröffentlicht werden sollen und über die ich Dir zu erquicklicherem Behufe nächstens mehr berichten werde.

Chardonne, 3.2.39

Lieber Rogoschin,
trotzdem mußt Du mir noch erklären, wieso es dermaßen jassnianahaft und parzivalistisch ist, den Charakter einer Zeitung nach dem zu beurteilen, was drin steht. Und was die bösen Towarischtschi gegen uns Ur-Ur-Christen im Schilde führen.

Umarme Nastasja Filippowna!

Und vergiß nicht, einen Wodka zu trinken, bevor Du eine Gurke issest. Und isse viele Gurken.

Dein
Lew Pjotr Krapotkin
Staretz und Großinquisitor

Mütterchen, im Nebenzimmer, kaut Sonnblumenkerne, webt unser Sterbehemd und läßt grrissen.

Torbergs Antwort:

Palkownjik
IWAN WASSILJEWITSCH BORIMORSCH
Obrjist im I. Preobraschensker
Garde-Kjirassjir-Regjiment
zu Pferd und Fuß
Cjirjich, Gottingerskij Prospekt Nr. 13

UKAS

An meine lijbben Kosahken!

Morgen, pjinktlijich vjier Uhr nachmjittahg, nach Erteilung des gettlichen Seegens durch seine Heiljigkeit den Metropoljiten:
1.) Lahnzenschpjitzeln hjibsch einfetten,
2.) auf struppjige Steppenpferdchen aufsjitzen,
3.) sengend und brennend in Kanton Wohd einfallen.

Dortselbst ijst Bellvjij-Hotel zu pljindern, weibliche Bewohnerschaft zu schänden und männliche mit Nagajka grjindljich zu kjitzeln.

Dabei jedoch ijmmer zährtljichste Gewohgenheijt von Ohberstkommandjierenden des Ersten Preobraschensker Garde-Kjirassjir-Regimentes zu Pferd und Fuß vohrgaukeln!

Gez.: Vähterchen Zar.

DU CHUND DU VAMPJIR!! CHAST SCHON GENJUG GESAUGT MEJNJE BLUTT!!!

Frjiehere Zeijten sjind vorjibber, wo noch bin ljässig gesessen an grjine Tjisch ijn Kasjino von Pawlowsk, an eijne Seijte Jelijsaweta Michaijlowna meijn Teijbchen, an andre Seijte Warwara Alexandrowna die Eijfersjijchtjige, beide mit kehstljiche um Chals Bratseletts – und von hjinten Du chast mjir kjibjizjiert wie ich chabe verloren vjierzjiegtausend Rubbel ohne Wjimperzuhcken mit ljinke Chand – pah!

Vorjibber, vorjibber ... Du erinnerst Djich noch an Ljiedchen wir chaben ijmmer gesungen auf Mellodjie »Wolga-Wolga« und was ijst sehrr gutt zu sjingen wenn sjitzen Kavalljiere in ljiterarjische Salon und trjinken Wodka, chöhre mjir zu Briedjdderchen ich lerne Dich:

Gorkij, Gogol, Puschkijn, Tschechow,
Artzibaschew, Rasputin,
Dostojewskij, Awertschenko –
Wodka, Wodka, Rostopschin!

Ljiegt scheehn in Mellodjie Du fjindest njicht?

23. Februar 1965

Lieber Zuck,

als sie damals in Berlin wegen des »Hauptmann von Köpenick« auf Dich losgingen, habe ich in einer scharfen Polemik im FORVM (die ich Dir zuschickte) Deine Partei ergriffen und den Berliner Kritikern u.a. »Rangblindheit« vorgeworfen, was mir viele schiefe Blicke aus Kollegenkreisen einbrachte und nur wenig Dank. Auch Du selbst hast bei keiner der Gelegenheiten, die sich seither boten – zuletzt etwa bei Deiner Uraufführung in Zürich, zu der ich eigens angereist kam, um über sie zu schreiben, und über die ich dann doch nicht schrieb, weil ich es nicht mit dem erwünschten Jubel hätte tun können und weil ich mich nicht in die Gesellschaft der Verreißer begeben wollte – auch Du selbst, sage ich, hast es nicht über Dich gebracht, mir irgendwann übers Lagerfeuer ein anerkennendes »Thunderstorm!« zuzuraunen, obwohl das meinem alten Trapperherzen sehr wohlgetan hätte. Nun gut, dachte ich, und »Pshaw!« dachte ich, und aufs Dankeschönsagen hat's unsereins ja sowieso nicht angelegt, am allerwenigsten bei einem alten Freund, da steckt man ja so manches wortlos ein, und wozu wäre man sonst befreundet.

Jetzt aber, lieber Zuck, bekomme ich schon den vierten oder fünften Anruf von Leuten, die Deinen Artikel in der letzten Nummer der Hamburger »Zeit« gelesen haben und die mich fragen, ob *das* nun Dein Dank sei: daß Du mich als den »kleinen Gernekraus in Wien« bezeichnest. Denn davon, daß das *mir* gilt, sind alle überzeugt, und sie wüßten auch nicht, wem es sonst etwa gelten sollte. Der Weigel, der für diese (in jedem Fall doch eher billige) Invektive vielleicht noch in Betracht käme, schreibt schon längst keine Kritiken mehr, sondern hat sich aufs Übersetzen und Bearbeiten zurückgezogen. Der Torberg hingegen gibt seit zwölf Jahren in Wien eine Zeitschrift heraus, die allenthalben als eine Art »Fackel«-Nachfolge anerkannt ist, und wird sehr oft und sehr ernsthaft mit Karl Kraus verglichen ... Und es sind wirklich nur die Allerläppischesten, die diesen Vergleich – eben auf einem Niveau à la »kleiner Gernekraus« – *gegen* mich kehren. Du kannst also gar niemand andern gemeint haben, oder zumindest hättest Du wissen müssen, daß es auf gar niemand andern bezogen werden kann. Solltest Du das aber *nicht* gewußt haben, dann wär's eigentlich noch schlimmer. Denn es hieße, daß Du schlechterdings *nichts* von mir weißt. Und das ist mir zu wenig.

Lassen wir's gut sein. So gut, wie wir auch weiterhin miteinander stehen wollen. Also gut genug, um dieses hier nicht ungesagt zu lassen.

Grüß mir den Jobs und nimm die unverändert herzlichen Grüße Deines

Torberg

Saas-Fee, Schweiz

1. März 1965

Well, my dear Dick Hammerdull, Old Coon –

ich will gemartert und lebendig skalpiert werden, ich will einen Grizzlybären am Hintern packen und ihn ungekocht auffressen und Deine seit zwölf Jahren nicht mehr gewechselten Pantaloons dazu, wenn ich bei dem »kleinen Gernekraus« an Dich gedacht habe! Auf die Idee wäre ich also nun nie gekommen – (hätte aber, da hast Du recht, natürlich drauf kommen sollen, daß andere darauf kämen).

Ich habe geschrieben: »den kleinen Gernekraus in Wien, den großen Möchtekerrn in Berlin und anderswo« – aus dieser letzten Wendung, »und anderswo«, geht hervor, daß ich mit den beiden – ich gebe zu, leichtfertigen Scherzworten an mehrere, nicht an einen bestimmten, das heißt überhaupt nicht an eine Person sondern an das genus gedacht habe. Der Singular ist hier eben als Form für eine Gesamtheit gebraucht, so wie es ja Leute gab und gibt, die »der Russe« sagen. Oder »der Jude«. Aber so invektiv ist das ja in meinem Fall nicht gemeint, wenn Du die Glosse gelesen hast, weißt Du, daß sie guter Laune und mildem Sinne entsprang. Alles in allem ein generöser Versuch, einem unbeliebten Stande, wie etwa dem des Henkers in England oder des Monsieur de Paris, Gerechtigkeit widerfahren zu lassen.

Dich, Friedrich Torberg, würde ich weder mit dem einen noch mit dem anderen vergleichen. Sogar nicht mit Karl Kraus. Ich habe mir zwar, gleich als ich vom Erscheinen Deines Buches PPP erfuhr, es durch den Verlag bestellt, aber keinen blurb oder Klappentext gelesen, sodaß sich mir der offenbar gängige Vergleich nicht aufdrängte. Ich finde nicht, daß Du ihn nötig hast, obwohl man natürlich die Parallele in der Geschliffenheit der Sprache, dem Aperçu, der Freude am Wortspiel finden kann, auch in der Unbestechlichkeit. Ich sehe jedoch in Dir nicht einen »Nachfolger« sondern eine eigene Figur, die sich dadurch von dem Fackelschwinger – für mein Gefühl – erfreulich abhebt, daß der verbohrte Fanatismus fehlt, der bei Kraus sehr oft die Grenze zwischen dem großen, bedeutenden, allgemeinen Anliegen, dem Angriff auf den Erzfeind der Wahrheit, und dem kleinlichen, querulantenhaften Pamphletismus verschwinden ließ. Ich weiß das ist Gottes-Lästerung und ich hoffe Du verrätst mich nicht bei meinem Schwiegersohn – und nimmst mir diese TABU-Verletzung nicht persönlich übel.

Was Dich anlangt, so war ich eigentlich immer mit allem, was ich von Dir gelesen habe, einverstanden, einschließlich (nach einigem Nachdenken) Deiner Kritik am »Kalten Licht«. Nur die Campagne gegen Brechtaufführungen in Wien fand ich fatal, da mir immer klar war, daß sie doch einmal kommen werden und die vorherige Verhinderung dann zu einem vervielfachten Rummel und zu einer Überbewertung des Politikums führen wird. Sonst bin ich ein Jasager zu FT. Oder Tbg. Und was den »kleinen Gernekraus« betrifft, so habe ich noch nicht mal den Weigel gemeint sondern die Gesamtheit der Wiener Tageskritiker, solche Leute, deren Namen ich sofort nach Lektüre einer Kritik vergessen habe, ich glaube einer heißt Weisert und einer Blaska oder Blacha, diese ganze Blase geriert sich als wären sie Überkräuse und sind Unterschmöcke (bitte, soweit ich sie kenne, mich gelüstets nicht nach Exaktheit dabei, ich habe von dem Gekeife, mit dem sie nicht nur meine letzte Burgtheaterpremiere sondern meine – in Deutschland mit größtem Respekt aufgenommene – Hauptmannrede begrüßt haben, genug. An ein solches Kollektiv, an keine Einzelperson, am wenigsten an Dich, meinen alten Waschbären, habe ich gedacht).

Doch könnte ich mich selber auf einem kleinen Feuer von getrockneten Bodins (Büffelkot) langsam rösten, wenn das wahr ist, daß ich Dir neulich in Zürich nicht mit einem mächtigen Pratzenschlag auf die vom Tragen der Long Rifle abgehärtete Schulter und durch einen echten Vermonter hug and holler dafür gedankt habe, daß Du in Sachen Köpenick und Berliner Presse so prächtig Deinen blitzenden Tomahawk und Dein Bowieknife sowie Deine beiden Colts für mich betätigt hast!! Natürlich habe ich das tun wollen, vermutlich wohl mit einem gewaltigen Schluck von Mother Thick's selbstgebranntem Whiskey oder Dutch Beer – und ich bitte Dich, nun ganz seriös, nur eins zu bedenken: ich war da nicht sehr gut bei'nander, sogar ganz durchgedreht, blödsinnig überanstrengt, es kamen nach der schon allzu anstrengenden Berliner Zeit nur noch Strapazen und keine Erholungspause mehr – nicht ganz unkomplizierte Proben, Hirschfelds Tod knapp vor der Premiere, eine Pflichtrede und Aufführung mit Bankett in Luzern drei Tage vor der Uraufführung –, in die Jobs und ich ganz klar hineingingen, daß heißt *ohne uns irgend etwas drüber vorzumachen,* daß dieses von mir sehr geliebte Stück nach zweijähriger Arbeit von den stinkenden Coyoten in Grund und Boden gepißt werden wird. Daran zweifelten wir nicht, besonders nach dem recht fatalen ersten Abend, und trotzdem muß man in einer solchen Situation die berühmte »gute Miene« machen.

Dies, alter Skalper und Fallensteller ist keine Entschuldigung, ich fühle mich da wirklich beschämt. Ich will nur versuchen, Dir meine Situation – die noch anderweitig kompliziert war – ein wenig auszumalen, damit Du mein Versagen und Vergessen als das nimmst was es war: battle fatigue. Aber auch dafür wurde man ja, von General Patton zum Beispiel, bestraft, und ich bin zu jeder Strafarbeit, die Du mir beliebig diktieren kannst, bereit, zum Beispiel zu einer Laudatio auf Friedrich Luft für das Forum, in Hexametern.

Daß Du lieber nicht über den Tabor geschrieben hast als ihn herunterzumachen danke ich Dir sehr, – denn im Gegensatz zu meinem vorigen Stück, jener »Uhr«, mit der ich etwas platterdings nicht Mögliches versucht hatte, bin ich ganz sicher, daß dieses Stück zu meinen besten gehört und auch einmal dazu gerechnet werden wird: daß es ein kräftiges, echtes, dichterisches Theaterstück ist mit einer Fabel, die mehr sagt als Kalenderweisheit (obwohl auch die und gerade die nicht zu verachten ist) und mit herrlichen Rollen. Ich hänge an diesem Stück und habe es mit zusammengebissenen Zähnen spielen lassen, da ich wußte, daß man es derzeit kaum verstehen wird. Man ist mit dem schon längst schablonenhaften Begriff Klischee bereit – wo immer Natur sich regt, ja einfache unverstellte Humanität.

Ein Mann großen Geistes und großen Namens hat mir drüber geschrieben: das Stück liege in seiner Art und Qualität zwischen Gotthelf und Henry James. Mag das auch übertrieben sein – ich stehe dazu. Nur hat es einen Fehler: ohne seine Fülligkeit wirkt es nicht, und ohne große Striche kann mans heut nicht spielen. Ich verfüge letztwillig, daß man es zu meinem 25jährigen Todestag ungekürzt in Zürich aufführt, da ich annehme, daß es bis dahin ein Geschlecht mit oder ohne Nerven geben wird, das einer 5stündigen Aufführung gewachsen ist, und daß dann auch die Lokale in Zürich nach Mitternacht offen sind. Du siehst mit welchem Optimismus ich in die Zukunft blicke.

In alter Herzlichkeit und mit der Bitte um vollen Pardon –

Dein Pitt Holbers

Aus einem Brief Friedrich Torbergs über das Briefschreiben

1.) Das Briefschreiben ist meiner Meinung nach tatsächlich »unzeitgemäß«, aber das spricht nicht gegen das Briefschreiben, sondern gegen die Zeit.

2.) Die »besondere Charakteristik des Briefschreibens« richtet sich nach dem besonderen Charakter des jeweiligen Schreibers. Deshalb waren ja die im 19. Jahrhundert üblichen »Briefsteller« ein Unfug, der heute auf uns nur noch komisch wirkt.

3.) Selbstverständlich hat das Briefschreiben »bestimmte Vorteile«, sowohl für den Schreiber wie für den Empfänger. Der Schreiber verschafft sich selbst größere Klarheit über die Gefühle oder Gedanken, die er äußern will, und geht mit dem Formulieren bedachtsamer um, als beim Sprechen. Der Empfänger wiederum kann das alles in größerer Ruhe aufnehmen und auf sich einwirken lassen als im Gespräch.

4.) Ihre Frage, ob man »überhaupt jedem zumuten kann, zu schreiben«, verstehe ich nicht. Ich wüßte nicht, was daran eine »Zumutung« wäre.

5.) Sicherlich gibt es auch so etwas wie eine »Begabung zum Briefeschreiben«, aber ich würde sie nicht mit der Begabung zum Zeichnen oder Malen gleichsetzen, sondern mit der Fähigkeit, sich »richtig« auszudrücken.

6.) Wenn es sich wirklich so verhält, wie Sie sagen, daß nämlich »fast alle Menschen Liebesbriefe schreiben können«, dann wohl deshalb, weil bei einem Verliebten der Wunsch, sich dem Gegenstand seiner Liebe mitzuteilen, alle sonst vielleicht wirksamen Hemmungen überwindet und weil es ihm nicht so sehr auf die Form ankommt als darauf, sich mitzuteilen.

7.) Wenn »ich selbst, als Schriftsteller, Briefe schreibe«, bin ich genau so ein Briefschreiber wie jeder andre, das heißt, daß ich bei aller stilistischen Sorgfalt, die mir als Schriftsteller nun einmal auferlegt ist, ausschließlich den Empfänger des Briefes im Auge habe und nicht etwa die Nachwelt oder eine spätere literarische Auswertung des Briefes (wie das bei einigen prominenten Autoren ganz offenkundig der Fall ist).

Die Briefpartner

Broch, Hermann, 1. 11. 1886 Wien – 30. 5. 1951 New Haven (USA)
Erzähler, Lyriker, Dramatiker, Essayist
Werke: Die Schlafwandler, Die Schuldlosen, Die unbekannte Größe, Der Versucher, Der Tod des Vergil ...

Brod, Max, 27. 5. 1884 Prag – 20. 12. 1968 Tel Aviv
Erzähler, Essayist, Herausgeber der Werke Franz Kafkas
Werke: Reubeni – Fürst der Juden, Galilei in Gefangenschaft, Tycho Brahes Weg zu Gott, Der Prager Kreis, Rebellische Herzen ...

Celan, Paul, 23. 2. 1920 Czernowitz – 28. 4. 1970 Paris
Lyriker
Werke: Der Sand aus den Urnen, Mohn und Gedächtnis, Von Schwelle zu Schwelle, Sprachgitter, Die Niemandsrose, Atemwende, Fadensonnen, Lichtzwang ...

Feuchtwanger, Lion, 7. 7. 1884 München – 21. 12. 1958 Los Angeles
Erzähler, Dramatiker
Werke: Jud Süß, Erfolg, Die Geschwister Oppermann, Exil, Simone, Josephus-Trilogie, Goya ...

Ficker, Ludwig von*, 13. 4. 1880 München – 20. 3. 1967 Innsbruck
Gründer und Herausgeber der Kulturzeitschrift »Der Brenner«

Goes, Albrecht, 22. 3. 1908 Langenbeutingen/Württ.
Erzähler, Lyriker
Werke: Begegnungen, Das Brandopfer, Hagar am Brunnen, Das Löffelchen ...

---

* Die Ludwig-von-Ficker-Briefe sind dem in Vorbereitung befindlichen zweibändigen Werk «Ludwig von Ficker – Briefwechsel», Otto Müller Verlag, Salzburg, entnommen.

Guttenberg, Karl Theodor Freiherr von und zu, 23. 5. 1921 Weisendorf – 4. 10. 1972 Schloß Guttenberg
CSU-Politiker, Staatssekretär im Bundeskanzleramt
Werke: Im Interesse der Freiheit, Die neue Ostpolitik, Fußnoten

Handke, Peter, 6. 12. 1942 Griffen (Kärnten)
Lyriker, Dramatiker, Erzähler
Werke: Der kurze Brief zum langen Abschied, Wunschloses Unglück, Die Stunde der wahren Empfindung, Kaspar, Das Mündel will Vormund sein, Der Ritt über den Bodensee, Die Innenwelt der Außenwelt der Innenwelt, Das Gewicht der Welt, Kindergeschichte ...

Heller, Erich, 27. 3. 1911 Komotau (Böhmen)
Professor für deutsche Sprache und Literatur an der Northwestern University, Evanston (USA)
Werke: Enterbter Geist, Thomas Mann – der ironische Deutsche, Studien zur modernen Literatur, Franz Kafka, Die Wiederkehr der Unschuld ...

Herzmanovsky-Orlando, Maria Carmen von, gest. 1962 Meran
Gattin von Fritz von H.-O.

Herzmanovsky-Orlando, Fritz von, 30. 4. 1877 Wien – 27. 5. 1954 Schloß Rametz bei Meran
Schriftsteller, Graphiker
Gesammelte Werke (Hrsg. u. bearb. von Friedrich Torberg) 4 Bde: I. Der Gaulschreck im Rosennetz, II. Maskenspiel der Genien, III. Lustspiele und Ballette, IV. Cavaliere Huscher und andere Erzählungen

Kahler, Erich von, 14. 10. 1885 Prag – 28. 6. 1970 Princeton (USA)
Geschichtsphilosoph, Literaturhistoriker
Werke: Israel unter den Völkern, Die Verantwortung des Geistes, Stefan George, The meaning of history ...

Krenek, Ernst, 23. 8. 1900 Wien
Komponist
Werke: Jonny spielt auf, Leben des Orest, Orpheus, Karl V., Pallas Athene weint ...

Lasker-Schüler, Else, 11. 2. 1869 Elberfeld – 22. 1. 1945 Jerusalem

Dichterin
Werke: Hebräische Balladen, Die Wupper, Mein Herz, Ich räume auf! Meine Anklage gegen meinen Verleger ...

Lernet-Holenia, Alexander, 21.10.1897 Wien – 3.7.1976 Wien
Lyriker, Erzähler, Dramatiker
Werke: Die goldene Horde, Das Feuer, Die Standarte, Mars im Widder, Der Mann im Hut, Der Graf von Saint-Germain, Österreichische Komödie, Kavaliere, Kapriolen ...

Mann, Thomas, 6.6.1875 Lübeck – 12.8.1955 Zürich
»Der repräsentative deutsche Schriftsteller der Gegenwart, der ersten Hälfte unseres Jahrhunderts« (Georg Lukács); Nobelpreis für Literatur 1929
Werke: Buddenbrooks, Königliche Hoheit, Der Zauberberg, Joseph und seine Brüder, Lotte in Weimar, Doktor Faustus, Der Erwählte, Der Tod in Venedig, Mario und der Zauberer, Bekenntnisse des Hochstaplers Felix Krull, Briefe, Tagebücher ...

Neumann, Alfred, 15.10.1895 Lautenburg – 3.10.1952 Lugano
Erzähler, Dramatiker
Werke: Der Teufel, Rebellen, Neuer Caesar, Die Volksfreunde, Das Kind von Paris, Der Patriot, Königsmaske ...

Neumann, Robert, 22.5.1897 Wien – 3.1.1975 München
Erzähler, Dramatiker, Meister-Parodist
Werke: Sintflut, Die Nacht, An den Wassern von Babylon, Der Favorit der Königin, Sir Basil Zaharoff, Kinder von Wien, Die dunkle Seite des Mondes, Olympia, Ein leichtes Leben, Karriere, O weh Luise, Mit fremden Federn, Unter falscher Flagge, Mein altes Haus in Kent, Oktoberreise mit einer Geliebten ...

Österreicher, Johannes, 2.2.1904 Libau (Mähren)
Weltgeistlicher
Unterrichtet am Institut für judäo-christliche Studien an der Seton Hall University, South Orange, New Jersey

Politzer, Heinz, 31.12.1910 Wien – 13.7.1978 Berkeley (USA)
Lyriker, Literaturwissenschaftler
Werke: Fenster vor dem Firmament, Martin Buber, Humanist and Teacher; Franz Kafka, Parable and Paradox; Das Schweigen der Sirenen, Studien zur deutschen und österreichischen Literatur; Franz

Grillparzer oder das abgründige Biedermeier, Hatte Ödipus einen Ödipus-Komplex? Versuche zum Thema Psychoanalyse und Literatur ...

Sachs, Nelly, 10.12.1891 Berlin – 12.5.1970 Stockholm
Dichterin; Nobelpreis für Literatur 1966
Werke: In den Wohnungen des Todes, Sternverdunkelung, Und niemand weiß weiter, Flucht und Verwandlung, Die Suchende, Eli, Simson fällt durch Jahrtausende, Abschieds-Schaukel, Verzauberung ...

Scholem, Gershom, 5.12.1897 Berlin
Jüdischer Religionshistoriker
Werke: Zur Kabbala und ihrer Symbolik, Die jüdische Mystik in ihren Hauptströmungen, Judaica ..

Schönberg, Arnold, 13.9.1874 Wien – 14.7.1951 Los Angeles
Komponist
Opern: Die glückliche Hand, Moses und Aron, Vokalwerke: Gurrelieder, Ode an Napoleon, Ein Überlebender aus Warschau. Orchesterwerke: Pelleas und Melisande; Violin- und Klavierkonzert, Kammermusik ...

Sperber, Manès, 12.12.1905 Zablotow (Ostgalizien)
Erzähler, Essayist
Werke: Wie eine Träne im Ozean, Die Wasserträger Gottes, Die vergebliche Warnung, Bis man mir Scherben auf die Augen legt ..., Zur Analyse der Tyrannis, die Achillesferse, Leben in dieser Zeit, Alfred Adler oder Das Elend der Psychologie ...

Walter, Bruno, 15.9.1876 Berlin – 17.2.1962 Beverly Hills (USA)
Dirigent

Weigel, Hans, 29.5.1908 Wien
»Ich bin Besitzer einer gut gehenden Schriftstellerei.« (H.W.)
Werke: Der grüne Stern, Unvollendete Symphonie, Götterfunken mit Fehlzündung, Flucht vor der Größe, Karl Kraus oder Die Macht der Ohnmacht, Ad Absurdum, Molière-Übersetzung ...

Werfel, Franz, 10.9.1890 Prag – 26.8.1945 Beverly Hills (USA)
Lyriker, Dramatiker, Erzähler
Werke: Der Weltfreund, Wir sind, Nicht der Mörder, der Ermorde-

te ist schuldig, Beschwörungen, Schlaf und Erwachen, Die Troerinnen, Spiegelmensch, Bocksgesang, Jacobowsky und der Oberst, Verdi, Der Tod des Kleinbürgers, Abiturientag, Die vierzig Tage des Musa Dagh, Der veruntreute Himmel, Das Lied von Bernadette, Stern der Ungeborenen ...

Zuckmayer, Carl, 27.12.1896 Nackenheim – 18.1.1977 Visp/Wallis
Dramatiker, Lyriker, Erzähler
Werke: Der fröhliche Weinberg, Schinderhannes, Katharina Knie, Der Hauptmann von Köpenick, Des Teufels General, Barbara Blomberg, Ulla Winblad, Das kalte Licht, Die Uhr schlägt eins, Salwàre oder die Magdalena von Bozen, Herr über Leben und Tod, Der Seelenbräu, Die Fastnachtsbeichte, Als wär's ein Stück von mir ...

Herausgeber und Verlag danken für die freundlicherweise erteilten Abdruckgenehmigungen folgender Briefe:

Hermann Broch und Nelly Sachs
dem Suhrkamp Verlag, Frankfurt/Main

Alexander Lernet-Holenia
dem Paul Zsolnay Verlag, Wien – Hamburg (eine Ausgabe der Briefe von Alexander Lernet-Holenia ist in Vorbereitung)

Franz Werfel
dem S. Fischer Verlag GmbH, Frankfurt/Main

Inhalt